WARRIOR OF ROME

罗马战士

里海之门
THE CASPIAN GATES

[英] 哈里·西德博特姆 著 万洁 译

时代文艺出版社

图书在版编目（CIP）数据

罗马战士．里海之门／（英）哈里·西德博特姆著；万洁译．
—长春：时代文艺出版社，2018.10
书名原文：Warrior of Rome

ISBN 978-7-5387-5794-1

Ⅰ.①罗… Ⅱ.①哈… ②万… Ⅲ.①长篇小说－英国－现代 Ⅳ.①I561.45

中国版本图书馆CIP数据核字（2018）第062426号

出品人　陈　琛

产品总监　郭力家

责任编辑　姜程程

装帧设计　孙　利

排版制作　张　月

罗马战士：里海之门

[英] 哈里·西德博特姆 著　万洁 译

出版发行／时代文艺出版社

地址／长春市泰来街1825号　时代文艺出版社　邮编／130011

总编办／0431-86012927　发行部／0431-86012957　北京开发部／010-63108163

官方微博／weibo.com／tlapress　天猫旗舰店／sdwycbsgf.tmall.com

印刷／三河市万龙印装有限公司

开本／710mm×1000mm　1／16　字数／310千字　印张／24.75

版次／2018年10月第1版　印次／2018年10月第1次印刷　定价／39.80元

图书如有印装错误　请寄回印厂调换

致我的伯母特里并以此书缅怀我的伯父托尼

目 录

序　幕

（高加索地区，公元259年秋）

倚罪而起之族势必反被诸罪所累。

——塞内加,《美狄亚》55

高加索地区

他摔下了马，受了伤，但至少还活着。坡顶上立着一排山松。有个男人藏在一棵树后，正仔细地听着追兵的动静，但他痛苦的喘息声太大了，盖过了其他声音，结果他什么也没听到。

他从坐骑上摔下来的时候，露在外面的箭杆已经折断了。箭头还埋在左侧的大臂上。热血沿着他的胳膊滴滴答答地直往下淌。疼痛让他禁不住一阵阵地想吐。

他竟然同意来猎熊，真是蠢透了。这座树木繁茂的峡谷实在偏僻，武装入谷的人员又太多，在这样的环境里本来就容易落单，所以也就很容易发生意外。他觉得自己相信弟弟真是太傻了。他们中年纪最小的那个一直有什么地方不对劲儿。妹妹和她的随从都在场，所以他才松懈了。要是他之前始终跟在她左右就好了，那他的弟弟及其随从就不会轻举妄动了。这男人知道自己干了件蠢事，现在就要死在这儿了，他感到无比绝望。

不行，作为普罗米修斯的后裔决不能就这样死了。这男人努力控制住情绪，不再抽泣。普罗米修斯就是在这群峰上忍受刑罚的。对他怀恨在心的宙斯用锁链将他绑了起来。每天太阳升起的时候，一只鹰隼就会飞来，以那冷酷、尖利的喙啄进他柔软的身躯，撕扯着、刨弄着，大口大口地吞咽着普罗米修斯那脆弱的深色肝脏。待到夜晚，老鹰便飞走。在阵阵风雪中，他的肝脏又神奇地复原了，可到了黎明，老鹰又飞了回来。他就这样周而复始地忍受了三十年的折磨，直到有一天，赫拉克勒斯将老鹰射了下来，这才解救了人类的始祖。

普罗米修斯就是一堂关于忍耐的课，它教会了人们忍耐痛苦折磨，最终便能得到救赎。这堂课，谁能比他的后代子孙学得更好呢？这男人缓缓地深吸了一口气；虽然脚下依然蹒跚，但不像先前那样失控了。他强迫自己将疼痛暂时压下，保持静止，侧耳倾听。一切都无比安静，安静到了能循着嗡嗡声跟在蚊子后面的程度。

目前还听不到狩猎者的动静，起码暂时还没有他们的踪迹。遭遇伏击后，赶紧骑着马跑了一段距离，直到后来因为疼痛无法集中注意力，被一根低矮的树枝扫下了马。马儿受惊后狂奔而去，现在只剩下他一个人了。

男人看了看周围。几束微弱的阳光照在低矮的灌木丛上。这里树木相当繁茂，林中并不只有松树一种。一到秋天就变成红色与金色的山毛榉随处可见，且枫树和桦树也分散生长在各处。虽说这些树下并无灌木，但树干和低矮的枝丫、歪倒在地上的树都多少起到了遮挡和阻碍的作用。

男人将注意力转移到箭上。可这一转念，疼痛就随之回来了。他再次强压下疼痛。他的左臂几乎都不能活动了。他咬紧牙关，利用右手中的匕首将盖着伤口的羊皮大衣和亚麻长袍的袖子都割开来。将体内的箭头往外拔的时候，他不得不使劲咬住嘴唇，血再次快速涌了出来。

男人拔掉酒塞子，也未曾停下动作思索片刻，就立刻将酒倒在了伤口上，因为他不想让懦弱趁机瓦解他倒酒的决心。一阵剧痛袭来，他疼得直跺脚，嘴里紧紧咬着刚才割下来的羊皮料子。他就这样一声不吭地清理了伤口。

　　疼痛和油乎乎的羊皮发出的臭烘烘的气味儿，还有上面令人讨厌的羊毛脂味道，让男人吐了几口口水，然后干呕起来，呕吐的动作却加剧了疼痛。他挣扎着不让自己失去控制，想从精神上克服眼前的困难。他想象着那疼痛就是泛红的灼热灰烬，他的手臂则是小茴香秆。他要将那撮灰放到小茴香秆下面去。让它在暗处闷烧，无法掀起什么风浪。你可以捧着这撮闷烧的灰走上几英里，那外面的茴香秆摸上去都不怎么热。

　　疼痛有所好转，那男人凑近伤口仔细闻了闻。没别的，只有血和酒的味儿——再普通不过的一种祭品的味道。他顿时松了口气。他们没用最致命的本地毒药——那种只要闻一闻就能令人受损或失明的毒药。要是他们用的是另一种，那就应该没什么大碍。他和家里其他人一样，每天早晨都会顺着梯子爬到塔顶的房间。在那儿，他父亲已经将上了锁的一个大箱子打开来，从中称量出各种药剂。每天早晨，父亲、母亲、四个兄弟和他们的妹妹——一共七人就会每样药剂服下一些，但当地的这种药除外。这个过程需要花很长时间：苏阿尼阿已知的药剂有很多种。无数个本该安宁美好的清晨都被恶心反胃的感觉和痛楚搅扰了，但这一切都是值得的，尤其是在像这样糟糕的一个下午。

　　露在外面的箭杆大概有一英寸长的样子，上面刻着一些奇怪的符号。箭头上带着倒钩，所以是不能拔出来的。他可以切开伤口将其取出，但那样的话他肯定会叫起来，到时候就会引来追杀他的人。他坐下来开始思考如何是好。

　　他将背上的弓匣与箭袋解了下来。对于一个只剩一条胳膊好用的人来说，这些东西没啥用处。他从这些东西上拆下两条皮带来，将其中一条系在伤口上方。血几乎是立即就被止住了。另外一条则被他当成了吊胳膊的绷带。他看了看弓匣，考虑着自己还剩下什么武器。首先他腰带上别着一把剑和一把匕首，还有另外两把匕首：一把藏在一个靴子筒里，另一把则缝在外套的内衬中。他从匣子里拽出一根弓弦，用牙咬住一头，做了个套索出来。

　　远处传来了一只猎狗的动静，还有一个男人的唤狗声。是这场狩猎或者说暗杀的主力到了吗？他无法得知。是时候行动了，该做决断了。

　　男人撇下弓匣和箭袋，丢下衣服上扯下来的破烂布条，离开那片染了鲜血的土地，穿过树林，向着与他来时相反的方向疾步走去。他沿着一段坡路向上走了会儿，然后来到了一小片空地上。因为这里没有浓荫遮挡，他可以看到头上的天空———一片刺目而遥远的蓝色。再过两个小时，夜幕就要降临了。他望向北边的山峦，塞西亚人管高加索山叫"克洛卡西斯"，意思是"雪之白"，而高加索山也真是名副其实，即便是在眼下清冷的阳光下，高加索山两侧的莹白雪野依旧闪着寒光，但山麓之间有烟雾升起。一缕缕蒸气盘旋着援峰而上，在顶峰之上聚集成一片乌云。再过一个钟头左右，山谷中就会降下今年的第一场雪。太阳落山的时间也会比往常提前一些，死亡即将降临。

　　男人再次感到有些恶心，不仅想吐，而且全身无力。他思索了片刻，然后改变了行进的方向，重新拐进了他刚才来时的那片树丛中。他在寻找一处可供藏身的地方，此时他发现有一棵倒在地上的山毛榉，树的枝丫四散伸展开来，旁边紧挨着的是一棵立着的常青松。于是，他就缩在了那些交织在一起的、即将枯死的枝叶与松树长满地衣的灰色树桩之间。

　　男人的身体轻轻发着抖。他不知道这是因为冷还是恐惧，或许是出于背叛带来的震惊。他摸索着从腰带上挂着的袋子里取出些凉透了的野鸡肉和面包吃。他从未信任过他最小的弟弟，从小时就不信任他。也不知怎的，他一直都有一种直觉，自己若是落到幼弟手里准不会有什么好结果。他将随身携带的酒瓶中的葡萄酒洒在地上，算是供奉普罗米修斯、赫拉克勒斯和赫卡忒这三位神明，然后开始祈愿，尤其是向黑暗的复仇女神赫卡忒虔诚祈愿。

林中还是死寂一片。雨雪不会很快就下下来的，他得好好计划下一步了。藏在此处似乎不妥，那样的话他会变得越来越冷，越来越虚弱。他最后会被追兵找到并杀掉。他必须有所行动才行。可该去哪儿呢？

他闭上眼睛认真听着周围的动静，再次陷入了沉思。他可以努力转回到狩猎的主要队伍那里去。有他的家臣和姐姐的手下在，他的安全就能得到保障。他还得甩开刺杀他的人。他弟弟肯定已经命刺客分头来找他了，没准儿已经顺着他的行踪跟过来了呢。他不知道身后的刺客有多少，目前看见的只有两个。不过就算是还有好几个，要是他没受伤的话，男人敢打赌自己能不动声色地绕过他们。他一向擅于在山间林中穿梭，但他现在毕竟是身受箭伤，痛楚令他动作慢了不少。

左边草地上有雪橇划过的痕迹。基本上，第一场雪从不会积到最近的小路附近。尽管今年冬天来得迟，但塞西亚的游牧民、阿兰人或他们子部落的人马应该已经到了此地，他们正驱赶着他们的牲口群翻过"克洛卡西斯"山，向北往回走呢。

男人想，要是能碰上塞西亚人，他就得救了。显然，他们都知道他父亲的大名。去年春天，他们向他父亲的手下献上了羊毛织物、兽皮和奴隶，以便能获准踏上南行的道路，但可能塞西亚人对他的名字还不知晓。游牧民会保护他的，当然了，他必须同他们一道翻山越岭，在平原上度过这个冬天才行。等到第二年春天的时候，他们就不需要献什么羊毛织物或奴隶了，他的安全返乡就是他们的通行证，但男人对此其实毫不在意。他自然能活着被赎回去，活着对他的幼弟展开复仇。

一阵奇怪的倦怠感袭来，包裹了他的身体。塞西亚人的状态一定不错，他们的牲畜肚子里鼓鼓地装着甘美的苏阿尼阿牧草，鞍囊里则塞满了苹果和梨子。他们正走在回家的路上。和塞西亚人一道过冬想必不会有多难熬，整个冬天他都将在游牧民的荒凉平原上与移动的羊群为伍。他们的帐篷肯定舒适而温暖，里面烧着火盆，大家愉快地聊着天，身边便是吃的喝的。据说，阿兰族的女人长得高挑而貌美，且天性开放。该族的男人也是想得开，你只要将箭袋挂在心仪女子的帐篷外，她的丈夫就会离开，任你与他的妻子自在相处，直到欢愉告一段落。

金属碰撞的尖锐声音突然传来，男人一下睁开了眼睛。他屏住呼吸，仔细聆听着，又没声了。他缓缓地转头从一侧望到另一侧，双眼圆睁，还是什么都没有。他知道，刚才的动静不是他凭空想出来的。他头顶上的树枝轻颤，发出窸窸窣窣的声响。雨雪就要下下来了。

他胳膊上的伤和架在火堆上被烤的基督徒一样严重。他努力让烧得又红又烫的"灰烬"再次回到小茴香秆上。他扭动了几下脚趾，一只手按摩着自己的两条大腿，想着让双腿恢复知觉。

又有动静。他右边传来了脚步声，听着来人似乎没有发觉他的存在。男人在阴影中得意地笑了，他向来都对走山路很在行。又传来一个声音，是他弟弟的人，离他不到二十步了。"狩猎人"时而弯身查看地面，追寻他的行踪，时而站直了扫视前方。男人双手持弓，箭在弦上，拉开到一半的位置，但他肌肉抽搐，无法稳住动作。

你就算是紧张也情有可原，男人想，要是我两条胳膊都无碍，能弯弓射箭，你早就是个死人了，射中你就跟射中一只孵卵的野鸡一样容易。就算我现在只剩下一条好胳膊，你的性命也已经成了我的囊中之物。

那"狩猎人"在林间空地的边上停住了脚步，这正合了男人心中所愿。很明显，利用这片开阔地做伏击再合适不过了。走进一块儿空地任谁都会害怕，因为你不知什么时候前方的林中就会呼啸着射来一支箭，只有心思最深的人才会想到身后也有可能射来箭矢。

男人动了动双脚，想让自己舒服点儿。奇怪的是，尽管他的左臂仍然无法使上劲儿，但已经不怎么疼了。风儿轻轻吹过那棵树的枝丫，其他动静一概没有：没有人的身影或声音。

男人悄悄往前蹭着走，脚下格外小心，右手心里握着套索。隆隆的雷声盖住了他靠近目标的脚步声。

"狩猎人"依然在犹疑不决，男人从他的身后靠拢过去。"狩猎人"直觉感到有危险，于是想要转身。但已经迟了。男人的一系列动作如行云流水一般，他毫不拖泥带水地将套索的绳圈套在了对方的脖子上，然后拉紧滑结，使出吃奶的力气死命拉住。

"狩猎人"本能地去抓咽喉上越勒越深的绳子，但这一切都是徒劳的。血顺着他的脖子流了下来。

男人用左边的肩膀抵在"狩猎人"背后两片肩胛骨之间的位置，使出了吃奶的力气抵住。只见"狩猎人"双脚在林地上又踢又跺，呼吸变得急促而沉重，从喉咙处发出濒死的哀鸣。先是一阵抽搐，随后就只剩下沉重的安静了。那人失禁了，一股屎尿的臭气弥漫开来，但男人继续勒着这具死透了的尸体不放。

"佩服啊佩服，哥哥，你这都够勒死他五次的了。"

男人的幼弟从林间的阴影中冒了出来。他头顶上的树枝直晃悠。他身着拖地的长袍，袍子拖在地上的那部分被他掀到了后头，两袖空空地耷拉着。他手上不是别的，正是一把拉开的弓。

男人转过身，拽着尸体挡在自己身前当盾牌。"这看起来可不像意外。"他扯这些是为了给自己争取些时间，分散对方的注意力。一边说，他一边将受伤的那条胳膊从吊在脖子上的绷带里拿了出来，忍着痛用这条胳膊拽着尸体。对方看不见的另一只手——他的右手则伸向腰带去抽别在上面的那把匕首。

"确实不像，我的哥哥，这不是个意外。我会说你是中了一队阿兰人的埋伏，真是惨啊。"

说话人两侧各十五步左右的距离处又出现了两个"狩猎人"，他们从山坡上黑魆魆的林子里走了出来，越来越近。他们都戴着兜帽，活像来自地狱的索命死神，咄咄逼人。面前这三位弓箭手彼此之间保持的距离恰到好处。尽管不情愿，男人还是不得不承认这招很高明。

"谁说得准都发生了些什么呢？"男人的幼弟继续说着，"那些游牧的野蛮人都嗜血食生、粗鲁莽撞，这是尽人皆知的事情。是抢劫财物还是绑架以索要赎金，谁知道他们想干什么？也许你还反抗来着：你一直都是勇敢的战士，是父亲最欣赏的儿子。不管发生了什么，最后都是他们把你杀了这个结局。你像头鹿一样被射杀了。"他露出了得意扬扬的微笑。"你就没发现自己胳膊上的那支箭就是阿兰人的吗？"

男人并没有回答这句反问。他虽身体一动不动，眼神却闪烁不定，衡量着、估测着。他不想死在这里，更不想死在自己幼弟手中。

"我们有的是阿兰人的箭。你是不是对我的先见之明很崇拜啊？你总是最勇敢的那个，而我总是最有远见的那个。你还记得咱们老师对我关于'普罗尼埃制度'所做的文章质量是怎么大加赞赏的吗？此时此地，古希腊人的哲学思想竟然比在学堂上还来得真实，真是怪事一桩啊。"

第一片雪花翩然而至，在狂风中不停地打着旋。

男人因胳膊上的伤疼得直咧嘴。"看来哲人关于道德伦理的教育还是没能把你教好。对亲兄弟都能下得了毒手，你还能对谁有爱心呢？"

"谁说我不爱了？对于哥哥你，我不仅爱，而且敬。"这声音里透着油腔滑调，"就是因为我敬你，我知道你死后肯定会随着故去的英雄豪杰一起去极乐岛。也因为我爱你，我才要立刻送你上路。"

"我死了对你没什么好处。"男人飞速地思考着。必须把这话接下去，才能给自己争取时间。"父亲不会立你为嗣的。要是我死了，他会转而将目光投向你我的其他兄弟。不管你我的姐姐嫁给伊比利亚半岛的老哈玛扎斯普还是谁，这事儿都不会成功的。议事会的三百个成员会觉得选谁都比选你强。议事会的成员也永远不会心甘情愿地接受你。"

天越来越黑了。他一直往前，男人想，甩出去这把匕首，杀死我这个卑鄙的弟弟，或者至少把他弄伤，然后一直往前跑。两翼的弓箭手肯定会因为怕伤及我弟弟而迟疑着无法射箭。普罗米修斯、赫卡忒，两位神明，求你们保佑我逃过此劫。

"别废话了。"一个新的声音传来，是个女人。风雪中走来的是他们的姐姐。她面色惨白，昏暗的光线下她的双唇深红。她手中也执着一把拉开的弓。

男人这时明白了，一切都完了。

"省省吧，讲那么多大道理干吗？"她接着又对幼弟说，"现在咱家四个男孩儿里，你最不该是那个听老师话的。他晓之以理也罢，动之以情也罢，你都不用听，只管像个男人一样放手去做。"

他这下算是完了，但男人并不打算就这么悄无声息地丢了性命，他才不想像献祭时的牲口一样任人摆布呢。他立即行动起来，放开那具尸体，然后甩出匕首，欺身向前冲去。匕首在簌簌下落的雪花中不停地旋转着。幼弟一偏头，刚巧被匕首迎面刺中，戳穿了面颊。他手中的武器随即便掉在地上，蹒跚地挪动了几步，哀号起来。

第一支箭射中他大腿的时候，男人只往前走了三步。摔倒在地前他又走了两步。晚秋的野草长得极长，划伤了他的脸。砰的一声，又一支箭射来，正中他的后背，疼痛刹那间几乎将他撕裂。

男人用手指努力地在草地里扒拉着，试图让自己再往前一些。普罗米修斯、赫卡忒……又一支箭射中了他，再一支，还有一支。他的手指渐渐不再动弹。黑暗如波浪般涌了上来。

　　林间空地，大雪飞扬。雪花落在尸体那双再也看不见东西的双眼上。死人旁边，几个活人聚在一起，右手扣在一起。其中一个"狩猎人"将他们的大拇指绑在一块儿。幼弟左手执一把利刃，灵巧地在每人的大拇指指尖上都切了道口子。

　　"既无刀剑相逼，也非毒药所迫。"他一边说，一边倾身向前，舔舐着自己大拇指上的鲜血，然后又舔掉了姐姐的血。"血脉封之，血脉解之。"

　　随后，姐姐重复了一遍这句话。她低下头，红唇轻启，伸出舌头，绕着弟弟的拇指舔了一圈。

第一部

人道乐土

（公元262年春，爱奥尼亚及西方）

除了温和的气候与一座座圣殿之外，爱奥尼亚还有其他值得载入史册的特色。

——保塞尼亚斯 7.5.4

第一章

"有蛇。"马克西姆斯说，"还他妈的是条大蛇。"

众人都看向惊慌的希伯尼安人指着的地方——屋外的天井。

那确实是条大极了的蛇：身长可怖，披着棕褐色的蛇鳞。不过，对蛇这种动物稍稍了解些的人都知道，这种蛇一点儿毒性都没有。不过那蛇看起来躁动不安，显然是受到了惊扰。在以弗所城大宅中央的开阔场地上，灯火下的大蛇不断盘卷翻滚着。

巴利斯塔吩咐希波托俄斯把那蛇除掉，却发现他的勤杂差役一脸的不情愿，他这才想起来，很多希腊人和罗马人都把这玩意儿当成宠物养着。于是他暗示手下把蛇扔出去便罢了。当然，主要是为了让马克西姆斯放心。然后希波托俄斯便出门去找个奴隶把蛇逮了。

巴利斯塔坐下来，传他的新贴身侍从康斯坦斯给他刮胡子。

这些地中海地区的人对蛇的态度可真怪。依他们所说，蛇这种动物从根上就有污点，来自泰坦巨神一脉，而泰坦是诸神的敌人。此外，与蛇为伍的也非善类：传说中有令人石化的力量的戈耳戈的头发便是乱舞的群蛇。此外还有倒霉的菲罗克忒忒斯，因为在利姆诺斯岛被蛇咬伤，伤口化脓，生出恶臭，他在乘船去特洛伊城的途中被其他英雄豪杰抛下了。尽管有这些传说，希腊人和罗马人还是经常亲手给这种鳞光森森的玩意儿喂食，不仅喂它们糕点，还怜爱地将它们绕在自己脖子上，让它们盘踞在宅子里看家护院，或放在墓穴中守护灵柩，再不然就安置在泉眼、祭坛旁。真是群傻子。

对巴利斯塔这样出生于比帝国北境更遥远的地方——日耳曼尼亚那雾气弥漫的森林与沼泽中的人而言，蛇的象征更加不言而喻。在中土世界中，没有哪条蛇能脱得掉与古老、冷血而恶毒的"世界之蟒"——耶梦加得的关系。传说中，这条蛇长期盘踞在冰冷黑暗的海底，静待"诸神的黄昏"的来临，到了那天，此蛇就可以卷土重回陆地，而诸神则将面临死亡。

一条没有毒液的蛇不足为惧。马克西姆斯以往确实有些夸张的举动，但他可不是个傻瓜。起码在对待蛇的态度上，他没错。

康斯坦斯带着刮胡子的家什进来了。他将一盏盛着热水的银碗放在桌上。碗侧凝结的水珠淌了下来。巴利斯塔不断用双手捧着水往脸上扑。他一边不慌不忙、慢条斯理地将两颊打湿，一边欣赏着腕上雕刻的波斯国王猎狮的图案。

康斯坦斯正在一块磨刀石上忙活着，想将剃刀的刀刃磨得锋利些。

最后，脸上的胡子终于刮干净了，巴利斯塔往后一靠，扬起下巴，将喉咙凑到剃刀下。透过热腾腾的蒸气，他能看到他的两位自由民——蓄着短络腮胡的马克西姆斯和长相丑陋、胡楂儿长得不甚均匀的老卡尔加库斯。二人都面带微笑地望着他。这两个浑球儿。

康斯坦斯俯下身，开始干活，他的手艺精湛、剃得认真而徐缓。刀刃刮过紧绷的皮肤，发出规律的声响。康斯坦斯简直是神派来的。凭着他的好手艺，巴利斯塔再也不用去公共理发店凑热闹了。尽管去那地方花费着实不菲，但巴利斯塔不愿去并非是因为钱的事儿，也不是因为店里长椅上常常坐着些絮叨起来没完没了的闲汉，更不是因为巴利斯塔讨厌不得不在那儿跟陌生人挨得极近。他对这类公共场所的厌恶更多是出自于他的本能。一声叫喊、街上的事故，片刻的分神，亦或是哪个调皮的孩子扔块石头（这事儿以前还真发生过），都可能使他在离开的时候缺只耳朵，即便没那么不堪，他也会被整得跟个家有长指甲悍妇的可怜丈夫一样狼狈。

康斯坦斯早已另辟蹊径偿还了主人买他时花的钱，早几年前，巴利斯塔就已经还了卡尔加库斯自由身，一样重获自由的还有马克西姆斯以及他的勤杂差役，那个希腊男孩儿德米特里厄斯。后来，再让老卡尔加库斯帮他刮胡子似乎就不妥了。而且，说实话，这个喀里多尼亚老人从来就不擅长给人剃须刮面，所以以前常会为了止血，不得不取浸在油与醋中的蜘蛛网抹在他刮破的口子上。

在巴利斯塔看不见的地方，一只被关在笼子里的鸟正聒噪地叫个没完。真让人恼火。但愿这不会让康斯坦斯分神。

巴利斯塔生命中的第一个十六年都是在盎格鲁度过的，他父亲是该部落的军事首领，所以他从小就被当成一个战士来培养。十五岁的时候，他就有过站在盾墙中抵御外敌的经历，也是在那年，他第一次杀人。之后的二十四年里，尽管他以人质的身份在罗马生活，但大部分时间他都是随着罗马部队在东征西战。他的踝骨、下颌骨都曾经碎过，肋骨折过两次，鼻梁和右手的关节断过多少次他都记不清了。正如所有使剑的人一样，他前胸上星星点点尽是伤疤，右手手背上有多处缝合过的痕迹。在非洲，他因为头一个登上敌人的城墙而得到了金城冠。他还数次在打得难解难分的战役中勇打头阵。巴利斯塔知道这很可笑，但就是这样一个他，面对小小的理发师竟然会紧张，不，其实是害怕。

希波托俄斯和两个奴隶出现在门外。灯光逐渐变得暗淡下去，马上就是黎明了。那三个人凑在一起，脑袋齐刷刷向着一边，正在讨论该如何困住那条蛇，那玩意儿可回旋的余地不小。天井不小，这栋租来的宅子自然也不小。这座宅邸有罗马骑士团中的高级骑士负责守卫。以前，禁卫军长官在等待恺撒殉难日（3 月 15 日）前的星期六或一年的航海季开始的盛典时，以及等待自己卸任之后启程返乡、在西西里岛上某栋舒适的宅邸中颐养天年的时候，往往会租下这样一座房子供家人居住。巴利斯塔是骑兵中军阶最高的，当然了，他付的租金也相当高。不过，对于一个两年前在索里之役中打败波斯"诸王之王"并夺得他的财富、俘获他的后官的人来说，他根本不在乎价钱。不过，那些战利品都依据律法直接交给了罗马皇帝。每每谈及他没能享用的这笔财富是多大一笔时，大家都会觉得数字还是十分惊人的。

　　天井中，两名奴隶开始捕蛇了。

　　"你不去帮他们吗？"卡尔加库斯问马克西姆斯，"像你这样的大块头侍卫，以前还是角斗士呢，步伐那么灵活，肯定能帮上忙。"

　　"我他妈的才不怕什么蛇呢，只不过这条太他妈大了。"

　　"对了，我想起来了。你小时候待的那地方连半条蛇的影子都没有，是吧？"卡尔加库斯说这话的时候很是过瘾的，"你这个满嘴跑火车的希伯尼安娘儿们。"他亲切地加了这么一句。

　　奴隶们似乎挺吃力的，那条蛇可不想被人逮住。它可能是条狡猾得不得了的蛇，而且它动作很快，每每有手伸过去，它都能扭身逃到一边。那两个奴隶互相大声埋怨着，希波托俄斯则呵斥着他们俩。

　　巴利斯塔又开始担心这会让康斯坦斯分神了。

　　两个奴隶活像一出蹩脚的哑剧中的演员一样，跑东跑西的。这不合时宜的吵闹声恐怕会把所有人都吵醒，不过这座宅子里的人早就醒了：巴利斯塔和在他房间待命的手下以及女眷活动区住着的他的妻子朱莉娅、他妻子的女佣都醒了；整个大宅中的家奴都拿着抹布、海绵刷、鸡毛掸子，拎着水桶或是扛着长杆或梯子，开始洒扫和收拾。他们先是洒出一些木屑，然后又将其扫走，光线中尘土飞扬，这就是人们干家务活儿的热闹情形。

巴利斯塔下过命令，今天早上要早些敲钟，天亮前两个小时就敲。今天是神圣的马可·奥勒留和路奇乌斯·维鲁斯二位皇帝登基 101 周年纪念日。这是个重大的日子，不仅有献祭、队列、歌舞等各种娱乐节目，还会宰杀更多的牲口、进行更多的演讲、举办一场盛大的宴席。这一天，人们将大肆表达对君主的热爱之情，借此机会，忠君爱国与宗教虔诚将融为一体。

巴利斯塔今天可不能起晚了。大家都知道他去年做的事，不管多么短暂、多么不妥，他都对身着皇袍的人动手了，把该死的奎伊图斯从一座塔上、悬崖峭壁上，没准是从神庙的山形墙上扔了下去；他不是捅死了他，就是勒死了他，再不然就是用一根椅子腿活活把他打死了。此外，还有一个耸人听闻的版本，传言说他将奎伊图斯的心脏挖出来放在了祭坛上。他处决奎伊图斯的故事版本不胜枚举，不过对之后发生的事儿大家倒是意见一致。战士们拥巴利斯塔为王，但这个野蛮人没几天就把皇冠从头上取了下来。如今管理罗马帝国东部行省的帕米拉的国王——奥登纳图斯以正牌皇帝加里恩努斯之名赦免了他。但他毕竟杀过一位皇帝，尤其是还短暂地当过一阵伪王，人们将永远对他充满了好奇与怀疑。所以，像他这样的人，在有忠君意味的节日当天是万万不能晚起的。

他当时的情形比酒吧和浴场中的好事者们的传言要危急得多。做下那事之后，巴利斯塔就赶紧给皇帝加里恩努斯书信一封，解释了事情原委并请求宽恕，希望能获准归隐西西里岛，在那里了此残生。驿站长官应该会带着这封信一路向西，日行约五十英里。但是过了数把月，始终也没有回信。

年轻的时候，加里恩努斯和巴利斯塔一样，都曾经作为确保他们的父亲乖乖听话的砝码被扣在皇廷中当质子。两个年轻人相处得非常好，他们甚至可以称得上是患难之交。巴利斯塔希望当时的那份情谊如今能帮上忙。他只希望自己能被恩准像个普通百姓一样平平静静地继续生活，千万别被判成叛国罪。若是终究还是被判了叛国罪，巴利斯塔只希望自己的财产别被充公，这样他的儿子们就可以继承下去了。如果判下来的结果不妙，他希望等着他的是流放，可千万别是刽子手的砍头刀。在几个月里，巴利斯塔反复念叨着这些希望，但就是没有回音。

事情并没有到此为止。很多年以前，巴利斯塔还杀死过一位皇帝。关于那暴躁的马克西米努斯·色雷克斯的死和年轻时候的巴利斯塔之间的联系，知道的人不多。与他同谋的另外十二个人，即便不是全部，也是大多数都死了。巴利斯塔只将此事告诉过五个人，其中的一个人已不在人世了，另外三人依然跟在他身畔：他的妻子朱莉娅、已是自由之身的手下马克西姆斯和卡尔加库斯，而第五个人才是他真正忧心的，那就是他以前的勤杂差役——德米特里厄斯，这人目前身在西方，具体点儿说，是在加里恩努斯皇帝的宫廷中。除了巴利斯塔准时庆祝已故皇帝纪念典礼的事情，如果还有关于其他事情的报告送到宫里就不好了。

康斯坦斯手执剃刀最后一挥，带着点儿炫技的意思，虽轻盈潇洒，但也令巴利斯塔颇有些心慌。脸刮完了，巴利斯塔对他表示感谢，但故意避开了马克西姆斯和卡尔加库斯投来的眼神。恰好在这个时候，他们的早餐到了。女奴丽贝卡将面包、奶酪、水煮蛋以及蜂蜜、酸奶和水果一一摆上了桌子。对于罗马人或希腊人来说，这样的早餐太过丰盛，而对于他们三个北方人来说，吃完这些算不上什么困难的事儿。

"告诉我，亲爱的姑娘，"马克西姆斯说，"你害怕大蛇吗？"他虽然是对丽贝卡说的，眼睛却看着卡尔加库斯。女奴红着脸摇了摇头。卡尔加库斯没搭理他。"我就知道，你肯定都已经对蛇见怪不怪了吧，"

希伯尼安人继续调侃着，还做出一副无辜的表情，"我的意思是说，你一直在这地方生活。我听说这一带有人养了条巨蟒，大得夸张，主人带着它去澡堂子里洗澡周围人都鼓掌呢。不过那玩意儿长得可丑了。"丽贝卡赶紧做完手头的事儿退下了。

"浑蛋。"卡尔加库斯说。

"可怜的姑娘，"马克西姆斯说，"最后还不是被你给上了。"

希波托俄斯回来了，那条蛇已经被扔出去了。他们开始用餐。笼子里的喜鹊跳来跳去，叫声响亮，惹人心烦。

"我讨厌关在笼子里的鸟儿！"巴利斯塔说。

"你老是这么多愁善感。"马克西姆斯点点头，"笼子里鸟的歌声中总带着沉重的哀愁。"

"不，我受不了的是那股鸟屎味儿和鸟毛味儿，闻着让人连饭都吃不下去。要不是顾及我夫人的感受，我肯定把这死玩意儿的脑袋给拧下来了。"

早餐结束，康斯坦斯和另外三个奴隶伺候他们几个穿上托加长袍。又要整理垂褶，又要在身上反复缠绕，还得在关键位置折叠，这些步骤花了他很长时间。罗马人的托加长袍可不是能在没有旁人相助的情况下自己穿上的。而且等一切妥当了，这沉甸甸的袍子坠在身上，你就别想不加思考地迅速行动了。其他人都不用穿这么一套服装。巴利斯塔知道，这就是罗马人曾烧过袍子店的三个原因。

最后，这四位罗马帝国的公民终于穿戴整齐了：白得发亮的羊毛长袍，深绿色的月桂头冠，巴利斯塔头顶上还戴着一顶金城冠，金光灿灿。女主人和孩子们依然不见踪影。喜鹊吵吵闹闹的劲头却并没减少半分。

"转告女主人我们在外面等她，就在下面的圣道上等她。"

外面，一片黎明前的清冷，没有风。星光暗淡，但室女座的星星还在闪着微弱的光芒。他们走下陡峭的石阶，万事万物似乎都笼罩在一层坚霜下。远处传来几声狗吠。

"大象酒馆"的消费并不比安布罗斯大市场的其他酒吧贵。圣道两侧的什么东西都便宜不了。沉重的木遮板已经被收起来了，酒馆开张。希波托俄斯和卡尔加库斯走了进去。

灰蓝的天空高悬在头顶，东边的地平线上镀着一层银边，一片狭长的云朵就挂在那儿，好像是谁小心翼翼画出的一道横线。几只燕子在高空盘旋着，用翅膀画出一个个复杂的图案。

"你有没有想过，这天空有一天会塌下来？"马克西姆斯问。

"谁知道呢，也许吧。"巴利斯塔继续仰望着那些燕子，"但我和你们凯尔特人想的不一样，没准诸神在黄昏到来时，世上的一切都会塌陷，只有天空塌下来不太可能。"

"你的那点儿表亲——博拉尼人和其他哥特人呢？他们也觉得天会塌吗？"

"他们可不是我亲戚，不过是些愚昧无知的流民罢了。"

"他们对您的评价可是很高啊。"马克西姆斯微微一笑。

其他人捧着酒杯从酒馆里出来了：四杯混有香料的葡萄酒，陶瓷杯子烫得人几乎拿不稳当。热腾腾的酒气中能闻得到葡萄、蜂蜜和香料的味道。

"卡尔加库斯，你觉得天会塌下来吗？"马克西姆斯问。

"当然了，随时都可能塌下来。"

希波托俄斯是希腊人，他理所当然地摆出一副超然物外的样子。

巴利斯塔看了看他的伙计们。卡尔加库斯，一颗圆圆的大脑袋，薄薄的嘴唇，一看就是个坏脾气的人；马克西姆斯，鼻子下面的苍白伤疤衬着他脸上深褐色的皮肤，格外显眼；然后是希波托俄斯。他们之前身边相随的是德米特里厄斯，换人之后颇有些不同。当然了，希波托俄斯年纪更大些，几乎和巴利斯塔一样大。不过这种不同的感觉也可能是因为出身不同。德米特里厄斯伺候巴利斯塔的时候身份是奴隶，而希波托俄斯，据他自己说，生来就是自由民，以前是个富有的年轻人，因为种种不幸经历不得已落草为寇，或者是转而去做什么别的类似营生了。对巴利斯塔这一大家子而言，他的确是个新人，还算不上是朋友，但关于希波托俄斯有一点比较特殊，那就他的眼神。巴利斯塔对他的新勤杂差役是什么样的人实在是拿捏不准。

太阳战车已经行驶到了半山腰。头顶上飞翔的燕子闪着金色和黑色的光芒。沿着安布罗斯大市场一侧，不少早起的人转向东方，抛着飞吻。还有几个做得更过，跪在街道上，匍匐在地行朝拜大礼。巴利斯塔这一拨人谁都没动，他们各有各的神要拜，有的心中压根儿没有神。

"大人。"

巴利斯塔转过身，喊他的人正是他的妻子。朱莉娅看起来不错，身材高挑，站得笔直，胸前按希腊人的说法有一条"深深的乳沟"。在她旁边侍女白色衣裙的衬托下，她的头发和双眸都显得格外地黑。

"我的女主人。"他以正式的称呼向她致意。她一双黑黑的眼眸中毫无笑意。他俩之间已经别扭了一年左右了。他没问过是为什么，以后也不打算问。这可能和西利西亚那个叫洛葛仙妮的女子有点儿关系。自他从加利利（巴勒斯坦北部一多山地区）——他被派去杀犹太人的地方回来以及朱莉娅从安条克的皇宫回来之后，这种不和谐就出现了。在安条克，可能有人跟她透露了一些巴利斯塔在西利西亚的事情，肯定是关于洛葛仙妮的。于是情况变得让人如坐针毡。不过毕竟他妻子是议员的女儿，她从未在公众面前给过他难堪，而且她看起来真的不错。后面跟着的是他们的儿子。

"大人。"伊桑格瑞姆恭敬地上前一步。他是个个子高高的男孩儿，刚满十岁。而且他脑子转得快。他知道母亲想让他们父子之间的对话正式一些，想让他表现得体，与她那边元老院议员家庭的出身相符，但他知道此举会惹恼父亲。于是，伊桑格瑞姆先保持了一段时间这种端正的姿态，而后又咧嘴一笑。父子二人手臂挽着手臂，就像伊桑格瑞姆曾经见到父亲与马克西姆斯、卡尔加库斯和其他曾侍奉过他的人那样。他们拥抱了一下。

可德海姆管不了这些。这个三岁的孩子绕过朱莉娅两个侍女中的一个——安提雅的阻拦，冲他父亲和兄长跑去。巴利斯塔把两个男孩儿都抱了起来。他听见他妻子发出了烦人的啧啧声，但他没理这茬儿，自顾自地将孩子们高高地荡起来，并将脸埋在一个孩子的脖子处，然后又对另一个如法炮制。孩子们头发飞扬，父子三人都大声笑起来，这是在故意违背朱莉娅的心意。

巴利斯塔把两个儿子放了下来，又一个小孩儿跑过去跟他们聚到一起。不管德海姆在哪儿，巴利斯塔从加利利带来的那个犹太男孩儿——西蒙都会在近旁。他们算是同龄，两个人都活泼可爱。丽贝卡往前走了几步，想重新看好孩子。巴利斯塔微笑着挥挥手，示意她退下。他也拥抱了西蒙，他的妻子已经告诫过他好多次了，像对待自由民一样宠爱有加地对待一个奴隶是不明智的。他知道她说得没错。他不得不马上做出改变，或者收敛自己的行为，或者把那孩子从怀中放开。说到丽贝卡，她是在加利利的时候买来照看西蒙的。要使唤她，得问问卡尔加库斯的意思。巴利斯塔马上就要问问他了。

喀里多尼亚人上前一步。这就对了嘛，干吗不弄乱你的衣袍呢。卡尔加库斯似乎经常闹误会，要是他嘴里嘟囔抱怨着什么，那即便他声音尖细，而且大小也完全够听见，但还是几乎不可闻。反正穿衣打扮都不用你亲自动手，他乐呵呵地将孩子们往边上赶。

巴利斯塔示意康斯坦斯过来，后者帮野蛮人将他长袍上那一大摞披垂在身上的羊毛织物重新整理了一下，收拾妥当，然后追上丽贝卡和西蒙，重新沿着梯田般的山坡上诸多房屋间蜿蜒的石阶往上走。于是，巴利斯塔、他的妻子和她的两个侍女、他的两位自由民手下和勤杂差役一起出发，开始顺着圣道一路向上行进。

安布罗斯大市场就在他们前方的山上，眼前的峡谷令人头晕目眩，挨着谷底的每一侧山坡上都建有一栋栋白色的房子。现在整个谷底都洋溢着节日的氛围。人们爬上梯子挨个整理柱子上的垂花饰，挨个为数不清的雕像戴花环。其他人有的随身带着小小的神龛，有的在为焚香和祭酒做准备，有的则正忙着点燃烛火。他们头上的空气似乎都热腾腾的。

所有的以弗所人都为了这个节日不厌其烦、不辞辛苦，议会成员更是如此。城市议会中有大概四百五十个富人，是他们承担着装饰所有街道和柱廊的鲜花的开销。游行队伍经过时，普通市民要献上乳香①和葡萄酒，庆典结束后他们还会喝更多的酒，这些费用也都是议会成员负责的。这些花销是巨大的，因为以弗所是个人口繁多的大城市。不过，也许最后大家会发现，花出去的每一个欧宝②都是值得的。上次发生内战的时候，这座城市站错了队。一年前，该城市帮着马克利亚努斯和奎伊图斯对付加里恩努斯。当然了，那是因为别无选择。但同样情况下，当胜利者记仇或者仅仅是缺少资金的时候，这个理由终是立不住脚的。如果帝王之怒降临到这座城市，那么直接受其累的就是议院的各位议员。富人和显贵基本都是世袭，不可能逃过帝王的注意。

城中最有理由表现得慷慨的人莫过于主持今日节日庆典的大祭司了。作为亚细亚行省的首府——以弗所城内主持帝国祭仪的最高等级

---

① 取自阿拉伯和东北非产的各种橄榄科乳香属树的树脂，常在宗教仪式中燃烧。

② 古代希腊的银币。

的祭司，盖乌斯·瓦勒里乌斯·费斯图斯无疑是最最重要的人物了。他也是城中最为富有的那一批人之一。最近，他刚刚承诺要花一大笔钱供疏浚海港。他的宅邸富丽堂皇，曾被视为是接待僭主马克利亚努斯及其父亲的最佳场所之一，那时这二人正在前往西方的路上，尚不知他们的气数将尽。让他更为不安的是，他自己的兄弟是个基督徒。这个异教徒兄弟后来越狱，在国外过了两年多的逃亡生活。奎伊图斯倒台后，他曾重新现身过，不过时间不长就又没了音信。据传，加里恩努斯听说此事后长出了一口气，但是家人团聚并没有为大祭司带来由衷的快乐。所以，盖乌斯·瓦勒里乌斯·费斯图斯为此节日花费颇多也就不难理解了：唱诗班、乐师、有名气的智者——谁都知道请他们要花大价钱——还有一整群即将作为祭品杀掉的公牛，它们将变成烤肉满足城中每个人的口腹之欲。

巴利斯塔一行人还没走出多远，甚至还没走过左手边瓦利乌斯浴室前的哈德良神庙，就停了下来了脚步。原来是前面一个赶骡子的人手底下的牲畜出了问题，那骡子一对长耳朵向后竖着，在原地直打转，背上驮的鲜花撒了一地。它四只小蹄子不断踩着踩着，落在地上的花朵被踏成了泥浆。

巴利斯塔查看了一下，他的儿子们并不在骡子跟前。比起马来，骡子更犟，说撂挑子就撂挑子。看到孩子们都没事儿，巴利斯塔便松了口气。他看看身后来时的路——通往塞尔苏斯图书馆的下坡路，再远一点儿是海港。过不了几天，他们就将乘船前往西方。在以弗所等待加里恩努斯的旨意毫无意义。至高无上的神、无惧死亡的神、遮面神，千万保佑皇帝开恩：不要比流放还糟糕，我还想把我的产业留给儿子们呢。

马克西姆斯正在跟大家没完没了地讲在希伯尼亚人们是怎么培育骡子的，巴利斯塔隐约听见了。好像是先要将母马的鬃毛和尾巴剪掉，然后再牵着它去和驴子交配，这样能让母马少些傲气。有一条水溪穿过安布罗斯大市场流了下来。巴利斯塔让自己的目光逆着水流往上游看去，越过一座座小丘，就在那头乱冲乱撞的骡子上面。这条小溪流淌着，绕过愤怒地挥着小棍抽打骡子的赶牲口的人。溪流之源就是位于圣道左侧的图拉真喷泉。

拔地而起的图拉真比一个成年男子要高上一倍，男子的头和肩膀只能赶上一座建筑的第二层。图拉真的雕像近似半裸，样子就好像一尊神像。另外，还有一些小的神祇安放在圆柱形的神龛中，似乎都在纷纷向图拉真窥探。野蛮人见到脚下是一片很大的池塘，不禁有些畏缩。水就是从这片池塘中流出去的。

真是奇怪，巴利斯塔想。罗马人十分擅长水利工程。这条溪流是在以惊人的效率灌溉着整个大盆地的边缘。水流混浊发黄、尽是泥巴。骡子跺着蹄子，泥花四溅，接二连三地嘶鸣着，它高亢的马嘶最后变成了受惊的驴叫。

巴利斯塔匆忙地得出了这样一个结论：喷泉和骡子，再之前是蛇与笼中鸟；现在是春天，海上风平浪静，已经数天没有降雨了。神啊，现在所有的兆头都全了。他们一定得离开这里，去一个更安全的地方。骡子举蹄四处踩踏，拦在前进的道路中央。道路左右的房屋建筑都挤成了一堆，这个盖在那个上头，都是危楼。应该下到山脚处，可是去哪儿呢？去教堂里管弦乐团演奏的地方？不，绝对不行。一定不能到那些有着精致舞台的高大建筑中去，不能到环绕着一排排座位的纪念碑中去。通往商业市场的大门——马扎亚斯与米特里达特之门？那门盖得倒是不错，很结实。不，当然也不能是那儿，得穿过大门到市场那儿才行。

"我们出发去市场。"巴利斯塔的命令一下子打断了马克西姆斯的喋喋不休，众人面面相觑。"我们得跑着去。卡尔加库斯，你走在前头开道。马克西姆斯，你带着德海姆。伊桑格瑞姆跟着我：拉着我的手。朱莉娅，你和你的侍女靠近点儿。希波托俄斯，你断后。"

朱莉娅做出一副要搞明白为什么的样子，但是看到两个自由民和勤杂差役都服从了命令，便作罢了。大家各就各位，都将妨碍行动的长袍拉了起来。犹豫了片刻，三个女人更讲究地重新整理了一下自己的衣裙。小德海姆高高地坐在马克西姆斯的肩头，他看到这一幕哈哈大笑。

"出发。"

整条街上的路人都瞪着眼瞅着，不情愿地挪到两边，给这一行人让道。起初这些人让路的动作很慢，于是巴利斯塔大喊："快闪开！都给我赶紧闪开！"借着下坡，他们行进的速度逐渐快了起来。

队伍的最前面，卡尔加库斯吼着"骑兵最高长官……外交官……都让开，你们这些娘炮南方人"。大多数行人都没听清楚他具体在喊些什么，但大概意思是听明白了。人群纷纷避到路两边，他们指指点点，大声谈笑，好像把这当成了节日庆典的序曲。巴利斯塔一路小跑，伊桑格瑞姆的手被他握着，变得汗津津的。巴利斯塔心想，要是他判断失误了，那这该多尴尬啊。

他们大步跑着，经过了阿尔西诺伊墓，又经过了安德鲁克里斯纪念祠。他们抵达哈德良大门的时候有动静传来了，"咔嗒咔嗒"的声音很嘈杂响亮，就好像一辆空马车急速驶过鹅卵石地面一样。路人这边看看，那边瞅瞅，都在寻找这声音的来源。可是他们什么也没看见，只有一个大个子男人带着他的仆从、家眷拼了命地狂奔，袍子、裙子也都穿得滑稽可笑，就好像后头有冥界女神赫卡忒追他们一样。

当他们冲到塞尔苏斯图书馆前的广场上时，那声音变成了奇异而空洞的隆隆声，仿佛远处的惊雷。他们脚下铺路的石子儿都移了位置。巴利斯塔和伊桑格瑞姆脚下磕绊起来。他们拉着手，时不时撞在一起，这反倒让他们没有摔倒。马克西姆斯将德海姆举在头顶上。卡尔加库斯依然在队伍的前列，其他人跟在他后头，也还没摔倒。大家都在奔跑。

那声音涌了过来，就好像一头公牛在洞穴中怒吼一般。地面翘了起来，他们脚下裂开一道缝。巴利斯塔不小心脱开了伊桑格瑞姆的手。人们趴在地上扒拉着沙子石头，然后便一个挨一个掉到了缝里，一时间他们四周到处都是尖叫声。巴利斯塔努力伸手去够他的儿子。铺路的石板之间，大地像簸箕中筛的谷糠一样震动不已。塞尔苏斯图书馆细长的柱子左摇右晃。此时仿佛连空气都在颤抖。

巴利斯塔紧紧扣着伊桑格瑞姆的手，双脚紧紧扒着地。他们看到马克西姆斯的背影消失在长廊尽头。希伯尼安人旁边的山形墙上，伫立着奥古斯都及其建立的罗马帝国第一个王朝的雕塑，那石塑先是挪离了原位，接着挪动得愈发离谱了，仿佛是古时候的祭司们在一场可怕的鲜血祭典中陷入了灾难般的迷乱一般。

"跟上！"巴利斯塔声嘶力竭地大喊。

接着，父子二人冲到了柱廊的拱顶下，他们背后随之传来了崩塌的声音。然后……然后他们就安全了，面前是商业市场的大片空旷地区。这里再没什么能威胁到他们性命的了。他们必须得远离中间那尊克洛迪乌斯的骑马雕像，其他地方除了比人稍高些的木造小摊位就再没有什么别的了。没什么好怕的了。

卡尔加库斯和马克西姆斯在一片空地上停下了脚步。他们俩都弯着腰，喘得跟什么野兽一样，而且还没忘了紧紧搂着德海姆。这个小男孩儿大睁着双眼，一声也不吭。巴利斯塔和伊桑格瑞姆也赶了上来。

巴利斯塔亲了亲他的两个宝贝儿子，扭头张望。希波托俄斯和一个侍女向这边跑了过来。朱莉娅呢？他再次向周围张望起来。朱莉娅去哪儿了？他将视线投向更远的地方。到处都是人：呆站着的、四处乱窜的，还有狂奔的，但没有看见她的身影。

"伊桑格瑞姆，你跟卡尔加库斯待在一起。"

"不要！"马克西姆斯喊道，"我回去找吧。"

"不用，你看好孩子们。"

巴利斯塔向来时的方向走去，他逆着人流努力寻找，还是没找到。

此时人们有的扯着嗓子喊，有的惊声尖叫，还有动物的嘶吼哀鸣，这些声音掺和在一起，震耳欲聋。再加上房屋一栋栋灰飞烟灭，变成废墟，嘈杂的声音愈发令人难以忍受，但现在地面不晃了。不过这种状态能保持多久呢？

巴利斯塔返回柱廊底下，逆着人流挤到了大门处。神啊，她到底在哪里？

一个男人没长眼似的朝巴利斯塔撞过来。巴利斯塔将他顶到一边去，然后奋力穿过人群向另一边走过去，拼命地往广场上看。

找到了！就在右边。朱莉娅跪在一座倒塌的雕像旁，雕像下躺着的是那个叫安提雅的侍女，黑黑的血积成一摊。

巴利斯塔将手搭在朱莉娅的肩膀上，说了些什么。朱莉娅却浑然不觉。

巴利斯塔任他本已提起来的长袍滑落。一叠白布落在血泊中。他弯下腰检查那女子是否还活着。如果她活着又怎样呢？他是没办法抬起来那座沉重的大理石雕塑的。他摸了摸她的脉搏。死了，虽然他有点儿负罪感，但还是觉得松了一口气。

巴利斯塔慢慢直起腰来。然后僵在原地。恐惧是不是压过了他的理智？他向上望去，看见门顶上非常靠近边缘的地方静静地倒着一尊雕像。他想起了另一扇大门，另一座城。在埃美萨的大神庙中，一座座雕塑在空中翻转着、直直地砸下来，脆弱而沉重地摔在地上；他手下人遭到的杀戮，他腿上被刀剑划伤的痛楚。如今，以弗所城的地面倒是纹丝不动了，可这又能持续多久呢？

　　他再次弯腰查看她是否有生命迹象。

　　"她已经死了。快起来吧。"

　　朱莉娅没有动，莫名其妙地开始背起一段拉丁诗文：

　　圣者为何要庆祝？

　　巴利斯塔将双手架在她胳膊下面。

　　若这胜利将把你摧毁。

　　巴利斯塔终于把妻子架了起来。

　　圣者为何要庆祝？若这胜利将把你摧毁。

　　巴利斯塔半托着她将她拉走了。

　　他们回到市场与其他人会合。

　　附近，有人在唱赞美诗，声音盖过了周遭的嘈杂：

　　波塞冬，大地的占有者，坚定不移的戍卫者。

　　请收回您的震怒吧，

　　请用双手来保护我们吧。

　　蠢货，巴利斯塔心想：搞错了原因，求错了神。众神将火神洛基囚禁在地下深处，让毒蛇盘桓在他的头顶上。洛基那贤淑的妻子用碗来盛那毒液。碗注定会满，满了则要倒掉。这个时候，在黑暗中，毒液便汇聚在蛇的尖牙之上，然后滴落在洛基毫无防护的脸上。洛基只得尖叫着，徒劳无功地想离开被囚的岩室，摆脱囚禁他的铁链。

祈祷许愿根本没什么用处，人们在面对这一切时什么都做不了。

第二章

市场上光线还挺暗的。此时拂晓刚过，黑暗重临。厚重的尘云和烟雾从大门下滚滚升起，在低空中翻腾着从山间溢出，漫过剧院，就连阳光都无法穿透。强韧的黄褐色烟雾让特拉古诺斯市场——亚细亚行省首府以弗所的商业中心变成了好似冥河一般的所在。

大地已经不再震动了，但是众人还是个个像刚上岸的水手一样，步履蹒跚。巴利斯塔旁边有个男人，正扶着一个摊位呕吐，而摊主也没有拦阻。和很多人一样，他眼神茫然，被刚才发生的一切给吓得不轻。到处都有人在语无伦次地尖叫，或像没头苍蝇一样乱撞，他们似乎完全没了主意。朦胧中飘来阵阵赞美诗的吟诵声：波塞冬，大地的主宰……

"大人。"说话的是卡尔加库斯，"房子、家里的其他人都怎么样了还不知道，咱们得回去看看啊。"

巴利斯塔努力理清思路：房子、康斯坦斯、丽贝卡和西蒙、其他人……恐怖。当然了，卡尔加库斯这么担心肯定是因为丽贝卡的缘故。

希波托俄斯靠拢过来。他满头的灰尘沙土，一双蓝眼睛布满了血丝。"大人，这么严重的地震，不可能只震一次的。地下之风也不会一次全都涌出地面。底下狭窄的空间里一定还剩有空气。等那些空气冒出来的时候，大地定会再次震动。"

巴利斯塔轻抚伊桑格瑞姆和德海姆两个人的小脑袋。他努力思考着。

"孩子们,"希波托俄斯比画着,"女人们,他们待在这空旷地方要安全得多。您要是和其他男人们一同去查探情况,我就留在这儿照看他们。"

巴利斯塔透过扬起的黄色沙尘向四周看了一圈。从他所站的位置一直到海港都没有任何房屋建筑,一马平川。"地震过后,可能会发生海啸。"

希波托俄斯点了点头,他出奇地镇定,点头的样子也很审慎,就好像是在哲学学校中探讨一个命题似的。"并非总是如此,况且我们和海之间还有好几百码的距离。只在有与地底冒出的风对着吹的向岸风的情况下才会引发潮汐,而今天的天空挺平静的。"

巴利斯塔没有立即回应。他观察周围的人群,人们茫然地站着,偶尔会有那么一小撮人在朦胧的晨光中做出些愚笨的举动,他们是一群丧失了理智,也许可以说是危险的人。他不能把他的孩子们留在这儿。他现在还不能与他们分开。

"咱们一起走。"巴利斯塔说。

马扎亚斯与米特里达特之门在朦胧中隐约可见。门上面依然端立着几座雕塑,巴利斯塔向它们投去了怀疑的目光,门那边的广场是一片被遗弃了的废墟。右边,从塞尔苏斯图书馆正门飘出来几缕青烟。前方,巨大的帕提亚战争纪念碑已经倒塌了;不管是野蛮人还是他们的征服者,都毫无差别地轰然倒地。巴利斯塔以极快的速度带领大家来到了左侧。他希望孩子们没有注意到那座砸下来的雕像和雕像下面被砸死的安提雅。

他们一起走上圣道,见识到了此次地震造成破坏的随意性和极其惨无人道的场景。有的房子毫发未伤,而在这些房子旁边,一整片街区都坍塌殆尽了。哈德良神庙和瓦利乌斯浴室丝毫未损，对面的街区里他们租来的房子则损失惨重。

"神明保佑……"

这条街上有一部分已经被堵上了。他们爬过废墟才终于到了曾经坐落着租来的宅邸，如今却是一堆瓦砾的位置。

巴利斯塔估量了一下受灾情况。这里很多人都尚未摆脱震惊的状态，其他人则在奔走忙碌着各自的事情。不论是为了救人性命还是趁火打劫，人们都像蚂蚁一样匆匆地在废墟中穿梭。这一行人紧紧围拢在巴利斯塔周围。他们都在等待，只有朱莉娅除外，她还是一副惊魂未定的样子。怎么就不能让其他人来操心呢？巴利斯塔将这个幼稚的想法抛到了一边。

"伊桑格瑞姆，待在你母亲身边不要乱跑。"巴利斯塔转身对剩下的那个侍女说，"罗德，你照顾好德海姆；要紧跟着你的女主人才行。希波托俄斯负责保护妇女和孩子。离那些房子的背风处远点儿，尽量待在街道中央。"

巴利斯塔对马克西姆斯和卡尔加库斯咧嘴一笑，"咱们最好尽你我所能。"说着他指了指他们身上累赘的长袍。"这些可会拖后腿的。咱们应该把它们脱下来留在这儿。"

于是他们三个人都把衣服脱到只剩一件束腰外衣。巴利斯塔意识到，他头上竟然还带着那顶金城冠。他将它递给希波托俄斯。"帮我看着。我以前在安条克丢过一顶，重新打一顶要花不少钱呢。"勤杂差役充血的双眼闪闪发亮。巴利斯塔暗想，不知他是不是那种会为金子痴狂的人。当然了，他比西利西亚的强盗也好不了多少。

"咱们应该带着这些袍子，"卡尔加库斯说，"它们可以系在一起当绳子用。"

"天啊，你说得对！"巴利斯塔摇了摇脑袋，"我们手里啥都没有，甚至连个兵器都没带。"

两个自由民微微一笑。马克西姆斯不知从哪儿掏出来一把锋利的匕首。卡尔加库斯则抽出两把。这位喀里多尼亚老人将其中一把递给巴利斯塔，后者则顺手又将它交给了希波托俄斯。

"你们俩可真够有心眼儿的，都是危险的浑蛋。"巴利斯塔大笑着说。

三个人这时把注意力都集中到面前的坡道上来。这条本位于两个住宅区之间的小路已经不见了。两边的一堵堵墙坍塌下来，将它盖上了。不过大多数房屋都是向前倒下的，废墟正顺着山坡往下滑动。他们得翻过那些塌下来的房顶以及残垣断壁才行。

巴利斯塔将长袍拽起来打个结拷在肩膀上，然后出发了。他们分散开来向上攀进，小心翼翼地避免走在他人前方。废墟危险得很，容易让人踩空，要是一个人滑了一跤，那么他后面的人很可能会被压着。他们前进的速度慢得不像话，因为手攀脚落的每个着力点都有让人受伤的危险；到处都是参差不齐的瓦片、尖锐暴露的钉子。

天啊，这跟自杀没什么两样，巴利斯塔想。就算没有可怕的余震，他们这拨人也随时有覆灭的危险。他突然发现自己正在踏着尸体和将死之人的身躯前进，更糟的是，他脚下还有那些未受伤却被压在废墟下的人。他向上走得举步维艰。

他们最终抵达租住的宅邸时，差点儿没认出来：屋顶都塌了，像是被削去了一截，显得甚是怪异。房子向前移动了一些，楼层地板也都坍塌了，一层压一层。每个隔间中的卧室都只剩下不到几英尺长。天花板下整排整排的木梁都从房檐下戳了出来，这排搭在那排之上。此情此景，一点儿都看不出这是之前用真砖实瓦搭建的宅院。巴利斯塔由此想起了一种层层垒叠起来的精致意大利蛋糕。

他们爬到了废墟顶上，将砖瓦拨拉到一边，在碎石间大声呼唤，然后聆听着是否有回应。房子里没有丝毫动静，只听得见远处的呼声与尖叫声，还有近旁木料与石头滚动或跌落的呼啸声和脆生生的开裂声。此外，大家还隐约闻到了木头烧着的味道。

天井原来所在的位置比周围矮下去一截。从房子顶上往下挖是不可能的。他们一行人都没怎么作声，只是匍匐着朝凹下去的那一块爬去，也许他们能从那一侧打开一条通道钻进去。

一阵低沉的吼声从下方冒了上来。他们停下了脚步，向下凝望。一阵小风吹过来，似乎吹散了几丝朦胧。一个瘦高的身影出现在圣道上。来人拼命地往他们的方向赶过来，麻利地翻过诸多障碍物，似乎没有什么能拦住他。他身后不远处还有跟随者——从市场方向涌过来的人群，他们已经经过了冒烟的塞尔苏斯图书馆。这群暴民正大声疾呼惩罚那个让城市遭此劫难的人——这是全世界最令人惶恐的呼声了。

男人直愣愣地朝朱莉娅和孩子们走过去。巴利斯塔吃了一惊，一时僵在原地。万能的神明啊！不死的神明！求您一定要保佑他们安全。

希波托俄斯已经看见那个赶过来的男人了。他正护送这一大家子人躲到小小的哈德良神庙前的柱子那儿。那男人想跟着他们一起往那儿走。希波托俄斯从中央的拱门后站了出来。他胳膊微微挪动，所执宝剑的锋刃在阳光下闪闪发亮。于是那男人稍稍变换了前进方向，绕过他继续奔跑。他看上去很疲惫，跑得并不怎么稳当。

暴民越聚越多。他们像浪潮一样涌过哈德良神庙。他们呐喊着，用声音表达着他们的愤恨。巴利斯塔听了个大概：处死纵火犯，处死无神论者……把基督徒扔出去喂狮子。

走在头里的那人大步流星，踏上了通往总督宅邸的小路，然后又拐出小路，跑到了安布罗斯大市场上。

他们拦住他的时候，他只走到了图拉真喷泉那儿。一块石头向他投去，让他摔了一跤。他挣扎着想站起来。又有人上前来把他踢倒在地。他被淹没在不断涌出的泉水中，疯狂地踢腾着。

"神啊！"马克西姆斯说，"看那些女人们。"

巴利斯塔看到的情形比希伯尼安人说的还要糟糕，那群暴民们的拳脚之下甚至还有孩子。他将视线转开，望向街道。希波托俄斯做得不错。他护着这一家子人退到了哈德良神庙内，以免让孩子们看到那令人作呕的残忍场面。

人群有那么一瞬间分开了一条小缝儿，可以看到那个被围起来的男人再次站了起来。人们都在抓他、打他、往不同方向拉扯着他。他年纪不小了，浑身是血，拼命地求饶。

"这倒霉鬼。"马克西姆斯念叨了一句。

那男人再次倒下了。暴徒们凑过去，像一群要将猎物撕成八块的猎狗一样。

"这倒霉鬼。"马克西姆斯又说了一遍。

> 波塞冬，大地的占有者，坚定不移的戍卫者；
> 请收回您的盛怒吧，
> 请用双手来保护我们吧。
> 福玻斯·阿波罗……

主持这场疯狂"血祭"的那几个人将沾染着鲜血的双手伸向天空。他们的吟诵传到了上面，传到了在坡上目睹这一切的那三个男人的耳朵里，传到了高高在上的奥林匹亚诸神耳朵里。若是神明真的存在，那高居苍穹之上的他们想必会很开心吧。

至于安布罗斯大市场上，密集的人群逐渐散去。男人、女人和孩子们都四下走开了。从远处看去，这些人与其说是精疲力竭，不如说是垂头丧气。

在隔着朦胧雾气的春日暖阳下，一具尸体被遗弃在圣道中央。

山坡上，站着三个沉默的男人。他们一言不发是因为无话可讲。他们就这样沉默着如履薄冰般继续走着，走过那片洼陷的天井。

在即将翻过山坡边缘的时候，巴利斯塔俯瞰着安布罗斯大市场。他很庆幸希波托俄斯把家人都带出了哈德良神庙。巴利斯塔就觉得要是再来一次地震，神庙那几根细长柱子肯定会撑不住的。街上那具尸体离他们并不远，但他们却没法子。他希望他儿子们看到的是这场杀戮本身或发生之后的情形，而不是人被杀掉的残忍方式。可是，有哪个孩子没见识过斗兽场里或其他地方横死的人呢？而且罗马帝国各个城镇的城墙外不都立着有死人钉在上面的十字架吗？

这块洼地中一个个窟窿的边缘参差不齐，就好像是墓地里摆着的切工敷衍的牌位一样。有的洞口还没一个婴儿大，还有的可容一人进出。他们就在这片危机四伏的废墟中攀爬着，不时向那些黑幽幽的、灰尘呛人的裂缝里张望，呼唤着，也倾听着有没有生命的迹象。

"这儿有人。"马克西姆斯招呼另外两人过去。有闷闷的人声传来，哭泣声——是个婴儿吗？还有个女人的声音，"救命！来人救我啊！"

"我去救。"马克西姆斯说，"你们俩成天好吃好喝伺候着，胖得跟角斗士似的。"

巴利斯塔胸中涌起一股感激之情，马克西姆斯是为数不多的知道他怕封闭空间的人。

他们将一件袍子撕开拧成绳子，将它系在马克西姆斯腰上，为了绑得牢靠些，他们又加上了一件袍子。

"猛地拉三下，就表示我们想让你上来，"巴利斯塔说，"同样，你拉三下我们就开始把你往上拽。"

马克西姆斯点点头，从他脸上看不到一丝犹豫不决的神情。他摸索着下到洞里去了。

　　马克西姆斯的动作有点儿慢。他一边下一边手脚并用，对付那些挨着他身体的小砖块和单薄木料，把它们一一往身后推。最后，上面的人连他的脚都看不到了。

　　巴利斯塔等待着，他已经把手中那条临时拧成的绳子放完了。卡尔加库斯沉默地守在他身边。有一股味道传来，虽然很轻，但绝对是着火的味道。头上那片晴朗蓝天中，燕子们盘旋飞翔，接连俯冲。

　　那根绳子很长时间都没动静。巴利斯塔能听见马克西姆斯在一边嘟囔，一边扒拉着土石，时不时还咳嗽两声。附近常常有碎石发出的脆生生的碎裂声，或者裂开的吱嘎声，每每都会让在洞外守候的人心惊肉跳。

　　等了好久好久，他们终于听到马克西姆斯要往回返了。卡尔加库斯探出身子从裂缝中往外抽一块粗石，马克西姆斯则在下面踢。终于，马克西姆斯的双脚出来了、他扭动着身子，身下传来尖叫声。

　　马克西姆斯出来后一屁股坐在了地上。他全身上下又是汗、又是灰，还有满是鲜红的伤口。

　　卡尔加库斯走到近旁，像麻利的接生婆一样，把孩子从黑暗中带到了阳光下。他将西蒙交给巴利斯塔，然后再次弯下腰去。卡尔加库斯尽可能轻柔地将丽贝卡救了出来。这个其貌不扬的老人将她抱在臂弯中。

　　"康斯坦斯也在那里边儿。"丽贝卡的嗓音低沉沙哑，几乎说不出话来。他们忘了带水来救人。她从卡尔加库斯的怀中挣脱出来，抱起西蒙。

　　巴利斯塔低头看看马克西姆斯。希伯尼安人点点头，脸上现出一副疑惑的表情。

　　"卡尔加库斯，把他们带下去和家人会合。"

巴利斯塔带他们爬上这片低洼之地的边缘。坡下宽敞的空地上是朱莉娅、罗德和德海姆。不知道为什么，希波托俄斯正领着伊桑格瑞姆离开大部队，重新回到了那座小庙的庙墙后头。

"卡尔加库斯，把伊桑格瑞姆和那个西利西亚蠢货从那'死亡陷阱'中弄出来。你小心点儿下坡的路。"

卡尔加库斯举起一只手挥了挥，表示听到了。

马克西姆斯坐在那片洼地上，双眼轻闭，气喘吁吁的，像条狗一样。没带水下去真是蠢透了。

巴利斯塔抬起双手要帮马克西姆斯解他腰上系着的简易绳索。马克西姆斯假意推脱了一下便不再坚持，巴利斯塔一边忙活着一边说："你该做的都做了。"

"说是这么说，但还是没起什么大作用。"

"也许是的，但你又能怎样呢？"

巴利斯塔将绳索系到腰上，然后被吊着下到那处缝隙里。他笔直地向下走，自己的身子挡住了大片阳光。他笨拙地让自己继续深入。当他的双脚也进到缝中后，他停了下来，在地下静止了一会儿，告诉自己停下来是为了让自己的眼睛适应光线。他努力不去想上方和周围，有坍塌风险的瓦砾砸下来会有多沉，也努力不去想此时自己的活动有着怎样可怕的局限性。这条隧道比他的肩膀宽不了多少，而且这条隧道的表面粗糙不堪。他不知道自己是否还能继续往下走。

就好像后腿折了的动物一样，他拖着下半身、仅仅凭借双臂用力向前爬，两脚像一对无用的鳍般在身后拖拉着。一块边缘参差不齐的碎石划穿了他的长袍。他感受到小腹渗入了温热的血液。他任凭疼痛加剧，将所有精力都集中在对疼痛的感受上，借此来将恐惧的感觉抛到一边。

他越深入缝隙，呼吸越浅越急促。这可能是因为空气变得差劲了，也可能只是因为他个人的原因。继续前进。只行动，别多想。

这条阴森可怖的隧道只在他眼前延伸出有限的一段。他双手能摸到的和他所见是一致的，挡在前方的是一道过梁或者吊顶之类的东西。一定是这玩意儿救了丽贝卡和西蒙。那玩意儿后头的空间还没个兔子洞大呢。

"救命。"这声音微弱得很，但却近得惊人。

"康斯坦斯？"

"救命！天啊，疼死了。"

巴利斯塔从几乎全黑的眼前分辨出一个白乎乎的影子。他往前蹭过去。那是一个人的手和前臂，摸上去温热，皮肤上沾了一些沙砾。这条手臂从乱石堆中伸了出来。

"康斯坦斯，你能动吗？"

"宙斯啊，雅典娜啊，天上的诸神啊，求你们让我从这鬼地方出去吧。"

巴利斯塔开始觉得呼吸困难。他强迫自己流利地讲话，就像在跟一匹马絮语那般。他也不知道自己都说了些什么。他为了不吓到康斯坦斯，慢慢地松开了后者的手，继而用手指在这堆乱石上来回摸索着，费力地想搞清楚那儿到底有什么。

那处缝隙的的确确跟兔子洞一般窄。巴利斯塔将一条胳膊伸了进去，一下就碰到了康斯坦斯。接着他就发现空间已经容不下其他任何东西了。他轻轻拍了拍被困住的那人的肩膀。洞口像是挡了一大块石头。目前既没有适合的工具，也没有多余的空间行动，所以想将其敲碎或者挪到一旁几乎是不可能的。在这块落下来的石料下面还有更多碎料。也许可以先将这些碎料挖出来，但要是那样的话，那块大石头就会因为没有支撑而塌下去。

巴利斯塔再次静静地躺在坑道中。他的呼吸开始变得短促，断断续续地反复对康斯坦斯讲些安慰的话。巴利斯塔此时身处的深度空气尚未变得混浊到难以呼吸。他一边说着话一边想着此时所在的这条隧道。他又想起了通常的那些隧道，记忆一下子回到了六七年前的阿瑞忒城。他那时曾经和他的朋友马穆拉聊过，怎样才能让隧道得到最好的通风条件，后来他却将马穆拉留在一条隧道中等死。那是因为他别无选择。若不是那样，波斯人就会涌进去，杀光全城的人。根本就没有其他选择。但是，偶尔回忆起他下令让人拆除坑道支柱后，入口塌下去的那一刻的情形惊人得清晰。尽管那时候波斯人没有攻进来，但最后他们还是破城而入了。他们杀掉了他们俘虏的所有人。

巴利斯塔腰上的"绳子"被猛地拉了一下。北方人躺在原地等待着，也许是他没感觉到上面拉绳子的头一下。他对康斯坦斯说了些话，说的都是再三让他放宽心的话，丝毫没有这次上去就不回来了的意思。话毕，巴利斯塔开始往回爬。

一开始他的动作很慢，这是不想造成康斯坦斯的焦虑不安。他奋力让自己退出这个洞，然后，他意识到自己的这种行为简直是疯了，他双手、两肘、双膝、两脚的动作都特别迅猛，并且感觉到身体周围有许多尖锐的凸起，所以他全身都是擦伤和割伤，再或者就是裂开的口子。

他双脚刚出来，马克西姆斯就接住了他。这个希伯尼安人将他安置好之后，巴利斯塔又是干呕，又是擦眼睛。他们真应该带上水再来。

马克西姆斯指了指洼地那侧，有十好几条地缝都冒出烟来，其中一处简直是在向外喷烟，就好像是烧炭工垒起来的灰堆中的一条缝，还有一处清晰可辨地呼出一阵阵烟气，好似地下暴怒的鬼神正警告世人将有大灾降临。

"我们不能抛下他不管。"巴利斯塔说。

马克西姆斯点点头，用绳子吊着自己从缝隙里往下走。

　　巴利斯塔知道马克西姆斯要做什么。他是否该阻止他呢？巴利斯塔从那巨大的道德两难深渊中抽身而出。他放眼望去，四周一片断壁残垣，危机四伏、瞬息万变。巴利斯塔合上了双眼。

　　突然传来了有人扒拉地面的声音，马克西姆斯回来了。他从缝中冒了出来，将匕首重新收到鞘里。

　　"该走了。"

第三章

　　“陛下，关于如何处置巴利斯塔您是否拿定主意了？”这句话一问出来，沉默便在这座被征用的拜占庭宫殿的餐厅中蔓延开来。

　　罗马皇帝——虔诚敬神、英勇无敌的普布里乌斯·利奇尼乌斯·埃格纳提乌斯·加里恩努斯没有作答。沃克尼厄斯·芝诺负责在文化事务方面辅佐皇帝，这个问题已经超出了他的职责范围。

　　“他杀过一个僭主，也有胆子登上帝位，尽管只有几天而已。”芝诺继续说。

　　加里恩努斯从卧榻旁矮几上拿起一个梨子。“是谁贿赂了你？”他想，“你问这么个问题收了多少钱？”

　　“巴利斯塔现如今正在以弗所，等航海季到了就会乘船返回西西里岛。五天后他就走得远远的了，也不会在朝廷上露脸了。”芝诺说。

　　加里恩努斯转了转手中的水果。在春日的阳光下，果皮带着光泽。他咬了一口果子。他正在招待大家，这间屋子里除他之外共有十四位客人：五个平民；帝国教廷文书院的几个执事，其中就包括芝诺，还有九名军官。这是颇为正式的御前会议结束后举行的一场气氛亲密的小型午宴。

　　上午的正经国务都处理完毕。他们花了很长时间就帝国针对拜占庭这座城市做出的决议进行讨论，因为帝国的决议就像神的旨意一样，不容更改，不可撤销。

"当然了，陛下，我并不是建议采取什么行动。"面对皇帝长久的沉默，芝诺有点儿沉不住气了。"也可能他更应该得到嘉奖，而不是惩戒。"

加里恩努斯注意到，尽管在座的人都没说话，但里面有一个人似乎对此事尤其感兴趣。感兴趣的这个人不是雇佣军指挥官鲁费那斯。作为情报机关的领头人，鲁费那斯理应听得最专注。尽管他掩饰得非常好，但还是能看出来，那个凝神细听的人就是塞索里努斯——禁卫军的副统领。

眼下应该是变革的时候了，加里恩努斯心想。塞索里努斯虽说出身较低，在朝廷上发言时对荷马著作中的引用常常出错，但他毕竟给加里恩努斯的父亲瓦勒良、短命的两个僭主——马克利亚努斯二世和奎伊图斯当过雇佣军指挥官。他可是个动荡政坛中的保命高手：极不可靠、心狠手辣且办事利索。加里恩努斯清楚，他正需要具有最后两种品质的人，而且他从来都不是看出身下菜碟的人。

"尝个梨子吧，"皇帝对芝诺说，"我特别喜欢反季的食物。"

一个仆人将盛水果的浅口银盘端了过去，芝诺自己从里面拿了一个梨子。加里恩努斯收起笑容。芝诺其实并不喜欢吃梨子，但皇帝即便说的只是一个建议，话中也总是带着命令的意味。而且，想展露微笑的冲动也难以抗拒——芝诺把皇帝刚才说的话中所有可能的意思都琢磨了一遍，"反季的食物"这种话里一定有危险信号。

"我还没拿定主意，"加里恩努斯说，"但是现在我希望诸位御前随侍能为我即将到来的登基十年庆典献言献策。"

不出所料，谈到这类话题，文书院一个当执事的平民先开了口，"陛下，"引见官凯基利乌斯·赫尔米亚努斯说，"为了庆祝您在位这辉煌的十年，得有恰如其分的盛景才行。"

"的确如此，"加里恩努斯说，"虽然我期待的是更确切的建议。"用语言打击他人带来的快乐是阴险的。他必须控制自己少发恶声。他可不想变成像提比略或卡利古拉那样的皇帝。要知道，皇权和暴政本就是一枚硬币的两个面。

"得等到秋天——竞选季结束之后才行。"高级禁卫军统领和他的副手塞索里努斯不同，他并没有模仿上层阶级说话的腔调和姿态。沃鲁斯亚纳斯是个从里到外彻彻底底的军人。他一开始是个骑兵，而且很为自己的身份骄傲。他是加里恩努斯少数几个可以毫无保留信任的官员之一。去年加里恩努斯将沃鲁斯亚纳斯任命为执政官，元老院对此深恶痛绝。

"那我们就有充分的时间来策划一场真真正正绝妙的庆典。"侍从文书帕奥弗瑞厄斯·苏拉温文尔雅的声音响起，神态热情洋溢。"首先，必须要组织起庞大的游行队伍：由元老院和骑士团的成员组成，身着托加长袍，再挑一些性情温纯的母马，让队伍在夜里举着火把，拾级而上，向朱庇特神殿前进。"

"犄角镀金的白牛、白色的羔羊，每种各两百头——来场大祭祀感谢罗马的诸神能在艰难的岁月中照拂我们最优秀的帝王。"侍从护卫阿吉列斯一边说一边点着头，表示对自己的聪敏睿智和直白坦率感到满意，他话里甚至影射了那场给帝国抹黑的动乱。

一个军官的声音传来。"队伍中还要有正规军团和协防军团的旗帜，还要有波斯人、哥特人和萨尔马提亚人这些俘虏。"说话的是骑兵长官奥雷欧斯，他以前只是多瑙河上游的戈坦部落中的一个小牧童，是加里恩努斯信任的另一位铁血军人。

"得有大象，"阿吉列斯说，"它们能让队伍显得更加声势浩大。此外，母马还都要披上金色的斗篷。"

"大型庆典活动必须至少大办三天。"引见官赫尔米亚努斯之前碰了一鼻子灰，这回他显然想借这个想法把面子挣回来。"还要有竞技场表演——全套节目都得有，这是自然。角斗士不得少于 1200 名，还要加上各类戏剧表演：哑剧、滑稽剧要有，舞剧、严肃剧也要有。"

"滑稽剧得有独眼巨人这样的戏码，还要有拳击表演。陛下，您的子民两种表演都爱看。"芝诺这话说到点子上了；大家都知道，看这些是皇帝的嗜好之一——这回可没什么让人指摘"反季"的东西了。

"很好，"加里恩努斯赞许道，"很好，角斗士也要参与队伍游行，拳击和哑剧表演可以在马车上展示。"

讨论到这里稍稍停顿了一下，直到在座的随侍都意识到皇帝刚才说的是认真的，这才开始礼貌得体地纷纷表示赞同。

"还有房屋建筑——一位帝王得有自己的建筑作品以馈子民——所以庆典不能没有建筑。"听见这个提议，一贯气定神闲、泰然自若的皇帝便绷不住了。除了哲学、诗歌、辩论、女人、他的庇护神赫拉克勒斯和其他几种东西之外，加里恩努斯最热衷的就属建筑了；他的兴趣广泛多样。"我已经吩咐建筑师为在埃斯奎林山上雕塑新巨像制订计划了。至少地基要在十周年庆典之际交工，但是我需要的不止这个。我希望能沿着弗拉米尼亚大道建一条柱廊。柱廊将会和米尔维安大桥一般长。巨像要有四根柱子那么高，还要成为承载力最强的罗马伟人雕像。"

各位随侍一阵交头接耳，纷纷对皇帝的远大设想表示钦佩。"可是，奎瑞尼厄斯，我们的国库能否负担得起如此宏伟的建筑计划？"加里恩努斯自嘲似的哈哈大笑着问，就好像他不是皇帝一样。

负责管理帝国财政的财务大臣的回答毫不迟疑，"为您的王权进行庆祝，无论花销多少都是理所应当的。您也知道，陛下，我们即将出台让造币时使用的贵金属再次贬值的政策。到时候商人们得花几个月的时间才能追平现在拥有的财富。"

"就算是国库空虚，事情也要办得大方漂亮。"加里恩努斯现在相当认真起来，说道，"我们不能在人前显露出捉襟见肘的样子，不然敌人就该得意了。"

鲁费那斯清了清喉咙。"近期剿灭的叛国者及其家族充公的地产可以拿来变卖。这些人有非洲的塞尔苏斯、多瑙河的英格努乌斯和瑞加里亚纳斯、希腊的瓦伦斯和庇索、东部的马克利亚努斯——他们都是有钱人，他们的亲友亦是有钱人。"

"背叛的代价。"加里恩努斯点点头。毕竟鲁费那斯是掌管着弗鲁曼塔里伊的情报机关头目，还是有点儿用处的。

一个奴隶悄无声息地走到引见官身边耳语了几句。赫尔米亚努斯站起身来询问，世上最尊贵的皇帝是否已经用完午膳，拜占庭城邦的主事者正在竞技场等待着皇帝的大驾；几乎所有议会成员都到齐了。

拜占庭的议员有一百五十人左右，他们不甚整齐地站在竞技场的马车道上，四周是包围着他们的士兵。议会的全体成员看上去都吓坏了。他们确实应该感到害怕。去年，拜占庭在内战中站错了队。马克利亚努斯的先头部队抵达时，该城邦为其敞开了城门。这种行为其实罪不至死，因为当时很多城市都做出了同样的选择。那些城市现在都纷纷拿出钱财作为赔款，填充加里恩努斯的国库，这笔钱是那些僭主之前从他们手中吸走的"赞助"的两倍到四倍。像经济损失这样温和的惩罚拜占庭是绝对免不了的。

西部传来消息，说乱臣马克利亚努斯二世和他父亲——阴险狡诈的瘸脚马克利亚努斯——也就是叛乱之后真正的力量已经被斩于赛尔迪卡城外。此时的拜占庭正被残存的叛乱势力——远在叙利亚的年轻的奎伊图斯手下的余将牢牢掌控着。后来，直到非洲首领迈摩尔率领帝国大军行至拜占庭城下，马克利亚努斯父子的脑袋被挂在主要的色雷斯大门门前，这些执迷不悟的叛军拥趸依然坚守城中。等到奎伊图斯在埃美萨被剿杀的消息传来时，已经太晚了。围城战开始。在战术配合下，当第一架撞锤撞在城墙上的时候，城中人只有无条件投降的份儿。城中的男人会被全部杀光，女人和孩子都会被卖做奴隶。有人提出应该把女人和孩子也都一并杀了。

围城战一直打到了冬天。加里恩努斯又派去了两名得力干将——著名的攻城技师博尼图斯和塞勒，但战况并没有得到明显推进。拜占庭是个富有的城邦，供给充足，而且位置又对守城者十分有利：三面靠海，东面是水流湍急的博斯普鲁斯海峡。卫城的地势很高。城西侧的岸墙坚固厚实，且有高塔掩护，塔上备有抛石机。

拜占庭的财富和地理上的绝对优势让这个城邦得以长期据守一方，拒不投降。往上数两代人，该城邦曾经与塞普蒂米乌斯·塞维鲁皇帝和整个罗马帝国的意志对抗了三年之久。看起来这回历史又要重演了。这场围城战一直拖拉到了次年春天。鸟儿早都把马克利亚努斯父子两人头颅上的肉渣啄干净了。

加里恩努斯自己打破了僵局。他从西边赶来，只带着骑兵护卫队突然亲临拜占庭战场。在一名传令官的沟通下，两方休战。他独自一人骑马向色雷斯大门走去，没有提什么条件，但发誓他会比塞普蒂米乌斯·塞维鲁皇帝更仁慈。

后者可是下令杀了不少人，好几段城墙和大多公共建筑都被夷平了，他让拜占庭从一个城邦变成了一个村庄，并将其交给了邻城佩林苏斯统治。一番短暂的谈判之后，为了避免此类事情再次发生，城邦议会建议市民将自己的命运寄托在加里恩努斯的"宽恕"上。现在，举行完表示过臣服爱戴的仪式后，议员们站在午后竞技场上，在火辣辣的太阳光下大汗淋漓，一个个都无比焦虑，因为他们不知道自己做的决定是否正确。

"那两个站中间的，"阿吉列斯轻声对皇帝说，"比其他人都站得靠前一步的那两个人。"

加里恩努斯看了看那两个人。他们都是高个子，有着整齐的络腮胡子，发型也同样规规矩矩。他们穿着希腊的宽松长衫和长袍式束腰外衣，右臂都很有礼貌地裹在披风下。他们拼命地控制着自己的情绪，但眼神却出卖了他们，那两双眼睛始终在骨碌碌地转着，惊疑不定。

上午，议会已经表达过他们的意见了，拜占庭是一个意义重大的城邦，既是欧洲与亚洲的交界，又是抵御黑海那边的野蛮人的屏障，所以不应被毁掉。收取大笔赔款和处决罪魁祸首应该已经足够了。那两个人——克里奥达木斯和阿特纳奥斯是带领叛军守城的头目。他们该死。这两个富有、尊贵且位高权重的人的死将让其他人心生惧意，而他们的财产也将充盈国库。

加里恩努斯目不转睛地盯着他们俩。只消说一句话，他们就得死。他感受到了一阵权力带来的兴奋。一句话，议会的全体成员都得死；一句话，他就可以结束御前随侍中随便哪个人的生命。这样天神一般的权力十分危险。当然了，每个奴隶主都有决定奴隶生死的权力，奴隶不过是会说话的工具罢了，杀死他们和溺死一只猫没什么两样。就算是赫拉克勒斯——加里恩努斯所敬之神在使用如此权力时都太过轻率。无论是劫掠神圣的德尔斐，还是杀死客人的以菲特斯，在这两件事上，赫拉克勒斯都太鲁莽。加里恩努斯觉得自己应该从这位不朽的"友人"所犯的错误中吸取教训：做判断、下决定，要杜绝轻率鲁莽。

从克里奥达木斯和阿特纳奥斯身上回过神来，加里恩努斯又考虑了一下其他议员。他们全都富有而尊贵，但并没有牵头抵抗攻城，所以是从犯，而非主谋。在时局动荡的岁月里，北方的部落攻过来的时候，还有谁能像他们一样有用呢？

"从那个光头开始，一直到那个人为止，"加里恩努斯的手指掠过大概二十个主要议员，"都杀掉。他们都犯了叛国罪。他们的财产全部充公。斩立决。"

士兵们将这些被定了罪的人从人群中驱赶出来。有的连连求饶，有的放声哭喊，还有几个挺直了腰身保持尊严。一个接一个地，他们全都被逼着跪在地上。阳光下，刀锋闪着寒光。令人作呕的挥刀声响起，鲜红的血浆喷出，随即洒落在地上，变成了暗红色。

皇帝身后的随侍对此没有任何反应。和加里恩努斯一样，他们也知道，虽然皇帝会倾听御前会议中大臣们提出的意见，但他不一定会采纳这些意见。皇帝的意志便是法律，他可以武断专行，不受任何限制。从来如此，永远如此。

第四章

地中海的春夜，柔风拂面，花香扑鼻，幽蓝的暮色不知掩映着多少未知。总督宫殿高高地坐落在以弗所城正中的山上，宫殿的露台上伫立的是巴利斯塔。过不了多时，夜幕就要降临。一阵轻风"嘶嘶"地穿过观赏灌木丛和山坡上的矮树，向大海吹去；不管是总督的宅邸还是无人居住的窝棚，风都一样地吹过，没有差别。

他向外眺望。左边，对面山坡上的居民区灯火闪烁。居民区之上，山峰在一片深蓝暮霭中若隐若现，再往上，是浅蓝色的天空。他眼前和脚下，灰白色的半圆形剧院那边，五十盏气派的灯笼照亮了笔直通向港口的街道。海边还有一丝光线，但不足以照亮镶着银边的黝黑海港。再往远处望，爱琴海上，是离岸风中摇曳的点点渔火。右边，灯光就更多了：空旷的练兵场上，是海滨浴场和宙斯神庙；城外，加斯托河畔平原上，灯火更密。

黄昏时分，如果你还不知道发生了些什么，其实看起来一切都还好，但是巴利斯塔知道发生了什么，事情远不像看起来的这么好。

居民区和港口的灯火实在太少了，海上的渔火也太少了。右侧的灯火，海滨浴场和其他地方的灯火都是无家可归的人升起的篝火。街上照得很是亮堂的那些灯笼，不过是百姓们聊作安慰罢了。

今天是地震后的第八天，虽然还没有出现海啸，但已经发生了四次较大的余震。废墟中，在瓦砾中奔走摸索的人，不管他们是在救死扶伤还是在趁火打劫，总之又死了不少。同以往一样，害死人的不是地震，反倒是房屋建筑。那些房主们在残垣断壁中或是仔细寻找他们的亲人，或是认真翻找他们的财物。同时又发生了好多起火灾。

　　一切能做的都做了。亚细亚行省的总督——马克西姆斯利亚那斯派了二百五十名协防战士进入城里，任凭市政当局差遣。科尔乌斯——以弗所的治安队头目已经调遣他们和他手下的五十名守卫一起工作了。火都扑灭了，人们有可能踏足的最危险的废墟也已经被清理成平地了。他已经下令在显眼的地方处决了几个趁火打劫和滥用私刑的人，用来杀鸡儆猴。

　　巴利斯塔刚刚开完的会已经解决了那些更需要做长远打算的事情。总督已经将有身份的人都召集来组织了一个小顾问班子：有民众簿记官普布里乌斯·维迪乌斯·安东尼纳斯、首席祭司盖乌斯·瓦勒里乌斯·费斯图斯，还有名气颇大且家资颇丰的弗拉维乌斯·达米亚诺斯、治安队头目科尔乌斯和巴利斯塔他自己。这些人都是巴利斯塔过去在以弗所认识的，只有一个除外。三年前，他曾经在那儿待过，任代理总督之职。讽刺的是，他之前没见过的那个人就是那个总督。他清楚一件事，那就是这些人相互之间很是嫌恶。他们普遍对彼此怀有敌意，这种敌意是他们家族间祖祖辈辈承袭下来的。

　　不过，今天，个人与家族的仇怨都暂且放到了一边，这些人讨论了好几个小时，就好像是在实行共治一样。怎样才能避免出现暴乱和抢劫呢？又怎么防止瘟疫和饥荒发生呢？这些问题都很重大，但是这些个参与讨论的带头人最后达成一个共识，那就是他们不是万能的。

　　维持公共秩序对于像以弗所这样的城市始终是个问题，因为城中人口数量预计接近二十五万。部分讨论内容让巴利斯塔吃了一惊。弗拉维乌斯·达米亚诺斯是个特别讨厌基督徒的人，而且他看见他人肉体上承受痛苦会有种变态的欢乐，这点也是巴利斯塔最厌恶他的地方。这人提议，应该张贴告示，宣布凡攻击那些被认为是触犯神明、招来天灾的人的恶徒，都要处以死刑。巴利斯塔想，比起那些追随被钉在十字架上的希伯来人的异教徒，弗拉维乌斯·达米亚诺斯更厌恶穷人掌控局势。

皇家祭司盖乌斯·瓦勒里乌斯·费斯图斯对城外阿耳忒弥斯神庙的安危表示十分担忧。一方面，庙里堆满了难以计数的财宝，既有神圣的器物，也有俗世的金银。它被人们视为亚洲的宝库可不是没有原因的。另一方面，该处神庙有帝国承认的庇护权，因此发生了地震后，这类地方都会汇集着一群不走运的人，其中不乏犯下杀人、强奸、拐骗等重罪的人渣和小偷小摸的混混。不管怎么说，那儿都是大麻烦的潜在来源。众人商议了一会儿，一致认为要将本就有限的人手增派到神庙一些。马克西姆斯利亚那斯下令调遣了五十名协防战士去神庙执勤，加强守卫工作。没人戏言说庙里的女神会自己照顾好自己。

巴利斯塔建议从各个军营中抽调部队，抽调范围跨越整个城市，让这些部队集结到三座临时征用的军营中，以便在发生严重骚乱时可以很快派去大量援军。顾问成员分为两派，各执己见。普布里乌斯·维迪乌斯·安东尼纳斯和弗拉维乌斯·达米亚诺斯支持这个提议：只有傻瓜才会相信那群没准儿的普通民众。但是最后，总督因为科尔乌斯的意见产生了动摇。鉴于目前附近山区没有规模较大的土匪队伍，而且就在去年的时候，他们对城市里底层社会的团体做过一番调查，将其中可疑的团体都解散了，同时城里人也越来越多地看到有全副武装的战士巡逻，这让他们都感到十分安心。巴利斯塔不得不承认，当地治安队长还是有两把刷子的。

大家都知道，地震之后必有瘟疫，就好像哲学家背后必有粗鄙不堪的辱骂一样。总督的宅邸中早已挂起了被认为能预防疫病的月桂花饰。以弗所城有专门负责将尸体抬出城去的公用奴隶。但是，眼前的尸体太多，已经超过了殓尸人的工作承受力，更别提那些仍埋在废墟中的了。派给民众簿记官去帮助殓尸人的只有二十个士兵，不过他有权力从私人所有的体格强壮的奴隶中强制征募，只要他觉得有必要，想征多少都可以。加斯托河平原上的公共土地被划作了掩埋无人认领尸体的集体墓地。

沟渠和供水系统遭到破坏的程度倒是没有想象的严重，但并非所有设施都如此。干净的饮用水可能会延缓疫情暴发的时刻的到来。弗拉维乌斯·达米亚诺斯发誓要让一切秩序井然，他指挥自己的奴隶行动，并没有花城市金库或国库的钱。总督的勤杂差役写了份委任状，马克西姆斯利亚那斯当下就签字了。

当饥荒蔓延开来的时候，人们才真正感受到了"世界末日"的威胁。饥饿就是不断吞噬帝权下所有城市的恐怖之源。为了缓解人们的恐惧，顺便改善面前严酷的现实，他们常常将乡下"洗劫一空"，农民最后不得不沦落得去吃稀奇古怪、有时甚至是有毒的植物根茎与叶子。顾问成员中的三个富人站了出来。他们要将他们的市民喂饱。他们将竭尽其土地上所有的产出，不惜掏空自家的粮仓，也要派手下将农产品送到以弗所去。

他们做做样子的慷慨对于缓解饥荒不过是杯水车薪，总督不得不让弗拉维乌斯·达米亚诺斯就城邦的慷慨与爱心是如何深深扎根于他的家族来一场详尽的演说——毕竟与他同名的那位先人——一位著名的哲学家曾在他家族的土地上种了水果树，还允许民众随意进出，这就是表率。然后，盖乌斯·瓦勒里乌斯·费斯图斯和普布里乌斯·维迪乌斯·安东尼纳斯自然也做出了同样的努力。

巴利斯塔思绪万千，像这样一场灾难会让希腊精英阶层常常为之骄傲的对荣誉的热爱转化成对现实妥协的实用主义吗？从更讽刺的角度来看，这种根深蒂固的被称为荣誉心的美德如果没什么积极贡献的话，那就什么都不是。伴随着这个慷慨解囊的信号式行动，三位贵族在以弗所议会的其他富人中的声望越来越高。民众们对他们只有一片赞扬；他们的义举也传到了皇帝的耳朵里。

这里也会出现整个罗马帝国都存在的权力模式吗？每个城市较大的寡头政治行列中是不是都有一小群富得流油的人崛起呢？巴利斯塔依然记得，在阿瑞忒时，他的朋友伊阿海是怎么跟他说的：城里曾经有十好几个领头人。巴利斯塔抵达那个城市时，城里做主的却只有三人。也许，阿瑞忒只是个特例。这里地处伟大的罗马与波斯两个帝国版图之间，这样的地理位置既带来了危险，也有独特的好处，城中的权贵们可以靠着驾驭武装的能力保有各自地位。现在，这场地震难道不是把以弗所也变成了个特例吗？在以弗所议会的四百五十名成员中，有四十七名要么死了，要么失踪了。不出所料，把剩余人数搞清楚就是当局首先采取的一系列行动之一。

当普布里乌斯·维迪乌斯·安东尼纳斯开始详细讲述他逝去的家族成员曾为这座城市建造的那些建筑的时候，有人可能会认为他已经离题万里了。马克西姆斯利亚那斯谦和有礼地插进来，由衷地感谢每一位贵族。他知道，以弗所议会和民众的很多条颂扬他们美德的法令都将通过，而且还有可能当修葺好安卓克劳斯的英雄祠时，这位建城英雄不得不与依然在世的人物的塑像共享他那一亩三分地。他们的慷慨解囊是空前的义举：希腊也许永远逃不开贫困的影子，但人们不应忘记，克罗伊斯统治亚细亚时这里就是他所在的都城。

总督说了一句引用希罗多德警句的玩笑话，引得大家一阵附和的大笑。然后，马克西姆斯利亚那斯以简短的话语结束了他的会议发言，意在让大家都保持高昂的斗志。一支配备有双倍兵力（一千人）的协防骑兵队伍刚从罗马出发，正在赶来的路上。皇帝已经派人送信过来，很快加里恩努斯的拨款就能解他们的燃眉之急了。一切都会好起来。

马克西姆斯来到露台上，走近巴利斯塔。"抱歉，你刚才出去的时候我没在这儿。我等了一会儿，但总督的一个手下跟我说你会忙上好几个小时。所以，我……我就去散了个步。"

"散了个步？"

"是啊，散步。"

"那你散得怎么样？"

"当然散得好极了。"马克西姆斯狡黠地微微一笑，"城里女孩儿们的敬业和热情你怎么夸都不过分。她们直接回到了'工作岗位'上，热火朝天地干起了旧营生。要是你手下那些人民公仆向她们学习学习，那宫殿肯定过不了多久就能建好。"

"你可真是无可救药了。"

"好吧，"马克西姆斯略一沉吟，"你这么说也没错，不过但凡你懂点儿哲学，就不会说这种话。难道我们不是在我们自己所见所闻的基础上于头脑中重新构建了这世界吗？现在，我知道你身边一些斯多葛派学者认为，只有智者才能正确地认识这世界，但是他们自己也承认，想找到一个真正的智者，比在婊子窝里找到个处女还难。所以说，既然我们大多数人都会错误地认识世界，既然如何认识世界取决于我们自己，那么要是不把感知到的世界变成适合自己的世界，那该是何等愚蠢啊！"他轻蔑地挥了挥手。"我就纳闷儿了，像你这么有学识有见地的人，怎么对感知理论一无所知呢？"

"你是不是又跟希波托俄斯聊天来着？"

"嗯，幸好刚才没有。但是，不得不说，他就是爱探讨哲学问题。他就像德米特里厄斯那小子一样，说起哲学来永远说不够。对了，他还特热衷于看人家脸。"

"那叫相面术——通过看人的面相判断这个人的性格。"

"对，就是那个。还是挺神的一门学问，据他说，行家相面绝对可信。他绝对是爱那个行当，而且他讲的一些故事让你直竖汗毛。"

"没准也正能从此看出他不少东西来呢。"

"科尔乌斯在哪儿？"马克西姆斯问。

"总督留他单独谈话呢。"巴利斯塔倚在护墙上，马克西姆斯也跟他一样动作。他们二人望着远方的大海。上弦月下，一切都如此宁静。

巴利斯塔的思绪再次回到了议会成员的伤亡人数上：其中差不多有九分之一的人死了。现在，如果说市民的死亡率也是如此，城中曾经有大概二十五万人口，那就意味着如今有二万八千具尸体，到现在为止大多数尸体还都埋在废墟下面。是倒塌的房屋导致了人们的死亡，那么那些尸体中是富人的多，还是穷人的多呢？有钱人的房子应该盖得比较结实，不容易倒塌。住棚屋的穷人呢？他们更容易从废墟下逃出来——他们住的地方就算塌下来也没多少料。答案并不简单。

海面上，一艘渔船的灯火闪烁了几下，然后熄灭了。巴利斯塔继续他刚才的思索：拿自己家来看。自己的八个亲信里幸存的有七个，其他还有几个人活了下来。厨子和厨房杂役当时在集市上采购。虽然他们被吓得不轻，但都安然无恙。地震的第二天，他们找到了失踪的马倌，谁也不知道他身上发生了什么。他已经失了神智。他们还从废墟下挖出了丽贝卡和西蒙，但是没能挖出康斯坦斯和其他人。十二个人，有男有女，还有孩子，他们一家中几乎一半人都死了。康斯坦斯、孩子们的老师、朱莉娅的女伴、三个侍女等人都没了。

火焰熄灭后，巴利斯塔、马克西姆斯和卡尔加库斯一次又一次地重新回到那栋房子的废墟前。希波托俄斯也跟在他们后头。他们冒着巨大的风险，疯了一样挖开废墟，并爬到岌岌可危的残垣断壁上，重复的行动并没有让他们的恐惧减弱半分。每一次，巴利斯塔都发现更难说服自己爬上去，从碎石中黑魆魆的、墓穴般的洞口挤进去。他们又是挖掘，又是搜寻，还一直呼唤看是否还有幸存的人。他们找回了许多财物：保险箱、兵器以及朱莉亚的很多珠宝首饰，但是没人回应他们的呼唤。他们刚刚经过被砍得乱七八糟、烧得乌黑的四具尸首。他们任由这令人伤心的一幕定格在原地，没人管，只是在那些死人的两排牙之间放上了一枚硬币。

是科尔乌斯将他们从西西弗斯一般的徒劳中解救了出来。这位治安队长的房子就在圣道的另一边，那个街区竟然奇迹般地毫发无伤。科尔乌斯当机立断，将巴利斯塔幸存的家眷都接到了自己家。他们毫无成果地挖了五天五夜后，是他主动当起了联防队的头目，发动自己手下的人阻止他们再返回之前的住所。巴利斯塔已经很少对他人产生如此单纯的感激了。大恩，不言谢。

一束灯光照到了露台上。然后突然灯光又不见了，就好像有道门关上了一样。过了一会儿，科尔乌斯壮硕的身影出现了，他小心翼翼地向巴利斯塔和马克西姆斯走了过去。他也和他们一样倚在护墙上。沉寂中，他们的眼睛逐渐适应了夜色。在粼光闪闪的黑色海面上，只能看见两艘渔船。它们似乎是正在返回港口。在苍白的月亮之上，在无数的星辰之间，阿里阿德涅的七颗宝石——北冕座新出现在苍穹中，那是春天即将到来的一个预兆。

科尔乌斯开口道："人们都说，金牛座不出现是在悼念特洛伊的陷落。现在天空中昴宿星团的七颗星辰只有六颗在。"

马克西姆斯抬头看了看说："但是他们升起的时候……"巴利斯塔不大礼貌地用一只手搭在他胳膊上，示意他的朋友别说了。

科尔乌斯似乎没注意，说道："但是还有人说少的那颗星星是墨洛珀，她丈夫违背了誓言，所以她也终生蒙羞。"

科尔乌斯停顿了一下，其他人都没说话。

"悲痛与羞愧,"科尔乌斯继续说,"二者总是联系在一起。地震前一天,作为以弗所城的治安头目,我所担心的一切就只是几个毛贼和一个失踪的女孩儿。她父亲是个陶工。他们住在马格尼西亚门大门外。据大家说,她长得漂亮,性子也好,为人可靠。邻居们疑心是住在简陋棚子里的一个算命的骗子干的坏事。我让我的人去搜他住的地方,发现了好多违法犯罪的证据——魔法符号、字母板,还有几只黑色的雏鸡。他在一个房间里挖了条沟,沟周围全是鸡屎,但是我们没找到失踪女孩儿的踪迹,只好打了他一顿,但最后还是什么消息都没得到。不是他干的,当地人怀疑是因为他的营生可疑,因为他不是土生土长的以弗所人。他是个伊特鲁里亚人。若一个人宣称自己算命不是用的占星术,那在别人眼里常常就是,或者说看起来像个江湖骗子。诸神在上,我是真的想找到那女孩儿。我为此身心俱疲。她才五岁大啊!"

科尔乌斯又恢复了沉默。巴利斯塔此时只能看见一艘渔船正在逐渐驶进港湾。

"只是一个小女孩儿,"科尔乌斯沿着自己的思路继续说,"很容易在一座人口二十五万的城市中走丢。如今,在这座成千上万人或死或失踪的城市里,这似乎算不上什么事儿了。但是,我还是为自己这么想而感到羞愧。难道说悲痛可以被量化吗?死的人数多悲痛就大?"

巴利斯塔一直注视着仅存的那艘渔船。船上的灯光已经熄灭了。现在,一盏更亮的新点的灯在码头右边出现了。那灯光被海滨浴场半掩着,应该是来自于海港北端的市场。

"就算天上的星辰都不见了,就算整个城市都被毁了,她的父母在乎吗?他们的悲痛还能更强烈吗?"科尔乌斯沉浸在自己的情绪中不能自拔。

海面上又出现了亮光,这回光线更集中了:不吉利的光。

"那个女孩儿到底发生了什么？是死于地震，还是被私刑处决了？"科尔乌斯忧伤地摇了摇头，"要不是我早皈依了伊壁鸠鲁的享乐主义，我肯定会成为一个，或者说转变为一个无神论者。人人都应该知道，诸神离我们十分遥远，或者根本就不存在。"

"妈的，"马克西姆斯说，"海滨浴场失火了。"

现在已经可以清楚地看见那些火苗了，火焰已经蹿上了高高的房顶，在风中争相闪动着。

"妈的，"科尔乌斯说，"诸神都离我们太远了。"

三个男人就默默地看着眼前这一幕。

"幸好风是吹向海面的，"科尔乌斯最后说，"事不宜迟，我赶紧叫我的人去火灾现场吧。"

"不用了，"巴利斯塔声音很小，"已经太晚了。"

巴利斯塔俯瞰下方，视线越过火焰，越过中央的港口大门，投向了防波堤。那一道黑魆魆的影子在映着火苗、闪烁波动的海面背景下呈现出凝重的黑。他的记忆回到了他第一次乘船来到以弗所时的情形。他身后的马克西姆斯正在调笑年轻的德米特里厄斯，说着关于诸神的什么事。话题总是那些，要不就是关于性的。巴利斯塔其实并没有怎么听。他始终盯着开放的港口、停泊的船只的甲板上和沿着码头存放的货物看。他还是个野蛮的毛头小子的时候就看过这场景。你可以割开一两个商人的脖子，杀人越货后逃之夭夭。不过，如果你的船队规模够大……

海滨浴场的火越烧越旺。人们纷纷迎着他们跑过来，沿着那条通往城中心的笔直的路跑过他们身边。远处，光线足够让他们看到海上一个个黑影，那些影子的数量很多，船身两端均可作为船首。是北方的长船。

"哥特人来了。"

第五章

　　一开始的时候，巴利斯塔就挺钦佩科尔乌斯的。直到现在，这位治安队长也没让他失望。他像个爷们儿一样面对刚刚出现的这场危机。他没有一丝慌乱，而是慢条斯理地观察着夜幕下的情况，显然正在全力思考对策。

　　"你觉得有多少船？"科尔乌斯的声音很沉着。

　　"至少五十艘。"巴利斯塔回答。

　　"我觉得不止五十艘。"马克西姆斯说。

　　"他说的没准儿是对的，他眼力好。"

　　"有多少人呢？"科尔乌斯问。

　　"一艘长船可以至少载三十人，最大的长船至多可以载一百人。"巴利斯塔耸耸肩，"就算一艘船五十人吧。"

　　"两千五百个。"科尔乌斯竟然大笑起来，"咱们的士兵都是分散的，他们至少十个打我们一个，结局已定。"

　　"不一定。"巴利斯塔声音中透着掩饰不住的强求之意，"让市民们都到住宅的屋顶上去。就算是个老太太，从高处扔下一片瓦来，也能像士兵一样杀人。所有战士都最恨在这种地方打仗。"

　　科尔乌斯又大笑起来。"巴利斯塔，我的朋友，这么多年了，你还是不懂我们希腊人。我们跟你们北方人可不一样。就像罗马人经常说的那样，我们并不是胆小鬼，但是这座城市已经有几个世纪没经历战争了。以弗所城的人能战，但他们需要几天工夫来接受这个现实。我刚才说了，结局已定。"

治安队长在昏暗中四顾。除了马克西姆斯之外，附近没有旁人了。科尔乌斯转过身，伸出双臂想拥抱巴利斯塔，北方人动也不动。

"巴利斯塔，回去，集合你我的家人。从马格尼西亚门离开这座城市。带上南边路旁我的宅邸中的牲口，去普南城。翻过一座山就到了，那儿的城墙非常结实，是爱奥尼亚最安全的城镇。到了找马库斯·奥里利乌斯·塔提阿努斯，老塔提阿努斯的儿子。他是我的朋友。他会照应你们的。"

科尔乌斯站在原地，依然保持着双臂展开的姿势。巴利斯塔还是一动不动。"你可以跟我们一起走啊。"

科尔乌斯摇了摇头。"你们不是以弗所人，而我是这个城邦的治安头子。"

"想想你的妻子，你的女儿。"

科尔乌斯又乐出声来，似乎真的觉得很好笑。"你误会我的意思了，我的朋友。我可没想死在这儿，除非命中注定如此。我得去找总督。他掌握着几支部队。我们会试着在宫殿后面的高地上进行抵抗，看看能不能行。哥特人不想对抗训练有素的战士，更想奸淫掳掠。如果不行，我就带着马克西姆斯利亚那斯到我说的这个安全地去。不管你是懦夫还是勇士，或早或晚，死亡总会到来。"

巴利斯塔上前一步，接受了科尔乌斯的拥抱。他们吻了吻对方的面颊、嘴唇。"我会保护你家人安全的。"

"这一点我毫不怀疑。"科尔乌斯后退一步，握了握马克西姆斯的手。

黑暗中，巴利斯塔咧嘴一笑。野蛮人也许没能享有自由，但那是帝权统治下社会阶层定的。马克西姆斯可是个自由人。

从宫殿往下走的路陡峭难行，右边的地势极险。巴利斯塔和马克西姆斯紧靠着左边的外墙前进，台阶很宽，不适合人们奔跑着下坡，很容易碰到脚踝。巴利斯塔呼唤前面的马克西姆斯，让他走慢点儿。要是不小心摔了就得不偿失了。"我可不想背你。"

"我都不知道能不能背得动你，你个该死的胖子。"

"滚你妈的。我只不过体格看起来没那么精悍。不管怎么说，我也是守护你的人，你该多给我点儿面子吧。"

"好吧，守护者，你个死胖子。"

他们走上圣道的时候，那里冷清得出奇。有那么一瞬间，巴利斯塔甚至以为自己和马克西姆斯闯入了另一个世界——在这个世界里，哥特人做了不同的选择，驾船驶向了另一个城市。每个选择都将人引向了不同的路。他们有没有可能以某种方式存在于不同的地方呢？

有几个人影从大理石街跑过来。他们手中都没有拿兵器，原来是在逃命。巴利斯塔和马克西姆斯转向左边，二人都让剑鞘保持翘起的状态，以免绊住了腿。他们开始奔跑。经过图拉真喷泉的时候，他们看到泉水幽深而平静。圣道越来越陡了，他们的腿逐渐软了下来。

没跑多远，他们就突然左转弯进了巷子。巷子狭窄且坡度陡峭，他们拖着沉重的步子爬上阶梯。

这座宅邸和所有地中海地区的建筑都一样，和外界隔着一堵白墙。巴利斯塔弯下腰喘着粗气。马克西姆斯用他剑柄的圆头使劲敲着那扇巨大的橡木门。

门闩摩擦的声音传来，科尔乌斯的门房打开了门。

巴利斯塔直接走了进去。"把房子里的人都叫醒。你们家主人下令让我们带你们离开这儿。告诉所有人，只带上能带的。"门房领命退下了。"马克西姆斯，去取咱们的装备。把它们都带到中庭。我去叫朱莉娅和孩子们。"

卧室中一片黑暗。朱莉娅正在睡梦中翻身呓语。巴利斯塔轻轻将手搭在她肩膀上。她扭动了一下身子，被吓醒过来。他又转身去叫孩子们。伊桑格瑞姆从床上坐了起来，正揉着眼睛。巴利斯塔揽着他，用希腊语柔声说道："伊桑格瑞姆，咱们这回得拿出男子汉的样子来。"

十岁大的孩子郑重地与巴利斯塔对视着，说道："我们要做男子汉。"他学荷马的架势真是像极了。

巴利斯塔又看了看他的小儿子。德海姆仍在熟睡中，他一只手搁在脑袋上面。在这张大床上，朱莉娅开始翻身。

巴利斯塔将嘴贴在伊桑格瑞姆耳朵边，用母语悄声说："咱们都是战士。"男孩儿露出灿烂的笑容。朱莉娅不允许她的儿子学说野蛮人的话，但是巴利斯塔知道，孩子会将他的家乡话视为暗语——与父亲、弟弟和马克西姆斯、老卡尔加库斯之间的暗语。伊桑格瑞姆从床上一跃而起，弄出很大声响。他开始翻找他的那把小剑。这动静吵醒了德海姆。巴利斯塔怕他哭，赶紧将他揽在臂弯中，亲了亲他的额头，闻着他身上小孩儿特有的味道。

朱莉娅坐了起来。巴利斯塔还没等她发问就告诉了她："咱们马上要离开这儿。哥特人攻进城了。"

她平静地接受了这个消息。"来的有博拉尼人吗？"

"我不清楚。"

朱莉娅点点头，下了床。

巴利斯塔将德海姆抱给她。"动作越快越好，带上要紧的东西就行。我在中庭等你。"

她再次点点头，显得愈发不耐烦了，就好像他说的话都是废话一样。这个时候，巴利斯塔想，这才是以前那个她：又实际又自信。她即刻想起了自己的丈夫和博拉尼人有世仇。

中庭乱哄哄的。两家人一个个都东奔西走的，忙着拿东西和拉扯别人。他们总嫌对方碍手碍脚的，于是都大声咒骂着。在这群火急火燎的人中间，有个人显得格外平静，是马克西姆斯，他站在一堆盔甲和兵器旁。

巴利斯塔和马克西姆斯帮对方穿上沉重盔甲、系上带子，武装起来的时候，卡尔加库斯来了。这苏格兰人对丽贝卡和西蒙格外上心。巴利斯塔嘱咐他带上兵器。结果这句提醒显得有些唐突。卡尔加库斯自然很担心——大家都很担心。这份世仇可不是巴利斯塔自找的。很多年前，在那艘船上，若非采取非常行动，博拉尼人就是不肯投降的。巴利斯塔并非刻意为之，但世仇已然存在。作为一名北方战士，世仇是生活中的一部分。如果博拉尼人发现巴利斯塔在这儿，他们一定会把他杀掉。当然了，这还没完。如果他们活下来，伊桑格瑞姆和德海姆长大后将继续背负世仇。

"别哭哭啼啼的了。"科尔乌斯的妻子尼凯索的声音从喧闹中冒了出来。尼凯索身材高挑，正穿过混乱的人群走过来。她是在对她的女儿说话，后者听了赶忙擦掉眼泪。还有两个由于受了惊吓，都挤作一团。这句话其实背后有一个问题。

"基里娅。"巴利斯塔说。

"基利耶。"尼凯索理清思绪后说，"我丈夫说我们得跟你们一起走。"

"没错，哥特人进了城。我会护送您到普南城。"

"好吧。"

"咱们必须步行到您在城郊的别墅才行，那儿的牲口和马车都不够使唤的。我们只能试试在路上找点儿什么别的。"

尼凯索转身对她的一个奴隶说："把那类东西都放下，一定要带上你家主人的保险箱和我的珠宝箱。

"还要把房子里所有武器都拿出来，打猎用的和祖辈留下来的兵器都要拿。上等骑士马库斯·克洛迪乌斯·巴利斯塔会给大家分发武器。其他东西都别带了。"

巴利斯塔一边等待，一边半抽出手中的兵刃——先拔匕首，再拔剑——然后又猛地把它们按回鞘里去。他摸了摸系在剑鞘上的健康石，做这些小动作完全是无意识的。他正想的是刚才是否应该向科尔乌斯坦言自己和博拉尼人的世仇。

朱莉娅和孩子们从屋里出来了。

"都到齐了吗？"巴利斯塔问道。

"到齐了。"朱莉娅说。

"还差服侍科尔乌斯的一个男孩儿。"尼凯索话语中听不出什么明显的情绪波动，但她身后一大家子人中间有个女人哭出了声。

"他在哪儿呢？"巴利斯塔问那个哭泣的女奴。

"我也不知道，基利耶。"她跪在地上，双臂展开举起，摆出典型的乞求恩典的样子。"基利耶，他是我的儿子。他还是个孩子啊。"

巴利斯塔陷入了沉默，他在思考。

"我们不能等。"尼凯索的声音还是没什么起伏。"他不会有事儿的。这么大一座城，不会哪儿都是哥特人的。"

巴利斯塔的一家有十三口人，只有四个是能打的：马克西姆斯、卡尔加库斯、希波托俄斯和巴利斯塔自己，他们四个都全副武装了起来。科尔乌斯的家眷奴仆人数更多，总共有三十二人。其中两个守卫和他们自己的家人住在一起。这些治安员都携带着大木棒。巴利斯塔让他们从一堆兵器中挑选自己称心的。看起来，包括门房在内的五个男奴也都能作战。巴利斯塔也告诉他们可以挑些适合自己的兵刃拿着。如果他们今晚表现好，他们的基利耶定会知晓，到时候没准儿会赐给他们自由。

　　巴利斯塔将他们都按照一定的顺序组织起来。希波托俄斯在前面领路。五个拿兵刃的奴隶负责避免女人和孩子们走散。巴利斯塔、马克西姆斯和卡尔加库斯，还有另外两个治安员殿后。要是有人与队伍走散了，要记得从马格尼西亚门出去，一路向城南科尔乌斯的宅邸方向进发，然后翻过山，就能抵达普南城。巴利斯塔叮嘱了大家两遍，语速极缓，他是想让他们牢记这条路线，忘却夜的黑暗和心的恐惧。

　　他们挨个出了门，拖沓地沿着巷子下坡，然后左转来到了圣道上。现在这条路上有人了。

　　他们继续前进，巴利斯塔回头往塞尔苏斯图书馆张望，能看到的大多数人都是以弗所城的百姓，他们害怕地到处乱窜，就像森林大火烧起来时惊慌的动物一样。他们后面，离哈德良神庙不远的地方，是一群手握兵刃的人。有的哥特人拐到路边劫掠财物，但大多数还是有目的地往山上爬呢。他们一定已经听说了，在巴利斯塔一行人与马格尼西亚门之间有一片市场，市场周围的神庙和公共建筑里发现了宝藏。一定是有人向他们通风报信的。关于当地人加入哥特人队伍的故事一直不少，有传言说一个叫柯里索格努斯的希腊人——黑海方向上一座城市的领袖人物投奔了哥特人，他与这群海盗为伍，引领他们烧杀抢掠。据传，几年前他还曾领着这群哥特人洗劫了尼科米底亚。

　　巴利斯塔磕绊了一下，路不太平，他能看到前方人群的背影，看到他两个儿子的后脑勺，他感到心底涌起一阵恐惧。他们这支队伍前进的速度太慢。恐怕还没等他们到市场那里，哥特人就会撵上来。所以再怎么催着赶路都于事无补，那只能引起恐慌，让大家的脚步更慢。他们不得不正面面对敌人了。

　　不远处出现了一个向右的拐弯，那段路两边是倒塌的雕塑和石柱的基座，所以窄得很。路边残破的曼缪斯纪念碑向路中央倾斜着。对面则是一棵茂盛的无花果树。纪念碑和大树之间的距离应该够四个男人并肩把守的了，如果他们够坚定的话。巴利斯塔喊了马克西姆斯一声，让他挤到队伍前面去招呼希波托俄斯。他们这一队人就在刚过了纪念碑的地方停住了脚步。"让希波托俄斯看着点儿，确保大家聚在一起，然后回这儿来找我。"

巴利斯塔找到合适的位置站定了，他与卡尔加库斯和另外两个治安员一起守在路中央。他努力地调整呼吸。马克西姆斯说得没错，他的日子过得太舒坦了。看到他带的这两大家子都站到了他指定的地方，巴利斯塔将剑拔了出来，另一只手举起盾牌。他紧挨着右侧纪念碑底座那堆硕大的方石站着，位置最为关键。卡尔加库斯左边是那两个治安员。马克西姆斯回来了。这个希伯尼安人站到了巴利斯塔的左边——他一贯的作战位置上。卡尔加库斯往一边挪了挪。最右那个治安员只得退到这排后面。巴利斯塔大声命令他，随时准备替补战斗中倒下的人。那个"替补战士"挥了挥手，表示知道了，但从他的动作能看出来他并不怎么热心。

哥特人与他们之间还有段距离。巴利斯塔利用这段时间观察了一下自己的方位。他右侧是曼缪斯纪念碑。地震把石碑毁得极厉害。最上面的几层只剩下孤零零的几根柱子和碎掉的石砖。下面的两层被毁得更严重。壁龛中的很多雕像都被震落了下来，残缺不全的女像柱悬在半空，石腿不见了，变成了残废。虽然这东西已成了废墟，但好歹护住了他的右路。他们这些人左边是那棵靠墙的无花果树。那个方向无路可走。保持战线，他们就能安然无恙。最左边，穿过广场，朝那座雄伟的帝国神庙上方望去，巴利斯塔可以看见黑暗中起伏的山峦，那个安全的所在离他们还远得很。如果他们这道防线被攻破了，那大家都将丧命于此。

看见一排人拦路站在前面，哥特人在二十步外停下了脚步。在昏暗中，根本看不出对方有多少人。他们排成了密集队形，队伍后头有火把照亮，远处还有更多火光。他们手中的长剑反射出森然寒光，火把下还闪现出盾牌的弧形轮廓。其中有些哥特人还戴着头盔。一侧的火把把这支队伍拉长的黑影投在空荡荡的路上。巴利斯塔注意到，路上铺的宽阔石板因为地震被掀了起来，离开了原地。

"都站稳了。"巴利斯塔轻声嘱咐，马克西姆斯重复了一句。卡尔加库斯依样将这句话传了下去。巴利斯塔微微一笑。他们讲的是家乡话，那个治安员是听不懂的。

"放马过来啊，你们这群娘儿们。"马克西姆斯挑衅道，"想跟爷几个跳跳舞吗？他妈的！"

敌人议论纷纷。听到拦路的那排人讲的是他们的语言，这些哥特人嚷嚷起来，这些嘈杂的叫嚷声包含着威胁、吹嘘、质疑，但没什么具体的行动。一个人出列向前走来。一道橘红色的光从他肩膀上披的锁子甲、头上的钢盔和手中的剑锋反射过来。他的面庞隐在一团朦胧中，头盔上装饰着一颗小小的蛇头。他举起一只手，队伍顿时鸦雀无声。

"我是萨如阿罗，甘特里克之子，瑞斯帕的兄弟，也是此次哥特航海队伍中瑟文吉人战船的船长。对面是什么人？"

马克西姆斯提了一口气刚想回答，被巴利斯塔制止了。

"我是德海姆，盎格鲁族伊桑格瑞姆之子。罗马人叫我巴利斯塔。"

哥特人的队伍又是一阵议论，他们认出了他，或许勉强还带着些许敬畏，但并没有表现得有多激动。

"哦，原来是当过一天罗马皇帝的巴利斯塔啊。"萨如阿罗大声应道，"我们知道你。幸亏你遇上的是我们。船队里有两队博拉尼人。他们可是恨不得活剥了你啊。不过我们瑟文吉人可不是非杀你不可。现在你们给我闪一边去。我的人在海上漂了三天，他们想要的东西就一定要弄到手。"

巴利斯塔没有立即回答。一只蝙蝠扑着翅膀从对峙的双方面前飞过。"你能保证我的人安全离开吗？我是说所有人——男人、女人和孩子。"那只蝙蝠又飞了回来，它是在捕食，"还得保证不碰我们带的东西。"

萨如阿罗轻蔑地哼了一声。"你现在可没有讨价还价的余地，盎格鲁人。"

"你能以你们至尊的战神泰尔和费尔古尼斯发誓确保这一点吗？"

"我们可以让你的人安然无恙地离开，但是我们得扣下你们带的兵器和其他东西。"

"不行。"

"你和你的族人一样愚蠢，放下你们的剑。"

"不行。"

"你们只有五个人，而我们可有三十几个。"

"但是你们一次只能上四个人。"

萨如阿罗不再搭理巴利斯塔。这支哥特队伍的队长转过身去，和他手下的战士商量了一下。

"他们横竖会要我们的命，"马克西姆斯压低声音说，"这是想先缴了械再杀我们，他妈的！"

哥特人脸上带着阴险的笑容整顿了一下队伍。巴利斯塔琢磨着他们会怎么打。如果他们以楔形阵攻来——想想他们如野猪的嘴拱过来的架势，就算是上坡也肯定能冲破他们这仅有的一排人，但是这路面尽是深坑，足够危险。只要有一个人绊倒了，那么猪嘴式的密集阵型就会挤在一起，乱成一团。

他们没准儿会在巴利斯塔他们一排人脚下乱滚乱爬，接下来就像宰杀落网之鱼一样简单，就像给流血过多的金枪鱼开膛一样容易。

马克西姆斯将短剑从一只手抛到另一只手中，剑锋闪着寒光。他哼着一首拉丁语歌谣，是罗马人行军时唱的小曲：

> 我们已砍下一千颗脑袋，一千颗啊一千颗，
>
> 一人杀一千，砍下一千颗头颅。
>
> 饮尽千杯，杀光千人。
>
> 喝多少美酒，斩多少敌首。

敌人的队伍中冒出四个哥特人来，萨如阿罗可不是个傻子，他看得出这条路带来的危险，这场仗要一人对一人地拼。

萨如阿罗已经站到了巴利斯塔对面的位置。他旁边的哥特人脖子和脚踝上都戴着链子，辫子里还编着护身符之类的小玩意儿：他肯定是做祭司的。这名古伽的对手是马克西姆斯。另外两个看起来是久经沙场的战士。他们身披锁子甲，胳膊上戴着萨如阿罗或其他部队长官赏赐的金臂环，闪闪发光。

这排哥特人稳步向前推进，彼此的间隔十分均匀，这是为了留出挥舞兵刃的空间。他们活动了一下肩膀，又转了转脖子，热身之后就执剑向对手逼近。他们训练有素地前进，就好像经验老到的农民在耕地一样。这类仗他们打过很多次。

巴利斯塔俯下身，做出准备战斗的姿势：左腿弓步迈出，一只手执盾护在身前，另一只执剑的手举在后头，剑柄上的皮绳搭在他的手腕上。他查看了一下脚下的地面。大多数铺路的石块还算平整光滑，表面被磨得锃亮。在他面前几步远的地方，有个人发出沙哑的喊杀声，他身体前倾，进攻过来；他右前方的另一个敌人冲在其他人前面。他发现自己正在念念有词地祈祷："神啊，不惧死亡、挺枪杀敌的神啊……"

三步开外，哥特人大喊着冲了过来。巴利斯塔活动的范围一下子

缩小到了几英尺，他就要在这样狭小的空间内对付来敌。萨如阿罗挥剑砍向他的脖子，巴利斯塔矮身往盾牌后面一躲。萨如阿罗突然右跨一步，呼啸的剑锋照着巴利斯塔护盾下方的左腿削过去。巴利斯塔赶忙放低盾牌格挡。这一剑的力道将他的手臂震了一下。盾牌被劈得木屑横飞。巴利斯塔右手挥剑，刺向敌人的面部。萨如阿罗用盾牌外缘接住了剑锋，迫使对方将剑举高。

哥特人挪动脚步，拿着盾牌大力撞向巴利斯塔的身体。巴利斯塔脚后跟踩到了一块不甚平整的地面，趔趄了一下。他大口喘着气，双臂平伸，努力找回平衡。萨如阿罗趁机向他的胸膛发起了猛烈的进攻。巴利斯塔疯狂地扭身躲避，但剑尖长驱直入。一记重击，尖锐的疼痛传来，剑锋似乎突破了密实焊制的金属环甲，隔着金属环刺进了肉身中。剑尖顶到了硬物，贴着锁子甲的外缘滑到了一边。萨如阿罗此时已突破了巴利斯塔的盾牌防卫。盎格鲁人大口喘息着，松开了握盾牌的手，用左臂将对手揽了过去，然后用右手剑的圆柄狠劲砸向哥特人那张蓄着络腮胡子的脸。随着铁器碰撞发出的叮当声，哥特人头盔上的护鼻断掉了。还有更轻但更令人作呕的一个声音传来，那是他的鼻梁碎了。疼痛让他发出了一声哀号。空气中弥漫着血腥味儿。

他们二人纠缠在一起，萨如阿罗执剑的手臂杠在他们之间，巴利斯塔的剑则伸在半空中，起不到半点儿作用。他们热烘烘的鼻息喷在对方脸上。哥特人先采取了行动，萨如阿罗一脚踢到了对方右小腿上，随即松开盾牌，用左手的手掌跟砸向巴利斯塔的下巴。

巴利斯塔再一次趔趄着往后退去，萨如阿罗则利用这个空当将自己的盾牌重新捡了起来。北方人此时丢了盾牌，只得蹲得低低的，双手握剑挡在身前。

二人气喘吁吁地盯着对方，在忽明忽暗的火光中一动不动地对峙，时间似乎凝固了。他们身边刀剑相交的叮叮咣咣声、攻防中错乱的脚步声和被吓坏了的人们惊恐急促的喘息声响成一片。

萨如阿罗啐了一口。昏暗中的鲜血宛如墨黑。他瞟了一眼路那边，而巴利斯塔的视线从未离开过哥特人的剑刃。萨如阿罗大笑了起来。

巴利斯塔向前佯攻，想为自己站稳争取些时间，马克西姆斯和卡尔加库斯还在原地守着。但是一个治安员已经倒下了，脑袋被切开一半，暗黑的血流到了路的对面，沿着铺路的石板边缘缓缓积聚。补上来的那个治安员也在连连后退。哥特人那边剑影连成一片，他们绝望又奋力的防守结局只能是失败，而且失败随时可能到来。

巴利斯塔决定全神贯注地对付面前这个队长。

"咱们这支舞可是要跳完了，盎格鲁人。"萨如阿罗的两颗门牙都被打没了，络腮胡子上哩哩啦啦地缀着带血的唾沫。巴利斯塔心里明白哥特人是对的。第二个治安员就要倒下了，等那个时候，仍在与对手交战的卡尔加库斯的侧翼也会遭到攻击，不得不一个打两个。

马克西姆斯和古伽终于分开了。这位哥特祭司的盾牌已经在打斗中丢到了一边，左臂上的锁子甲被砍开了，赫然显出一道深深的口子。他身后的一个战士呼唤他，想叫别人顶替他的位置，古伽却连理都不理。

　　"一千颗啊一千颗……"

狂性大发的希伯尼安人还在唱着歌谣；他气都喘不匀了，所以歌声断断续续的，但他还在唱。

也许，巴利斯塔想，凭着他们三个人的团结能有一个最后撑住，一个总比没有强。他喊希波托俄斯去带着聚在一起的两家人往城门那里去，真应该一开始就告诉他们别停步的。可是在一座被洗劫的城中，面对如此混乱的场面，一个战士和几个奴隶要想保护三十口子女人与小孩儿简直是痴心妄想，现在后悔也晚了。神啊，请关照我的孩子吧。最后请让他们与我在瓦尔哈拉殿堂相见吧，但请不要是现在，不要急着送他们到那儿去。眼下，我们会努力为他们多争取些时间，让唯一一个腾得出手来的战士到我跟前来。

"希波托俄斯！"巴利斯塔大声呼唤。

巴利斯塔的声音被他左边传来的一声戛然而止的尖叫声盖住了。他作势要砍萨如阿罗的脑袋，借机瞟了一眼路对面。最后那个治安员还没倒下，他双手抓着自己流出来的肠子，灰色的长绳一般的肠子，他徒劳无功地将它们往肚子上的缝里塞。

"希波托俄斯！"

哥特战士精准地从那受伤之人的身上切下一条腿来，于是伤者扑倒在地，接着他后脑勺上就挨了重重的两下子。

另外六个正在对抗的战士，不约而同地用余光关注着这情形，他们都看到了这出令人毛骨悚然的悲剧。

哥特人轻轻拂去他剑上的血迹，然后冲着他们转了过来。卡尔加库斯、马克西姆斯和巴利斯塔一言不发，齐刷刷地往后退了一步，重新组织队形，形成了一个半圆，身后就是纪念碑高高的基座。

哥特人一边往山上走，一边耍弄着他手中的剑。剑不小心被一重击震得脱了手，飞出去"喥啷"一声撞在了远处的石墙上。之后又挨了一击，他倒退了几步，捂住右肩。希波托俄斯快步上前，哥特人则又往后跳了一步。他踩到了浸润在鲜血中的石子儿上，脚下一滑，重重摔在了地上。顿时有好几只脚踢在了他的屁股上，他挣扎着朝自己那边的人爬去。

希波托俄斯走上去。卡尔加库斯、马克西姆斯和巴利斯塔与他一起，呈扇形排开，再次拉起了战线，封锁了道路。

"你说得没错，萨如阿罗，这场舞确实该结束了。"巴利斯塔压低了声音说，"你说过，你们又不是非杀我或者我的人不可。你和你的瑟文吉人来时为了财宝和女人，而你身后的路上有的是这两样。去拿吧。我们身后的市场上财宝和女人更多。过不了多久，我们全都撤走了，你们想怎么折腾就怎么折腾。"

"听着，盎格鲁人，博拉尼人会非常开心知道我们把你弄死了的。"萨如阿罗看了一眼古伽，就好像有没说出口的什么事儿需要他同意。"瑟文吉人和你之间并没有世仇。我们之间的打打杀杀也与捍卫荣誉无关。你们现在就走吧，快点儿。"

巴利斯塔下令让卡尔加库斯去给两大家子人带路。走着走着，巴利斯塔、马克西姆斯和希波托俄斯转了个弯，开始爬山。

哥特人望着他们越走越远，神情严肃，不知在思考些什么。

第六章

　　加里恩努斯走出宫殿，来到院墙围着的花园中。就算是在这拜占庭的西北地区，色雷斯的荒野中，这些树木似乎也感知到了春天的临近。加里恩努斯打了个哈欠，伸了个懒腰，然后开始欣赏眼前的景色。太阳照在他的背上，暖烘烘的。对于一个皇帝来说，独处绝对是件奢侈的事情。这阵子他太劳累了。

　　拜占庭投降之后，皇家扈从队已经在城中逗留三天了。这忙碌的三天里，为了让该城市顺利恢复对罗马帝国的效忠，他们再三安抚幸存的议员们，表示对于他们怂恿克里欧达姆斯和阿特纳奥斯这两位领头人将家财投入到负隅顽抗中的行为，还有他们因为误导坚持追随马克利亚努斯的事儿，都不会再做追究；而且他们不仅不会被罚，还能得到晋升。

　　还有二十名被处决的议员，对于将他们财产充公的事儿也需要盯紧。这笔钱财流入国库可真是及时。扈从队公布此事的前两天，以弗所刚刚发生了地震。要是一个皇帝无法在关键时刻慷慨解囊，那他就连个屁都不是。被判处死刑的官员的财产已经变卖，得来的收益将悉数送往该城赈灾。同往常一样，皇帝是一手拿钱，一手撒钱。

　　还有一个令人不安的消息传来，爱琴海的哥特海盗正在反常地集结，但皇帝也拿这事儿没辙，还有更多紧迫的事儿需要他这位西方皇帝亲临解决。

　　扈从队仅包含高级军官和护卫队中的骑兵，行军的速度相当快，已经在佩林苏斯过了两夜。他们从那里上岸，在马背上迅速地穿过坎普斯—塞拉努斯地区肥沃的农田。第四天晚上，他们就抵达了那个叫伯古尔的小镇，加里恩努斯下令在此休息一日，让马歇歇。

　　还有一天就是三月十五日——恺撒殉难日了，今天加里恩努斯从早晨醒来就没闲下来过。先是黎明时分，四十年前的这个时辰，人们举行了一场十分庄严肃穆的祭祀活动，奥里利乌斯·塞维鲁就是那时候获得"奥古斯都"头衔的，同时他还接受了"国家之父"和"最高祭司"的称号。加里恩努斯为神圣的亚历山大献上了一头公牛。他还依稀记得，亚历山大·塞维鲁。尽管加里恩努斯那时还是个孩子，也尚未得到上面恩赐的象征成年的白色托加。但是，在那段统治时期行将结束之际，他已经身在皇廷之中了——他是皇室为了牵制他父亲接进宫的质子。在他的印象里，亚历山大是个看上去十分羸弱的年轻人，对元老院和自己的母亲太过依赖。据传，当马克西米努斯·色雷斯率领的叛军冲进皇帐时，亚历山大已经死了，看样子死前还抓着他母亲的裙边一边啜泣一边谩骂过。对于加里恩努斯来说，他可算不上帝王的好榜样，但是明面上还是要对他奉若神明，敬他爱他。

　　宗教仪式之后，还有日常政务要处理。皇帝去到哪儿，那些使节们就跟到哪儿。有两位是代表本地的使节，二人都提出了相同的请求——杜绝借公共邮路敲诈勒索的非法行为。执有通行证的官员和士兵均有权要求调遣人力、马匹和马车，用于帝国邮政服务，而滥用这种权力的现象在当地十分普遍。帕奥弗瑞厄斯·苏拉，通信官，已经按照皇帝的意思起草了几份公告，上面写了不少够分量的告诫之辞。加里恩努斯则蘸着紫墨水一一签署了这些文件。无疑，派使节来请愿的那些群众将把这些公告刻在石头上，还会把石头安放在显眼的地方。不过，加里恩努斯怀疑，等他移驾他城的时候，此举恐怕就没什么用处了。

还有三位使节来自稍远点儿的地区，其中分别来自亚加亚和北非的两位如愿以偿，他们提出的减税请求获得了应允：两地都免了五年的税赋。这两个地区面积都不大，经济上也不怎么富庶，同意他们的请愿不仅可以彰显皇帝的慷慨，还不用让国库搭上什么损失。

最后这个代表团上奏的事儿比较有意思。罗多彼山上有个偏僻的小村庄，村民在田里发现了正在酣睡的森林之神萨梯，结果他们用石头把他砸死了。和以往荒诞离奇的事儿发生后一样，他们将这萨梯的残骸呈给皇帝看。可惜那东西身上的皮毛都没几块完整的了。皇帝和他的随侍们都靠到近前细细查看。尽管看起来大致像个人，但尾巴、蹄子都能看得清清楚楚。加里恩努斯和善地向那几个农民道谢。这东西倒是挺适合摆在罗马那些展示稀奇古怪玩意儿的展览上的，那里展示有人鱼和半人马的尸体、英雄的颅骨、凤凰的羽毛和活生生的侏儒、巨人，有人类，亦有动物，要么是陈列在宫殿大厅中，要么是藏在地窖里，这些乡下人拿到的赏钱之多他们这辈子都没见过。罗马政府就是面对一个个百姓的，同时也是慷慨大方的。

现在太阳升起来已经有一阵了，和众大臣议政的工作时间已结束，按照皇帝的日常安排，现在是休闲时间，该进行一些文化活动了。比起读书来，加里恩努斯更想和人谈谈关于哲学的话题。作为掌管帝国文献的大臣，芝诺被派去为皇帝邀请一位哲学家。就算是在地处不毛之地的伯古尔小镇上，找到个把哲学家也不是件难事。时下有这么个说法，四下里随便看看就能找到一位哲学家，这比在海中漂泊的船上摔跟头还容易。此时的关键是，不知道芝诺能否找到一个有能耐的哲学家。

　　哲学家们一般不会离开所在地，起码不会因为皇帝老子的命令离开。朗吉努斯就从未听从劝说离开雅典，普罗提诺也从未离开过罗马。实际上，在罗马的时候，加里恩努斯和他的妻子萨罗尼娜穿过整座城市去拜访智者，而非智者去觐见他们。甭管是哪个学派的哲学家，其灵魂深处的核心都是言论自由和自给自足，而在哲学家拒绝接受皇帝传召这件事上，他的言论自由、自给自足以及在道德层面上对财富和名望的蔑视都体现了出来。可要是接到皇帝的传召就屁颠屁颠地去见皇帝，那从某种程度上来说，此人就压根儿算不上是位哲学家。芝诺能找来什么样的人，这还说不准。

　　花园里环境宜人，加里恩努斯欣赏着一棵棵发芽的果树。芝诺之后没再提过巴利斯塔的事儿。加里恩努斯向鲁费那斯打听了一下消息。这位弗鲁曼塔里伊的头领认为芝诺和巴利斯塔从未碰过面。芝诺在马克利阿努斯叛乱时期做过西利西亚的总督，不过巴利斯塔抵达该地的时候他已经离开那个行省了。就算二人曾打过照面，他们之间可不大可能有私人恩怨。这件事儿很可能是芝诺收取了贿赂才在皇帝面前煽风点火，想让巴利斯塔倒霉的。

　　尽管芝诺所言非虚，但也该做决定了。凡是披上过紫色皇袍的人总容易招引谋逆份子，就像烂水果容易招蜂子一样。要是有谁曾被他人认为适合登上帝位，那么很可能会再次成为阴谋家考虑的人选，就像塔西佗说过的那样：一朝称王，终身为王。

　　加里恩努斯犹豫不决。巴利斯塔是他的老朋友，他虽然不曾公开说过，但内心深处始终认为他欠这个北方人很多情。不过，话说回来，至少巴利斯塔的动向他得密切关注。皇帝开始考虑是否应该让他流放。他可以从轻发落，判他流放到意大利和故省以外的地区，私人财产不予扣押，但这也不成。巴利斯塔的故乡本就不是罗马帝国所辖的行省，而且他在西西里岛上原就有一处房产，放他流浪海外就更难监控他了。不行，必须从严处罚，将他驱逐到一个指定的地方，比如一个小岛上，将他的一言一行都置于弗鲁曼塔里伊的密切关注之下。通常驱逐这一刑罚包括财产充公，但是巴利斯塔是他的老朋友，且让他留着他的财产吧，也准许他的家人和他一起生活。众所周知，和加里恩努斯一样，巴利斯塔也很爱自己的家人。巴利斯塔常说希望能过上宁静的退休生活。加里恩努斯会为他选一个舒适宜居、远离尘嚣的小岛，准他在岛上终老。

引见官赫尔米亚努斯带着芝诺和另一个人来到了花园中。后者手执长杖与钱袋，身着披风却并未穿束腰外衣。从他的络腮胡子和随意弄短的头发可以看出，他是斯多葛学派的。

"皇上，这位是斯多葛学派的尼科马库斯。"

哲学家鞠了一躬，然后以指尖轻轻触唇，献上了一个飞吻，这是在有节制地表示对皇帝的敬爱。

加里恩努斯转身郑重地打量起来眼前这位哲学家。尼科马库斯既没有表现得畏畏缩缩，也没有摆出不屑不敬的架势，没准儿他原本想有所表示的。

"想喝点儿什么吗？"加里恩努斯用希腊语问道。

"谢谢您，基利耶，兑水的葡萄酒便可。"

看来这人并不推崇苦行，加里恩努斯暗想。不错，这人外表还收拾得挺干净。加里恩努斯示意芝诺和赫尔米亚努斯可以退下了。酒水不久就会端上来。

皇帝坐在一个石凳上，旁边是狄奥吉尼斯的半身像。他问哲学家要不要也坐下来。

"不用了，谢谢您，基利耶。"尼科马库斯拄着手杖，换了个单腿站立的姿势，和古老花瓶上画的人物一样，二人沉默地等待着。加里恩努斯不知道有没有想过要搜这哲学家的身。

一名皇廷的奴隶给二人端上了酒水，然后又退下了。

"给我讲讲你是怎么看'流放'这种刑罚的。"皇帝开口了。

有那么一会儿，尼科马库斯还是一言不发，他在整理思绪。他身子一动不动，只是紧锁着眉头，一副凝神思索哲学问题的样子。到现在为止，他的表现还算可靠，加里恩努斯心下评判。如果接下来他说的话和他的表现一致，那这席谈话想必能带来不少启迪。

"大多数人谈起流放想到的不是畏惧就是害怕。一个人，被硬生生从家乡驱逐出去，远离家人朋友。他所爱的一切、熟知的一切都被剥夺了，而他自己则要在物质极度匮乏的状态下流浪于这世间，风尘仆仆，无亲无故，身边尽是麻木不仁或虎视眈眈的陌生人。一日又一日挨着悲惨与孤独，最终一杯黄土掩枯骨。

"要是只有无知愚昧的普通百姓将'流放'视为绝对的恐怖刑罚，那我们不用放在心上。只有蛊惑民心的政客和傻子才关心大众的想法。但是，其他人，最值得尊敬的那类人，也表达过类似的观点。可敬的荷马不就曾如此描绘过奥德修斯的痛苦吗？'紧抓着几乎被大浪拍成碎片的筏子，独自坐在岸边呜咽。'十年的不幸生活，希望一一破灭，梦想也全都无法实现。

"再想想欧里庇得斯在流放期间写的句子。厄勒克特拉问弟弟：'那可鄙的流犯在何处度过他那可悲的流放生涯？'他回答道：'他在一个荒无人烟的地方日渐憔悴。'他可能有面包吃，'但流犯的伙食让他虚弱无力。'

"不过有人看法不同。不少哲学家，尤其是那些成就非凡的哲学家们，他们认为流放既不好也不坏，是个无关紧要的事儿。好人走到哪里都是好的，身处何种境地都无妨。富有也好，贫穷也罢，病痛也好，健康也罢，这些都无法触及一个人的灵魂或道德。

"我还要说，有些哲学家被误导了，他们认为流放是所有人类都无法逃避的命运。如他们所说，我们都免不了离开我们亲爱的故土，这里所说的'故土'指的是神明的领域。我不想让您被此类深奥的理论困扰，陛下。这些哲学家认为，帝王应始终有哲学家的悟性。他们错了。哲学家是一回事，做帝王又是另一回事。执政者能倾听哲学家的意见已足够。'巴塞勒斯 ①' 手边总是有重大事务要处理，没有时间思考难解的奥义。

　　加里恩努斯展露出一丝笑容。他推崇柏拉图学派的哲学家普罗提诺是众所周知的事。尼科马库斯刚才的话相当于对柏拉图的追随者给出了漂亮的一击，并且还优雅而不着痕迹地为自己赢得皇帝的青睐打下了基础。芝诺能发现此人也算是有功了，这位斯多葛派哲学家尼科马库斯以后前途无量。

　　哲学家此时显得愈发神采奕奕了。"最后，虽说'流放'不能说是福分，但我们应该调查清楚它到底对人的长处，或者说优秀品质，有怎样的影响。穆索尼乌斯就曾经被尼禄流放过，客观地来看，身居高位的人往往沉迷于奢侈阔绰的生活，而流犯的生活势必极度拮据，所以肯定得过得更简朴些。穆索尼乌斯曾向斯巴达克斯坦言说，他以前有胸闷气短的毛病。流放时，他不得不放弃锦衣玉食的生活，而且病痛也随之消失不见了。流放可以让身体变得更加强壮结实。

　　"此外，流放在道德方面也对人有好处，相当于一次关于德行的教育。想当年，狄奥·克里索斯托姆被图密善定了罪，他就曾思考过流放是好是坏的问题。他求助于特尔斐神谕。阿波罗告诉他，须继续行眼下所行之事。起初，狄奥不知道这场流放会迫使他思考世界上最重要的问题：人应该如何生活？狄奥穿着简陋的衣裳流浪四方，正如他告诉我们的，有人曾将他错当成了哲学家。这些人向他询问。如何才能

────────────────

　　① 希腊词，指国王，也可用来指罗马皇帝。

分辨善与恶。为了回答他们的问题，狄奥不得不开始深入地思考各类事物，于是他真的变成了一名哲学家。

"让我们以奥德修斯的故事结束这次谈话吧。我们都知道他曾经流浪过，但这个过程带给他怎样的影响呢？他参加了特洛伊战争，他绝不是个胆小鬼，不过比起他武艺高超，更出名的还是他过人的谋略。十年的痛苦经历让他在身体和精神方面变得更加壮硕、更加强大了。当神明终于允许他返回伊萨卡的时候，他已经脱胎换骨了。事实上，无论在体力还是精神上，那时的奥德修斯都已经具备杀掉曾侵犯过他家的仇人的条件了。"

尼科马库斯说完了。他靠在手杖上，一副泰然自若的神情。

加里恩努斯没有再问哲学家问题。一个皇帝参与苏格拉底式的对话没有多大意义。一方面，专制君主的意志就是法律；另一方面，眼前是他的臣民之一，取这人的性命易如反掌。这类对话既不可能发展成自由演说，也不会道出什么真理。阉人哲学家法沃里努斯有句话说得很对："那个手中握有三十个军团的人说什么是对的，那就是对的；我的朋友，如果你不允许我这么认为，那你就是在给我出馊主意。"加里恩努斯准备自己消化这席话的内容。

皇帝亲切地谢过哲学家，他还能有什么帮助呢？

"请陛下好好思考我说过的话，如果可以，还请您将我与您相伴的这段愉悦时光记在心间。"他这句话说得不错，对于一个自降身价、寻求物质利益的哲学家来说，说得确实不错。

不知从哪个隐蔽角落里，赫尔米亚努斯又冒了出来，他显然一直在偷听他们的对话。皇帝伸过手去，哲学家吻了吻他戒指上的印玺。然后他松开加里恩努斯的手，又行了一个吻礼，这才在赫尔米亚努斯的带领下离开了花园。

加里恩努斯独自一人坐在花园里思考。流放可能不会击垮一个人，但足以改变他。奥德修斯回去后就毫无怜悯之心地杀掉了曾经冒犯过他的仇人。在稍微近一些的历史上，有过这样的例子，人们返乡后武装起来，对那些下令流放他们的人展开报复：锡拉库扎的狄奥赶走了独裁者狄俄尼索斯，马里乌斯则血洗了罗马的大街小巷。巴利斯塔从未表现出一丝一毫像后者那样的残忍抱负，也没有迹象表明他有意学习前者。相反，他是一名出色的将军，一位优秀的领袖。他曾经三次打退了波斯人的大军，还有一次是亲自与诸王之王对战。巴利斯塔杀了暴君奎伊图斯，还被拥立为皇帝，人称奥古斯都马库斯·克洛迪乌斯·巴利斯塔。若是将他流放，必会引得他心生怨愤，到时候就会有一干存着不臣之心的逆贼在他身边越聚越多，他也将成为一场革命最好不过的名义领袖：一朝称王，终身为王。对于那些能为权力事业拼杀且信奉帝国价值观念的暴力子民，罗马一向待他们不薄。加里恩努斯都能想象得到新皇帝座下侍臣们别有用心的狡辩之词：巴利斯塔，新阿涅阿斯，来自疆外，一剑在手，扫平七丘的软弱与颓废，让罗马恢复她古已有之的尚武之德。

只流放一种手段难以控制巴利斯塔。这个受过罗马教化的野蛮人对加里恩努斯仍是个威胁。恐怕得动用肉刑才能彻底解决这个问题。残疾人可没法登上皇位。把他双耳和鼻子砍下来。可巴利斯塔一直是他的朋友。那就只砍鼻子好了。

加里恩努斯摇摇头，喝了口酒。他在想些什么呀？他还记得塔西佗写过的关于一位东方贵族的故事。那个年轻人作为人质从小在罗马长大。政治上，他是时候回到故乡帕提亚了，他将在那儿以藩属王的身份统治该地区。他的国民却对他从西方学来的架势毫不买账。他们倒是没要他的性命，只是割掉了他的双耳与鼻子。塔西佗这样写道：这就是帕提亚式的仁慈。加里恩努斯自知是个独裁者，但他也能欣赏得了这种讽刺。

肉刑并非解决方案。这样的手段是残忍的东方暴君的"仁慈",而不是罗马皇帝——希腊人眼中的"巴塞勒斯"的"仁慈"。死刑——这才是他给出的答案。

第七章

从以弗所城逃出来很容易。巴利斯塔和其他人先是沿着上坡路来到了市场，然后穿过市场走上了通往东方体育馆的道路。马格尼西亚门附近拥挤的人群让他们不得不放慢了脚步，但情势并不危险。大门外，家眷们正在往南赶路。尽管队伍中有女人和孩子，但他们还是只用了不到半个小时的时间就抵达了科尔乌斯城外的别院。

这就是整个逃亡过程：一路平安无事。但是，希波托俄斯记忆中可不是这样的。在他的印象里，离开曼缪斯纪念碑之后，他们就在废墟一样的街道上艰难前行，速度甚是缓慢；路面坎坷不平，他脚下时有踩空。周围是混乱嘈杂的人声，回荡在空气中，他还能闻到一股烧东西的焦臭味儿。他记得当时自己努力克制着不回头看。城门那儿，人们挤作一团，这个踩着那个。他心中惦记着城墙外的两家家眷，希望他们能走得更快些；而且他时时刻刻都被恐惧包围着；可怕的焦虑让他觉得，身后的每一个动静都代表哥特人很快就撵上来了。

希波托俄斯清楚，自己不是懦夫，但是他以前做土匪的那段经历教会了他，要逃跑就得尽全力。他已经记不清被追赶过多少回了，但他知道自己从未跑过这么慢。在西利西亚、卡帕多西亚、叙利亚、埃及，甚至埃塞俄比亚的时候，要是女人和孩子拖了他的后腿，那他就会将他们抛弃在路边，或者干脆杀掉他们。不管他们是绑来换赎金的肉票，还是追随他的人，他都这么干，没什么分别。干土匪这行可不允许他多愁善感。

巴利斯塔和希波托俄斯并肩走在一小群难民后头，巴利斯塔的步子就很稳当。希波托俄斯忍不住对这个大个子野蛮人的自制力佩服得五体投地。在别院，巴利斯塔显得十分冷静镇定。等到家丁仆役聚齐了，骡马也都牵出来装上了挽具，巴利斯塔开始最大限度地利用他寄放在别院中的那匹灰色骟马。上了年纪的，身子骨弱的，还有小孩儿们，他都安排他们上了马。巴利斯塔执意要朱莉娅骑他的马，而他则选择步行。宅子里只留了两个壮硕魁梧的奴隶看家，以防有趁火打劫的——要是来的是哥特人，他们可以离开去追赶大部队。最后没马骑的只剩下十来人，都排成纵列，于是他们再次上路了。

从那时起，希波托俄斯的心情才平复下来。哥特人基本上不可能冒险深入内陆，再说以弗所城内供他们抢掠的东西多得很。他对哥特人几乎没什么了解，只知道他们是一群强盗。

巴利斯塔带领他们踏上了向南的大路。走到这条路折向东，朝着内陆的马格尼西亚延伸的地方，他们弃路拐上了山。上坡的山路指着西南方向。他们在一处供奥提伽岛的圣地过了一夜，但是几个虔诚的祷告者和慌张的当地百姓打扰了他们休息。"宙斯、阿波罗、雅典娜，奥林匹斯山的十二主神，请你们一定要保佑我们免遭塞西亚人屠戮。"第二天他们绕着托勒克斯山走，来到了平原地带，然后在一个叫麦安卓斯的破烂小村子里住了下来。第二天早晨，他们完成了最后的跋涉，走了不到十英里路，就抵达了普南城。现在是古罗马历3月15日。

希波托俄斯此时此刻暴躁得很，他的耐心快被磨没了，关于哥特人的消息就没断过。有人告诉他们，得等首席治安法官马库斯·奥里利乌斯·塔提阿努斯到场应允，普南城的东北门才能打开。已经过去快一个小时了，这点儿时间已经足够希波托俄斯对此地有个大致的了解了。

　　门楼过道比较狭窄。就算城门开了，几个强壮的战士还是能守得住的。城门两侧有塔楼。城墙年头久了，上面的石头都坑坑洼洼的，满是岁月的痕迹。石砖的裂缝和搭接的地方有野草纷纷冒出来。显然这里的人有好几代都不曾动工修葺了。不过，还有几块巨大的方石板紧挨着屹立不倒，这算是对原建筑者的一种敬意吧。要是有谁身手灵活，说不准能爬到石板上头去。假设说有人趁夜攀上去了，就算城里的人采取防御措施，这些石板依然可作为抵抗守城者攻击的屏障。希波托俄斯右边的城墙呈"之"字形向外延伸，这样假使攻城者通过斜坡往城门攻过去，城里人还能以城墙为掩护进一步纵向朝敌人放箭。然后，"之"字形城墙逐渐形成一条弧线，沿着山麓丘陵一路消失在远方。他右边的城墙则盘曲得厉害，一直建到了陡峭的坡上。不过，到了山崖边就没有墙了，因为那儿压根儿也不需要什么城墙。密卡尔山上有一截高三百英尺有余的岩石露在外面。那是一块灰白色的石头，上面的土壤太少，所以没有生长任何草木。山的最顶上是卫城。科尔乌斯说得没错：普南城确实是个易守难攻的城市。

　　尽管希波托俄斯以前没来过爱奥尼亚地区，但他对普南城的故事还是知道一二的。普南城曾经是爱奥尼亚地区希腊重镇之一，后被门德雷斯河水淹了。这条河道密布的大河冲过来许多淤泥，因此形成了一片宽阔的平原，海岸线便退到了离城远些的地方。于是，普南城便成了四周被陆地包围的城市。因为不再与海相邻，普南城与其港口诺罗卓思多年后的今天已经逐渐衰退成了一处无足轻重的小地方。希波托俄斯倒是巴不得这里无足轻重，再加上此城与爱琴海之间距离遥远，这些正好能保障它的安全。

　　城门震了一下，城垛上传来一个响亮的声音，"我是马库斯·奥里利乌斯·塔提阿努斯，塔提阿努斯之子，普南城的首席治安法官，你们是？"

"马库斯·克洛迪乌斯·巴利斯塔及家眷，随行的还有马可·奥里利乌斯·科尔乌斯的家眷。在下的朋友科尔乌斯让我来投奔您，他说您曾是他的座上客，也是他的旧友，可以为我们躲开塞西亚人部队提供庇护。"

于是，两扇城门打开了，塔提阿努斯走了出来。双方彼此打了招呼，作了介绍。希波托俄斯打量了一下塔提阿努斯，观察得十分仔细。这位首席治安官身材高大，身着希腊人的宽松长衫和束腰外衣。他举手投足间都有一种贵族的气质：动作轻缓，体现着精英阶层庄重沉着、审慎自制的特点，而他静止不动的时候，双手交握置于身前，像极了狄摩西尼的雕塑。

但是希波托俄斯能看穿一切。这种循规蹈矩、德行高尚的表现不过是层伪装。塔提阿努斯的目光总是游移不定。他眨眼睛的次数太过频繁，眼珠转来转去。这绝对是他犯下了什么罪孽的象征，比如说弑亲或做了人神共愤禁忌之事，就像拉伊俄斯之子俄狄浦斯所做的一样。塔提阿努斯这人可得提防着点儿。相面之术不就是用来提醒人们在被恶人坑害之前先有个准备的吗？

塔提阿努斯让他们下马，把马交给他的仆人们牵着。然后，他带领这队人走进了城门，过了门洞是一条狭窄而十分陡峭的街道，街道两边是一堵堵没有门窗的围墙，间或能看见几处遮阴的门廊。至少他们不用被大下午的太阳毒晒。从建筑物的间隙望出去，卫城高高地盘踞在一切之上。

他们一边走，希波托俄斯一边继续琢磨着塔提阿努斯的面相。塔提阿努斯的双眼让他想起了拜占庭和佩林苏斯附近地区的色雷斯人，希波托俄斯就是在那两个城邦长大成人的。那些人的眼珠就老是转个不停，眼神游移不定，而且他们的行为方式也多为人不齿——他们常常用恶行来隐藏自己内心的懦弱。

他们路过剧院门口的时候，前面的路坡度和缓起来，但依旧很窄。塔提阿努斯问巴利斯塔想不想去剧院看看：从那儿往南看景致很棒，平原、米利都和莱德岛那边的大海一览无余。巴利斯塔说他很高兴进去看看，不过想稍晚些再去，他的人现在又累又饿。当然了，塔提阿努斯已经派人提早去给他们准备住处和张罗餐点了。

希波托俄斯还在想着佩林苏斯和拜占庭那两个装满了恶人的城邦，两个他再也不会去的城邦。他又想到了阿里斯托马科斯，那个他在拜占庭干掉的人，但他并未感觉到懊悔。他还想着关于加里恩努斯对拜占庭的议员大开杀戒的消息。这让希波托俄斯心中充满了喜悦。

过了剧院，道路开始往下倾斜，他们走下一截陡峭的台阶。希波托俄斯这才知道他们为什么非得下马步行了。又往前走了几步，他们看到右手边的墙上伸出来巨大的石板，它们框出了一个住家的门口。

"欢迎贵宾光临寒舍。"塔提阿努斯礼貌地邀请巴利斯塔进门。他们一起迈过门槛，来到了凉爽的走廊中。希波托俄斯和其他人也跟了进去。门房从他的小屋中冒了出来，鞠了一躬，以并拢的指尖轻触嘴唇，为客人们献上飞吻，然后又退了下去。

走廊尽头，众人向左一转，来到了阳光明媚的一处天井。他们继续走，穿过天井，经过右边一条通往另一处天井的阶梯。显然，塔提阿努斯或者是他的先辈是将至少两栋宅子拼在了一起，以便让家里人住得舒服气派一些。

在柱廊的阴影下面，摆着一张张睡椅和桌子。

奴隶们都端着碗和水罐来到他们身旁，伺候他们这些尊贵的客人洗手。塔提阿努斯利索地为他的新客人分好了住处，他的眼神依旧始终游移不定。巴利斯塔客气地只为自己和妻儿要了一间屋子。他不想让主人太麻烦。他手下的两个自由民和勤杂差役也可以共用一间屋。

北方人说话的当儿，希波托俄斯瞧见朱莉娅面有愠色。巴利斯塔的妻子似乎想说什么，但没说出口。希波托俄斯知道他俩闹了点儿别扭。她的眼睛说明了一切。这一双眸子漆黑如墨，而黑眼睛很少有长得漂亮的。黑眼睛缺少深邃的感觉，看起来几乎是一团虚影，而且总令人感觉其中蕴含着几欲喷薄而出的熊熊怒火。此外，这对眼睛一点儿都不水灵，这显然象征着淫邪。眼睛的确是心灵的窗口。

不过光看她还远远不能下结论。巴利斯塔的眼睫毛格外浓密，斜斜地遮住了眼角。他说话时，尤其是对妻子说话时，常常打手势。按照伟大的相士波勒蒙的说法，此类行为表示该人常暗里筹谋作恶。可希波托俄斯还无法确定巴利斯塔是个怎样的人。波勒蒙还说过，只凭一项特征不够做判断，而是应该考虑到方方面面的征兆之后才能下结论。

刚进城的这批人中，属于下层阶级的已经四散到宅子深处休息了，尊贵的宾客则在卧榻上各自挑好位置坐了下来。塔提阿努斯将一杯酒洒在地上，以祭拜神明，口中短短念了几句祝祷之辞，然后便与他的长子以及巴利斯塔一起，拣最尊贵的位置坐下了。科尔乌斯的妻子尼凯索和其他女眷都没有出席。自由民则坐在靠后的卧榻上。在行省级别的普南城里，人们仍遵循着传统的礼仪尊卑。

用来招待他们的是阿洛莫斯酒，以弗所这块地方最棒的酒之一。面包还是热乎的。除了鸡蛋免不了煮得有些硬之外，其他的都没什么可挑剔的。第一道菜是当地的蛤蜊——香煎扇贝佐以醋和地中海松香草，接着上了浸过盐水的圣彼得野菜。希波托俄斯觉得，后面这道带着浓浓乡土气的菜是主家有意为之，目的是向客人展示应季海产的新鲜美味和进口香料的不菲价格。很多人都因为从遥远的亚细亚腹地进口松香草而发了家。尽管门德雷斯平原致使普南城面积缩小了一些，但也为这座城带来了肥沃的农地。若是你像塔提阿努斯一样，名下的土地足够多，那么贫穷永远不会登你的门。

塔提阿努斯正热情地给巴利斯塔介绍普南城的景点：雅典娜与奥古斯都神庙、得墨忒耳和科莱神庙，还有亚历山大大帝神庙；最后提到的这座庙坐落在西城门边上，这位伟大的马其顿国王围攻米利都时就住在那儿。

他们凌晨出发之后就再没吃过东西，现在开餐了，希波托俄斯满心想的都是吃喝之事。他希望好菜一道接一道不停地端上桌，但愿阿洛莫斯酒过会儿不会让他头疼得太厉害。

门外传来一阵骚乱，似乎那条昏暗的走廊中出了什么事。一个信使跑进天井来。强烈的光线让他一时眼花了，来人站在原地不停地眨眼睛，努力分辨着柱廊下的一个个身影。

"基利耶，"他看不清哪个是塔提阿努斯，便对着坐在卧榻上的一大堆人说，"基利耶，弗拉维乌斯·达米亚诺斯从以弗所来了，他在跟议会谈话。哥特人目前正在向南行进。"

议事厅里，弗拉维乌斯·达米亚诺斯正站着讲话。他是同名于著名诡辩家的后裔，所以显然自认为知道如何做一场精彩的演说。他声若洪钟、表情庄重，口中简洁严谨的字句犹如江河之水一般滔滔不绝。他炫耀似的讲述着少有人知的古代历史。普南城人从来就勇气可嘉。这份勇气，一半是天性使然，一半是后天养成，正是迦拉太人野蛮暴脾气的一种体现。当卡帕多西亚的阿里阿特国王和珀加蒙的阿塔鲁斯联手派出军队，试图征服此城的时候，这份勇气让他们碰了一鼻子灰。

希波托俄斯与巴利斯塔一同坐在第一排，就位于演讲者的右手边，他知道弗拉维乌斯·达米亚诺斯会说上好一会儿。他一边悄悄地从牙缝里剔除食物的渣滓，一边打量着周围。议事厅天花板很高，但光线较暗，空气中弥漫着一股霉味儿。厅中三面是阶梯座椅，上面坐着百十来号人，但其实还能容下更多人。五百人？或者六百人？也许这座城市已经在走下坡路了，但希波托俄斯想，有这么个成员众多的议会绝对是值得自豪的。

弗拉维乌斯·达米亚诺斯现在展开了另一个话题，他说起北方野蛮人总也改不了的本性。迦拉太人、哥特人、塞西亚人都一样暴躁。没错，他们不但缺乏理性，就连勇气都不曾用在道德高尚的事业上，就好像被希腊人附体了一样。正是因为他们的勇气缺少道德的支撑，所以他们苍白的躯壳无法承受高温热浪或艰苦劳动。

希波托俄斯用余光扫了一眼巴利斯塔的反应。北方人正盯着大厅中央祭坛上氤氲的烟火愣神儿，无动于衷。可能这种话他早听过很多次了吧。因为牙缝里塞的一条羊肉丝儿怎么都弄不下去，希波托俄斯心烦意乱，还觉得头有点儿疼。

最后，在普南城民众——莱德岛战争英雄的后裔们此起彼伏的颂扬之词中，弗拉维乌斯·达米亚诺斯终于结束了演讲。这样一群人当初究竟怕那帮醉醺醺的塞西亚暴民什么呢？

掌声稀稀拉拉的，几不可闻。弗拉维乌斯·达米亚诺斯为自己的口才忘乎所以了，他可能忘了，爱奥尼亚人输掉了那场莱德岛海战。你的先人可没有能说会道的本事，希波托俄斯想。这就是我们希腊人的问题了：总是沉湎于过去。也许罗马人说得对：我们希腊人说得太多，做得太少。

塔提阿努斯对弗拉维乌斯·达米亚诺斯表示感谢，然后介绍上等骑士马库斯·克洛迪乌斯·巴利斯塔上台讲话。

希波托俄斯往前坐了坐。他知道巴利斯塔要说什么。尽管他不理解他为什么要那么说，但他还是很想看看这番话会引起人们什么反应。

巴利斯塔站在那里，整理着思绪。北边台阶的最上面的门开了，射进来一束光。巴利斯塔等这个迟到的听众落了座，这才开始讲话。

"普南城的议员们。"巴利斯塔的雅典希腊语说得很好，没有夹杂着一丝野蛮人的味道，甚至连北方人的口音都不带。毕竟他以前是在罗马皇廷受的教育。"你们的城市坐落在大陆腹地，和海边有几英里的距离。哥特人不会下船走太远。他们要是没了船，就相当于被晾在了一片陌生危险的大地上。沿海的米利都和迪迪姆两地倒是更该担心，咱们普南城不用害怕，就算是哥特人攻到了这里，你们还有坚固的城墙保护着。哥特人是来抢掠的，可不是来围城的。我相信，倘若我们能小心预防，普南城一定是安全的。这里固若金汤，我都打算在去米利都的时候将家人——我的妻子和年纪尚幼的两个儿子留在这里了。作为一个作战经验丰富的军官，我将赶去帮他们做好防御工作。"

巴利斯塔停顿了一下。他脑海中响起了抗议声。得是多么邪恶的魔鬼才会将这个计划放到他脑袋里啊？！巴利斯塔本应该留在这儿帮助他们一起渡过难关的。

北方人晃了晃脑袋，"我心意已决。我会只带上我的勤杂差役马库斯·奥里利乌斯·希波托俄斯和手下的自由民马库斯·克洛迪乌斯·马克西姆斯。至于其他家眷，我信任你们会保护好他们。他们将暂住在我的朋友马库斯·奥里利乌斯·塔提阿努斯家中。愿众神保佑我们大家。"

出了议事厅，希波托俄斯一边沿着圣廊走，一边回忆着在塔提阿努斯宅邸门前告别的情形。巴利斯塔的两个儿子都表现得很好。

弟弟德海姆也许还太小，还不能全部了解眼前之事，但是哥哥伊桑格瑞姆一直是个勇敢的孩子。巴利斯塔和朱莉娅只说了寥寥几句，都是老生常谈，然后简单地吻了一下，算是道别。因为大家都有话未曾说出口，气氛一度凝重起来。有些想法不说出来就不能称其为想法。最后，巴利斯塔拥抱了一下年迈的卡尔加库斯。他们耳语了一番，表达彼此强烈的情感，但这一切终有结束的时候。

离别心中所爱——这样的事儿希波托俄斯不是第一次经历了。但有两次是他难以忘怀的：上一次是多年以前，在陶洛米尼乌姆，他与克里斯提尼短暂话别。他们将一家酒馆的二楼包间租下了几个小时，时间到了，近卫队的士兵和雇去打仗的混混们已经开始到处找他了。这小伙子痛哭流涕，恳求与他的爱人一起走，表示他才不在乎家里不留给他遗产，而且就算整个世界都叫他"基佬"，他也无所谓。希波托俄斯深受感动，但是他知道，克里斯提尼并非动真格的，就算是认真的，他也很快就会改变主意。于是希波托俄斯与他又恩爱了一回，然后便出发去码头集合了。

尽管克里斯提尼曾是那么可人，但比起叙佩兰铁司来，他什么都不是。希波托俄斯和叙佩兰铁司在佩林苏斯从小一起长大，他们二人的家境都颇为富庶，且关系极好。也许，若他们不是同龄人，这座城邦对他们会更为宽容——因为追溯到希腊自由之风大盛的伟大年代，年纪大些的会是求爱者，而年轻点儿的是受爱者。那是哈尔摩狄奥斯和阿里斯托革顿、苏格拉底与亚西比德比肩的年代。也许要是回到那时候，叙佩兰铁司的父亲便不会将他送到拜占庭，让他去接受阿里斯托马科斯的所谓"照顾"。虽然希波托俄斯已经把阿里斯托马科斯杀掉了，虽然海难发生之前一切都进展顺利，但希波托俄斯没有一天晚上不受噩梦折磨的。在莱斯博斯岛黝黑的海域，叙佩兰铁司的生命于冰冷的海水中一点点逝去，这男孩儿也一点点滑进了黑暗。

他们走到了位于市场东北角的交叉路口，马匹都在那里待命，希波托俄斯也从回忆中回到了现实世界。巴利斯塔之前匆忙买下的两个奴隶捧着五匹马和两头骡子的辔头。这些牲畜从泉水中抬起头来，口边的清水不断地往下滴。

巴利斯塔之前要求塔提阿努斯提供一名信使，让他去通知总督马克西姆斯利亚那斯。所以，在这儿等他们的还有那个信使。巴利斯塔带他离开喷泉，走到离其他人稍远的地方，然后又把马克西姆斯叫了过去。他没有叫希波托俄斯。马儿则纷纷转回去饮水。

巴利斯塔认真地与信使交谈了几句。希波托俄斯则在远处望着他们。他有点儿忌妒北方人与马克西姆斯之间的亲密。巴利斯塔竟然更信任那个愚昧无知的希伯尼安人，而不是他的勤杂差役，他感到很生气。

信使离开了。巴利斯塔和马克西姆斯回到喷泉旁，上了马。巴利斯塔摆弄了两下他那匹灰驹的耳朵。"出发。"

他们一路向西，右边立着圣廊整齐有序的一根根柱子，左边则是集市。那白痴希伯尼安人正在马背上唱歌，歌里讲的是一个女人和她五个善良可亲的女儿的故事。他们经过通往红蓝两色的雅典娜与奥古斯都神庙的阶梯之后，面前的街道变成了下坡路。

普南城的衰败显而易见。路一侧是商铺，另一侧是房屋。大多数建筑都是荒废的，屋顶都掉了下来，这并非近期才变成这样的。有些破房子中竟然长出了高大的松树，周围看不到几个人影。

希波托俄斯不知道为什么巴利斯塔要挑这条危险的路走，从他的面相上看不出有什么英雄的影子。他有一双深蓝的眼睛，蓝得几乎可以算是黛青色。这对眸子常常会迎着光，反射出太阳一般的光线。长着这样的眼睛，要么意味着此人谨小慎微，要么说明他是个胆小鬼，内心充满恐惧，同时他还会不合时宜地与穷光蛋交上朋友。不过，还是那句话，只凭一项特征不够做判断。

不管他们这场探险般的旅程有多欠考虑，天上有太阳照亮，空中有燕子飞舞，头上有松树遮阴，人生还有什么好抱怨的呢？

右边一条陡峭的石阶小巷里突然蹿出来一个黑衣人。打头的是巴利斯塔的坐骑，它被吓得连连后退，后蹄踩在了街道左侧遮挡排水口的碎石上，情况很是险恶。希波托俄斯忍不住瑟瑟发抖。这是个坏兆头。黑色可是冥界的颜色，属于鬼魂和恶魔，属于长了三张脸的冥界女神赫卡忒和可怕的复仇三女神欧墨尼得斯。法萨卢斯战役之前，布鲁图的手下碰见了一个黑衣人，他们用长剑将他刺了个对穿，但最后还是输了那场战役。

巴利斯塔稳稳控制住他胯下的灰马，附身轻声细语地安慰它。那黑衣人鞠了一躬，向马上的人抛了一个飞吻。巴利斯塔点点头，继续赶路了。其他人跟在后头。黑衣人注视着这支队伍远去。

他们骑得很慢，一路上都很安静，就连马克西姆斯都异常沉默。希波托俄斯想，这个下午的热情与温暖想必已经散去了一些。

他们就要到西城门的时候，巴利斯塔勒住了马，问街边蹲着的一个老者，"亚历山大神庙是不是就在附近？"老人站起身来，拖着脚步走进左手边的一条巷子，示意道："来，跟我来。"

巴利斯塔和希波托俄斯翻身下马。马克西姆斯说他要留下来看马。

巷子的入口极窄，大部分地面都被藤蔓覆盖着。那老人在左边几步远的地方等着他们，他手指着一扇敞开的门。

巴利斯塔的手伸向腰间的钱袋，可是老人的自尊心让他拒绝了赏钱，转身径直往来时的方向去了。

希波托俄斯跟在巴利斯塔后面进了一间院落。院子里积满灰尘，空空荡荡，弥漫着被遗忘的凄凉氛围。门框上刻着一行字：沐浴净身后，着白衣方可进入此圣地。希波托俄斯注意到巴利斯塔此时穿的是一身黑衣。

南墙上的一扇门后走出来一位祭司，他迈着不疾不徐的步子走近他们，令人不安的是，他似乎早就知道他们会来。他颇为正式地欢迎他们的到访，与巴利斯塔简单聊了两句，然后优雅地接受了巴利斯塔施舍的钱。

祭司退下后，他们还站在原地。院子里悄然无声，一片宁静。巴利斯塔此时一句话都不想说。

不一会儿，那位祭祀又回来了，还带来一个捧着贡品的小男孩儿。他们引着来客往北墙的那扇门走去，进了一间圣殿。殿内光线昏暗，三根柱子矗立在中央。东北角上有一座低矮的平台。他们将简易台阶准备好。平台上放着一张大理石桌，桌上则摆着几尊塑像：正要拔剑的亚历山大大帝、自然女神西布莉还有其他神祇。这张桌子下面的石头上正巧裂了一条缝。

巴利斯塔取了几块小蛋糕，将他们摆在桌子上。他还拿过来刚才吩咐人去取的没兑过水的葡萄酒，倒在那道裂缝中。

亚历山大君临天下，天下臣服。

然后，巴利斯塔再没有做别的，转身离开了。希波托俄斯跟在他身后。

外面起了一阵风。从这条巷子里可以看到城墙另一边的壮观美景，门德雷斯平原、爱琴海，直到起伏的山峦。远方是一团朦胧的蓝色，最远处应该是米利都所在的半岛。据说，亚历山大征服米利都的时候就是从这里启程的。希波托俄斯不知道巴利斯塔在想什么，他想知道的是，那个凶兆是否已经被化解了。

第八章

　　巴利斯塔望着月亮。明天就是满月了，所以今晚的月亮很大。从船首右舷可以看到远处的莱德岛，岛上有三座山峰，在黑暗中默默地矗立着。另一侧，海那边不远的地方，可以看到半岛上满山闪烁的灯火，那是米利都的灯火。船下海水涌动，打着旋向后流去，一条尾迹在深沉的大海中格外显眼。

　　夜深了。巴利斯塔感到有些疲惫。他们骑马出了普南城，然后经过了已经被陆地包围的诺罗卓思港，再到了一个叫斯科罗派斯的小村庄。到那儿之后，他们派一个奴隶带骡马返回普南城，然后雇了一条渔船，等到傍晚的离岸风吹起才上了船。巴利斯塔伸了个懒腰，打了个哈欠。从那天黎明前出发赶往普南城到现在，感觉像是过了好多年。

　　希波托俄斯坐在船头，他正在跟马克西姆斯讲米利都的事。像地道的希腊人——前任勤杂差役德米特里厄斯一样，希波托俄斯很少放过向周围人普及古代希腊历史的机会。"统治这片土地的是一个当地的卡里亚人，他好像是叫阿纳卡斯，反正是个野蛮人的名字。然后克里特岛的战士们来了。带领他们的是阿波罗与阿瑞厄之子米勒斯；不过也有人说他的母亲是德俄涅或阿喀卡利斯。"

　　"真奇怪，"马克西姆斯说，"通常不都是孩子的父亲不确定吗？"

　　希波托俄斯没理他。"当然啦，还有人说这城市的开创者是萨耳珀①，但这一听就知道是瞎话。"

"就算是最蠢的人都知道不是这么回事。"

"总之，从克里特岛新来的人和当地的卡里亚人都在这里定居了，这两个群体之间相处得还算和睦。但是雅典国王科多斯的儿子内勒乌斯手下的爱奥尼亚人也来了，之后情况就变了。他们杀光了所有男人，还掠走了他们的女人。所以，时至今日，米利都人的妻子既不和他们的丈夫同桌而坐，也不叫他们的名字。"

马克西姆斯敬佩地点点头，说："是啊，这些米利都人还真是行，难以想象他们竟然能让女人不跟他们说话。"

希波托俄斯和马克西姆斯聊天的时候少得出奇。尽管他们在一个屋檐下共事已经数个月了，吃的都是一个碗里的盐，但他们彼此更多的是相互厌恶、甚至是鄙视。不过总在什么事情上是这个离不了那个的。现在，希波托俄斯正为马克西姆斯讲，米利都的哲学家泰勒斯为三件事感谢诸神：其一，他生而为人，不是禽兽；其二，他生而为男人，不是女人；其三，他生而为希腊人，而不是野蛮人。除了这个他还讲了很多轶事。

巴利斯塔希望那奴隶已经带着他的灰马顺利地返回了普南城。诸神啊，他多希望他对于普南城将安然无恙的判断是对的。他知道，卡尔加库斯会誓死保护朱莉娅和孩子们。这并非一厢情愿的夸张想象，他对此无比确信。要是哥特人进了城，起码卫城看起来固若金汤，再加上塔提阿努斯会尽全力防御。可是，弗拉维乌斯·达米亚诺斯就不一样了。虽然地震发生后这个人所做的事没什么可挑剔的，但巴利斯塔从在以弗所城的时候就不信任他。不过，将朱莉娅和孩子们留在那儿，他自己去米利都这件事做对了。

---

① 宙斯和拉奥达墨娅之子。

老渔民在船尾操纵着舵桨。剩下的奴隶都在底舱睡觉。巴利斯塔解开将他固定在桅杆上的绳子，开始询问希波托俄斯关于米利都守城御敌之事。

"曾经，很久以前，米利都城之人，他们勇敢无畏。"希波托俄斯背诵了一句抑扬格诗句。"太阳神阿波罗的话后来成了人人皆知的谚语。一连十二年，吕底亚历任国王的军队反复对米利都发起侵略，但都无功而返，因为这座城市都挺住了。但自那以后，情况就有些不妙了。爱奥尼亚人在莱德岛海战中战败，而波斯人拿下了亚历山大停在莱德岛港口的船队，这座城市便沦陷了。之后，马其顿王国安提柯王朝的腓力五世征服了莱德岛，米利都就此归于他手。""这么说，"巴利斯塔开口道，"只要敌军控制了附近海域，就意味着这座城完蛋了。"

"哥特人的船可不少。"马克西姆斯大笑，"而且，实力强大。要按卡尔加库斯的说法，那就是，咱们都死定了。"

"米利都人今非昔比，"希波托俄斯接着讲，"罗马人统治时期，米利都人的势力衰落到了极点，他们的法尔马科尼西岛上海盗横行。可恶的是，为了索要赎金，这些海盗竟然劫持了少年时期的尤利乌斯·恺撒。"

"可是，"巴利斯塔反驳道，"这个故事的结局是，被释放后，恺撒便召集了米利都的船只，杀了回去，将绑架他的那些人都钉死在了十字架上。"

"这功劳大部分还是他自己的，和米利都人没什么相干。"巴利斯塔耸耸肩。"所有故事都这样，传着传着就和最初的不一样了。"

船平稳地驶过浅水区。他们就要到达目的地了。巴利斯塔走到船尾，站在渔夫身边。他仔细端详着米利都城。半岛西北部陆地陡然降至海中。月光下，城墙清晰可辨，看上去坚固结实得很。到现在为止，一切都还好。

　　渔夫抢风将船驶到狮王港狭窄的入口处。朦胧夜色中，入口两侧各有一座雄狮的雕塑，此港便是得名于此。雕塑旁边是绞盘和锁链。这些东西以前是用来关闭入港口的，但现在却被扔在一边生锈。城墙一直延伸到港口区内，但最远也只建到了码头前。左边是用来泊战船的棚位，空空如也，同样荒废了。

　　巴利斯塔想起了他到另外一座城市的时候，那是几年前了。他被派去幼发拉底河地区戍守阿瑞忒城。他当时已经告诉议会该拆除哪些建筑、征收哪些税赋了，而且尽可能留了情面。但他们还是很不情愿。那些人愤怒地哭喊，有的甚至叫嚣他们情愿城破被俘。也许，从某种角度上来说，他们是对的。那时候他是否想到过这点呢？亦或是他现在才把这想法加到了回忆里？人的记忆总是靠不住的。

　　船儿轻巧地滑进码头，岸边微微一震。一名海关办事员（他们身上总有种什么东西能让人一眼看出他们的身份）带着一队战士来到岸边。这些战士也就五六个人，想拘捕走私贩子绰绰有余，但要是对付一支哥特人部队，那还差得远。

　　老渔民将船靠了岸。海关办事员冲他们大声嚷了句话，语气很是骄横。巴利斯塔没搭理那人，吩咐希波托俄斯用他在罗马高贵的地位和响亮的头衔吓唬吓唬那个小官。听见后，这队战士都聪明地向船上行了礼。海关办事员也赶快摆出一副阿谀奉承的嘴脸，还有点儿被冤枉了的样子。

　　巴利斯塔走上岸。趁其他人忙活着用绳索将船系在桩子上时，他下令让海关办事员去召集米利都议会成员开会。

　　这小官有点儿不乐意。"大人，天都这么晚了，议员们都睡下了。"

　　"那就把他们叫起来。"

　　"他们可都是有身份的人，"听起来海关办事员有点儿火了，"恐怕这不太合适。"

巴利斯塔转过身，用拉丁语对一名战士说："去议事厅。那儿应该有公共奴隶。""大人，不能打扰议员啊。"海关办事员打断了他的话。"他们会发脾气的。"

巴利斯塔继续对那名战士下达命令。"派那些公共奴隶去叫议员们起床。"

"不行，大人，恐怕您得把这事儿搁在明天办了。您无权调动这些战士。"

巴利斯塔看了马克西姆斯一眼，冲海关办事员点点头，然后继续下命令道："要是去议事厅还找不到奴隶，那就搞清楚其中最有威信的议员住哪儿。"

马克西姆斯凑近那位海关办事员，看似友好地伸出一条胳膊，搂住他的肩膀，然后把他揽过去，提起膝盖突然顶向他胯下。办事员一下子萎顿下去，紧紧捂着他的下身。马克西姆斯退后一步，毫不费力地将他踢翻在地。"挨个儿去敲议员们的家门，直到有人应为止。"马克西姆斯此时已经提起了脚后跟，想蹭在办事员的耳朵根儿上，但被希波托俄斯劝阻了。这位勤杂差役将他的手杖递了过去，马克西姆斯则向他道了声谢。

"等把那个议员的一家人都叫起来之后，派他的奴隶去召集其余的议会成员。"

马克西姆斯迎空舞动了几下那根手杖，发出"嗖嗖"的声音，落到人身上发出了结结实实的碎裂声。办事员哀号了一声。

"士兵，我说的话都听清楚了吗？"

"听清了，大人。"

"嗖嗖——嘎吱，嗖嗖——嘎吱"。马克西姆斯娴熟地一下下往那人身上招呼。

"另外再带上两个你的人。"

"时刻准备，听命行事。"

这几名战士都表现得不错，脸上几乎看不出一丝笑容。对于战士而言，看官员挨顿好打是他们为数不多的乐趣之一。

"行了。"巴利斯塔说。马克西姆斯这才将手杖递还给了希波托俄斯。

"谢谢。"希波托俄斯说，"关于哲学我们刚才已经讲得差不多了。等有机会，我再给你们说说伟大医生盖伦是怎么劝说别人打人的。"

剩下的三名战士开始帮忙从船上卸行李。那海关办事员从地上爬起来，一瘸一拐地走开了。马克西姆斯一边唱歌一边接过行李堆放在岸上。希波托俄斯生来就是自由身，这样的体力活不是他干的，所以他开始擦拭他那把手杖。

巴利斯塔背向大海，仔细观察海港。右边一座砌有石阶的圆形基座上矗立着巨大的纪念雕塑。这尊雕塑由战船的几件大理石撞角组成。雕塑后头，一条柱廊转了个弯，横在他面前。除了一栋可能是小酒馆的房子还亮着灯，海港的商铺和仓库都上了门板，关得严严实实。柱廊延伸到左边，消失在一扇高高的大门前。那大门精致考究但并不实用，想必是在看似永远不会结束的和平时期建的，是当地市民自豪感的产物。那扇门后，沿着海滨方向望去，可以看到一道普普通通但高大结实的围墙。这段围墙上只有一扇装饰性的门。墙后头能看到寺庙的圆顶，那一定是供奉水手们的守护神福珀斯·阿波罗的地方。

巴利斯塔缓步朝圆形基座上的纪念雕塑走过去。上面刻着一行字，原来这是为了纪念庞培大帝为该城驱走海盗而立的。

"都搬完了。"希波托俄斯说。

马克西姆斯、一个奴隶和一名战士扛着大包小包与护盾，锁子甲和诸如此类的装备，都十分笨重。

一条宽敞的大路穿过海港大门，路上空空荡荡，一个人都没有。

柱廊间回荡着这支队伍的脚步声。夜幕下的城市总是有点儿不对劲。

走了一会儿，一片广场出现在他们面前。那名战士指了指右边一座壮观的建筑。米利都城邦的重要性以前一直比普南城高。相较而言，前者的议事厅也更宏伟。入口外侧的大门敞开着。

里面是一间宽敞的院子，院落三边均为多立克式柱子架起的走廊，中央是一座坟墓或圣祠之类的东西。另外一边才是设计有好几扇门的议事厅建筑，但现在那些门都紧闭着，尽管透过高高在上的窗户还能看得见灯光。之前派来传话的几个战士从柱子底下的阴影中走了出来。他们已经吩咐公共奴隶去叫众议员了。现在他们唯一能做的也就只有等待了。

头顶上，月亮缓缓行过天空，让一颗颗星辰都变得黯然无光。大地上，院落中央的坟头上雕刻出几颗牛头骨的样子，反射出森然冷光。巴利斯塔不由得陷入了哀伤的情绪。他想到了遭遇外敌的米利都，想到他来此城邦的缘由，还有那些哥特人。这不是他第一次与哥特人面对面作战。很多年以前，那时他还是个小小的罗马军官，加卢斯将军却已经在多瑙河附近的诺瓦埃城墙上将哥特兵一个个往下扔了。盖乌斯·维庇乌斯·特雷波尼亚努斯·加卢斯，他可真是个军事奇才啊！要不是命运对他不公，让他即位不久后就遭了横祸，那他该是个多么伟大的帝王啊！

但在如此夜色中其他人却似乎并没有感染到同样的伤感。"你没准儿会挺喜欢这座城市呢。"希波托俄斯对马克西姆斯说，"这儿可是个藏污纳垢的大泥坑。"

"我倒真巴不得如你所说。"

"你这愿望不会落空的。伟大的哲学家提亚纳的阿波罗尼奥斯曾想给米利都的人民带去美德。他给他们写了封信，信上说：城中孩童缺少父亲疼爱，青年缺少长者教诲，女人缺少丈夫呵护……"

"哈，要是他们的女人缺丈夫，我倒是可以当她们的男人。"

"男人缺少统帅领导，统帅缺少律法规范……"

"我敢打赌，你肯定是负责'教诲'城里小伙子的那个。"

希波托俄斯夸张地叹了口气，说道："我对泰勒斯说的话很是怀疑。生而为禽兽未必就比生而为野蛮人差。"

"也许有的男人就这么想的。"

"我敢说，你肯定不知道有一系列黄色小故事与这座城同名。你想听个米利都色情故事吗？"

"你讲讲看嘛。"马克西姆斯猜测着他要讲什么样的故事。

"从前，米利都有个男孩儿，当你第一次将目光落到他脸上的时候……"

"算了吧，我觉得我不会喜欢听这个故事。"

"那我换个故事怎么样？从前，米利都有个女人……"

"这故事好多了，比我刚才在广场边儿上听的好。"

希波托俄斯接着讲了下去。"恬不知耻的珀涅罗珀才会织那劳什子布料，故事里这个忠贞不渝的寡妇决心在她丈夫的墓穴中绝食而亡，而墓穴外面有个战士，他负责守卫十字架上的一具尸体。这战士用甜言蜜语哄骗寡妇，那寡妇便默许了他的行为。二人一言不发，在她丈夫开始腐烂的尸骸旁边做起那事儿来，那情形恐怖至极。"

马克西姆斯专注地听着故事，不过脸上显然还挂着一丝怀疑。

"结果十字架上的尸体不见了。于是，寡妇主动将自己丈夫的尸体提供给那战士作为替代品。结果这事儿被人们发现了，对她好一顿取笑。不过，这故事的结局还有待考证……他们后来怎么样了？那战士受到惩罚了吗？寡妇有什么下场？人们是否对此一笑了之了呢？"

"你们希腊人都他妈的是骗子！"马克西姆斯愤愤道。

"我觉得，你会发现来自克里特岛的人都这样。"希波托俄斯不急不慌地回答着。

"你讲的肯定是佩特罗尼乌斯的《萨蒂利孔》里的故事，而且发生在以弗所。"

"不是，故事好像是亚里斯泰迪斯的《米利都民间故事》中的。"

"罗马人对你们的判断没错，你们就是一帮盗贼和骗子，你们每个人都是他妈的这副德行。"

这场针锋相对的文学辩论马上被打断了。

"诸位好，祝大家和乐安康。"一个男人不知从哪儿冒了出来，就好像用巫术从虚空中召唤出来的一样。这人看起来已到中年，右臂裹在一袭宽松长衫下，很是体面。"我是马库斯·奥里利乌斯·马卡里乌斯，米利都的首席治安官，也是本城邦主持帝国祭祀的大祭司。"

"也祝您和乐安康。"巴利斯塔正式地答道。

马卡里乌斯面带微笑，他长得五官端正，胡子刮得干干净净，看起来好像一件抛过光的价值连城的艺术品。"色西昔姆、索里和塞巴斯特三场战役的胜者和上等骑士马库斯·克洛迪乌斯·巴利斯塔大驾光临，米利都荣幸之至。"

"来米利都也是我们的荣幸。"

"如果方便的话，议会希望能听听各位的意见。"

议事厅内部的轮廓、规模均与剧院相仿。座位布置在一排排弧形阶梯上，一直延伸到高大立柱支撑的天花板阴影下，上面坐着二百来人。空着的座位还能容下当前出席者六七倍的人数。巴利斯塔注意到，大厅后墙上有两道高大的门。议员们就是从那里进来的，所以他们一开始没看到。

马卡里乌斯洒下一点儿酒和一撮香，敬拜神明，然后开始讲述他的提案。

以前，米利都防御措施做得都很到位。七年前，哥特人洗劫了尼科米底亚和比提尼亚的其他几个城市，米利都的议会成员与民众一起动工，修葺城墙。担当守卫的人数比以前多了一倍。对十八到二十岁的青年进行适当的军事培训这条规定再次得以实施。三天前，以弗所被入侵的消息一传来，他们就开始囤积粮食了。米利都的人的确干得漂亮，但还少了一样，而冥冥中自有天意，现在他们什么都不缺了。这座城市之前缺的是一个军事技能过硬、战争经验充分、能组织大家进行防御的人。现在，他们的祈祷得到了回应，诸神将这样一个人送到了他们面前。马卡里乌斯请求米利都全体议会成员任命曾赢得色西昔姆、索里和塞巴斯特三场战役的英雄——马库斯·克洛迪乌斯·巴利斯塔为将军，守护城市不被塞西亚战神阿瑞斯的怒火吞没。

议员们纷纷将披风扬到身后，开始鼓掌。议会上没有一个反对的声音，他们全体一致通过了这个议案。接着，马卡里乌斯邀请上等骑士巴利斯塔上台讲话。

巴利斯塔刚才一直在思考着他该说点儿什么，因为他之前并没有准备。不过，他知道大家想听什么，所以决定临场发挥。

"曾经，很久以前，米利都的人民都是勇士。"

议事厅中一阵骚动。没有人比在座的各位尊贵的议员们更清楚这句话的出处了。这个野蛮人算哪根葱？凭什么这样羞辱他们呢？

"曾经，很久以前，米利都的人民都是勇士。现在，他们依然是勇士。"

听出来这是一种修辞手法，议员们的躁动这才平息了。他们稳定好情绪，开始注意听。

"是什么造就了一个人的勇敢？应该如希罗多德所说的：是地理条件，是这个人成长的那片土地赋予的。门德雷斯平原可能比以前更辽阔，但山峦与大海没有变。地势崎岖的石灰岩山区，深不可测、神秘危险的大海依然是老样子。他们不变，米利都人亦不变。"

议员席上传来嗡嗡的赞同声。这位来自北方的将军说到他们心坎里去了。

"十二年来，米利都人一直在公然反抗吕底亚历任国王。波斯人的强大军队与亚历山大的聪明智慧相结合才拿下了米利都的城墙。因为敌人压倒性的优势而落败没什么好羞愧的。好比对温泉关的列奥尼达和他那三百斯巴达勇士，人们从不恶言相加。雅典栽在了波斯人手上，罗马落入了高卢人的掌控，这些情况战败方都无须妄自菲薄。要是米利都人不曾助尤利乌斯·恺撒一臂之力，将那些海盗钉死在十字架上，想必也就没有今天的罗马。即将到来的哥特人可不是像波斯帝国的大流士一世或马其顿的亚历山大大帝手下那样的精兵强将。他们充其量就是大家的先辈在法尔马科尼西岛上击溃过的海盗而已。"

众人再一次将披风甩到身后，热烈的掌声简直要把黑沉沉的屋顶掀起来。

"我现在还不好说要采取怎样的措施，但是我得先给大家打个预防针，良药苦口，即将采取的措施也不会那么让人容易接受。幸好我们还有时间。哥特人要打到这儿来也需要好几天的工夫。"

巴利斯塔话音刚落，没等众人的赞许声平息，马卡里乌斯就站起身来问道："你怎么知道哥特人这几天不会逼到城门口？"

巴利斯塔微微一笑，说道："因为我对哥特人了如指掌。"

第九章

巴利斯塔看着莱德岛上的光亮，它们星星点点地沿着他脚下的海岸线汇在一起，少量灯火已经蔓延到岛上三座低矮的山丘上了。那是哥特人的营火。

在比米利都剧院还高的山上，巴利斯塔站在一处高大建筑的房顶上眺望，视野十分开阔。莱德岛尽收眼底，距离他还不到一英里远。他左边是剧院港，右边就是狮王港。港口的海面仿佛井水一般平静幽暗。这是个宁静的夜晚，即便在半岛上如此高的地方也是一样。此时只有一丝不易察觉的离岸风刮过。但天上的情形截然不同。西方天空乌云滚滚，从月亮前飘过，像混乱无序、衣衫褴褛的罗马军团。月亮大得跟满月似的。按习惯来算，包括今夜，这已经是满月后的第四个晚上了。

巴利斯塔知道哥特人行事的方式。他在米利都的议会面前说话的时候，就知道这座城还有几天太平日子可过。召开议会那天是满月前一天。哥特人每到满月时都会过杜尔斯节，到时候他们不仅要杀牲口献祭，许下可怕重誓，还会办一场盛大的宴席，在席上大肆饮酒。第二天，这些哥特人往往会在宿醉中度过。果然，满月后的第三天他们的船帆才出现在米利都城下的海面上。接下来直至今天，他们都留在他们停泊于莱德岛港口的船附近，没什么动静。

　　总之，作为将军，巴利斯塔一共有四天的时间做好防御安排。首先，他已经尽己所能了解了米利都的情况。意外之喜是，议会提供了一张画得十分详细的地图。米利都是按照"希波达玛式"的棋盘状样式规划的城市。也许这就是为什么会有那张地图的原因。巴利斯塔并没有就此放心。他还是亲自划着一只小船，围着城市绕了一圈。而且，他步行巡视了一番城墙，然后顺着上坡下坡的街道和广场空地溜达了一遍。

　　米利都，爱奥尼亚的一块瑰丽宝地，坐落在东北向的一座半岛上。这片岛虽然面积广阔，但形状像个锥子。岛屿西临爱琴海，东接莱特莫斯的海湾。有利的是，这片土地北边和西北边都是陡峭的海崖。适合人多点儿的部队——比如说一队哥特人——登陆的只有六个地方。西边是狮王港狭长的入口，更宽更深的剧院港。围起这块地方的墙外头，顶上矗立着城郊大宅和神庙的小山脚下，有一片宽阔的海滩。东边有两处小港湾，湾中建了几个当地渔民用的码头，另外墙外还有一片空旷的海滩。情况本来可能更糟糕的。

　　之前议会采取的措施让巴利斯塔很满意。城墙的状况都不错，仓库里还存着足够城里人吃上几周的粮食。最棒的是，他们成功地劝服一支达契亚长矛兵协防部队的长官调到了东边，和城内他的手下将士们一起守城。不过这支部队仅有三百名战士，比有些部队的人数少。

　　巴利斯塔这几天一直在忙碌，忙得不可开交、焦头烂额。他已经下令让人们赶紧沿着码头区筑墙，目的是把狮王港靠内的一侧堵严实了。这座港口和剧院下头那座港口的海底都已经打好了桩。人们还将大块的石头拖到了城墙甬道上，以便到时候用来砸那些逼近城下的哥特人。为了搜集石头，同时也为了给修建新城墙提供建筑材料，他们不得不推倒和砸碎了许多古迹和雕塑。和其他战士一样，达契亚人的协防部队做这事儿也特来劲。城中所有能架在火上烧饭的大铁锅和汽

锅都被征用了。他们将容易点着的东西和沙土放进了锅里加热，现在
这些家伙事儿都搁在城垛子上，只待敌人攻过来了。垛口附近堆放着
箭，箭头上都裹着浸过焦油的破布。穿过东南城墙入城的水渠被堵上
了。对于这件事儿，议会成员们纷纷表示抗议：因为那意味着著名的
水神庙的水都会停掉，浴场也将被关闭。希波托俄斯从中调解了一
下，说他们毕竟还有水喝，米利都人不是一直都为阿基里斯深井中甘
甜的井水而感到十分自豪吗？

　　物资是一回事儿，人手则是另一回事儿。巴利斯塔已经定下来要
为这仅有的三百名战士的协防部队扩充兵员了。他们将全城扫了个
遍，主要搜查了酒肆和窑子，最后找到了一些离队的正规兵。这些
"逃兵"都接受过军事训练，总共有九十人：有的是在执行特殊任务，
有的请了假，有的则假期结束还未曾返队。巴利斯塔选拔了一百人担
当米利都城的守卫，又挑了一百个年轻人参加针对青年人的军事培
训。此外还有三千名市民也加入到这次青年军训之中，他们大多数是
志愿者，另外有些人在刚成年时接受过少量军事指导。最后，巴利斯
塔召集了一千五百名奴隶，暂时给了他们自由身，至于日后如何还要
看他们的表现。

　　这支临时拼凑的防御力量还得有武装才行，于是巴利斯塔下令把
几个兵器贩子的存货都充公了。连很久以前就献到庙中的矛、剑、盾
牌和甲胄都被拿了出来，不过其中许多都已经陈旧得没法用了。战士
们将从市民家中收来私藏的武器和家传的打猎工具集中堆放在城市广
场上。全城的木匠和皮匠都不得不听命制造盾牌。不管是白天还是晚
上，大街小巷都响着铁匠敲打枪戟的"叮叮当当"声。

　　在十分有限的可行措施的基础上，巴利斯塔制订出了他的守城计
划。有武器的市民和奴隶将被平均分派到城墙上。他们可以往下扔东
西或砸东西，其中有一部分还持有并且知道如何使用弓箭。这些人没

必要留在后方做储备力量，因为与哥特战士贴身肉搏的话，他们都不是个儿。选作守卫的人和那些十八到二十岁的青年人与达契亚协防兵和"逃兵"被编到了一支队伍里。这样一来，后者的兵员数量得到了扩充，前者的作战能力也得到了加强。

巴利斯塔手下受过军事训练的战士人数不足，在如何让他们发挥最大价值这个问题上，他着实思考了一番。他下的第一个决定——他认为这是自己想出的最好的主意——就是从中抽调一百五十人部署在阿波罗神庙中。在那儿，他们既可以戍卫狮王港，又能顾得上港口东边小小的一段钓鱼堤。另外还有个原因，他们可以防止哥特人从比东边渔港更靠北的地方进入主城。此举措其实意味着将北边的居民区拱手让给敌军，关于这点他小心翼翼地没有提到。

他将另一个一百五十人的小队派到了福斯蒂娜浴场。这些战士的任务是保卫剧院港，此外，他们到时候还可以尝试阻截爬过半岛上岸墙的哥特人。同样，对于发生后一种情况的时候南边居民区的遭遇，他只字未提。

他从剩下的战士中调出来四十人，将其编成了六个小分队，沿岸墙部署在多个非常重要的位置上：东侧的两段钓鱼堤上各一队，一队守在穿过城墙伸入城中的那段水渠附近，狮王港和南边城墙上开的神圣之门各一队，还有一队设在西市场里。

最后只剩下五十名训练有素的战士。巴利斯塔命令其中四十人仍然作为侍卫跟在他身边，也算是仅有的保留兵力。最后十个战士将在众多苦力的协助下负责操控他造好的两件器械。

阿瑞忒城被围的时候，巴利斯塔见过弩炮被敌方投来的石弹砸中的情形。其中一件被砸毁了，直接从城墙上掉了下去。弩炮上的一束扭力弹簧平展展地摊在地上。那一幕深深地刻在他的脑海中。

弩炮是件挺复杂的器械，制造难，平日维护也难。两束垂直的扭力弹簧各驱动一根弩臂，从而带动弓弦抛射弹丸或箭矢。巴利斯塔在城内亲自监造了两座新的简化弩炮。粗大的扭力弹簧由米利都女人的头发制成，水平置于结实的木框内。其中一根弩臂向回拉伸到几乎与地面平行的位置。末端有个碗样的东西，里面放着石头。发射时，弩臂会笔直跳起，撞到垂直的挡杆后石头就会被抛出去。

这两架简易弩炮都安置在剧院墙根下，旨在守护海港。哥特人的船帆出现之前，他们只来得及进行了几次试射。这武器还能用，就是瞄准性实在令人担忧。巴利斯塔对准确打击敌军不抱什么太大希望，只盼着能起到出其不意的效果。

站在山顶凉爽的夜风中，巴利斯塔伸了个懒腰，打了个哈欠。他知道自己能做的都做了。眼下有五千余防城兵供他调遣，虽说人数是哥特兵的两倍，但其中只有十分之一真正受过军事训练的。若是论实际战斗力量，哥特人可是米利都人的五倍。但是隔着一堵城墙情况就不同了，况且他们还拥有弩炮。

月亮慢慢消失在高空中。世界末日之时，芬布尔之冬降临，天地之间无处不是冰封；猎人之狼哈提将追上月亮，将其吞入肚中。巴利斯塔耸了耸肩，将这幅画面从头脑中赶了出去。那就像米利都要面临的战斗一样，都是以后的事儿。巴利斯塔知道哥特人打仗的套路。他们不会趁夜突袭。他召唤马克西姆斯和希波托俄斯上前，看起来这两个人都已经筋疲力尽了，得睡上一觉才行。

巴利斯塔醒来时感觉特别糟糕。尽管几乎没有一丝风从打开的窗子吹进来，房子里还是有扇门"咔嗒"响了一声。窗外灌木的枝叶一阵沙沙作响，沉闷的空气像海浪翻涌一样也有了一丝流动的迹象。

他不情愿地睁开眼睛。什么异常情况都没有。他坐起身来，环顾寝室四周。借着灯笼微弱的光线，他发现屋里一个人都没有，但他并不准备就此罢休，而是下床又查看了一遍。还是一无所获。他踱到窗前，凉爽的夜风吹拂着他的脸庞。月光下的中庭一片静寂。他的侍卫们都蜷缩着身子，睡得格外安稳。

巴利斯塔重新躺回床上。奇怪的是，他此时的心情近乎失望。他成年之后，马克西米努斯·色雷克斯皇帝的鬼魂常常入梦。虽说并非天天如此，但只要发生，就一定是在夜深人静的时候：梦中醒来的巴利斯塔会看到一个鲜血淋漓的高大身影，在床边俯视着他。

朱莉娅从小养尊处优、万事不愁，她想为这事儿找个合理的解释：巴利斯塔总是在极其疲惫或承受着巨大压力的时候做噩梦；世界上根本没有鬼魂，那不过是他的臆想罢了。巴利斯塔不信她的说法。二十四年前，他违背了自己的誓言，杀死了他曾经发誓要保护的皇帝。马克西米努斯·色雷克斯的尸体被砍得支离破碎，最后曝尸荒野。没有冥王哈得斯的收管，这位惨死的皇帝的鬼魂很有可能还在人世间游荡，寻找复仇的机会。

杀掉奎伊图斯之后，巴利斯塔还没梦见过那个幽魂。正当他要再次入睡的时候，巴利斯塔又想起了那个短命皇帝的身影。又违背了一个誓言，又多了一具残缺不全的尸体，又要冒出一个口中念念有词、伺机复仇的幽魂。

"醒醒！"

巴利斯塔睡得很沉，想一下子醒过来可不容易。

"醒醒，你这懒蛋。"

巴利斯塔费力地睁开双眼。眼前是马克西姆斯关切的表情和他轻轻放在巴利斯塔肩头上的手，和这希伯尼安人刺耳的话语形成鲜明的对比。

"你他妈的可算醒了。"

巴利斯塔将被单掀到一边，下了地。"哥特人进城了？"

"没有，"马克西姆斯说，"但是他们有动静。"

"你其实可以等他们来到我床边儿时再叫我。"

马克西姆斯大笑道："是啊，谁不知道你胆儿最大了啊。"

"要是你，你会怎么办？"巴利斯塔是和衣而眠的，此时他已穿上了靴子，伸手去拿他的佩剑腰带，"咱们走吧。"

"不忙，穿上盔甲再走。"马克西姆斯将闪着微光的一摞锁子甲拽了过来。"像个傻蛋一样，听到敌情第一时间光着屁股跑出去，然后被一箭射穿下身，就此载入史册，这蠢事儿你想干，我可不想。咱们还有点儿时间。"

他们互相帮对方穿上了沉甸甸的锁子甲，然后开始给自己系各种皮带和绳带。

巴利斯塔笨手笨脚地摸索着自己左边的肩甲，马克西姆斯赶忙伸手帮他系好了。

"我再说一遍，"希伯尼安人嘟囔着，"要是打仗前我怕成你这样子，我就干脆不打这场仗了。"

巴利斯塔苦笑道："我这不是没得选吗？"

马克西姆斯没吭声，因为这是事实。

希波托俄斯正在楼顶上等待他们。他不知道从哪儿搞到了一顶华丽的旧式希腊头盔。隔着头盔内嵌的面罩，希波托俄斯的五官一片朦胧。他没说话，指了指北边。月亮依然挂在天上，云彩已经被风吹开了。在这个天空碧蓝如洗、月光皎洁、沉寂宁静的夜晚，可以清清楚楚看到敌人的长船，但依然很难数清数量。至少有十二条，实际数量可能更多。显然，他们企图绕过半岛的海岬，对岛屿东翼的某处发动进攻。

希波托俄斯突然转过身指了指南边儿。城墙外，哥特人已经上了岸。战船停在了他们看不到的地方，但黑暗中蹿起了黄色的火苗。火苗上方，是一束笔直如枪杆的烟尘，那是有房子被烧了。

　　用不着希波托俄斯指，他们就能看到哥特人的另外两支分队。一支船队大概有十五条船，正在调转方向奋力向狮王港驶来。最后那支掠夺者的队伍逼得更近，他们有二十几条船，酒红色海面上因船桨翻飞而泛起的白色浪花分外刺眼，桨手们正全力划向剧院港。

　　"这可比咱们在以弗所见到的多得多。"希波托俄斯的声音从 T 字形的头盔开口后面传了出来，有些含混不清。

　　巴利斯塔也咕哝了一声，他正在思考。

　　"胜者常胜。"马克西姆斯说，"恐怕爱琴海上的每一个北方海盗都加入了他们的行列，没准儿那里面还有本地人呢。"

　　巴利斯塔最后环视了一下四周。他似乎头一回清楚地知道自己该先做什么，后做什么。走运的话，最南边儿的哥特人也许会单单沉湎于打家劫舍，可能他们此行的目的也不过如此。至于包围着半岛的那些敌人，眼下可以先不管。驶向狮王港的那些个长船得过会儿才能抵达目的地。

　　"把侍卫们都喊起来。"巴利斯塔的声音中透着坚定。"咱们出发去剧院港。"

　　于是，希波托俄斯转身准备下去。

　　"再另派个人先跑去让福斯蒂娜浴场驻守的部队上城墙，然后让他告诉弩炮兵等我们到场再开炮。"

　　听完这一连串命令的时候，希波托俄斯已经到了楼梯尽头。

　　"还有一件事，告诉他们把火把点上，要是他们没点的话。"

　　希波托俄斯的身影消失在楼下。马上，楼下就传来了穿戴盔甲、抄起武器的铿锵声和走来走去的脚步声。巴利斯塔和马克西姆斯沉默地站在原地。莱德岛对面以及右侧，海湾与平原的那一头，群山就是一团起伏的暗影。巴利斯塔只能分辨得出一道灰白的轮廓线，那想必是普南城的卫城。哥特人在这儿，而不在那儿，万幸。

"准备好了。"希波托俄斯在楼下报告说。

他们沿着有三人身长的走廊冲下剧院的楼梯，脚步声回荡在穹顶下，火把将怪异的影子投射在巨大的石板上。

他们跑出剧院，拐到了左边的路上。城墙上被临时征召的战士们带着焦虑的心情换了岗。从福斯蒂娜浴场过去的正规军战士们欢呼起来。城中的民兵组织也忐忑地加入到防御的队伍中来，不过这只是权宜之计。他们曾祈祷永远不要到来的夜晚还是来临了。

那两架防城器械已经备好了，火光下就摆着这么两个有棱有角的庞然大物。二者的投掷臂都已经拉到了准备弹射的位置，也装上了炮弹。闻起来，上面有股新砍的木材和焦油的味道。

巴利斯塔气喘吁吁地下达命令，万事俱备的时候由副官来指挥战斗。

"时刻准备，听命行事。"

"听我命令，再装弹发射，能多快就多快。"

巴利斯塔和他的贴身侍卫爬上城墙的甬道。他们散开站到了两边。临时招入伍的那些人拖拉着脚步，感激地退到了两侧。

哥特人的长船所处的位置比巴利斯塔估计的还近。敌船低调而整齐地行驶到了港湾的入口处，离他们仅有几百步的距离了。桨手奋力划行，在海面上留下了几行白花花的飞浪。

"等等！等等！"巴利斯塔高喊道。他不自觉地将匕首从鞘中抽出来一英寸左右，然后又猛然将它按了回去，然后又对左后腰上佩戴的长剑重复了一遍刚才的举动，最后指尖轻触剑鞘上的健康之石。

敌人的长船破浪而来。巴利斯塔已经安排炮兵将弩炮的射程调整到了五十到一百步的范围，也就是弓箭的有效射程的极限。他忘了在海港那片地方做距离标记，就为这个他在心中狠狠骂了自己几句。加卢斯在诺瓦埃的时候就是这么做的，他自己在阿瑞忒城也是这么做的。神啊，他可真是个笨蛋。估计水面上的距离要难很多，更何况现在又是晚上。

"点火。"

城墙上的弓箭手们都纷纷用火把点燃了自己的箭头。一股焦煳味儿弥漫在空气中。这气味之后又传来了更大的家伙被点燃的动静。

"放！"

箭头冒着熊熊火苗的几十支箭齐齐射了出去，在城墙的映衬下显得分外明亮。伴随着可怕的呼啸声，弩炮将燃烧着的炮弹也弹射到了半空中。炮弹起飞、降落，最后像拖着闪光尾巴的流星一样，一头扎了下去。

有一颗弹没飞多远就落地了，另一颗被投到了敌方阵营。不过它并没有击中哪条船，而是扑通一声溅起水花，然后嘶嘶地钻进了船队中间的空当里。

哥特人那边传来了惊呼声。桨手们乱了阵脚，众船只也随之减速。哥特人的首领冲着手底下那些战士们大吼大叫。不一会儿，桨手们又恢复了刚才的划桨节奏。长船再次向前快速行驶。

箭矢嗖嗖地射向敌方，但只有一两支箭射中了目标。船上间或会腾起一团红红的火苗，但还没等船上的人用水浇，自己就灭了。

巴利斯塔耳畔传来吱吱嘎嘎的声音，那是战士们正操作弩炮绞盘将弩臂向后拉的声音。他们还有多长时间登陆呢？他没有东张西望，而是将全部注意力都放在了打头阵的几艘长舰前头那平静幽黑的水面上。

突然，嘈杂中传来了恐怖而清晰的开裂声，行驶在最前面的一条长船抖了几下，然后完全停了下来。它后面的船都赶紧转了弯，其中两条还撞到了一起。哥特人接连发出惊慌失措的喊叫。还有一条船撞上了海中的一根桩子，使得它后面的船跟它追了尾。

船员们纷纷将他们的兵刃往海里插，拼命想要让船停下来，水面上泛起了许多泡沫。箭还是一支接一支地向他们射去，海港一片混乱。几个首领带着战士怒吼着驾船前进，其他人则尖叫着撤退。几条船犹豫着调头往回走，大多数还是停在海面上一动不动。

又是两次弦响和破空而出的声音。巨大的燃烧炮弹在夜空中划出两道弧线，其中一颗的落点离巴利斯塔他们很近，它旋转着，嘶嘶作响，最后危险地贴着码头边缘扎进了水里。不过，另一颗有如神助般径直朝着一条停在原地的长船无情地落了下去。一瞬间，似乎整个世界都安静了下来。接着传来的就是巨大而杂乱的声音：木船船体被砸穿的声音、火焰蹿起的声音，还有被烧着了的人凄厉的惨叫声。

哥特人队伍里倒是不缺勇敢的战士，但他们再勇敢也没用了。水下危险莫测，来自空中的威胁就更不用提了。弓箭手的命中率越来越高，此时的不利形势对他们来说是不可逆转的。几条长船干脆停在原地，竭尽全力从另外三条受损十分严重的船上搭救他们的人，跟在队伍末尾的几条船转身逃跑了。箭雨和间或发射过去的几枚炮弹在他们身后不断追击，直到他们逃出射程才罢休。

"巴—利—斯—塔！巴—利—斯—塔！"守城将士们呐喊起来。他们总算是松了口气，都扯着嗓子喊口号，"巴—利—斯—塔！巴—利—斯—塔！"声音中饱含着激动和喜悦。

"孤燕不成春呐，起码我是这么想的。"马克西姆斯说。

"我头一回觉得你说得对。"希波托俄斯往上扶了扶青铜头盔，眼睛闪闪发亮。

看来他是个喜好杀戮的人，巴利斯塔暗想。"希波托俄斯，召集所有贴身侍卫，再从正规军里找差不多五十个战士过来。咱们要去狮王港走一趟。"

等人来齐了，巴利斯塔简单检查了一下弩炮。和他刚才想的一样，其中一架在发射第二颗炮弹的时候坏了。他表扬了炮兵，然后叮嘱他们别大意，哥特人可能还会攻过来。

他们沿着一条黑洞洞的下坡路跑步前行。多亏了城中格子式的规整布局，他们辨认方向十分容易。跑了三百来步，他们就到了议事厅的南墙根。巴利斯塔命令队伍停了下来。他告诉大家都要聚拢上来，因为毕竟谁也不知道下一个转角会遇上什么情况。不过，如此停歇整顿一下也是为了喘口气。穿着整套铠甲跑步终究是累人的，但远比不上短兵相接时消耗的体力多，更何况他已经不再年轻了。他度过的四十个寒暑已经给他留下了深深的烙印。

向左一转，呈现在他们眼前的是围绕着许多高大石柱的宏伟广场，四周一切都空旷而安静，只有北边情况例外。为了封锁狮王港的码头，他们匆忙垒起了一堵高墙，墙垛上人们正在交战，还有的在垂死挣扎。刀剑相交的铿锵声、痛苦至极的惨叫声像洪水一般穿过柱廊向他们涌了过来，听了令人格外揪心。

他们距离那片战场还有大约两百步。要是选择冲锋，这段距离太长了，到时候就算冲到前面，他们也是七零八落、气喘吁吁的。

"向我看齐，列队前进。"巴利斯塔说，"等我下令再开始冲。"

他们这支队伍有近一百名武装战士，呈密集队形逐步推进。巴利斯塔走在最前头，马克西姆斯护在他左侧，希波托俄斯则位于右翼。马上就要面对非常可怕的事情了，这时候人们很难慢慢地走。众人体内的每一根神经都在呐喊：冲啊！赶快把这一仗打完吧！二十步，三十步，赶快打完吧。

城墙甬道上出现的哥特战士越来越多了。有几个正沿着台阶一路杀下来，必须要在城门位置切断他们的去路。要是他们得逞了，那一切都完了。

六十步、七十步。巴利斯塔不知不觉加快了脚步。

一小股罗马协防兵正在门内追着他们打，还有更多的哥特人朝那些罗马兵涌过去。在火把怪诞的亮光下，一片刀光剑影、你攻我挡。

走了九十步、一百步。

城门处的打斗差不多已经结束了，还有好几个罗马兵站在那里。不过，他们应该撑不了多久了。

"冲啊！"巴利斯塔拔出利剑，冲了上去。

靴底下铺路的石子儿坚实而生硬，随着他的步伐剑鞘一下下撞击着他的左腿，巴利斯塔努力越冲越快。他所执盾牌的分量颇重，所以左臂摆动不大灵活。他一心想着，快点儿，再快点儿。

巴利斯塔冲在所有人前头，马克西姆斯和希波托俄斯都落后半步。他们的冲锋队形好似一支箭头，因为北方人在战事中常会用到楔形或猪拱嘴的队形。

对面最后一个罗马战士也被敌人砍倒了。这时他们距离目标只有二十步了。有四个哥特兵动手开始抬大门的门闩。其他哥特兵，二十人或三十人的样子，背向大门准备迎战。

正对着巴利斯塔的那个战士摆好了作战姿势。他一头长长的小辫子，留着络腮胡，双眼炯炯有神，手执盾牌护在头胸前方。巴利斯塔一跺脚，举起盾牌直接向他砸去。这次冲撞让巴利斯塔不得不停下脚步，哥特人也被砸得退了一两步。有人向着巴利斯塔的后背猛地发动了攻击。巴利斯塔被打得向前一个趔趄，为了保持身体平衡，他略略放低了手中的盾牌。那哥特人趁机举刃便劈，想置对方于死地。盾牌掉到了地上，巴利斯塔却还没有站稳。他左腿横跨一步。哥特人的利刃刚巧擦过了他的脚踝。锋刃砍到了石头上，"铛"的一声，火花四溅。巴利斯塔脚下一滑，身体几欲向前翻倒，但他还是像只雪貂似的，从对手与身边另一个敌人之间迅速闪到了一旁。

巴利斯塔没有回头，他一手撑地，找回了平衡，然后借着刚才的势头接着向前冲去。

门口的哥特人都是背向巴利斯塔的，他们正一起使劲抬门闩，门闩刚刚被抬起来一点儿。巴利斯塔瞄上了离他最近的一名战士。最后关头，那个哥特兵回头看见了他，但是已经太晚了。巴利斯塔几步助跑，双手握剑，将剑尖插入了那人的后背。剑尖挺进之处，铁甲锁链应声而断。巴利斯塔的冲劲儿让他自己和那个哥特兵一起撞到了木板门上。

接着，巴利斯塔动作潇洒地扭转手腕，直觉让他反手挥剑，刺向右侧。这一招刚好挡住了距离他的鼻尖只有寸许的一击。他的双臂一震，单膝跪地，将剑收回，再横着向敌人的双膝削去。哥特人见状向后一跃。

巴利斯塔小心翼翼地站起身。他们直勾勾地盯着对方，像刚刚经过第一回合交锋的两只斗鸡一样，仿佛要僵持到永远。然后那哥特兵的脖子后面挨了一下子。随着他倒地，巴利斯塔也听到了门闩落回原处的声响。

马克西姆斯朝巴利斯塔咧嘴一笑。这个希伯尼安人的身前一片血污，不过这都不是他的血。巴利斯塔也回了他一笑，然后接过希波托俄斯递过来的盾牌。这希腊人又将他那顶旧式头盔推了上去，兴奋地大喊大叫。他看了看周围的狼藉。城墙内已经没有还能打斗的哥特人了。至于那些躺在地上的，不管还能不能动弹，都马上会被剁成碎块儿。

"我觉得现在还是不安全。"马克西姆斯说。

巴利斯塔站在城墙顶上俯瞰外面，通过看到的情形推断出刚才发生的一系列事情。被木桩刺穿的仅有一条长船，不过它最终还是逃掉了。海底竖起的木桩没有起到作用。他还记得预先埋置木桩的人说过，等狮王港的水位变浅时，水底就剩下黏稠的泥浆。这几根可怜兮兮的木桩子倒是肯定会倒掉或者陷下去。

十六艘双船首的战船停泊在码头附近，每艘上面都少留了几个骨干船员。绝大多数的哥特兵都下了船打头阵，他们从来都不愿意冒险离船太远。已登陆的战士们组成了一个盾阵。最前排的跪在地上，将盾牌竖在身前的地上；第二排呈站姿，他们的盾牌立在前头那排战士的肩背上；最后那排则将盾牌高举过头顶。这一幕令人心生怯意，他们的阵型紧密而稳固，像一块坚不可摧的岩石，箭矢基本上是射不进去的。

很难数清这些哥特兵到底有多少。数盾牌的话，盖住前排的大约有八十个，不过这种盾阵通常会由十到十二排战士组成。这可是一大帮危险人物啊！

哥特人盾阵与城墙之间二十步左右宽的码头地区都是三三两两的尸体。

一切都是静止的。这是常常打断一场战斗的那种静默时刻，非常令人不安。这时候，战斗双方就好像达成了共识一样，都将兵力撤回势力范围，静静等待着什么。看过了哥特人的尸体，巴利斯塔知道，他们得再花上好长时间才会对城墙发动新一轮进攻。不过，要是他们的首领下定决心要拿下此城，彻底打退他们的二次进攻也会花上很长时间。

天边亮了起来，那是真正的黎明来临之前瞬间的天光，使城墙上的火把光亮都显得黯淡了许多。右边远处，从一片山坡上房子后面升起来一道浓烟。看来最北边的那一小撮哥特船队也没闲着。狮王港的胶着战局似乎对守城方十分不利。

巴利斯塔正趴在城墙上思考着对策，这时他突然注意到，胳膊肘下面的城垛是用一座大理石雕像砌成的。这座石像雕的是手执舵桨的特里同，他修长的鱼尾尤其引人注目。讽刺的是，这尊雕塑是为了纪念庞培大帝扫平海盗打造的，现在却为了抵御来自海上的新威胁被拿来砌成了临时城墙。人无论创下什么伟大的基业都不过是过眼云烟。巴利斯塔不知道以后会不会也有人发现这座石雕，然后也得出和他相同的结论。

哥特人的方阵中起了一层涟漪。那些遮在外面的盾牌分开了，一个戴着头盔的脑袋冒了出来。那人呐喊着什么，口气充满了挑衅。

"听着，米利都人，你们这些恶贯满盈的罪犯，今日就是你们被就地正法、碎尸万段之日。你们的人头就将是我们手中闪光的战利品。"

城墙上的米利都人则用希腊诗句有气无力地反驳道："柯里索格努斯，尼科米底亚的叛徒！"

"汝妻皆当为长发勇士浣足，汝等残兵败将当戍卫吾之狄迪姆神庙。"

巴利斯塔站直了往回喊话。"波斯人到来的时候太阳神阿波罗的预言早就失效了，你们所谓的预言同你们的行为一样大错特错，那不过是一个叛徒的狡辩罢了。"

巴利斯塔希望自己说的德尔斐神谕没错。就算是错了，希波托俄斯肯定会马上提醒他的。不过眼下这几句话足以应付过去了。城墙上的其他将士也纷纷将揶揄之辞抛向敌人。

很快，那个希腊叛徒就重新俯下身去，换做另一个人站了出来。

"在下萨如阿罗，甘特里克之子，瑞斯帕的兄弟，本部队中瑟文吉人的船长。我知道你，德海姆，你是你父亲——盎格鲁战争指挥官伊桑格瑞姆的不孝子。要说背叛，没人比你这个违誓者更在行。你曾经对手无寸铁的敌人大开杀戒。罗马人叫你'巴利斯塔'，你不过是他们跟前低贱的走狗而已。"

城墙上的巴利斯塔一言不发，他将这番辱骂吞进肚子里，脑子里却一直想着该如何巧妙地反转局面。

"你要是想让大家不拿你当一个低贱的走狗看，你但凡还要点儿脸面，就从城墙上滚下来，堂堂正正和我比试一场。"萨如阿罗从队伍中迈出一步，赤手空拳，面带鄙夷。"嘿！吼！"哥特人大声咆哮，表示赞同他说的话。

巴利斯塔把马克西姆斯拉到身边，飞快地耳语了几句。希伯尼安人点了点头。巴利斯塔又贴在他耳边嘱咐了几句，马克西姆斯又点了点头。

"我这就下来。"巴利斯塔和马西姆斯朝彼此肩膀上捶了一拳。这盎格鲁人走到台阶旁，突然停住了，转过身说："记住……之后，只瞄准那些船。"说完他便走下了城墙。

巴利斯塔身后的城门保持打开的状态。他往外走了几步又停了下来。在晨光中，码头显得十分开阔空旷。一切都是那么安静。在他身后，城墙甬道上的火把嘶嘶作响，还伴随着爆裂的声音。

萨如阿罗双臂平伸，头也不回地上前准备应战，另外两个战士也赶忙从队伍中站了出来，他们一人递盾，一人递矛，将两样武器交给萨如阿罗后又退回原位。萨如阿罗保持着双臂展开的姿势，一动不动，就像是对钉死在十字架上的耶稣的拙劣模仿。他身着铠甲，头盔上是一副貂的头骨，正大张着嘴咆哮着。

萨如阿罗毫无预兆地突然向前迈了两小步，然后向左一跃。就在他挪动步子的同时，他将盾牌横摆在躯干前方，另一只手挥矛画弧，刺了出去。

巴利斯塔丝毫没有退缩。

萨如阿罗优雅地控制住了转向中沉重的矛身。他又向后急速退了两小步，往右一跃，脚底啪啪地踏在大理石地面上，盾牌则时刻在移动中。

"嘿！吼！"哥特人发出喝彩助威声，开始随着他的动作有节奏地顿足——一短，一短，再一长。

巴利斯塔感到心头燃起一团怒火。这个哥特小头目以为自己面前的是谁啊？他以为我是个新兵蛋子吗？还是把我当成了软弱好欺负的南方人？以前巴利斯塔见识过好多回盾墙前的战舞，第一次是在日耳曼尼亚的时候，他才刚刚成年。后来在罗马人的队伍中更是观看了多次，比如说在多瑙河的上游地区作战期间，无论是诺瓦埃的胜利，还是阿伯里图斯的失败，都少不了这类舞蹈表演。在斯波莱提乌姆战役开始前，甚至有哥特人的协防兵当着僭主埃米利安努斯的队伍跳这种舞，就是那场战役使得加里恩努斯和他那可怜的父亲瓦勒良登上了皇位。

萨如阿罗的战舞跳得十分精彩。要是巴利斯塔擅长这类表演，他也会用战舞来回应哥特人。可是，他不擅长，所以他只是站在一边冷冷地看着。多年以来，盎格鲁人看到过各种各样选择不用战舞回应对手的战士：有的一边缓缓向前挪动，一边嘎啦嘎啦地敲击手中的武器，甚至有的一直在咬盾牌边儿，这种人都紧张不安，随时准备开打；有的则努力摆出一副漠不关心的样子，跟身边的人聊天，甚至会转过身去连看都不看。

巴利斯塔依旧静静地在一旁观看。萨如阿罗继续跳着，他的节奏愈发快了起来，手中的长矛也转得越来越高，但他终究没有天神沃登的赐福。巴利斯塔对他们自己的族人十分了解。他父亲伊桑格瑞姆就是盾墙前扮狼起舞的那种战士，他会放下长剑，发出声声狼啸，根本不知道自己在做些什么，只是一味大声祈求诸神赐予他伟大野兽的力量。他们族人无惧伤痛，战斗不息，面对这样的敌手，人们只有恐惧。

萨如阿罗的动作越来越快。他身后是北方人低沉的战吼。很快，战舞者舞动的四肢化为一片模糊的影子，战士们在战争中发出的呐喊声也逐渐增强，仿佛拍击着悬崖的巨浪。

是时候结束这一切了。巴利斯塔决定开始实施他的小诡计，这估计将让他受到许多人的谴责，让他在瑟文吉人的面前抬不起头，甚至让他在所有哥特人的面前失了身份。只有如此，这计划才能奏效。

巴利斯塔不慌不忙地举起盾牌，然后闪到一边蹲在地上，蜷缩在一排木板子后头。说时迟那时快，人们头上满是破空之声，就好像有什么东西被撕成了无数的碎片。巴利斯塔将盾牌留在原地，将身子伏得低低的，爬回了城门。那些哥特人发出了愤怒的吼声。箭矢掠过巴利斯塔身边的路面。城门砰的一声关上了。

城墙内，巴利斯塔一步两个台阶地跑了上去，但是等他跑到城墙甬道上的时候，事情已经无可挽回了。萨如阿罗的尸体上插满了箭，已经被他的将士们拖走了。那副镶着貂头骨的头盔滚落到一旁。哥特人的盾阵冲到了城墙下面，想要报复，但最后不得不撤退。他们撤走的原因不言而喻。按照巴利斯塔之前悄声对马克西姆斯下达的命令，现在每名弓箭手都以最快的速度将火箭射向哥特人的长船。船上留的人手不足，他们来来回回地在甲板上奔跑着，但新火苗蹿起的速度比他们灭火的速度还要快。

巴利斯塔注视着哥特大军涌上船，纷纷扑向船桨。一艘艘双头战船解缆拔锚，驶离码头，回到海港中央，接着驶出卧着大型狮王雕塑的港口。

城垛上突然冒出来一名信使。一队哥特人刚才已经绕过半岛，对东侧发动了袭击，还放火烧了码头和渔民的小屋，不过现在他们已经撤了。

　　"好吧，"马克西姆斯说，"如果说这些人满足于打劫几座房屋庙宇，并不想冒险进犯城墙，那么我想他们以后也不会，起码今天是不用担心了。"

　　巴利斯塔咕哝了一声。

　　"咱们现在做到了两件事：首先，打退了敌人的进攻；其次，让想不惜一切代价弄死你的人里多了瑟文吉人——又是一段世仇啊！"马克西姆斯咧嘴一笑，"如你所愿，都是你自找的。"

第十章

雨点掉下来的时候，皇帝正和他的男伴儿躺在床上。窗子敞着，加里恩努斯仰卧着，聆听窗外每一滴雨落在花园里的动静。很快，空气中就充满了新鲜泥土的味道，令人神清气爽。

加里恩努斯一直盼着能来塞尔迪卡。自扈从队从博古勒出发以来，他们骑马穿过了色雷斯，每天要走三十多英里的路。于是他宣布休整三天，让人马都好好歇一下，也好让掉队的士兵赶上来。塞尔迪卡这座城市正在大兴土木，一片欣欣鼓舞的气氛，新房子一座座拔地而起，其中甚至还有座宫殿。尽管皇帝行宫尚未完工，但那儿的条件已经相当不错了，休闲放松足矣。鉴于过不了多久他们就又要启程向东了，加里恩努斯决定花一天时间游览附近的战场。去年，他的将军奥卢斯就是在那里打败了马克利亚努斯。

快走到塞尔迪卡城墙的时候，一个消息传了过来，让加里恩努斯所有的愉悦心情都烟消云散了。报信的信使浑身上下脏兮兮的，想必沿着邮驿国道这一路上没少遭罪。他说八天前哥特海盗洗劫了以弗所。

加里恩努斯已经竭尽所能了。他们必须得返回去，这一点毫无疑问。西边的情况不妙，需要皇帝亲临。他不得不先巡视潘诺尼亚和诺里库姆两个行省，确保两地效忠他，然后尽快直取意大利的梅狄奥兰，之后的战事才能无虞。加里恩努斯已经给帕米拉的奥登纳图斯写了信，命令他不惜一切代价稳住局势。此人别号"烈日雄狮"，是东部地区的都督。此外，加里恩努斯还派了他的一个禁卫——意大利人塞勒·沃勒雷亚纳斯快马加鞭赶去拉韦纳。因为那儿的船队还比较成样子。沃勒雷亚纳斯是个十分称职的船队指挥官，他将奉命率领一支小船队全速驶向爱琴海。当然了，等到沃勒雷亚纳斯到了那儿，哥特人肯定早就走了，早就载着他们的战利品回到了黑海。但是，办法该想还得想，事儿该做还得做。而且，他还要再次打消东边各行省的疑虑，要让他们知道皇帝对他们也是关心的，不然他们一定会疑心自己要孤军奋战了。若真如此，那就意味着罗马帝国又将冒出来一个新僭主，又要打一场新内战，而国家的实力也将再次被削弱。这简直是一定的，就好像白昼之后便是夜晚一样肯定。

烦躁不安的时候，加里恩努斯并不像文化人一样向哲学寻找慰藉，而是常常诉诸于性。他有时会为自己性格中软弱的那一面感到生气。他此时真希望自己的日耳曼宠妃皮帕，他可爱的皮帕拉就在身边。她从小在马科曼尼部落中长大，旁的没学会，对什么哲学和那些道貌岸然的哲学家可是一百个瞧不上。可她眼下还在梅狄奥兰呢，这旅途对女人来说太难熬了。幸亏他还有德米特里厄斯。

这希腊小伙子还睡着呢。马上就要拂晓了，天空已蒙蒙亮。加里恩努斯转过身，轻轻地将德米特里厄斯脸上遮着的一绺卷发拨到了一边。小伙子既长得漂亮，又能说会写，更不用说欢爱的技巧有多好了。

加里恩努斯注视着沉睡中的他。相士说错了。在床上，德米特里厄斯或许喜欢扮演女孩儿的角色，但是他看起来一点儿阴柔之气都没有。他眼神坚定，走路的时候也没有像女人一样踏着小碎步。加里恩努斯从未见过他向右歪着脑袋，或者用一根手指拨拉头发。他做爱的时候不会将双手摊开放在头两侧，也不会喘息哼唧个没完。

相士可能说错了，但加里恩努斯不由得想，像德米特里厄斯这样嫩的尤物是怎么发现自己可以像女人一样享受鱼水之欢的呢？又是为什么要冒着被世上所有男人鄙夷的风险这么做呢？占星人或许会将其归结于他出生时两星交会的原因。"金牛宫升上天空，尾端与昴宿星团相交……"肯定是类似的解释。魔术师可能会说是他变出来的。先画张画，画中一个阉人注视着黑曜石上搁着的他的生殖器。然后魔术师会将画和基纳杜斯鱼的鱼宝①一起放到一个金匣子里，然后哄骗被捉弄的人捧着那匣子，甚至干脆让那人吃掉，因为据说那样更有效。如此这般，那人就从心底里发生变化了。

有多少人，或者说有多少个江湖骗子之流，就有多少种说法。一个人是怎么骗别人吃下一块石子儿的呢？就算是装在镀金匣子里的石子儿也太离谱了啊！加里恩努斯不再胡乱猜测了，他怀疑德米特里厄斯的这种嗜好是天生的。不管是不是这么回事，这小伙子这些年来从来就没近过女色。德米特里厄斯说过，他打从娘胎出来就是奴隶。尽管关于他的早年生活加里恩努斯不甚了解，但他成为皇帝床榻的"常客"之后，谈起过他曾被卖给过好几个残暴的主人。加里恩努斯听了之后甚至一度动情落泪。自打被巴利斯塔买下做书记官后，这小伙子的悲惨生涯才算是终结了。

巴利斯塔对德米特里厄斯相当好。最后他还给了他自由身，而且，巴利斯塔还将从波斯"诸王之王"营地里得来的战利品分给他一些。不过，德米特里厄斯不知道加里恩努斯也清楚此事。巴利斯塔从未把这小伙子带上床去。在希腊人或者罗马人眼中，这说明巴利斯塔有着强大的自控力，但在北方的野蛮人看来，这可能是另外一回事。

加里恩努斯打量着德米特里厄斯。爱神来时，这位皇帝从不闪

---

① 鱼的结石。

躲。阿佛洛狄忒赐给他的"爱"是他的荣幸。加里恩努斯与那个不解风情、木讷呆板的希波吕托斯一点儿都不一样。他知道自己的眼睛就像是生着一只牤虫，一旦落在某个年轻貌美的小伙子或者大姑娘身上，过不了多久就又会想起飞。他对德米特里厄斯的兴趣不会长久。别的不说，这年轻人平日里都要刮胡子，刮之前还用脱毛膏，这是真的。这说明德米特里厄斯年纪越来越大了。

加里恩努斯轻轻将毯子盖在他身上。德米特里厄斯动弹了一下，但没有醒。这小伙子依然那么漂亮，背部和臀部的线条十分迷人，多一分则胖，少一分则瘦。还有笔直的大腿，带着小卷的紫蓝色头发。

巴利斯塔真是个傻子，被他从小受的野蛮人教育给耽误了。北方人的那套说法大错特错，爱上年轻的小伙子其实并不代表不男人。加里恩努斯对柏拉图式恋爱那种装腔作势、华而不实的东西最厌烦了。那玩意儿只能给人带来挫败感或者罪恶感，抑或是二者兼有，对健康无益。

求爱者和受爱者之间肉体的欢愉没什么可指责的，只要年长些的求爱者在后者长成一个生着胡须的强壮男人之后放手就好。从二人第一次亲密接触到小伙子长成满脸络腮胡子的大男人，时间非常短暂，正为这段情事平添了一丝苦涩。

加里恩努斯神圣的守护神——赫拉克勒斯就爱恋着许拉斯，但这并没有让他的男子气概有半分减损。赫拉克勒斯还爱过很多很多女人。再说翁法勒，一个女人，曾让他为奴；爱上这个女人反倒是让他一时失了男人味儿。

这时，德米特里厄斯醒了。他睁开一双深色的眸子，两腮反射着美妙的光芒，宛若琥珀或西顿城的水晶。小伙子微微一笑。"你还记得你的誓言吗？"他喃喃地说。

加里恩努斯吻了一下他的嘴唇。"我记得。"一时间他感到心头燃起熊熊妒火，然而随即这忌妒便被喜爱之情压了下去。这小伙子就是太忠心了。加里恩努斯决定遵守他向德米特里厄斯发下的誓言。加里恩努斯不会处决巴利斯塔。虽然他必须做点儿什么，但一定不能处决他。

第十一章

巴利斯塔知道，离开米利都让希波托俄斯满心不情愿。

这希腊人抱怨，为什么呢？为什么巴利斯塔要做出如此决定？希波托俄斯还说，就连天上的神仙都知道，他不是个懦夫，而且基本上全靠着巴利斯塔和他手下的战士才拯救了米利都。那么，究竟是为什么要在打退哥特人两天后离开这座相对安全的城市，赶去狄迪姆呢？那地方对他们来说可什么意义都没有，而且可能无法在那儿展开有效防御，更糟糕的是哥特人可以轻易跟着他们去狄迪姆。这完全是乱来，野蛮人才干得出来。

马克西姆斯知道这么做是为什么，但脸上还是挂着将信将疑的表情，可他什么都没说。

巴利斯塔并不想做解释。动身之前，他和米利都的大祭司马卡里乌斯秘谈了好几个小时。

这一趟，跟随巴利斯塔、马克西姆斯和希波托俄斯上路的只有十个骑兵和三个身强体壮的奴隶：其中一个是巴利斯塔的，另外两个是其他战士的。就算有这么多人护驾，他们还是很紧张。他们从米利都南城墙的神圣之门出了城，刚过了此城的创建者内勒斯的墓，就发现了哥特人。这是一小撮强盗，他们三人一群两人一伙地正在郊区民居和庙宇中抢劫。这些哥特人并没有来攻击他们，而是停下手来站在路旁注视着这支队伍。

巴利斯塔并不想悄悄地溜走，而是堂而皇之地出了城，十分招眼。他命人匆匆赶制了一面白龙旗。这是代表他个人的旗帜。他们骑马前行，旗杆上粗糙的金属龙头张着大口，像是在咆哮，旗子被风刮得啪啪作响。扛旗的骑兵骄傲地挥舞着旗子。巴利斯塔想，要是这个协防兵——巴达维努斯知道了他的前任们的下场，不知道他还会不会像现在这么开心。罗慕路斯、安提柯，他们都是好人，但这并没有救了他们。太多杀戮和死亡了。巴利斯塔并不是自己选择走上这条杀伐道路的，他常常想，也许过清静闲适的生活更适合他。

路上平安无事，他们胯下的马也很听话。他们不用担心找不到路。宽敞平整的圣道一直通向山上。路上有里程碑和歇脚处，路边是繁茂的月桂树丛和低矮的圣栎，时不时还能看到小棚屋。被牧羊人舍弃的成群山羊和绵羊优哉地吃着草，听到动静便抬起头来向他们行注目礼。有一回远处出现了一群野狗，但它们很快便大步跑开了。

骑了大约九英里，圣道开始变成了下坡路，再往前走就是帕诺尔莫斯海滨了。那儿可没有什么能下榻的地方。要是时候碰对了，码头上或许会系着几只小船，那是送虔诚的信徒去狄迪姆求圣谕的。他们本来能碰见几个话多的向导和想做他们生意的小贩们。帕诺尔莫斯如今已经一片荒凉了。

巴利斯塔和其他人骑在马背上，来到了一处高高的悬崖上。海风拉扯着他们的衣服，空气中是浓重的海腥味儿。他们眺望着爱琴海，沿着这片波光粼粼的海面往北方去，肯定能找到那几艘鲜明抢眼的双头船。而哥特人的长船应该就跟在他们后头，跟前者只有不到一个小时的距离。

他们又沿着一条路走了两英里多一点儿，这条路两侧矗立着诸神和祭司的大理石雕像，还有趴着的石狮子。这些被风蚀的石雕，无论是人的还是兽的，都年代已久，表现出一种彻底的冷漠。

到了狄迪姆，圣道对面出现了一座拱门，但是没有高墙。这处圣地周围只有一圈界石。看来神明并没打算将波斯人或者高卢人挡在庙外，巴利斯塔怀疑他是不是也准备对哥特人敞开怀抱。

拱门下等着的是一支奇怪的欢迎队伍，有穿着长袍的祭司和当地的老百姓，后者还拿着一些不像样的武器。

"和乐安康。"为首的人头上戴着月桂树叶编成的花冠，身着白袍，手拿一根法杖。

"和乐安康。"巴利斯塔说着下了马，把缰绳递给奴隶，"我是马库斯·克洛迪乌斯·巴利斯塔，我带着我的朋友们和战士们来帮助你们共同抵御哥特人。"

祭司并没有流露出一个平民遇见一队士兵时常有的反应，他表现出的并不是恐慌惊惧。"欢迎，马库斯·克洛迪乌斯·巴利斯塔。非常欢迎。"也许他是看巴利斯塔操着一口流利的雅典口音希腊语，这才放心，又或者仅仅是因为他们这队罗马战士人数不多，比起一大群野蛮人战士来说他们显然更受欢迎。

"我是狄迪姆阿波罗神庙中的先知，我叫瑟兰德洛斯，赫米厄之子，家中世代守护神谕。"每年选出的大祭司都来自于米利都最古老，也是最显赫的家族。"这位是侍奉月亮女神阿耳忒弥斯的女祭司，亚历山德拉，也是我的女儿。"这位处女祭司虽然没有蒙面纱，但她垂着眼帘，姿态端庄。她可真美，太好了，巴利斯塔想，这样一来先知准同意和他们一起作战，这位父亲最怕的恐怕就是一群披头散发的野蛮人轮番骑在他女儿身上。巴利斯塔突然想起了保塞尼亚斯写的高卢人洗劫德尔斐的事情，那情况比波斯人去的时候更糟糕：他们将妇女、男女幼童统统奸杀了。巴利斯塔凭着他的直觉和罕有的洞察力断定，瑟兰德洛斯也读到过同样的内容，他一定也想到了那样的画面，真是可怜。巴利斯塔的思维顿时活泛起来，他想起了他年轻的时候，想起了他随父作战期间在茹吉村遇见的女孩儿，想起了几年前在索里俘虏的波斯国王的妃子——洛葛仙妮，他赶紧压抑住自己的怀旧思绪。几年以前，在阿莱拉特，他认识了一个女人，一个来自科林斯的妓女，她说所有男人都是强奸犯。他当时以为她说的是疯话，现在他有点儿动摇了。也许希腊人和罗马人反复在教育中强调自控力有多重要并非毫无可取之处。巴利斯塔知道自己曾经做过一些坏事，也原谅过很多人，但人是会变的。他又没有像狗被拴在马车上一样与自己的天性或命运捆绑在一起。

巴利斯塔见到了先知的助手，也就是瑟兰德洛斯的助手，他脸上堆着讨好的微笑，不过是个被吓坏了的男孩儿而已。然后介绍给巴利斯塔认识的是护庙队的队长，岁数比前面那位稍微大点儿。他打量了一下巴利斯塔，似乎原本盼着来的是其他更像样的人。巴利斯塔随即便对他表现出爱答不理的样子，就好像对面是个无关紧要的人一样。

"很抱歉，财政大臣没能来迎接您，他太忙了。"这倒是意料之中的，巴利斯塔想。如果说眼前这些人在此圣地身居要职的话，那么其实财政大臣才是实际掌管狄迪姆的人，他肯定会放下其他工作全力组织防御事务。

"哥特人快来了。"巴利斯塔说，"我们得赶紧行动。"

走进大门，圣道两边坐落着各种建筑：有小点儿的神庙、浴场、柱廊、商铺和住宅，但都空空如也。尽管这里只是米利都管辖的一个小村子，但还是有一定规模的。村落向右侧延伸开来。

走了一会儿，脚下的路开始拐向东边。右边的建筑逐渐变成了月桂树林，树林环绕着主庙的西端。

狄迪姆的阿波罗神庙给人的第一印象十分震撼：高高的柱子密集地矗立在眼前，这简直是奥林匹斯主神理想的家园。很多人认为这儿应该算得上是世界七大奇观之一。

　　仆人们把马牵了下去，瑟兰德洛斯则领着巴利斯塔绕着神庙参观。这座中空的庙宇建在有阶梯的高台上，呈巨大的长方形，四周围有两排柱子。入口只有一个，在东侧。瑟兰德洛斯开始跟他讲，接到哥特人进攻以弗所的消息后，司库立刻命令守护神庙的男奴建起围墙，缩小入口处的空当。

　　这是个易守难攻的堡垒，外面的人只能通过唯一的入口进去，四周都是空地。显然，如果敌人靠近庙宇，可以躲在柱顶下面，但是围墙至少有六英尺高，想要攻破这么厚的墙，得有加长的攻城器械才行，而庙内的人可以通过围墙垛口向下投掷砖瓦和石头，于是庙宇四周的空地就成了绝好的屠宰场。哥特人可能会尝试用火攻将庙里的人逼出来，但这一招也可能会把他们想掠夺的财宝给毁了，再说这座巨大的石头建筑看起来也不太容易烧着。

　　进庙之前，巴利斯塔先视察了一下这堵临时筑起的墙。墙体由切割平整的石砖砌成，这些石料可能是从附近的房子上拆下来的。墙的结构看起来足够结实，堵上了先前庙东侧柱子之间的八处空当。唯一的出入口只有三四个空当那么宽。这个口子在十四级陡峭的台阶顶上，可能得派四个精兵紧密排成一行才守得住，另外也许还得有两个战士站得离他们稍开一些，前提是得挑作战技巧不错的人。于是，巴利斯塔在此处安插了六名战士。

　　进入庙内，首先迎来的是一片高大的柱林，每根柱子上都刻着凹槽。内墙上开着一个奇特的大窗户，将其称为"门"也不过分。窗户离地有五六英尺。瑟兰德洛斯解释说，先知就是通过这扇窗将神谕传达给来此拜神的信徒的。"来，"祭司微笑道，"咱们沿着朝圣者的脚步往里走。"

　　这座神庙的布局巴利斯塔以前从未见过。瑟兰德洛斯引领他们一行人走入一条靠右墙的狭窄通道。这条小道幽暗陡峭，还有拱形的穹顶。路的尽头，他们终于从朦胧中来到了一片晃眼的阳光下。这是一大片广场，还是露天的。

广场对面是一座小庙。穿过没有障碍的庙门，就能看到赤裸的阿波罗铜像，他一手提着牡鹿，一手执弓。女祭司和给予女祭司神启的圣泉一定也在门内。不过，在周围的高墙下，这座小庙的神奇之处便显得微不足道。

露天广场上到处都是雕塑：皇帝、国王、祭司、官员、显贵……墙上挂着无数干枯的花环，花环下面则是贡品：杯盏、花瓶、香炉、酒壶、三足鼎、盆盆罐罐——以贵重金属精心打造的各种各样容器，但真正让巴利斯塔惊呆的还是广场上避难的人群，其中有男有女，有大人，也有孩子，成百上千，或坐或立，全都默不作声，垂头丧气的。

瑟兰德洛斯冲着广场比画了一下，说道："通常，只有供奉这座庙的信徒才能踏足这片圣土，不过野蛮人眼看就要打过来了，我神阿波罗以其对人类的大爱将所有有求于他的民众都迎进了内殿。凡是寻求神明指引的皆可站在此处向先知提问，不过可提的问题数量是有限的。想要答复的人都要沿着咱们来时的路回到前殿，然后在那扇窗户下等待。传播神的旨意实是我的荣幸。"

祭司转了个弯，带着他们来到了那扇敞开的窗户所在的房间。里面堆着大家能搜罗到的所有武器。巴利斯塔和其他能作战的人开始从中挑选合适的家伙。

"事情本不该是这样。"先知助手的声音中透着悲凉。这位年轻人不知是在对大家伙儿说还是在自言自语，"今年是第五年了，大丰收之年。竞赛选手、音乐家、歌者以及全世界的人都该汇聚在狄迪姆，带着和平而来。为什么神明要抛弃我们？难道我们献的美酒和焚的香火还不够吗？难道我们为了祭祀宰杀的牲口还不够吗？为什么？我们这样虔诚，神明还要背弃我们吗？"

"够了。"先知威严地发话道，"阿波罗没有弃我们于不顾，就像古代的特洛伊一样，神明也是分善恶的。好战的战神阿瑞斯就将灾祸带给了塞西亚人。而我神阿波罗不会就此屈服。享受乐歌的他不会抛弃那些向他祈祷、为他唱诵赞歌的人，因为他们都有一颗纯净而率真的心。"

年轻的助手似乎马上就要落泪了。"怎么会这样？阿波罗和阿瑞斯不都是永生永存、不死不灭的至高神明吗？为什么不朽的他们会……""够了！"先知怒斥道，"别再扯柏拉图那一套了，别学他尽说些胡话了。这个时代我们信仰的是真正的宗教，不容他人妄加揣测的古老宗教。阿瑞斯将野蛮人引到了这里，我神阿波罗则会把他们碾作齑粉。"

巴利斯塔拿起一扇硕大的旧盾牌。盾牌有些开裂，上面还有不知挂了多少年的蜘蛛网。他在盾牌后偷笑起来。他知道除了神明之外如果还有什么将哥特人吸引过来。显然是因为这里有宝藏的那个流传甚广的谣言。变节的柯里索格努斯应该将这些话都告诉他们了。但还有别的原因，更具体更直接的原因。复仇与荣誉：北方人心底的渴望，与这片不可饶恕的大地牢牢绑在一起的血仇。巴利斯塔杀了萨如阿罗，和瑟文吉人便结下了梁子。萨如阿罗尸骨未寒，那么他走到哪里，瑟文吉人也自然会跟到哪里，而博拉尼人又与他们是同盟。这两拨人足够影响整个哥特人的队伍了。他，德海姆，伊桑格瑞姆之子，罗马人口中的"巴利斯塔"，走到哪儿塞西亚的战神阿瑞斯就跟到哪儿，好比拴在马车上的狗一样。只有马克西姆斯和他自己知道这一关节，只有他们俩知道怎么回事。要是哥特人来狄迪姆，普南城就是安全的，巴利斯塔的妻儿、老卡尔加库斯就都是安全的。

巴利斯塔注意到四下一片安静。先知和他的助手都正盯着他看呢，他也面无表情地抬头看着他们。

"那副盾牌。"先知张口说话了。

巴利斯塔将那个笨重的家伙翻转过来。盾牌由皮革和青铜制成，上面的一根绑带都已经烂了。

"你知道那盾牌以前是谁用的吗？"先知犹犹豫豫地问。

"谁呀？"

"欧福耳玻斯，能伤到普特洛克勒斯的第一人，特洛伊的英雄。为了复仇，斯巴达国王墨涅俄斯杀了他并将他的盾牌献给了阿波罗。"

"那真是件古董了。"

先知用奇怪的眼神看了他一眼。"欧福耳玻斯后来转世为伟大的毕达哥拉斯。"

"嗯。"

"这位先贤认出了他前世所用之盾。后来，他的灵魂又转给了赫尔摩底谟，他也认出了你手中拿的这副盾牌。"

助手退到一个角落里，嘴里念念有词，也许是在祈祷。

巴利斯塔大笑起来。"我可不信曾是希腊七贤的这么一位特洛伊英雄会愿意转世成为日耳曼尼亚的战士。"

"这是神明的决定。"先知说。这时，他的助手做了一个不易察觉的驱邪手势，将大拇指夹在食指和中指之间。

突然，他们上面有人喊道："着火了！哥特人来了！"

巴利斯塔指指侧墙离他们最近的台阶，瑟兰德洛斯告诉他那是个天台，巴利斯塔率先冲了上去。他们面前先是两段台阶，之后又是向相反方向折过去的两段台阶，正好和上面的楼梯背面形成镜像。

他们冲进一片强烈的光中，一群麻雀纷纷扑扇着翅膀从附近的屋顶上飞了起来。巴利斯塔头脑中突然闪过一个想法，就好像一只鸟儿从他手心里飞了出去。麻雀，狄迪姆，对神不敬受到的教训……总之是这类东西。如果都还活着，他以后一定会问希波托俄斯。他这个希腊人与众不同，他是个享受屠戮的活百科全书。

穿着不合身的古代盔甲的一小撮人正往西北方向眺望。巴利斯塔顺着他们的方向看过去。他骑马进来的那个大门附近人头攒动，而且人数还不少。这些人从周围的房子里进进出出。巴利斯塔眼看着一缕细细的烟翻滚着升上天空。"阿耳忒弥斯神庙。"有人喃喃道。其他人都听见了，有的人开始祈祷。烟柱逐渐变粗，转瞬又被东风吹散。

下面传来一阵骚动，动静来自阿波罗神庙入口。一个穿着滑稽而陈旧的铠甲的当地人走到天台边儿上往下看了一眼。"操！"他只说了一个字。

巴利斯塔也这么说了一句。一个个人影开始冒出庙门口，他们挥舞着临时找到的兵器——长柄大镰刀、打谷子用的连枷，也有几个拿剑的。他们纷纷绕过矮墙，朝着起火的地方飞奔过去。巴利斯塔一脸疑惑地看向他旁边的那人。"这帮蠢货想去拯救阿耳忒弥斯神庙呢。"那人说。

巴利斯塔傻愣了一会儿。"可哥特人会把他们全杀光的。"

"是啊。"那人答道。

"只知道用蛮力的傻蛋！"马克西姆斯说，"人要是蠢，那就没救了。"

"是没救了，"巴利斯塔赞同道，"那咱也得试着救一救。"巴利斯塔招呼上马克西姆斯、希波托俄斯和另外四个士兵，下楼去了。

到了楼梯下面，巴利斯塔转身朝出口走去。他蹲着身子从那扇大窗子翻了出去，跑过柱子林立的大道。

一群人挤在他前面的路上。他大喝着让他们闪开，可他们充耳不闻。他拔剑挥舞，长剑的剑背砸在一人的太阳穴上。那人应声摔倒在地。巴利斯塔继续挥剑，又一个人被砸到了肩膀上，蹒跚着躲到一边。人群分开了。

巴利斯塔到了庙门口，转过身子，他后面的几名手下朝他压过来。巴利斯塔快速地舞了几个复杂的剑花。锋刃闪着邪恶的光芒。人群顿时向后退去。

"谁都别想离开这座庙。所有人，回内殿去。"

这群乌合之众像泄了气的皮球一样散去了。

"已经跑出去的人怎么办？"马克西姆斯问。

"他们死定了。"巴利斯塔说。

哥特人一路冲，一路抢，花了近两个小时才到阿波罗神庙门口。这已经足够巴利斯塔布置防御了。巴利斯塔自己、马克西姆斯和另外六名士兵，他们八人执盾挡在柱子间的空当处。他们四人一排，站成两行，八副盾牌边缘搭在一起，以便挡开射来的箭。门口围墙顶上，两边各站一名士兵，他们负责指挥当地人准备往下朝敌人扔东西。希波托俄斯也站在墙顶，任务就是顶上缺人的地方。

巴利斯塔仔细观察了一番他前面的情况。先是十四级台阶，然后是庙前的一块平地，从近的一头到另一头大约有二十步远。台阶最下面的右侧有一圈矮墙，那是主祭坛，上面有一堆早就燃尽的灰。别处还分布着其他祭坛，四下里点缀着零星的碑刻与雕像，但基本上没有哥特人可作掩体的地方。他们必须得穿过这片空地才能顺着台阶往上冲。

战斗正式打响前的等待总是最为煎熬的。战士们一声不吭，他们调整重心时，身上的装备就会哗啦哗啦地作响。马克西姆斯吹了段不成调的口哨，然后就开始自顾自地念叨起他在米利都玩儿过的一个姑娘，他先是假装对一个姑娘竟然这么堕落表示愤慨，然后又说自己是个来自偏远小岛的纯情小伙儿。他能在阵前如此"性"致盎然、"精"力充沛也真是不容易。

希腊古迹上空浓烟缭绕。黄色的火光冲天，烧焦的恶臭刺鼻。不远处是尖叫的人群。马克西姆斯还在喋喋不休。

从烟尘中冒出来了第一批哥特人。他们头戴护盔，满脸胡子，慢腾腾地组成几个小队。

"来啊，你们这些小猪崽儿！"马克西姆斯用敌人的语言大声挑衅道，"过来看爷怎么把你们串成肉串儿。"

敌人面向神庙组成了一个坚实的盾阵。一名战士向前走了几步，将自己的身体仔细藏在盾牌后面。

"我是瑞斯帕，甘特里克之子，瑟文吉人。我是阵亡的萨如阿罗的兄弟。庙里的人听着，只要你们把违誓者德海姆——伊桑格瑞姆之子，被罗马人叫作'巴利斯塔'的贱奴交出来，我就保证留你们一命。"

巴利斯塔大笑。甘特里克随便叫他什么都行，违誓者也好，贱奴也罢，反正除了巴利斯塔和马克西姆斯，庙里的人基本上都听不懂他在讲什么，只能听明白"巴利斯塔"这个罗马名字。

哥特人队伍里响起一个声音，讲的是希腊语，有点儿含混，但还能听得清。可能是柯里索格努斯吧。那人把瑞斯帕的话翻译过来之后，庙中的幽暗的角落里人们在议论纷纷。这招太绝了，但巴利斯塔并没有特别担心。就算他们想这么干，这些米利都的平头老百姓们也没胆子真把他献出去。

"我知道你！"马克西姆斯喊道，"瑞斯帕！""我也知道你！满嘴喷粪的希伯尼安人。"哥特人以剑指天，"我向雷神菲尔古尼斯、哥特人所有的至高神明发誓，只要你交出违誓者德海姆，然后匍匐在我的剑下，我就送你两匹上好的种马和十二头公牛，让你爽个够！"巴利斯塔轻蔑地哼了一声。"你的剑挺长，可惜胆子小了点儿。我们就在你面前，有本事过来啊！"

瑞斯帕没回答，而是做了个手势。十几名战士从盾阵中走出来，全都头戴钢盔，身穿锁子甲，手执利剑，胳膊上套着金色臂环，都体格彪悍得很。在首领的带领下，他们小心翼翼地走上前去。

走了几步，他们停下来，沿着半圆的祭坛排开。瑞斯帕对他们吩咐了几句，声音很低，巴利斯塔听不到。这时墙顶上扔下来一块瓦，落在地上跌得粉碎，什么也没砸中。哥特人哄笑起来，听起来十分刺耳。

巴利斯塔在心中暗暗诅咒墙顶上的米利都人，在完全威胁不到敌人的地方扔东西，这胆子得多"大"啊？上边那傻瓜士兵到底想干吗？管事的希波托俄斯跑哪儿去了？等着哥特人的应该是一场石头雨才对啊！

瑞斯帕和另一个战士头目，他们到了第一级台阶前，后面其他的人呈扇形散开。

"疏散队形！"巴利斯塔大喊。除了巴利斯塔和马克西姆斯之外的所有人都后撤几步，其中两名战士警惕地摆好作战姿势，准备随时上前执剑杀敌。

瑞斯帕和那名勇士一齐走上台阶。

"预备！"巴利斯塔说。巴利斯塔和马克西姆斯齐刷刷地向后退了三步。只有傻子才会老老实实站在台阶最顶上，因为那样的话，你的双腿就都暴露在敌人剑下了，想要格挡还得将剑再往下放。二人都做出犁地的姿势：一手向前探出盾牌，较尖的一端指向敌人；另一只手执长剑待在身侧，剑尖靠下。

瑞斯帕越过最高的那级台阶。他以恐怖的速度向前蹿了两步，发出震耳欲聋的战吼，恶狠狠地向巴利斯塔的脖子斜劈过去。巴利斯塔举起盾牌，瑞斯帕则灵活地将剑锋压低。巴利斯塔也随之放低盾牌，挡过本会劈在左脚踝上的一剑。木屑纷飞，巴利斯塔的左肩被震得发麻。他举剑上刺，以锋刃向对方脸上插去。瑞斯帕刚好用盾边儿挡住了，还逼得巴利斯塔抬起执剑的胳膊，露出空门。哥特人的剑宛若嗜血的钢蛇，一闪之下，便向巴利斯塔暴露在外的右臂刺去。打小儿的勤学苦练没有辜负巴利斯塔。他下意识地举盾画了个圈，再往前一顶，推到了瑞斯帕怀中。此时，敌人的剑刃就夹在椴木盾和他自己的胸口之间。有那么一会儿，二人脸贴着脸，都能感受到对方的鼻息。巴利斯塔忽然俯下身，然后再猛地直起身，弯着膝盖将哥特人推得连连后退。二人终于分开了，站在原地直喘粗气。整个回合的交锋不超过两秒。

冲向马克西姆斯的那个哥特人已经被撂倒在地了。他痛苦地呻吟着，其他队友抓着他的双脚，将他拖到了一边。大理石石板上留下了他的一抹鲜血，红得刺眼，又一个战士顶了上来。

"代我向你哥哥问好吧！"巴利斯塔故意刺激敌人。

瑞斯帕语无伦次地吼了句什么，然后扑上前来，将剑抢过头，全力斩了下去。巴利斯塔毫不退缩。不知怎的，他始终保持着镇定，双眼紧盯着正朝着他天灵盖切下来的重剑。在最后关头，巴利斯塔左跨一步，举起盾牌，斜着迎向剑锋。金属盾帽挡住了这一击。这一挡差点儿让巴利斯塔跪在地上。不过他身子一扭，转移重心，将肩膀缩到了盾牌后头。他晃着身子使劲往前推，终于将对手的剑格到了右边，让哥特人的身体一侧暴露在他的剑下。现在瑞斯帕只有等死的分儿了。

巴利斯塔由下至上全力刺出一剑，先是遇到点儿障碍，滞了一滞，然后传来尖锐的爆裂声，是铁环扣崩开了，然后尖利的锋刃就顺利地刺入了敌人的血肉。

瑞斯帕惨叫一声。他的长剑喤啷一声掉在石板地上。巴利斯塔扭转剑柄，一下，两下，热乎乎的鲜血溅到他的胳膊上。巴利斯塔一边继续着这个可怕而亲密的"拥抱"，一边瞟向快死的敌人的身后。并没有哥特人向他进攻，巴利斯塔用盾牌顶在瑞斯帕身上，抽回长剑，然后将他推了出去。

这位大个头首领跟跟跄跄地退了几步。盾牌掉在地上。他将手伸进锁子甲里，徒劳无功地想止住血。鲜血泉涌般淌到了哥特人的腿上，在他脚下积成了一摊。

瑞斯帕身子僵住了半响，然后仰面摔倒在石阶上。后面的人想接住他，但却被他砸倒了。第三个哥特人也遭了殃，连带着滚下了台阶。

马克西姆斯对面的战士正往后撤，他的盾被砍飞了，一副魂飞魄散的样子。

现在，墙上的人们才终于做对了。砖头、瓦块、石头子儿、破铜烂铁，如雨般打在台阶上。耳畔满是投掷物的破空之声。哥特人都将盾牌举了起来，努力想护住他们倒下去的首领，也是为了保护自己。他们拖着死者和伤者，开始往回撤。

"龟甲阵型！"巴利斯塔高呼。他和马克西姆斯后退几步，六名士兵用盾牌封锁住了入口。

"你怎么样？"巴利斯塔问。

"好得不行。"马克西姆斯说。"我现在——你以前用啥词儿说我来着？"

"癫狂？"

"不是。我想起来了，你说我'得意忘形'。"

"这放一般人身上可不是什么好词儿。"

"那当然，只放在我身上的时候是好词儿。"马克西姆大吼着，"我现在就是得意忘形啦！"

战士们都乐开了花。

巴利斯塔透过盾牌的缝隙向外看去。哥特人已经撤到了视野之外。台阶上都是些残骸。巴利斯塔突然有了一个主意。他环顾四周，下意识地甩了甩剑上的血珠。瑟兰德洛斯就在近旁。先知的脸色十分难看。

"瑟兰德洛斯，找人去敲石头，要小块儿的，拳头大小就行。"

先知回头看看，茫然不解。

"我想把它们撒在台阶上，让人越难落脚越好。这我早该想到的。"巴利斯塔边想边说。

瑟兰德洛斯点点头，但没动身。

"哥特人攻城并不在行。"巴利斯塔继续说，"只要咱们有水，有食物，就可以无限期地在这儿守下去。"

先知面色阴沉。

"怎么了？"巴利斯塔问。

瑟兰德洛斯还是没说话。

"没有食物啊？那有圣泉在，咱们也渴不着。"

"有食物，还有几桶水。"先知顿住了，显然不知道接下来该怎么说。

"泉水呢？"

瑟兰德洛斯清了清喉咙。"麦凯尔已经枯了。"

现在换做巴利斯塔茫然不解地干瞪眼了。据估计，麦凯尔山脉二十多英里之外就是普南城，他的家人就在普南城。

"麦凯尔山的圣水流经海底和平原的地下，但会在阿波罗神庙这里冒出地面，或者说曾经会。现在泉水已经干涸多年了。"

第十二章

阴凉下，巴利斯塔坐在最高的台阶上，俯瞰着狄迪姆阿波罗神庙里筑起围墙的广场。他嘴中含着一颗鹅卵石，左腮右腮地来回倒腾着。透过飞扬的尘土，很难看清内殿对过的情形。明亮的阳光照在舞动的灰尘上，更显得空气闷浊、苍黄一片。尽头那间小小的圣室几乎完全看不到了。这里连一丝风都没有。他们被困在这儿，置身于神庙外墙间缓缓翻腾的尘浪中，备受煎熬。巴利斯塔知道，那些手握铁锹、铲子拼命挖掘的人们恐怕连呼吸都难，但这又有什么办法，谁叫他们是奴隶呢？

天气炎热。人人都忍受着口渴的折磨。尽管他们对那几桶水进行了精心的分配，哥特人来袭后的第二天，他们的水还是喝光了。前一天，他们还被哥特人包围着，谁都出不去，谁剩下的水都不够他们撑过二十四小时了。

关于源于圣室的泉水，巴利斯塔判断失误了。原本在那屋子门外就可以喝到圣泉。听到泉水枯竭的消息后，他立刻命令寺奴挖开水层，寻找水源。到现在为止，这些奴隶还是一无所获。

巴利斯塔在口中用舌头拨弄着石子儿。他不知道这样有没有好处，但是他知道自己若是不含块石头会感觉有多渴。这诀窍是多年前他跟马穆拉学的，马穆拉是东部边陲的老兵了。巴利斯塔每每想起他就满心愧疚。马穆拉，那么好的一个哥们儿，他竟然抛下他，任他被活埋在阿瑞忒城了。

马穆拉当初是被困在攻城隧道里，就像他们现在被困在这座神庙里一样。巴利斯塔不知道他在普南城的时候派出去的信使是否已经完成使命了，如果是的话，总督马克西姆斯利亚那斯有没有按照信中行事呢？要是没有，那他们就都完了。哥特人只需要坐等他们因为忍不了口渴自行走出庙门就行了，而这一幕用不了多久就会发生。为了分散自己的注意力，巴利斯塔向希波托俄斯问起狄迪姆的麻雀的事情。

希波托俄斯开始哑着嗓子给他讲故事。吕底亚的叛徒派科泰兹逃亡到希腊的塞姆城。波斯国王命他投降。于是，塞姆人来狄迪姆求神谕，阿波罗的答复是将他交出去。在塞姆人看来，不对求助的人伸出援手是错误的做法。他们随即又派了一名大使来狄迪姆求神明引导，结果得到了同样的神谕。这回的大使是个有智慧的人，他叫阿里司托狄科斯。他找了一根长棍，然后在这块圣地内到处找麻雀窝，找到一个捣毁一个。

巴利斯塔抬头看了看高耸的围墙，心想那他找的一定是一根特别长的棍子。

阿里司托狄科斯忙着捅鸟窝的时候，内殿里的阿波罗本尊开口说话了："什么人这么大胆？竟敢驱赶我庙里庇护的鸟！"阿里司托狄科斯并不想要什么答案。阿波罗怎么能只守护自己的信众，却命令塞姆人驱逐有求于他们的人呢？神明的答复不仅让塞姆人越来越不信服，还给自己带来了麻烦。因为他给出这样的答案，人们再也不向他问这类问题了。

巴利斯塔一边看着内殿，一边想自己正躲在神明的屋檐下避祸，要是眼下质疑人们虔诚敬神或者在阿波罗所说的话里挑逻辑错误，实在不妥。"那后来塞姆人怎么做的？"

希波托俄斯微微一笑。"他们将派科泰兹送去了米利都。后来他们听说那儿的人也不收留他,又将他送到了希俄斯岛。波斯人拿内陆城邦阿塔内斯当好处给了希俄斯,所以希俄斯人将派科泰兹拖出了他们的雅典娜神庙,然后交给了波斯人。"

"派科泰兹最后怎么样?"

希波托俄斯停下来想了想。"我记得希罗多德好像没写,但他肯定没什么好下场。"

"希俄斯人又怎么样了呢?"

希腊人皱了皱眉。"后来他们相当长一段时间在向神明献祭的时候都不用阿塔内斯出产的大麦或那儿的谷物做成的糕点。"

这个减轻负罪感的法子倒是挺容易,巴利斯塔想。他正要走下台阶去入口处跟马克西姆斯换班的时候,内殿发生了状况。黑暗中传来嘶哑的呐喊声。大群难民在较低的台阶上来回穿梭着,像团乱麻。盖着一层灰尘的先知和他的助手跌跌撞撞地拾阶而上。他们都喜气洋洋的。

巴利斯塔礼貌地站起身来,他将口中的石子儿吐到左手里。

"他们挖到水了,"瑟兰德洛斯说,"我们得救了。"

巴利斯塔克制住兴奋,像模像样地和先知握了握手。此时下面的昏暗中尽是人们沙哑但兴奋的呼喊。他们确实都得救了,至少眼下是如此。

　　　塞西亚城里战火起,
　　　金色竖琴叮咚响。
　　　慈悲神明阿波罗,
　　　甜美清泉赏万民。

年轻的助手满面笑容，即兴作了两句诗。巴利斯塔这才知道他对传达神谕起着怎样的作用。内殿的女祭司先说出阿波罗的神谕，然后由这位助手将其编作诗文，最后由德高望重的先知——瑟兰德洛斯通过那扇大窗转达给外面等待的虔诚信徒。

> 阿瑞斯庙前生事危机现，
> 勒托之子显灵救信众。

瑟兰德洛斯对助手的出口成章表示赞许。

"以前也发生过这样的事情。"年轻人在鼓励下愈发话多了。"圣泉干枯了，亚历山大大帝来此参观，阿波罗便让泉口涌出了金色的泉水。"说到这儿，他用奇怪的眼神看着巴利斯塔。先知和他一样，就连希波托俄斯脸上都一副古怪的表情。

"别闹了，"巴利斯塔说，"我才不是欧福耳玻斯、毕达哥斯拉、亚历山大那样的人物呢。"

先知摇摇头。"你又不是预言家，你怎么知道呢？"

每个人都喝足了水，水桶也装满了。既然这口泉枯竭过两次，那就有可能发生第三次。巴利斯塔嘱咐守着入口的和墙上站岗的人们尤其要多喝水，不仅要大口喝，还可以互相往身上泼一泼，降降温。同样，尽管食物越来越少，每次发放的量都要经过严格控制，但负责警戒的人要经常摆出一副在吃东西的样子。让哥特人认为庙中不缺吃喝、士气正旺，这很重要。

下午已经过去了一半，太阳就要下沉了，但不知怎的，气温似乎更高了。神庙前方的柱林中还相对凉快一些。巴利斯塔蹲下来，背靠着匆匆建起的围墙。他筋疲力尽地看着叽叽喳喳的麻雀飞进飞出它们的鸟巢，思绪顺着看似不搭调的轨迹飘走了。欧福耳玻斯、毕达哥斯拉、亚历山大。如果你和先知与他的助手一样，相信灵魂转世一说，那么这些飞来飞去的鸟儿可能上辈子都是什么哲学家、大英雄呢。信这说法对行军打仗没什么好处。要是真的，那你永远也说不准自己杀掉的是什么人或者什么东西。要是没法打打杀杀了，那你还是你吗？最好别太沉浸在这种幻想里了，可是有时候情势所迫，不得不信。灵魂转世这种说法似乎总会无可避免地将人引到反战、素食等某些宗教所提供的歪路上去，并不仅仅局限于轮回转世本身。

马克西姆斯的到来打断了巴利斯塔糨糊一般的思考。"什么事？"

"过来看，哥特人撤了。"马克西姆斯一把将巴利斯塔拉了起来。

千真万确。站在庙顶的天台上，他们看到最后一批北方强盗走出了狄迪姆的大门，朝着东北方向上的帕诺尔莫斯去了。这一趟，哥特人似乎没带什么战利品，只队伍前头押了一些俘虏。他们匆匆忙忙的，似乎有什么急事。

因为怕是敌人的诡计，巴利斯塔派希波托俄斯到楼下入口处巡视，提醒战士们别放松警惕。巴利斯塔有条不紊地扫视了一遍狄迪姆大小建筑的房顶和树林，没有看到任何潜伏下来的哥特人。

巴利斯塔眺望着北边和东北方向，脸上浮现出一丝微笑。往米利都的方向看，六七英里远的地方升起一道尘柱，黑压压的，而且只那么一道。一大队骑兵正翻过那些低矮的山丘，向南沿着圣道一直前行，最后抵达帕诺尔莫斯。巴利斯塔缓缓绽开笑容。他的消息送到了。总督做得不错。马克西姆斯利亚那斯已经调动了以弗所的协防骑兵部队，派他们南下了。一千骠骑正向帕诺尔莫斯进发，而哥特人的船正停在那儿。要是战船遭到了威胁，想必这些哥特人就会乖乖离开了吧。

感谢神明保佑，他们得救了。

第十三章

那天早晨，加里恩努斯觉得自己一定药吃过了头，天刚蒙蒙亮他就醒了。昨晚他是和德米特里厄斯一起睡的。今天他不准备祭祀诸神，而是决定去骑马。他喝了点儿牛奶，吃了点儿面包和水果。这会儿马具都已经备好了。既然肚子里有东西垫底儿了，他现在要去做件非常私密的事情。他将药箱的三重锁一一打开，将每种药都倒了一点儿出来，吃了下去。这些药有的取材于大自然，有的则是他悉心配制的。

也许是他之前太大意了。他骑在马背上感觉还不错。潘诺尼亚的平原上低低地飘着一层薄雾。西米乌姆的灯火黯淡下去，只在远处形成一圈光晕。他最近新成立了一支由野蛮人组成的贴身侍卫队，队长是阿勒曼尼人名叫弗雷奇。这回出行，加里恩努斯只带了他。有时候他觉得独处最好了，前提是他是个皇帝。他最喜欢的猎犬——斯波列提乌姆轻轻松松地跑到了阿勒曼尼人弗雷奇的马儿前面。

过了一会儿，太阳升到了脑袋顶上，湛蓝的天空中只在远处挂着几抹云彩。地平线上宽阔的萨瓦河静静地流淌着，波光粼粼。弗雷奇赶了上来之后，他们便骑马返回了。

现在加里恩努斯感觉不太好了。他坐在宫中大殿高高的皇位上，一阵阵作呕。一定是他之前太大意了。他登基已有十年了。这十年来的每个清晨，他都会服食这种带有一定毒性的药。他的身体抗毒性很强，适应得很好。自古皇帝，什么荒唐死法都有，可克洛迪乌斯时代之后的两百多年来，没有一个是死于中毒的。

他面前低处的圣坛上摇曳着圣火。缭绕的熏香、骑马装散发出来的马味儿和汗臭味儿混合在一起，让他更感觉恶心了，但他不得不在御前议会面前坚持住。

殿上正有人在庄重地演讲。此人便是努米乌斯·弗斯提尼阿努斯。今年头两个走马上任的执政官之一便是弗斯提尼阿努斯，这意味着他将成为皇帝的左膀右臂，而这份荣耀是加里恩努斯亲自授予他的。这是加里恩努斯在位以来第五次钦定弗斯提尼阿努斯担任执政官。

不得不说，这场演讲其实挺无聊的，但尽管加里恩努斯身体不适，他还是听进去了。演讲的主题是"帝国统治的绝佳状态"。演讲者用各种华丽的辞藻来为有史以来最伟大的帝王——普布里乌斯·利奇尼乌斯·埃格纳提乌斯·加里恩努斯歌功颂德，还说他的运气比屋大维还好，治国比图拉真更有方。

在这个铁与锈的时代，要是真是这么回事就好了，加里恩努斯想。他细细思索着统治帝国要面对的那些残酷的事实。帝国版图中央地区的情况还比较稳定。多瑙河边境线及其港口腹地也都在掌控之中。可两年内发生了四起叛乱，罪魁祸首有英格努乌斯、瑞加里亚纳斯、庇索和瓦伦斯。跟这四位主儿的篡位夺权比起来，其他人犯的事儿都算不得什么了。克里门提乌斯·西尔维乌斯——上潘诺尼亚行省和下潘诺尼亚行省的总督、埃利乌斯·埃利亚努斯——第二阿迪乌特里克斯军团长官和埃利乌斯·瑞斯图图斯——诺里库姆行省总督此前一直在西米乌姆忠诚地等待加里恩努斯的驾到。克劳迪乌斯·纳塔利安努斯也已经从他的下梅西亚行省赶了过来。达契亚行省总督瓦特然努斯和上默西亚行省总督瓦伦提那斯都没到场。他们两位都解释说要留在省内，以防哥特人穿过黑海发起侵略。加里恩努斯知道，至少瓦伦提那斯说的是实话。除了哥特人的问题，多瑙河流域的野蛮人似乎还没什么动静，不过这应该只是暂时的。沿着这条大河向西逆流而上会遇上马科曼尼的国王阿塔鲁斯，他将是阻挡通过水路来的敌人的中坚力量。这位日耳曼藩王和当今的罗马皇帝之间有着紧密的关系，因为阿塔鲁斯的女儿便是加里恩努斯的女人——皮帕。

罗马似乎没什么需要特别关注的问题。比之以前，城中庶民的骚乱并没有糟糕到哪里去，元老院的尔虞我诈也差不了多少。罗马城的长官是德高望重的贵族努米乌斯·赛奥尼乌斯·阿尔比努斯，他对眼下的政权忠心耿耿。他以前是加里恩努斯父亲的一个朋友，他们这段友谊的价值也便体现在当下。帮加里恩努斯监视罗马七丘上的风吹草动的还有他的兄弟利奇尼乌斯，他的暗中襄助虽说不那么正规，但却效果更好。

至于非洲，据说阿塔拉斯山里有些古怪，可能有部落造反，搞阴谋活动等，还有传言说南边儿的游牧民族打过来了，也不知道非洲本土的那个叛贼法拉森是否还活着。流言说有人在一个遥远的山洞里发现了他被砍下来的头，那颗头颅会唱古老的歌谣，还能谈古论今呢，非洲总有新鲜事儿发生，但这儿没有什么是科尼利厄斯·屋大维摆不平的。作为非洲边境的指挥官，他有努米底亚行省的总督德奇安努斯相助，在去年消灭罗马僭主塞尔苏斯上立了大功。再有就是加里恩努斯的堂姐妹加里恩娜，她才是镇压塞尔苏斯的幕后力量。巾帼不让须眉，她是皇帝在非洲十分称职的耳目，是加里恩娜想出了煽动一支弗兰克斯^①奇袭部队对付塞尔苏斯的。现如今，这支日耳曼部队盘踞在之前篡位者的地盘上，成为对付当地蠢蠢欲动、野心勃勃的罗马人的中

---

① 多个日耳曼部落的联盟。

坚力量。

要不是帝国版图中部的情况很糟糕，西部也就不至于跟着遭殃。加里恩努斯心里最恨的莫过于波斯杜穆斯了，最想杀掉的也莫过于他了。两年前，波斯杜穆斯任下日耳曼尼亚行省总督，他在莱茵河地区企图用肮脏卑鄙的手段挪用公款，被发现后，他打破了自己曾对皇帝发下的神圣誓言。他将自己的肖像放到了第三十乌尔皮亚胜利军团的旗帜上，自称奥古斯都。日耳曼人和高卢人的行省都加入了他的反叛大军。接到皇帝的赦免令后，波斯杜穆斯还装模作样地为自己辩护，粗鲁无礼地对皇帝提出控诉。

当时，加里恩努斯儿子萨洛尼乌斯生活在莱茵河流域的科洛尼亚—阿格里皮恩萨斯城里。尽管他还不过是个孩子，但根据规定，萨洛尼乌斯便是罗马皇位的继承人，而且他将作为皇帝在北方地区的代表。于是，波斯杜穆斯包围了科洛尼亚—阿格里皮恩萨斯城。城中人为保自己平安，将加里恩努斯的儿子交给了敌人。萨洛尼乌斯的年轻并没能得到波斯杜穆斯的怜悯。加里恩努斯的这个英俊的儿子最后被砍了头。据说敌人还将其暴尸荒野，拒绝让他入土为安，任他的灵魂孤单绝望地四处游荡。

加里恩努斯向赫拉克勒斯祈祷，希望他能保佑他有朝一日为儿子报仇雪恨。祈祷果然灵验，最后波斯杜穆斯真的被打倒了，他的叛乱到头来竹篮打水一场空，但靠着神明实现你的愿望似乎慢了些。加里恩努斯知道自己应该耐着性子等，他知道对于不朽的神祇来说，时间一文不值。加里恩努斯应该对赫拉克勒斯的话深信不疑。神明答应了什么，就一定会做到。他可是加里恩努斯的特殊好友呢，然而他很难做到有耐心。在过去几个月里，波斯杜穆斯那个高卢帝国——一个通过欺诈、亵渎神明和杀害孩童建立起来的邪恶帝国——竟然壮大起来了。

波斯杜穆斯和他的爪牙大逆不道地任命了两个执政官，就好像他真的是个皇帝，并且真的占领了罗马一样。从今年被选中的两个执政官可以看出一些端倪来。埃米利安努斯和提图斯·戴斯崔希乌斯·朱巴，这两位都是元老院的议员，以前也都担任过执政官，而且他们曾经是加里恩努斯父亲的朋友。现在他们二人背叛投敌，还因此得到了回报。埃米利安努斯是伊伯利亚塔拉哥纳行省的总督，他一手组织策划了西班牙的背叛。朱巴也一样，他带着上不列颠尼亚行省归顺了波斯杜穆斯。

尽管加里恩努斯的外交手腕大胆狠辣，也很舍得花钱，伊伯利亚塔拉哥纳和不列颠尼亚两个行省的议员还是通通倒戈了。道理很明白：元老院靠不住，议员们憎恶他们名正言顺的皇帝，憎恨那个他们曾发誓要守护的主子。

尽管加里恩努斯的外交手腕一向都挺成功的，但其实他并不喜欢用，这么做只是权宜之计。从一开始，加里恩努斯就想直接采取军事行动，跟波斯杜穆斯这个巴达维亚浑蛋硬碰硬，最后让他缓慢而痛苦地死去。

去年，加里恩努斯于梅狄奥兰在有限的条件下集合起目前最大的一支野战部队，但部队中的绝大多数战士都不得不东进平息马克利亚努斯的叛军。等马克利亚努斯父子死了之后，加里恩努斯才翻过阿尔卑斯山。虽说有些晚了，但这仗打得还算顺利。可接着，雷迪亚行省总督辛普利希尼努斯·吉尼阿里斯却变节了，加里恩努斯不得不再次返回意大利布置防御。

今年的情况跟去年差不多。首先他要保住拜占庭。这座城市位于欧洲和亚洲的十字路口，还控制着连接爱琴海与黑海的海路，具有重要战略意义。更重要的是，若是该城市继续有不服从皇帝的表现，那将会被蠢蠢欲动的反叛势力视作付诸行动的鼓励。加里恩努斯现在别无选择了，他只能亲自去那里解决问题。

还有埃及。总督穆斯乌斯·埃米利安努斯，他先是投奔了马克利阿努斯。后来，他们在塞尔迪卡战败，尽管奎伊图斯仍活在世上，就在叙利亚，但穆斯乌斯还是自立为王了。罗马庶民所吃的大部分粮食都是埃及提供的。在罗马统治阶层给百姓的各种小恩小惠中，埃及产的粮食是最重要的。没有吃的，罗马城里的穷人们恐怕就要暴乱了，不朽之城将被放火烧掉，这个政权的脆弱之处也将暴露无遗。所以，必须得收复埃及。

加里恩努斯给他在东部的指导官奥登纳图斯写了信，命令他消灭僭主。可"烈日雄狮"回信说他做不到。那是因为尽管萨珊王朝的沙普尔也面对着里海附近的起义，但他给奥登纳图斯带来的威胁还是太大了，所以后者无法抽调部分队伍去征服埃及。此外，奥登纳图斯拥有的船只数量也远远不够，而若想把埃及重新握在手心里，一支船队是至关重要的。

加里恩努斯一声令下，米塞努姆和拉韦纳的船队已经集结了一部分军舰，而且整个意大利和西西里的运输工具都可听候调遣。目前还要面对的问题就是，绝大部分野战军都必须得派到其他地方。这次远征的任务交给了狄奥多图斯和多米提亚纳斯，他们俩都是禁卫中最拔尖儿的。前者是埃及人，他熟悉埃及的情况。依照命令，他们将在塞浦路斯和沃勒雷亚纳斯的骑兵中队会合，后者曾有将哥特人驱逐到黑海的战绩。这支部队将从那里出发，向叙利亚巴勒斯坦沿岸的恺撒利亚－玛里蒂玛港前进，然后拿上奥登纳图斯能给他们的一切物资装备，赶往埃及。

加里恩努斯清楚，就算是一切顺利，这支讨伐希腊的远征军也无法在秋雪阻断道路前及时翻过阿尔卑斯山，返回意大利。也就是说，波斯杜穆斯会逍遥自在地多活上一年。

目前确实有个大麻烦。罗马帝国的大部分军队都集结在东方，而尽管波斯杜穆斯声称他满足于自己眼下的势力范围，并不准备妄动，但这话说了跟没说一样，他依然有可能密谋入侵意大利。在梅狄奥兰、塔西佗、克劳迪乌斯和康西索勒乌斯这三名禁卫的手下少得可怜。加里恩努斯带着他的骑兵队伍应该尽快赶到意大利北部，这一步至关重要。

努米乌斯·弗斯提尼阿努斯的演讲显然已经接近尾声了。镌刻在悬于大殿前的金盾上的词——勇气、仁慈、公正和虔诚——这些关于帝王美德的分量颇重的词儿挨个抛了出来。然后演讲结束了。

御前随侍们纷纷将披风往身后一甩，礼貌地鼓起掌来。掌声回荡在高高的大殿中，丝毫没有需要肃静官操心的地方。

加里恩努斯对他的执政官表示感谢，他字斟句酌，措辞尽显皇帝威严。现在，该加里恩努斯颁布他骑马穿过潘诺尼亚行省乡间时想好的命令了。

"我们的雇佣军指挥官鲁费那斯给我们带来了新消息，黑海东部的科尔基斯与高加索山脉地区的情况不太顺利。"

皇帝的话就像唯一的真理一样，不仅带来了意料中的一片肃静，甚至还有人们的一丝敬畏。

"驻守在这些地区的弗鲁曼塔里伊发来报告称，沙普尔的探子这段时间比较活跃。那个所谓的'诸王之王'正通过钱财贿赂和空头许诺妄图破坏阿巴斯吉的统治者，以及苏阿尼阿、伊比利亚和阿尔巴尼亚的国王对罗马的忠诚。普罗米修斯曾因人类而受难的山峰或许看起来遥不可及，但如同太阳的光芒能洒满全世界一样，一位皇帝的目光也能顾及普天之下。"

御前随侍们纷纷低声表示赞同。

"我们必须挫败阴险狡诈的波斯暴君的阴谋。我们的宽容大度不应放任遥远城邦的子民被敌人侵蚀。我们要派使节团去为那些手握重权的人们献上他们应得的礼物。此外，我们还要令他们得到安全感，让他们可以与北方蛮人、阿兰人以及其他嗜血的塞西亚人相抗衡。我听闻，通往高加索地区的道路上竖起的城墙与高塔已经不堪一击。那么，就让我们派去的使节将'里海之门'修好吧。"

"身份最为高贵的前执政官费利克斯将负责带领使节团。他将亲自拜会阿巴斯吉的统治者。在他的指挥下，马库斯·克洛迪乌斯·巴利斯塔将觐见苏阿尼阿国王，马库斯·奥里利乌斯·鲁提鲁斯则要拜谒伊比利亚国王，盖乌斯·奥里利乌斯·卡斯特里西乌斯负责说服阿尔巴尼亚的国王。"

加里恩努斯露出帝王式的微笑。"不过，我们没有多余的士兵护送他们执行任务。而且，纵使我罗马幅员辽阔、人才济济，也再找不出比他们四个更勇敢的人了。我们相信，他们此行一定不会失败。他们的委任状今天就会发出去。很快他们就会在拜占庭集合，届时将有一条三层桨座战船在港口等候。"

座下群臣躬身排成一队。加里恩努斯伸出戴着印玺戒指的手。御前随侍一个接一个地吻了那枚戒指，然后退出了拜谒厅。

御前会议结束了。接下来该沐浴、用午膳了。加里恩努斯感觉好多了。他对自己刚刚颁布的任命非常满意。高加索地区的问题就这么解决了。不仅如此，那四个烫手山芋一样的人物也被打发到了他们无力反扑的地方。到了那么遥远的边边角角，恐怕没有谁还能掀起风浪、对中央政权造成威胁了吧。而且加里恩努斯还遵守了他对德米特里厄斯的承诺。无疑，午膳后，这小伙子准会用讨人喜欢的方式来表达他的感激之情。

附　记

（高加索地区，公元262年春）

远离女人的惊惶，装点你的心灵，犹如粉饰你那令人痛苦的家。

　　　　　　　　　　　　——《美狄亚》42-3，塞内加

高加索地区

公牛头戴花环，终点就在眼前，祭品就在手边。

年轻女子思考着神谕。神谕的内容实在难懂，因为那是关于很久以前、很遥远的地方的事。她不由自主地想到这些，不过想的可能并非全都不对。马其顿的腓力将波斯人当作"公牛"，将自己当作"祭品"。阿波罗神谕的晦涩让他不知所措；波斯人怎么样了神谕压根儿没有提到，可腓力的情况却完全相反。

午后，微风从黑海吹向陆地，同往常一样为苏阿尼阿带去阵雨和水汽。雨水令天边高加索山峦的轮廓朦胧了许多，却也让它显得更加逶迤磅礴。尽管现在气温不低，但等待的人们身上全都湿透了。

道路的拐弯处现出一支队伍。公牛正木然地拉着橇往山上走，前面牵它的是上了年纪的女祭司，还有负责照料她的几个女仆。走在后面的还有好多女人。一路上还有乐声相伴。队伍中唯一的男人坐在橇上，他头戴春花编成的花冠，四肢上缠着更多不知名的小花。眼下，他看上去安详而平静——他们常常如此。年轻女子将目光从这支越来越近的队伍上移开，望向道路旁的树丛：其中大多是山毛榉，但是也有白桦、枫树、桤木和松树。短暂离开后回来，她才真正注意到她童年的苏阿尼阿竟然拥有如此稠密的森林。回来之后的六年多来，她的生活中充满了失望和挫败感，无边无际的森林对她来说仿佛是一种折磨。

　　队伍经过她身边，向宽阔的山地草甸中心继续行进，众人正在那里等待。月之女神塞勒涅的祭祀仪式是最近才有的。那男人是女神神庙中的一个奴隶。他以前失踪过一次。一年前的今天，有人发现他在高大的乔木林中疯疯癫癫地游荡，嘴里还念叨着什么预言。年迈的女祭司和她的助手们将男人接了过去，用神圣的枷锁将其束缚住，以免他伤害自己。这一年来，她们精心照顾他，用精致的美食喂他，给他沐浴，为他提供最柔软的铺盖，满足他所有作为动物的需求。

　　这祭祀仪式是年轻女子的母亲从故乡阿尔巴尼亚传过来的，她还亲自对其进行过改良，后来交由年迈的女祭司主持。她母亲以前一直是个坚强的女人。要是她还活着多好啊。年轻女子知道，那样的话过去六年多的日子肯定不一样——大不相同，而且她也不必采取这样的极端手段。

　　草地中央，苏阿尼阿的国王波莱谟坐在高高的王座上。他身披白斗篷，头戴白头巾，一身华美白衣上的金线熠熠生辉，珠宝琳琅满目。他座下会聚着一大群人，其中大部分是议会成员，共三百人，还有很多骁勇的战士。年轻女子看到里面还有她三个从战场上活下来的兄弟，他们挺胸抬头地站在人群中。年纪最小的那个扭头冲她微微一笑。脸颊上的疤痕让他格外引人注目。这个男人，他做了他心里想做的事，没有懊悔，也没有内疚。若他不是她的兄弟……若他们生在另外一个朝代，比如古埃及的托勒密王朝……他本可以成为助她成就伟大事业的好伙伴。

　　年轻女子骑在马上。她周围还有六七个手下，都拿着武器，也骑着马。她是分开双腿跨坐在马背上的。她是祭司，但和别的女祭司不一样，她侍奉的是黑暗的神明。这场仪式中本没有女人参与的份儿，但侍奉月之女神塞勒涅的女人除外。当然，像她这种侍奉冥界女神——三头六臂的赫卡忒的祭司就更不该来了。

牛走过来。人群逐渐形成一个圈子，将参加仪式的人围在中央。因为年轻女子骑着马，她的视野不错，能轻松地看到人们的头顶。年迈的女祭司高举起双手，呼唤泰坦之女、乘着战车、爱慕恩底弥翁的塞勒涅。两个男子向前迈了几步。其中一个以迅雷不及掩耳之势用斧背重击了那头牛，接着另外一个以尖利的圣矛深深插进了牛脖子的一侧。牛猛地昂起头。鲜血汩汩地流淌在草地上。那男人跳了回去。公牛愤怒地在这个小圈子里左冲右突。因为喉管被切开了，它的鼻孔和嘴巴里都冒出来粉红色的血泡。这头怒兽终于卧倒了。参加仪式的人再次围拢上前。他们将牛的性命了结了，然后将它侧躺着放在地上，从肚脐处撕开牛腹，将胳膊伸进去，把肠子掏出来好用于占卜。年迈的女祭司将弯弯绕绕的、冒着热气儿的肠子卷了卷。她静静思考了半晌，然后宣布占卜结果是大吉。

后面那个"祭品"依然平静地站在一边。往往到了这会儿，被当成祭品的人就会开始恐惧，甚至想挣脱束缚。但无论如何，服下的药都会保证他们温驯听话，正如女神所期待的那样。年轻女子对于那些草药再熟悉不过了，无论它生长于苏阿尼阿境内还是境外。

年轻的奴隶缓缓地被人引到圈子中间。他头上的花环歪了一些，但这并不是因为他有所挣扎。他看了一眼那头牛的尸体，又看了看浸透了翠绿草皮的鲜血，脸上挂着淡淡的好奇。人群一语不发，期待着接下来的事情。和年轻女子不同，他们都没有注意到从森林里冒出来了两个骑着马的人。

那干瘪丑陋的老女人再次向天举起双手，开始呼唤月之女神的所有称呼和响亮的头衔。

年轻女子瞧见其中一个骑马人把缰绳交给了同伴，然后翻身下了马。尽管春季的午后温暖怡人，但他还是穿了件厚重的皮毛斗篷。他不急不缓地走到了她三个兄弟的身后。

年迈的女祭司呼唤完毕。一个男人站了出来，他手上圣矛的矛尖还沾着殷红的血色。现在"祭品"似乎才发现情况不对。他茫然地举起双手，想抗拒即将发生的一切。但这并没有什么效果。矛尖直接戳进了他的肚子。他弓着身子，双手抓着矛杆，然后跌倒在地，惨叫起来。人群向内聚拢，全神贯注地看着他。随着他每一次的垂死挣扎和喘息，女神的意志就会越来越清晰地显示出来。

新来的那人在三兄弟身后站了一会儿。除了年轻女子没人注意到他的存在。他将斗篷向后一掀，露出他紧握兵刃的手。他挪了挪脚，站稳后向前迅速地迈了三小步，将尖利的剑锋插入了目标毫无防备的后背。于是，又一声痛苦的惨叫响了起来。

被刺的那人跪倒在地。剑尖从他的腹部穿出。杀人者两手空空，急退一步。因为众人刚刚还在欣赏另一个人的痛苦挣扎，一时半会儿没明白怎么回事。只有年纪最小的那个兄弟反应过来了。他一个转身，抽出佩剑。刺客后退一步，好像吃了一惊。前者举剑作势要冲，后者转身便跑，但是跑了没几步就遭了报应。重重一击招呼在他脑袋一侧，将他的下巴砍开了一半儿。牙齿和着血溅了出来。他顿时被砍倒在地，然后最年轻的那个兄弟骑在他身上，一剑又一剑地插进他的身体。

"在那儿！"年轻女子指着喊道，"还有同党，别让他跑了！杀了他！"

她的几个全副武装的手下踢马上前。那同党将缰绳割断，然后调转马头准备逃命。但已经太晚了，他被人们团团围住，然后在一片血雾中被砍下了马，再怎么挣扎也逃不过一死。

年轻女子望向她最小的弟弟。他正气喘吁吁地站在刺客尸体旁边，手中的剑上满是血污，血水顺着剑刃一滴滴地落在地上。现在，她的弟弟成为真正的男人了。过去两年里，他经历了不少事情，她也是如此。"血脉封之，血脉解之。"她喃喃自语。神谕再次飘进了她的脑海。公牛头戴花环，终点就在眼前，祭品就在手边。

第二部

仁慈之海

(从以弗所到法希斯，公元262年春—夏)

行船至法希斯岛，最遥远的一段旅程。

——佚名悲剧作家，出自《斯特拉博》11.2.16

第十四章

对于像巴利斯塔这样有想象力的人来说，关于辞别有个问题，那就是每一次都可能是最后一次。站在以弗所的码头上，他等待着与大家辞行。要是不好好想想，他都记不清这是他第多少回承受此情此景了。他娶了朱莉娅还不到两年，罗马当局就下令他们北上支援瓦勒良，那次行军终结于斯波莱提乌姆的战役，而后便迎来了一个新的王朝，他开始追随新的皇帝。还是在罗马，伊桑格瑞姆刚满三岁，巴利斯塔被派去东边守卫阿瑞忒城。一段又一段回忆接踵而至。在埃美萨城的监狱，他不得不撇下被吓坏了的朱莉娅和号啕大哭的伊桑格瑞姆与德海姆，去埃拉加巴卢斯神庙中面对阴险狡诈的奎伊图斯。他又想到了童年，想到了他到达罗马城以前的糟糕日子。嘴里散发着一股蒜臭味儿的百夫长将他带走，让他不得不离开乡亲们，离开父亲的大殿和母亲的怀抱。

为了驱散这些乌云般的不快回忆，将注意力转移到即将面临的事情上来，巴利斯塔开始想几天前他在集市上的收获。

几乎每到一处罗马治下的城市，只要带够了钱，巴利斯塔都会去逛逛当地的奴隶市场。这些市场基本上大同小异：几条萎靡不振的贱命，几件会说话的工具，看守他们的是冷酷的奴隶贩子，这些人凶巴巴的，眼神中透着奸诈。

　　以弗所的奴隶市场坐落在忒卓戈诺斯广场的东北角。走过关牲畜的木围栏，就是关奴隶的石头牢房了。巴利斯塔以前去过那儿，那是四五年前了，当时他在以弗所担当亚细亚的代理总督，肩上的任务让他非常烦心，那就是要迫害误入歧途的基督徒。在那样的情形下，他对什么人都不感兴趣。这一回可就不同了。

　　"有盎格鲁人吗？"巴利斯塔总是用他的母语问，而且问的总是这个问题。几年来只有六七次他能得到肯定的答复。对于他买的头两个奴隶，巴利斯塔都给了他们自由和钱财，放他们回北方了。但他们都没回到故乡，要么是拿到钱之后决定去别处开始新生活，要么就是遇上了别的事儿。从那以后，他发现的盎格鲁人解除奴隶身份后，巴利斯塔就将他们安排到妻子在西西里的庄园里当差去了。目前像这样情况的已经有十四人了，男人、女人、小孩儿都有，就住在陶洛米尼乌姆及附近。

　　"有盎格鲁人吗？"巴利斯塔重复了一遍问题。通常没人回答他，人人一副痛苦潦倒的样子，眼神空洞，面无表情。巴利斯塔正要转身往回走，一个小小的声音响起。"这儿，这儿有。"

　　那年轻人讲的是北日耳曼尼亚语，但口音完全不对。巴利斯塔低头看了他一眼。他长着一头红发，脸上满是雀斑，还有一只乌眼青。"你不是盎格鲁人。"

　　"嗯，我不是，我是弗里斯兰人。但是我朋友是你们那儿的人。"

　　一个年轻人安静地坐在那里，膝盖抵着下巴。这小伙子外貌出众：金发碧眼，颧骨精致耐看，两腮各凹下去一块儿。他双眼紧盯着巴利斯塔的肩膀后头，似乎丝毫没有意识到自己身处何方。

　　"你叫什么名字，孩子？"巴利斯塔轻声问。小伙子轻轻地哆嗦了一下，但是没有回答。

　　"他叫伍尔夫斯坦。"弗里斯兰人说，"他……他最近遭了点儿罪。"

奴隶贩子慢慢蹭了过来。"买这两个多少钱？"巴利斯塔喝道。小贩开了个价钱。巴利斯塔轻蔑地哼了一声，然后掏了一半儿的钱。那人摊开手，开始诉苦，说自己要挣钱养家等。巴利斯塔知道自己讨价还价的功夫不怎么样，于是吩咐希波托俄斯按那小贩要的价钱如数给他。

钱到了手，小贩快活起来。"真有眼光，大人，您真有眼光。这两个……"巴利斯塔瞪了他一眼，小贩便没明白说年轻奴隶会怎么伺候新主子。"我敢打包票，他们绝对超值。"他蹩脚地结束了对话。

弗里斯兰人搀着那个小伙子站起身来。巴利斯塔转身朝伍尔夫斯坦刚才盯着看的地方望了一眼。广场那头是高耸的山峦，一块块巨大的石灰岩从绿色山野中冒出头来。那儿只不过是盎格鲁人遥远的北方故乡罢了。但那更代表着自由与狂野。

细细思索美德问题是分散注意力的绝佳途径。具体到这件事儿上，巴利斯塔想的是人的慷慨仁慈。码头上来人了，是来给他送行的人。巴利斯塔这才一下子从记忆中回过神来。

一支庄重的队伍从港口大门后走了进来。尽管发生了地震，这处三重拱门依然在原地挺立。队伍前面打头的是执束棒的侍从，后面是马克西姆斯利亚那斯——亚细亚行省的总督。侍从手中握的长杆和斧子象征着行省总督施刑的权力，包括肉刑和极刑。他们小心翼翼地走在尽是大理石碎块的路上。紧跟在马克西姆斯利亚那斯后头的是民众簿记官普布里乌斯·维迪乌斯·安东尼纳斯、大祭司盖乌斯·瓦勒里乌斯·费斯图斯和弗拉维乌斯·达米亚诺斯。城中有头有脸的政坛人物和社会名流都来给他送行了。虽然他没能从哥特人手中救下以弗所，但他是保卫米利都和狄迪姆两地的英雄。无论他的个人背景和功绩如何，他都是接到皇帝亲自签发的委任状的人。对于这样一个人物，大家有必要表示尊敬。

马克西姆斯利亚那斯发表了一通正式讲话，话题严肃庄重，提到了艰巨的任务，还数次祈求神明保佑巴利斯塔此行顺利。另外三个大人物也做了类似的讲话。

巴利斯塔以同样的措辞对他们一一回复之后，他的朋友科尔乌斯走上前来，给了他一个拥抱。这位治安队头目没多说什么，只是表示祝他一路平安。作为伊壁鸠鲁的信徒，科尔乌斯自然没有提神明保佑之类的话。

朱莉娅领着两个孩子走到他面前。她身材高挑，穿着罗马主妇常穿的及踝长外衣，优雅庄重。他们俩闹别扭已经有好几个月了。他也不知道这是为什么。不过，这段婚姻持续了十几年，已经好过很多人了。有时候不得不分别，他才意识到自己对她有多依赖。

她矜持地在他唇上吻了一下，然后祝他一路顺风、早日复返。她还简明扼要地跟他讲了讲她最近的安排，她将带着孩子们和大部分家仆返回陶洛米尼乌姆。她家那边的一个朋友给她写了封信，向她推荐了一位船长。这条船将沿着海岸行驶，在科孚岛短暂停留，然后穿过海峡，抵达意大利南部，而不是直接从希腊开到西西里。她跟他说她爱他。就这些。

和她结婚后，巴利斯塔想好好了解朱莉娅。他发现她是个实际的女人，不爱小题大做、叽叽歪歪，正是这一点十分吸引巴利斯塔。但这只在一切都好的情况下是优点。眼下，巴利斯塔有点儿希望她能向他更明显地表达情感。

看到伊桑格瑞姆和德海姆走过来，巴利斯塔将一条腿跪在地上，一边搂着一个儿子，亲了亲他们。他从斗篷的褶子里变出了件木头玩具——一匹小木马，给了德海姆。男孩儿开心地尖叫起来。对于一个三岁大的孩子来说，时间和距离的概念都是模糊的。

对于伊桑格瑞姆来说就不同了。这男孩儿已经十岁了。他知道高加索山在世界遥远的另一端，知道至少一年都见不到爸爸了。这男孩儿正在努力让自己变得坚强起来。

巴利斯塔将他搂在怀里，对他轻声耳语。为了彼此，为了伊桑格瑞姆的妈妈和他的弟弟，他们俩都必须坚强起来。

"我真希望我已经长大了，可以跟你和马克西姆斯、卡尔加库斯一起去。"伊桑格瑞姆说。

"下次就可以了。"

巴利斯塔转过身，马克西姆斯递给他一个包裹。巴利斯塔将这东西交给伊桑格瑞姆。男孩儿打开包装，里面是一把短剑，一把男子汉的剑，长度刚好适合伊桑格瑞姆。

男孩儿郑重地谢过父亲。他想了一会儿，然后将后腰上佩戴的那把小剑解了下来，递给父亲。"您可以拿它当匕首用。"

这把小剑也是巴利斯塔送的。那是四年前，他第一次去以弗所执行任务，后来返回安条克才带给儿子的。这孩子一直将它当宝贝带在身上。

巴利斯塔强忍着内心澎湃的感情，对儿子表示感谢。这孩子一定会健康成长的。要是眼下情况不同，要是他们都生活在日耳曼尼亚，那他将很快长成一名优秀的北方将领。那样的话，巴利斯塔将亲眼看到自己的长子坐在大殿中首领的宝座上，从手臂上取下金环，赏给扈从队中优秀的战士。

该出发了。巴利斯塔最后亲了亲儿子们，然后走上登船梯。希波托俄斯递给他一杯酒。巴利斯塔开始吟诵祷文，向以弗所的阿耳忒弥斯、保护陌生人的宙斯、海神波塞冬、庇佑船员的阿波罗祈祷平安。他将酒倒入海中。没有任何不祥的事情发生：没人打喷嚏，也没有其他恶兆。他把杯子递还给希波托俄斯，然后下令开船。

登船梯拉了起来，系泊缆绳也收了回去。桨座指挥员一声令下，桨手纷纷做好准备。船桨整齐划一地探入水中，拍击水面。这条小型战船顺利地驶出了码头。

慢慢地，这条双排桨的小帆船驶出了以弗所狭长的海港。巴利斯塔站在船尾挥着手。慢慢地，右侧的山峦被船悄然落在了后面。慢慢地，码头上的身影——高挑的黑发女子和两个金发男孩儿——越来越小。

此时船已经驶入大海，从海上往回望，码头就仿佛是剧院白色碗形建筑下的一个小黑点儿，一个人都看不到。巴利斯塔转过身，朝西北方向望去，寻找考拉肯山——他们的第一个坐标。

他为朱莉娅和孩子们的安全感到担忧。每一次出海都伴随着危险。但他其实并没有特别焦虑，因为哥特人早都已经返回黑海海域了。据报告，他们二十多天前就已经渡过了博斯普鲁斯海峡。沃勒雷亚纳斯的船队则已经到达了爱琴海，在希俄斯岛附近休整，准备尾随哥特人荡平北方地区。为了以防万一，针对平常海盗伺机袭扰的危险，巴利斯塔雇了四个老兵为他的家人当保镖。这些经验老到、结实强悍的男人，再加上身强体壮的船员，就算有哪个渔人或商人起了绑架勒索的心，也得好好掂量掂量。至于海上的暴风雨，并没有什么预防措施好做。朱莉娅和孩子们出发的日子距离五月初一还有八天，正好在安全出航季的时限内，他们肯定会一路平安的，船长保证过。

虽说巴利斯塔没有过度担心，但要收到他们安全抵达西西里的消息，他才能放轻松些。西西里岛既远离野蛮人的威胁，也不太可能受到罗马内战的影响。当然了，没有哪儿比陶洛米尼乌姆的庄园里待着更安全了，毕竟那儿有成群的奴隶、自由民和佃户围绕在身边。他真希望他能让那匹大灰马也跟他们一起回去。这匹老牲口真该退休了，应该躺在西西里洒满阳光的草地上。不过，虽然回不去，它也还是可以待在科尔乌斯名下一处位于以弗所城外的宅院里，接受仆从们精心的照料，巴利斯塔希望再回来的时候能带上它。

　　即便刚刚经历过那样一次分别，即便他的任务是那么难以完成，巴利斯塔还是觉得在这次远行刚刚开始的时候心头燃起一团小小的希望火苗。他身边带着马克西姆斯和卡尔加库斯，还有希波托俄斯。他从普南城买来的两个希腊奴隶——阿加顿和波利比奥斯，还有北方的那两个小伙子——弗里斯兰人博托和盎格鲁人伍尔夫斯坦，这一路上就当他的贴身侍从了。当然还要等伍尔夫斯坦身体好些了再说。希波托俄斯在以弗所的时候买了个奴隶供自己使唤。

　　这条战船将经过莱斯博斯岛，驶向希俄斯岛，逆流穿过赫勒斯庞特海峡，绕过普罗庞提斯，再通过博斯普鲁斯海峡，最后抵达拜占庭。到了那儿，他们将与鲁提鲁斯、卡斯特里西乌斯和那个贵族老者费利克斯碰面。届时还会有皇帝的四个阉奴陪在他们身边当翻译。到时候会有一条三层桨座战船等着将他们所有人和物品载去黑海的另一端。巴利斯塔突然想起一句抑扬格诗来。

行船至法希斯岛，这是最遥远的一段旅程。

　　至于皇帝为什么下令将这四位派到天边去执行任务，并不难看出来。这是巴利斯塔头一回不用朱莉娅解释就明白事情后头的政治玄机了。因为他曾短暂地做过一次僭主，还有两位是那次很快夭折的篡位行动与他关系紧密的同僚。第四位则是元老院的独立与传统最有影响力的支持者，他自称是帝国先辈留下的规矩的化身。他们这四个人在军事上都颇有建树，都是让皇帝头疼的大麻烦，而且可能也都是引起动荡的导火索。皇帝没有处决他们，而是被一纸调令调离了碍事的位置。虽然明面上看，他们依旧是帝国的官员，还可能做出点儿什么成绩，但是实际上他们是被流放了。

很多年前，巴利斯塔是罗马皇廷扣下的一个人质，他在宫中学习了哲学，那时就看过几篇讲"流放"的文章。有一篇他牢牢记在心里，那篇演讲辞的作者叫阿莱拉特的法沃里努斯，和所有的论述该主题的哲学资料一样，这篇的观点也是说流放根本不是什么坏事。文章最主要的就是将流放描述成了运动场，说流放就好比是干燥沙漠上的一名运动员，赤条条的，只剩下了灵魂。他有四个对手：对故土的不舍，对家人朋友的思念，对财富荣誉的留恋和对自由的渴望。这些对手不会遵守"一对一"的规则，而是会一股脑儿地跳出来与"流放"战斗。

关于法沃里努斯说他是怎么征服这些对手的，巴利斯塔已经记不真切了。对物质和名望的留恋似乎是对巴利斯塔困扰最少的了。当然了，你一路走过去，大家都为你让道。你所到之处，其他人都起立相迎，称你为"基利耶"，这些固然让人着迷。但他在安条克生活的时候，曾两次体会到帝国对他的疏远与冷待。那几个月他过得很是落寞。但是巴利斯塔一直声称，也一直真诚地希望，世俗成功对自己来说并没有什么重要的。只要他所拥有的足够令他生活安逸，他宁愿不要什么身份地位，独自一人去耕田种地就好。被训练成为一个杀人工具并非是他所愿，因为擅于杀戮而获得欢呼喝彩也并非他所求。

对于一个很多年前就已经失去故土的人，告别家乡的威胁也算不得什么。活到现在，尽管巴利斯塔受到过那么多帝国给他的教育，过了大半生，他清楚自己既没有变成希腊人，也没有变成罗马人。他记得，自己与法沃里努斯是不同的，后者鼓吹文化熏陶将其从高卢人改造成了一个真正的希腊人。而巴利斯塔在罗马度过的岁月不曾让他改变分毫。他怀疑要是有一天皇帝因为某些缘由命他返回日耳曼尼亚，他也再不会有到家了的感觉。

至于自由，这完全取决于它的含义。如果它指的是可以去想去的地方、做想做的事情的那种自由，那么无论是作为盎格鲁人战争指挥官的儿子，还是作为罗马的人质与官员，巴利斯塔其实都没体验过。不过要是它指的是言论上的自由，他少年时期在北方的确是比现在自由不少。

失去家人和朋友才是他的死穴。巴利斯塔回忆起法沃里努斯说了很多关于朋友的内容。自然之力造成的意外让他省了不少事儿。在他的演讲中，法沃里努斯表明他母亲和姐姐都已经去世了，他自己作为天阉，没有可能另外再组成一个家庭。巴利斯塔有两个顶要好的朋友，但是离开他的家人，尤其是离开他的两个儿子，是让他最难过的。

马克西姆斯碰了一下他的胳膊，然后指了指前方。西北海面上，希俄斯岛的方向刮起了狂风，一线乌云带着噼啪的雨点儿压了过来，前面阵阵白浪翻起。桨手们若是能奋力划，穿过那片雨云到达一个安全的避风港，就能挣到钱。巴利斯塔到达法希斯岛前还会经过黑海，眼前的情形在黑海的风暴面前根本就算不了什么，可奇怪得很，人们常常把黑海称为"仁慈之海"。

行船至法希斯岛，这是最遥远的一段旅程。

巴利斯塔依然记得这句子出自哪部悲剧。

第十五章

在这世界上，希波托俄斯最不愿意去的地方就是拜占庭。就算是他的故乡佩林苏斯都不及那里糟糕。虽说那是很多年前了，但拜占庭的人依然记得他们的同胞——修辞学者阿里斯托马科斯被谋杀的事情，而且他们也不曾忘记那个凶手。

皇帝的委任状到达以弗所时，希波托俄斯真想就此和巴利斯塔分道扬镳。不过，他暗自觉得作为这个北方人的勤杂差役，他还有责任没尽到，而且这个差事与他的偏好很契合。

就算是在向博斯普鲁斯海峡行驶的路上，他心中也充满了痛苦惶恐。而这并不是因为那两场风暴。第一场风暴是他们刚刚离开以弗所时碰上的。他们不得不赶紧往北走，将船驶入考拉肯山下的一处港湾中。第二场风暴是他们在普罗庞提斯碰上的，那时他们正在绕过阿克托奈索斯半岛，只好在开阔的海面上迎接风暴，这种情况没有哪条船希望遇到。

希波托俄斯对海难怀有深深的恐惧，这是因为他有过那种可怕的经历。不过他更怕的是驶过莱斯博斯岛的那个平静的春日清晨。事实上那座岛一直都在他的视野里，而他就站在船头。他一刻不停地扫视水面，寻找多年前他乘坐的船沉没的地方，寻找叙佩兰铁司消失在打着旋的污水中的地方，寻找他最后艰难地爬上岸的地方。生与死如此近。不远的地方，他将他挚爱的人埋在了一块普通的石头下面，还刻上了碑文：

> 此墓虽简陋不堪，墓中人却纯洁神圣。
>
> 恶魔陆上采摘名花，抛入大海任其浮沉。
>
> 不幸海上暴风刮起，花般人儿转瞬凋零。

希波托俄斯站在船头，他想找的哪个地方都没找到。那时候天色暗得很，又在海岬最尖端。现在想起来，那件事好像是发生在别人身上的一样。这种感觉让希波托俄斯动摇了，他也不知道为什么会变成这样。

听到巴利斯塔宣布他们要向拜占庭进发，希波托俄斯便马上开始着手改变自己的容貌。蓄络腮胡子恐怕时间不够了，但他好歹还是留了一脸的胡楂儿。他还剃了个光头。老卡尔加库斯帮他剃的。到了拜占庭之后，他脑袋上的刮伤差不多都好了。

希波托俄斯一开始还想，自己要不要伪装成瘸子或者驼背。最后他决定不那么干，因为实际上那么做很可能反倒引起别人的注意。他离开这里已经很长时间了。他和强盗土匪们在一起混了二十四年。那段岁月中，悍匪们从卡帕多西亚到埃塞俄比亚，他与之一路相随，一定在言谈举止方面有了好些变化。

至少他不用换名字了，因为他早换过一次了。现在想起来感觉像是上辈子的事，那还是他第一次到西利西亚做土匪的时候改的名字。

眼下只有一件事不在他的掌握中，那就是巴利斯塔、马克西姆斯和卡尔加库斯知道他真实的背景。他去年告诉他们的，当时他们在考瑞克斯城附近海域的一条船上等消息，为了打发时间，他聊起了自己的过往。虽说他们发誓到了拜占庭绝不会揭示他的真实身份，但他还是很担心。

　　和大多数往北走的船一样，这条小型战船穿过普罗庞提斯海的时候正好迎着太阳。要想驶过急流，最终到达拜占庭的港口，船只由东向西渡过博斯普鲁斯海峡口的时候得格外努力划。就在桨手们卖力划船的时候，希波托俄斯正细细观察着这座城市。卫城背靠悬崖，像插入涌动海水中的一把匕首。他看着低矮的防波堤、高地上的围墙和神庙的庙顶。这些景物让他心中涌起强烈的情感，但希波托俄斯始终努力克制着。

　　尽管岁月和他的小手段让自己无论从身形还是举止上都有了新的变化，但希波托俄斯还是坚持走在巴利斯塔这一行人的中间，眼睛盯着脚下。他就这样从北边的军用码头下船，穿过熙熙攘攘的商港，经过牲口棚、奴隶棚、粮仓、北方贩来的咸鱼、南方贩来的橄榄油和葡萄酒，沿着上坡路一直走进城里。

　　他们下榻在一个叫克里欧达姆斯的议会领头人物的房子里。这座宅子刚换了新主人，此处以前是加里恩努斯处决的一个议员的家。不过克里欧达姆斯本人并不住在这里。这是个好消息：希波托俄斯知道，阿里斯托马科斯被他杀掉的时候克里欧达姆斯是个年轻的低级治安官。尽管克里欧达姆斯不在，希波托俄斯还是称病躲在自己房间里，直到今天才出门。

　　今天的晨会是无论如何也躲不过的。这次被派去高加索地区的使节团的四位成员都已抵达了拜占庭。加里恩努斯派来的宫廷宦官将作为他们的翻译，还有若干顾问等着跟他们作简要汇报。这个被处死的议员宅子里的家私已经被挨个儿卖了，克里欧达姆斯还没来得及吩咐仆人为他这处新房添置家具，所以里面显得有些空。

　　大厅的一端摆着一个便携式的祭台，祭台上点着香火。靠墙摆着排成一排的四把椅子。离祭台最近的那把椅子上坐的是老领事费利克斯。挨着他坐的是巴利斯塔。接下来按照军中官衔大小坐的依次是鲁提鲁斯和卡斯特里西乌斯。在巴利斯塔当皇帝的那几天里，鲁提鲁斯曾担任过他的禁卫军长官，卡斯特里西乌斯则是他的骑兵卫队队长。在巴利斯塔以前，他们还效忠过僭主奎伊图斯。希波托俄斯就是从那时候知道这两名骑兵军官的大名的。每个落座的人身后都站着各自的书记官。作为勤杂差役，希波托俄斯站在巴利斯塔身后。

　　他们对面站着四个宦官。房间两侧形成了鲜明的对比。坐着的四个人，包括前元老院议员费利克斯，都一副军人打扮：身穿白色束腰外衣、深色裤子和斗篷，脚蹬便于行走的靴子，系着精致的佩剑腰带，左后腰上别着长剑，右后腰上则插着短匕首。他们的勤杂差役还身兼裁缝一职。费利克斯、希波托俄斯和另外一个勤杂差役留着络腮胡。至于发型，除了巴利斯塔之外，他们这边的人都是短发。

　　宫廷宦官的打扮则更具异国风情。他们身穿雪白色长袍，且都没有系腰带。脚上穿的是拖鞋，身后披的金流苏边的红色斗篷从肩头一直拖到地上。他们脸上光滑细腻得不自然，披着一头带精致小卷的长发。

　　费利克斯站起来走到祭台前。他将斗篷的兜帽拉起来，罩在头上，捏起一撮香扔进火焰中。他向诸神祈祷，还祈求奥古斯都的智慧能指引他们商讨的方向。然后，他转身重新回到座位上，以他目前的年纪和体形来说，他的步伐十分轻快灵活。

　　希波托俄斯在一旁听着这个年迈贵族的祷告，并没发觉出什么明显的言不由衷。非但如此，费利克斯为了强调他的认真，还轻轻跺了几下地板。希波托俄斯决定练练自己看相的本事。费利克斯满头银发，蓄着络腮胡子，虽说都经过精心修剪，但并不过分讲究。他的鼻子很大，法令纹很深。他的眼神冷冰冰的，双眼距离很近。尽管他走起路来挺利索的，但呼吸有点儿沉重。

希波托俄斯利用余光细细观察着费利克斯。这位领事手掌合在一起来回摩擦着。在一个经验丰富的看相师看来，这个举动让人物的其他方面特质也暴露无遗，对整个判断都至关重要。这说明费利克斯从骨子里就是个伪君子。

有那么一会儿，不可避免得出的这个如此合理的结论让希波托俄斯感到十分困惑。他对这个伪君子样的贵族老人的生活一无所知。费利克斯的事业相当成功。他很多年前就担任过执政官，是瓦勒良皇帝的至交好友，将自己视为元老院尊严与传统的化身。加里恩努斯登基后，在梅狄奥兰战役中，他统率战线中段的步兵团有着杰出的表现。开会前，他讲了好一通那场战役，还说能回到拜占庭感到很高兴，他五年前成功地从哥特人手中将这座城市拯救了出来。

希波托俄斯将他说的话在脑子里细细过了一遍。最后得出的结论颇令人意外。在梅狄奥兰，步兵团并非是费利克斯统领的，而是听命于禁卫军长官沃鲁斯亚纳斯。而在拜占庭守卫战中费利克斯采取的行动也并非像他自己说的那样果敢勇猛。费利克斯就是个骗子。就算不是骗子，也是个伪君子。相面术的最高境界并非只是预测未来会发生的事情，而是能揭露过去故事中的不实之处。

领头叫尤西比乌斯的宦官开口了，他将负责陪同费利克斯。他的嗓音虽高，但却悦耳。

"'里海之门'指的是穿过高加索山脉的南北向道路。通道以北生活着阿兰人与其统治下的其他野蛮游牧民族。他们人数很多，十分好战。我们必须在路上给他们设置障碍。"尤西比乌斯的眼睛大而明亮，眼神冷峻，好似大理石雕成的。

"有两条通道宽阔好走。东面的那条是高加索地区与里海之间的一片平原。这条路有时被称作'里海之门'，有时又被人们叫作'阿兰之门'。按照希罗多德的说法，塞西亚人打败了米堤亚人、给整个亚细亚地区带去了毁灭与苦痛，同时夺走了这条通道的控制权。该通道位于柯西斯的阿尔巴尼亚王国境内。"

　　头领宦官向卡斯特里西乌斯的方向鞠了一躬。"中等骑士盖乌斯·奥里利乌斯·卡斯特里西乌斯将在我的同僚阿曼提乌斯的陪同下一道前往阿尔巴尼亚。"

　　然后尤西比乌斯用那双令人不安的眼睛盯着巴利斯塔。"另一条众所周知的通道在西边，位于高山腹地，虽然也常常被称作'里海之门'，但其实叫作'高加索之门'更合适。在哈德良皇帝执政时期，阿兰人利用这条通道对卡帕多西亚行省发起了突袭，而后仅仅因为历史学家阿利安的勇猛反击才撤走。现在控制该通道的是苏阿尼阿的国王波莱谟，去那儿说服国王并重建防御工事的将是上等骑士马库斯·克洛迪乌斯·巴利斯塔和我的另一个同僚马斯塔巴特斯。"真有意思，希波托俄斯心想，这个宫里来的宦官称呼巴利斯塔为上等骑士，就好像他现在还是帝国的一名高级骑兵长官似的。

　　尤西比乌斯软绵绵地挥了一下手，然后继续说："尽管知道的人不多，但其实这两条大通道之间还有另外几条路，难走，但还走得通。这几条路途经高加索伊比利亚王国的国王哈玛扎斯普的地盘。中等骑士马库斯·奥里利乌斯·鲁提鲁斯将奉命去与他交涉。陪同前去的还有我的朋友加里加尼乌斯。"

　　最后，尤西比乌斯将注意力转移到费利克斯身上。"在这条叫'里海之门'或者说'高加索之门'的西面还有好几条翻过群山的道路。这些路一直通到与黑海相接的皮图斯、赛巴斯图和席格努斯这几座城。该地区势力最大的统治者分别是东西阿巴斯吉的国王斯巴达戈斯和瑞斯玛古斯。他们在此地建立了一种松散的统治，山中的'长须''食虱'等部落，以及沿海的法希斯城后低地上的科尔基斯王国，皆听命于这两位国王。"

尤西比乌斯深鞠一躬，"如此复杂的局势，非得是一个具有政治智慧，甚至可能还得有军事技能的人才能处理得好，而这个人，非斯普利乌斯·埃米利乌斯·费利克斯莫属，他可是拜占庭和梅狄奥兰的英雄。"

希波托俄斯心中暗笑，作为一位相士，不动声色才是上策。不管尤西比乌斯怎么拍马屁，这个自恋的老领事费利克斯都不可能喜欢这个任务的，他才不愿意沿着羊肠小道在鸟不拉屎的地方艰难跋涉，然后拜访"长须""食虱"这样的山地部落呢。只要想到参议员大人普利乌斯·埃米利乌斯·费利克斯坐在"长须"和"食虱"部落酋长的帐篷里冥思苦想的样子就觉得好笑。

这宦官似乎觉得他刚才的结语特别符合宫中言辞的规范，还带着矜持庄重的姿态，连自己都被打动了。希波托俄斯都不忍直视他，看那光溜溜的两腮、宽大的嘴巴、细长的脖颈、浑圆的臂膀、肉滚滚的手腕、女人一样丰满的胸膛和臀部，和其他正常男人毫无共同点，真是令人作呕。

"当然了，像各位这么有远见卓识的人，肯定早就清楚此行的另外一个目的了，而这个目的除了今天在场的各位谁都不可以知道。"

"这是一个干净利落的修辞学转向。"希波托俄斯想，他的心思都在别处。

"当然了，把阿兰人始终挡在高加索以北很重要，但其实现在还没有什么切实的证据表明他们有强行通过里海之门的意图。"

希波托俄斯此时全神贯注地听着这名宦官的发言。

"不只是宫里派出的弗鲁曼塔里伊的报告，更有一些偶然从商贩口中得来的消息，称自从瓦勒良皇帝被俘虏之后，波斯国王的宠臣就一直向各位即将去拜访的那几个统治者大献殷勤。现如今，高加索疑难的酋长们，几乎没有哪一个用的银餐具不是带沙普尔猎狮或者进行其他狩猎活动的图案的。沙普尔之子纳塞赫王在里海西南岸有一支萨珊军队。他们借口说这支军队是用来镇压马尔迪和卡度斯这两个小部落叛乱的，但其实是想穿过阿尔巴尼亚和伊比利亚。除非我们能确保我们在该地区的藩属王是效忠罗马和皇帝的，否则直至科尔基斯一带的整个高加索地区都会落入他手。明年我们的任务要是没能成功完成，萨珊王朝的铁骑就会沿着黑海海岸一路向西杀过来。"

第十六章

停泊在拜占庭港口、奉命载他们渡过"仁慈之海"前往高加索的这条三层桨座战船是"阿玛塔号"。船长名叫布汝泰迪乌斯·尼格尔。一见之下，巴利斯塔立刻就喜欢上了这条战船和船长。这条大船坚固结实、运转良好。船长是个典型的头发斑白的老海员，十分健壮。

不过也有不尽如人意之处。"阿玛塔号"并非从特拉佩左斯的罗马黑海船队中调出来的战船，而是沃勒雷亚纳斯手下的小船队中的一艘，追击哥特海盗的船才到拜占庭的。船队中的其余船只继续向南行驶，这艘则听命留了下来。"阿玛塔号"的大本营其实在拉韦纳，主要在意大利活动。所以无论是船本身还是船长布汝泰迪乌斯都不曾去过黑海。这种安排显然是皇帝在为难他们。

为了顺利度过博斯普鲁斯海峡，布汝泰迪乌斯雇了一个当地的领航员。这个决定很明智。来自黑海的湍流让海峡中段的情况堪比磨坊的饮水槽。要想抄近路北上，就算是一条桨手接近两百人的大船也得直面狭窄水道中的逆流，这个过程中需要屡次让船在海峡中呈之字形前进。

尽管如此，再过几个小时他们就能驶过撞岩了，这对岩石标志着黑海的入口。曾经它们会浮出水面撞击在一起，粉碎任何试图通过的船只。自从伊阿宋和阿尔戈英雄通过之后，神明就将这可怕的路障固定在了原地。领航员带着本地人的骄傲神色给他们指了指那处遗迹。巴利斯塔和其他人并没觉得有什么了不得的。那两块残留的灰绿色岩石看起来丝毫不像跟神话有什么关系。

他们都听说过黑海那些可怕的传说。暴风雨会突然降临，南岸的恶浪更是臭名昭著：三层巨浪足以打翻任何久经风浪的船只。不过，第一天仁慈之海倒是风平浪静的。以前，这些海员们只见过清澈的地中海，所以看到这片浑浊的水域他们很是惊奇。总之，他们无法看出这片海有多深，只能就这么顺着一股强大的水流向东行驶。

"阿玛塔号"留下了一道又长又直的尾迹，仿佛一望无际的绿色原野上的一条小径。布汝泰迪乌斯计划让桨手们辛苦一整天，好在晚上抵达赫拉克勒亚，但是费利克斯出于他那个阶级的兴趣，想着把这次航行变成考古观光之旅，慢悠悠地欣赏所经之地的风土人情。先是吃午饭的时候，他执意让船长在卡尔佩的港口耽搁一会儿。在他这种文化人看来，该海岬就像色诺芬的《远征记》中描述的一样：陡峭海崖下的海港，沙滩面向西方，与水量充足的淡水泉相距甚近。海岬地势宽广，但与大陆相接之处是一段易守难攻的狭长甬道。该地盛产可用于造船的良木，南面群山脚下的村落有良田。费利克斯想，怪不得色诺芬想让那一万人在该地安顿下来。只因为雇佣兵的目光短浅，那个本该建立起来的强大希腊城邦才终究成了泡影。

在卡尔佩之后，费利克斯还想参观一下阿波罗尼亚那个小岛，阿波罗现身于阿尔戈英雄面前的地方，也是在罗德岛的阿波罗尼奥斯所著的航海史诗中被称为"希尼亚斯"的地方。幸运的是这座小岛海拔较低的边缘处有一座港口。于是，布汝泰迪乌斯决定用双缆绳将"阿玛塔号"牢牢拴好，就停在此处过夜。桨手们躺在沙滩上放松的时候，费利克斯叫上巴利斯塔和跟随他的使者，一起在岸边漫步，寻觅伊阿宋建起的祭台和神庙，寻觅传说中诸多英雄曾走过的地方。费利克斯此行没有失望。树林中走出几个当地居民，他们十分确定地、事无巨细地给来者讲了一遍阿尔戈英雄的故事，甚至还有阿波罗尼奥斯都未曾提过的细节。此外，这些有远见的导游还建议年迈的领事带上武器和网子，跟他们一起出发，爬上树木繁茂的山坡，去狩猎，抓那些阿尔戈英雄们曾追逐过的野鹿、野山羊的后代。

就像那天晚上一样，手中执弓、在遮天的树林中行走的时候，巴利斯塔会想，对于统治整个帝国来说，罗马精英阶层接受的教育是否真算是最合适的呢？有的人可能会认为，在一个铁与锈的年代，要想让内外受窘、腹背受敌的辽阔的罗马帝国抱成一团，比起修辞学和文学知识，其他方面的特长恐怕才更有用吧。

第二天清晨，阳光普照，万里无云。时候不算早了，费利克斯走上甲板开始巡视他这个德高望重的老领事知道的船上所有人，包括各位使者和他们的随行人员——朋友、书记官、仆人等，来到了船甲板上。船员和桨手都已经等候多时了。这个使节团的成员们零零散散地站在甲板各处。他们应该不少于四十人，也就是说船上原有的陆战队员都被留在了拜占庭。正如传到布汝泰迪乌斯耳朵里的话一样，现如今的"阿玛塔号"名不副实、外强中干。一旦碰上什么麻烦，他们恐怕难逃一死。

今天的海浪比之前几天还要多、还要大，但依旧没什么值得一提的大风。桨手们弯着腰奋力划桨，船下往东去的海水依旧湍急，"阿玛塔号"继续向前挺进。他们依次经过了萨卡里亚河、亥皮奥斯河与吕科斯河的河口，然后又驶过了利拉依翁和卡尔斯的商港。布汝泰迪乌斯计划让桨手们再划上一整天，一直抵达阿玛斯特里斯的港口再休息。但他们刚刚驶过卡尔斯的集贸市场，天空就暗了下来。东北角出现了一线乌云。侧面吹来强劲的海风，预示着暴风雨即将来临。这条三层桨座战船被吹得船身都歪了。布汝泰迪乌斯赶忙问领航员如何是好，然后又和费利克斯交换了意见。无须多劝后者便同意了船长的安排。布汝泰迪乌斯向桨手指挥官下令，全速前进，然后再向舵手下令，调整航向，开往阿彻如西亚斯海岬，因为赫拉克勒亚港口就位于海岬高耸的岩石庇护下。

他们的行动很及时。刚刚驶入被人们称为"水手救星河"的苏诺茨河，狂风暴雨便呼啸着席卷过河口，而且风势不减、雨势不歇，横着便打到了船身上。在势不可当的滂沱大雨下，人们忙碌着让船加速行驶，将风暴帆升到位，往岸边奋力靠过去。

这阵狂暴的北风毫无停歇的意思。航行第二天的时候，北风之神玻瑞阿斯就将他们戏耍了一番。当时风已经减弱了不少，太阳还好好挂在天上。桨手们刚刚各就各位，海上暴风雨就再次刮了过来。面对神明的惩罚，他们大家只得再次手忙脚乱地驾船往岸边开。

赫拉克勒亚是墨伽拉人在希腊大陆上的古老殖民地，城中具备一个古老港口城市应该拥有的一切消遣场所。上了岸，马克西姆斯、希波托俄斯以及"阿玛塔号"上的大多数人都分头消失在了码头附近的大街小巷。经历了这场有惊无险的麻烦，巴利斯塔好好喝了一场，之后一天则全部用来从宿醉中恢复精神。从那以后，巴利斯塔就决定要多克制。

第四天，巴利斯塔觉得有些无聊。于是，他雇了个当地的向导，想出城逛逛。他们骑着租来的老马，任凭大颗大颗的雨点打在背上。他们打算沿着河岸边的那条路慢慢往内陆走。苏诺茨河以前叫作"冥河"。因为相传冥府的入口就是这河上的一个洞穴。巴利斯塔看见那洞口的时候，立即意识到自己犯了个错误。眼前是他见过的最窄的岩缝。这道缝里面的情况更糟糕，黑魆魆的不说，道路还七拐八弯的，脚下湿滑而陡峭。巴利斯塔浑身冒汗，心跳加速，但他还是强迫自己一寸一寸地沿着下坡往前蹭。经过备受折磨的一段时间后，他们进入

了一个宽敞的地下洞穴。他时不时停下脚步胡思乱想，想象头顶上的
巨石砸下来该有多沉，想象重见光明还要走过多么逼仄的石道。除此
之外，这一路上还好。洞中有水潭、雕像，还有各种供品。湿淋淋的
石壁上，火把的光芒摇曳不定，洞里寒气逼人。

通过"冥府入口"后，他们上行来到了"阿尔戈号"的舵手提费
斯之墓。坟墓坐落在高高的阿彻如西亚斯海岬上，背后是肃穆的悬铃
树林。墓碑本身倒是没什么稀奇的，不过从该处望出去的景色十分壮
观。巴利斯塔被风吹得身子微微倾斜，他陶醉于眼前肆虐的暴风骤
雨。远处一片混沌中，他能看到翻滚的巨浪那白色的浪尖。浪涛咆哮
着向下面的岩石撞来，撞碎的飞沫高高溅起，复又落下。峭壁脚下，
海水变成了混浊的黄色。猛烈的风尽情发泄着可怕的自然之怒，紧贴
着海岬呼啸而过，扑进悬铃树林，几乎要将树木的枝条拧折、绞碎，
也不管这林子有什么神明庇佑，似乎只一心想把它们刮倒才作罢。

"我们该走了，基利耶。"向导不得不将双手凑到嘴边大喊。巴利
斯塔大笑。那向导是被吓坏了。他是个胆小鬼。巴利斯塔知道自己既
不害怕也不是个懦夫。他已经下过了希腊人和罗马人的冥府，也已经
克服了自己的恐惧。现在，在这清爽猛烈的北风的拥抱中，刚才胸中
那股浊气已经荡然无存了。在这样一个罕见的时刻，他感觉自己仿佛
到了瓦尔哈拉殿堂或者什么别的圣境，生命力正蓬勃地生长，几乎到
了不朽的境界。

"基利耶，看那树，还有马……太危险了。"

巴利斯塔眨了下眼，睫毛上的雨滴流了下去。他对向导微微一
笑，然后便转身离开了。

与帝国的大多数城镇和村庄一样，赫拉克勒亚有一家客栈，专供
官路上过往的官员住宿歇脚。在客栈自己的房间中，巴利斯塔正与马
斯塔巴特斯喝着加了香料的温热葡萄酒。这酒喝起来不错。他们还有

个火盆，这让屋里既暖和又舒适，而屋外仍是狂风大作、大雨瓢泼。

有人轻叩了一下门，接着年轻的伍尔夫斯坦的脑袋就从门缝里探了进来。"那个长着一张白鼬脸的小子卡斯特里西乌斯想见您，黄毛大块头鲁提鲁斯跟他一起来的。"这小伙子讲的是盎格鲁语。他已经恢复得好多了。

"小心他们能听懂哦。"巴利斯塔说。

"这些罗马人和希腊人顶多会说对方的话。"

"让他们进来吧。"这小伙子说的没错。

"马上，艾斯林①。"

巴利斯塔发现被他家乡人这样称呼感觉好极了。

马斯塔巴特斯鞠了一躬，向卡斯特里西乌斯和鲁提鲁斯献上了一个飞吻。

巴利斯塔从椅子上跳起来拥抱了刚进来的客人。这北方人看见他们简直太开心了。他和卡斯特里西乌斯的交情更深一些，他俩的友谊可以追溯到阿瑞忒城之战的时候，所以他的兴奋溢于言表。而且，巴利斯塔欠他们俩的情一样多。在泽乌玛，卡斯特里西乌斯救过卡尔加库斯、马克西姆斯和德米特里厄斯的命。在埃美萨，要不是他们二人相助，很可能巴利斯塔自己、朱莉娅以及他们的两个孩子可能都活不成了。除了这些深层的原因，他们还是巴利斯塔的好伙伴。巴利斯塔跟他们在一起会感觉很放松。

屋中只有两张卧榻。卡斯特里西乌斯和巴利斯塔同坐一张。于是，鲁提鲁斯爬到另一张卧榻上，和马斯塔巴特斯同座了，他没表现出一丝的不自在。伍尔夫斯坦多拿了几个酒杯过来，也多盛了一些红葡萄酒。

----

① 盎格鲁撒克逊语中"首领、贵族、君主"的意思。

"马斯塔巴特斯正跟我讲咱们要去的地方的事儿呢。"巴利斯塔说。

"在高加索，人们以草木根茎和浆果为生。外面的鬼天气糟透了，鬼哭狼嚎的。"卡斯特里西乌斯表示。

"你肯定是看了希罗多德的书。"马斯塔巴特斯的话语温和，颇有赞许之意。

卡斯特里西乌斯那张轮廓分明的脸上绽放出笑容。"还真不是，我只是听说而已。"

"这种天儿，就算是马克西姆斯也得乖乖在室内。"巴利斯塔说，"马斯塔巴特斯也许能给我们详细讲讲那边的情况，要是能先说说阿尔巴尼亚人就再好不过了。你说的没准儿能让卡斯特里西乌斯打消和国王的女儿打野战的念头。万一他那么干了，对咱们的外交使命可是个障碍。"

马斯塔巴特斯板着脸鞠了一躬。"阿尔巴尼亚降水丰富。森林草地四季常青。土壤肥沃。但阿尔巴尼亚人缺少远见。他们用的农具是木制的犁头，每五年才剪一次葡萄藤。尽管如此，要是他们给死人的陪葬品不那么多的话，生活依旧很富有。奇怪的是，死者入土之后，他们便不再提了。"

真是个典型的希腊人，巴利斯塔想，一开口就先谈土地，毕竟一方水土养一方人嘛。

"阿尔巴尼亚人喜欢过一种独眼巨人式的生活，他们每家每户相隔甚远，想在哪儿安家就在哪儿安家。他们这个种族英俊健美，身材高大，大多数都是牧人，但其实并没有我们想的那样野蛮残忍。"

"打仗的话他们能召集多少人？"卡斯特里西乌斯提这个问题是因为他是个久经沙场的战士。"他们善战吗？"

"据说他们曾用八千战士抵抗住了庞培大帝的进攻，至少有四分之一是骑兵。他们的武器有投枪和弓箭，部分人身穿盔甲，善近战。里海之门那头的游牧民族常常做他们的援兵。"

"他们听命于哪位国王吗？"巴利斯塔问道。

"柯西斯国王。其次他们听柯西斯的叔叔——大祭司措贝尔的话。"

鲁提鲁斯插话道："再跟我讲讲我要见的伊比利亚人吧。"马斯塔巴特斯顿了顿，似乎在从一个堆得满满的仓库里挑要说的话。"他们不太一样。从某种程度上说，他们要更文明些。他们用砖瓦盖房子，而且还建有公共建筑。伊比利亚王国由四个社会等级组成：王室、祭司、战士与农民、为王室服务的奴隶。国王的继承人掌控军队，负责维护国家秩序。哈玛扎斯普国王并无子嗣，因此他的弟弟奥罗艾泽才是王座的继承人。"

卡斯特里西乌斯大笑道："哈玛扎斯普国王没有儿子是因为巴利斯塔在阿瑞忒城把他儿子给杀了。"

巴利斯塔还记得弩箭的弦响和箭矢破空的声音，记得那支铁头长箭呼啸着将那年轻人射下了马，记得他的胳膊、腿、空荡荡的长袖子，像六脚昆虫一样摆动着。他也记得哈玛扎斯普国王。当时他被关在埃德萨宫殿的地下牢房中，哈玛扎斯普去牢里会他……他强迫自己不去想后面发生的事情，不去想哈玛扎斯普差点儿对他做出什么。他狠狠地强迫自己不去想。但只要再让他见着那个狗杂种……

马斯塔巴特斯正在解答鲁提鲁斯的问题。"……他们的武器装备与波斯人相仿，山地战士则更像塞西亚人。他们人数比阿尔巴尼亚人少，但也有好几万。"

"终于该讲到我的苏阿尼阿人了吧？"巴利斯塔问。

"那可是群肮脏透顶的人，不比食虱部落干净到哪儿去。他们吃的五谷杂粮都是从低地地区买的。不过他们并不贫穷。他们从山溪里筛金沙卖。另外，当地还出产宝石。统治者是波莱谟国王。给他献言献策的是一个三百人的议会。到时候你可能会遇上点儿麻烦。波莱谟国王的女儿所嫁之人就是你杀掉的那个伊比利亚王子。死了丈夫之后，她就回到了她父亲的王国，她叫派松妮萨。"宦官做了个手势，表示他十分欣赏巴利斯塔杀敌的军事能力，但同时也不得不提这种能力带来的后果。

"据说，国王和他手下的贵族有二十万兵力。苏阿尼阿王国控制着高加索的山顶地段。他们是高加索群山峻岭中最有胆色、也最善变的人了。他们是用毒的高手。有传闻称，光他们箭头上的毒药味儿就能让人深受折磨。"

"你知道的真是不少。"

马斯塔巴特斯低下头。"我曾悉心读过希腊地理学者斯特拉博的著作。"

"我还以为你原本就是那儿的人呢。"

"我的家乡在附近。我是阿巴斯吉人。"

巴利斯塔大笑。"让我猜猜，是不是皇帝派你跟随我去苏阿尼阿，却派了个苏阿尼阿人跟费利克斯去阿巴斯吉？"马斯塔巴特斯俊俏的脸上闪过一丝阴影。"并非如此，基利耶，我们四个宦官都是阿巴斯吉人。"

大家全都沉默了。马斯塔巴特斯继续说："以前，阿巴斯吉的统治者找到了一个新的来钱路子。他们开始从百姓中挑选最好看的男童，把他们阉掉后卖给你们罗马人。"

"多大……"巴利斯塔只问了一半。

"我们非常小的时候。那是很久以前的事情了。"

巴利斯塔注意到鲁提鲁斯翘起了腿。

马斯塔巴特斯平复了一下心情，尽量用十分平静的语气说："我知道我们阉人被看作是不祥之人。要是谁一大早起床先看到了我们这种人，就会干脆回屋躲着，一天都不出来，因为怕出门不利。我们被当成人类中的异类、怪胎、怪物，还有很多人觉得应该把阉人从寺庙和公共建筑中驱逐出去。"

屋子里一片尴尬的寂静。

"大家最歧视我们的地方莫过于我们的力量之源。我们只能相互照顾。主子倒是对我们很信任，因为他们觉得阉人对主子有绝对的忠诚。我们无法娶妻生子，所以除了保护我们不受众人羞辱残害的主子，我们的一片忠心和热诚还能给谁呢？"

"可享受不到某种乐趣，这一生岂不是满怀遗憾？"巴利斯塔轻声说。

马斯塔巴特斯微微一笑。"对我来说，侍奉爱与美之女神阿佛洛狄忒和侍奉战神阿瑞斯一样荣幸。"

鲁提鲁斯微微往边上挪了挪。

"但要是以为我们都手无缚鸡之力可就错了。骟马亦能战沙场，阉牛神力亦未失。诚然，我们中有些人天生力气就小了些，但上了战场，孱弱之人执铁器便可与强者匹敌。"

第十七章

　　第五天拂晓，北风之神总算肯罢休了。高高的天上，几丝残破的乌云依旧被风推向南方，消失在陆地群山的另一端。再看看赫拉克勒亚港，一切都平静如常。巴利斯塔望见码头边水洼中映出的太阳闪烁着苍白的光芒，仿佛被洗褪了色。

　　"阿玛塔号"上的船员正动作迟缓地为再次出海做准备。风暴帆被撤下来的时候，上面大量的积水突然浇了下来。桨手们在长凳上落座，巨大的水滴从绳索上落下来，纷纷砸到他们身上。有人嘟囔道："要是这条船的甲板都安装全了就好了。"另一个人回答说："拉倒吧，要是那样，船沉的时候人更容易被困住。""全船注意，保持肃静！"指挥他们的人吼道。

　　费利克斯为远行者的守护者阿波罗举行了祭酒仪式。布汝泰迪乌斯扫视了一番。船首指挥员、桨手指挥员和舵手都已经就位，分别位于船首、船中和船尾。他们表示已经准备好了，只等布汝泰迪乌斯下令了。锚索滑动，"阿玛塔号"随海水起伏着驶出码头。"出桨，准备划船。慢速，开始！"船的速度逐渐快了起来，转了个方向，船头的青铜撞角直指"仁慈之海"。

　　暴风雨后的海面上一片狼藉，漂浮着成堆的大量残骸。桨手们划桨的动作要比平常更短促才行。他们花了好长时间还没调整好节奏，划桨的拍子仍然乱作一团。连着四天待在岸上让他们此时难以适应。布汝泰迪乌斯原本计划这次航行一气儿将船驶到锡诺普。于是他和当地领队谈了谈。他说要是那样的话今天将会是非常漫长、难挨的一天，大家得从黎明忙活到天黑，甚至都有可能到第二天黎明。鉴于人家已经告诉他这计划不可行了，他只好将下一站改成距离六十英里左右的阿玛斯特里斯。阿玛斯特里斯与锡诺普之间长长的海岸线上只有唯一一处良港，而且他的手下们状态不太好。他还能指望什么呢？虽说他们都是自愿来的，而且理论上讲都是战士，但本质上说，他们不过是一帮子弱不禁风的自由民和东方人——希腊人和埃及人罢了。在那个偏僻小城里，过了几天喝酒嫖娼、寻欢作乐的日子之后，他们的身体都几乎被掏空了，现在弱得跟娘儿们一样。

去阿玛斯特里斯这一路上平安无事。海上没有一丝风，所以桨手们不得不一刻不停地划。他们费力地将船划过斯忒涅罗斯的墓。驶过喀里克洛斯河口的时候，他们都没有多看一眼。神话中，那可是酒神狄俄尼索斯起舞的地方；驶过阿尔忒弥斯女神曾沐浴的帕斯尼奥斯河时，他们依然没有反应。他们甚至都没留意到船已经从比提尼亚人和色雷斯人的地盘驶到了帕夫拉戈尼亚。因为，这一路上，他们左边的风景始终是一望无际、烟波浩渺的大海。

吃午饭的点儿过后不久，"阿玛塔号"就驶入了整洁且有遮棚的椭圆形阿玛斯特里斯船港。大家都为能安全入港开心不已，但没人比费利克斯更开心。巴利斯塔跟在他后头走下了登船梯。这位老领事的欢喜溢于言表。他当然乐呵了，一路上什么体力活儿都没干，就舒舒服服地躺在专门为他准备的椅子上看风景，眺望他们路过的那座英雄之墓。后来他回到船尾的小船舱里，谢绝了别人的邀请，没有出舱看那几条神话中提过的河流。因为在他看来，它们只在有神明现身的那一刻才特殊，如今不过是普普通通的河罢了。尽管如此，能重新踏上陆地，他显然特别高兴。巴利斯塔揣测，领事肯定想吃点儿东西、喝点儿酒，然后过个优哉的下午。酒足饭饱、休息放松之后，再去浴场享受全身按摩，接着享用一顿丰盛的晚餐，这足以让他的精神振作起来了。巴利斯塔觉得这个路数不错。

费利克斯突然停住了脚步，巴利斯塔差点儿撞到他背上。一个男人从仓库中间的小道跑了出来。此人瘦骨嶙峋，衣不蔽体，看起来受了不少苦。巴利斯塔愣了一下，才想起因为尊卑有序，费利克斯的四个侍卫还在登船梯上没下来呢。巴利斯塔动身想拦住那个瘦子，但迟了一步。那人冲上前来，跪在地上，紧紧抱住费利克斯的大腿。领事想后退，但那人的双臂缠得牢牢的，他迈不开腿。要不是鲁提鲁斯从后面扶住费利克斯，他就该摔倒了。

"庇佑，基利耶，求您庇佑我。"那人祈求道。

"别听他胡说。"后面追他的人很快便赶了上来，生怕冒犯了面前年迈的前议员。

"看在恺撒的面子上，求您让我过堂受审，基利耶。"那人抱着费利克斯的腿，就像海难中紧抱着浮木的水手一样。

"他是个奴隶，想逃跑。"另外一个追赶他的人说。

"不，我是自由民，是罗马公民，错被抓去当了奴隶，求您给我次过堂受审的机会，"巴塞勒斯"。

被称作"国王"，费利克斯的虚荣心膨胀起来。他伸出一只手，就好像祝祷仪式里那样，放在膝下畏畏缩缩的男人头上。"明日九时升堂。在此之前原告仍将在押。"

一个侍卫——第二帕提亚军团中抽调的一名士兵已经从船上走下来了。他把那人带下去了。

第二天，五月十八日的九时，巴利斯塔作为费利克斯的五个陪审员之一坐在他旁边。他们都坐在一处可以俯瞰整个广场的柱廊下面。

庭上开始问那瘦子事先准备好的问题。"性别、民族、自由民还是奴隶？"

"诸位大人，我叫梅里苏斯，是查瑞鲁斯之子，来自阿玛斯特里斯的一个叫依瑞斯瑞诺的小村庄，是自由民，不幸被抓走当了奴隶。"

他得到了一个辩解的机会。

"我本是个渔夫。有一天，我驾着我的渔船'塔利亚号'出海，碰上了博拉尼人。他们俘虏了我。这帮野蛮人烧了我的'塔利亚号'，以此为乐。我被囚在他们船上。趁他们在帕斯尼奥斯河河口上岸取淡水，我逃了出来。"

那些自称是他主人的人嚷嚷起来，表示不同意。费利克斯扫了他们一眼，示意他们住嘴。

"往回走的时候，我全身上下只有一件外衣。我朝着阿玛斯特里斯的方向走，中途落入了这群人手里。一开始他们还和和气气地跟我说话，后来哄骗我说出怎么回事之后，就派四个手下把我抓了。他们绑我、打我。他们还开了个残忍的玩笑，给我新取了个名字——费利克斯，笑称有这么个幸运的名字，我算是个幸运的奴隶。"

就因为抓他的这些人给他取的这个名字，这案子的结果已经定了，但是费利克斯还是走完了全套程序。费利克斯给了自称是原告主人的那些人一个陈述的机会。他们也知道结局已经定了，所以那番辩解糟糕透了。两边的证人也上了庭。梅里苏斯的几个证人给法庭留下了相当好的印象。

费利克斯作秀般地问了问几个陪审员的意见。巴利斯塔、鲁提鲁斯、卡斯特里西乌斯和另外两个出身高贵的年轻朋友的意见一致。于是，领事大人做出了判决。

"来自依瑞斯瑞诺村的查瑞鲁斯之子，梅里苏斯，以自由民身份当庭释放。如此毫无人性地拘押一位落难公民的人当裸身接受鞭笞。他们的财产当充公：一半充入我们伟大的皇帝——加里恩努斯的国库，一半赠予查瑞鲁斯之子梅里苏斯。判决现在生效。"

话音刚落，阿玛斯特里斯的八个魁梧的士兵就将这些倒霉蛋抓了起来，拖着他们走了出去，来到了广场上。

第一鞭还没抽下来，几个罪人就惨叫起来。

"胆小如鼠的希腊佬儿。"费利克斯说。

一个绝望的新声音冒了出来，打断了费利克斯的喃喃自语，甚至盖过了广场上的惨叫："基利耶，请听听我的请愿吧！我也有冤屈！"

费利克斯懒洋洋地问："是谁在说话？把他带上来。"

于是这人就哇啦哇啦讲了起来——没完没了地抱怨和谴责。和前面那个原告讲的完全不一样，但有一件事是相同的。"野蛮人侵略的时候，我躲在山里。回来之后，我发现邻居把我的山羊、田地、老婆都霸占了……野蛮人抢掠的时候，我的那些同乡们加入了这些强盗的行列，帮他们指路，告诉他们抢哪家划算，还和他们坐地分赃。等野蛮人撤了之后，我们家就只剩下一只银碗和一尊雅典娜的雕塑了……我的朋友找到了，但是现在不想还给我。"

巴利斯塔将这个悲哀的故事完完整整听了一遍。他想起修昔底德对克基拉岛内战期间崩溃的社会有过一段广为流传的描述。他原本以为野蛮人的入侵才是更糟的事情，但现在看来，当地人的奸诈和不义之举才是最恐怖的。

他心中甚至有一点点为自己家乡的人感到骄傲——我们北方人就是能把你们这群手无缚鸡之力的南方人打得落花流水。他赶紧将这个令人羞愧的念头驱散了，开始将注意力集中在自己的主要情绪上，那就是对与世无争却遭遇横祸的男男女女的真挚同情。但他并没有浪费自己敏锐的观察力，始终在努力地分辨谁是真正的受害者，谁又是骗子和投机者。因为要是诬告得逞了，那些假装喊冤的人会得到与真正受害者一样的赔偿。

公平地说，费利克斯工作确实尽心尽力了。但是，到了晚上，老领事感到非常疲倦。这一天处理的事务已经超出了他能承受的极限。然而，还有八件案子没审。费利克斯宣布他有公务在身，明天必须起航了。剩下的案子得交给比提尼亚及本都行省的总督沃利乌斯·马克里努斯来解决了。不过，目前总督的巡回法庭此时应该正在普鲁萨呢。费利克斯似乎并没有想到，那些涉案的大多是穷人，遭遇不幸后就更穷了，可普鲁萨距离此地有两百多英里。

第二天一大早，阳光明媚，"阿玛塔号"就驶出了阿玛斯特里斯港。初时还有西北刮来的微风，但风时断时续。多少次风停了，只能靠桨手们倾尽全力划船。又有好几次重新起了风，桨手们只好撤到舱内。巴利斯塔倚在右舷栏杆上，正跟布汝泰迪乌斯指点着岸上令人望而生畏的山崖。陆上山峦起伏连绵，郁郁葱葱，树甚至生长在巨岩之上，而那些巨岩则凸向海侧。光秃秃的绝壁直直冒出海面，孑然屹立。沿岸有几处凹进去的峡湾，但更多的是接连的嶙峋怪石，直面风浪侵蚀，绝非避风良港，更像是会让船毁人亡的天然陷阱。

"情况的确不利。"布汝泰迪乌斯表示赞同，"我原本计划今天抵达锡诺普。可那位贵族领事大人似乎又对宗教起了兴致。他要求我们在伊奥诺波利斯过夜。当地人曾跟我说过，在那儿泊船不大安全。万一再来一场暴风雨……"

"我去跟他说。"巴利斯塔说。

费利克斯正舒舒服服地坐在椅子上，听他手下一个招人喜欢的小伙子念阿波罗尼奥斯的《阿尔戈船英雄纪》。巴利斯塔等他念完了一段，才赔着小心用希腊语说："大人，眼下刚刚进入航海季，天气多变。伊奥诺波利斯只不过是帕夫拉戈尼亚行省下无趣的阿伯努忒乔司城的另一个好听点儿的名字罢了。我们到了那儿还得靠抛锚停泊。除了阿伯努忒乔司的亚历山大那个大骗子盖的那座庙，再没什么可看的了。很早以前，卢奇安就揭露过，什么格里肯神压根儿就是个骗局：那神明长着一颗人脑袋，却有着蛇的身子，样子驯顺。据说是贪婪的人通过它那细长的脖子出声骗人，假传神谕。执政官汝提利安努斯就是因为听信了这假神谕才被当成了大家的笑柄。"

费利克斯黑着脸冷冷地看了巴利斯塔一眼。"普布里乌斯·穆米乌斯·希瑟安纳·汝提利安努斯是我的同宗。至于宗教，我更愿意相信一个名誉清白的罗马上层社会人物，而不是那个恶毒的三流作家卢奇安。"他说"卢奇安"这个名字的时候带着一种极度的憎恶。"卢奇安，半是希腊人，半是叙利亚人，这两种人都是恶毒坏子。"

巴利斯塔点点头说："大人您说的都对。"说完了这句便再没什么好说的了。

尽管沿岸风景荒凉冷峻，他们还是顺利地抵达了伊奥诺波利斯。年迈的领事和随行人员上了岸。巴利斯塔和其他人都留在船上。布汝泰迪乌斯也没有允许手下船员上岸休息；三分之二的人在沙滩上扎营，其余的人依然在船上过夜。幸运的是，这一夜平安无事。

天刚蒙蒙亮，费利克斯就面带微笑爬上登船梯，和颜悦色的，显然是得到了吉利的神谕。布汝泰迪乌斯向领事汇报一切都已准备就绪。费利克斯举行了奠酒祭神的仪式，祈求神明保佑。巴利斯塔听到他说出的一众神祇中有格里肯的名字，虽并不意外，但心中也颇有些气恼。这蛇神究竟许给你什么了，老头子？他心想。一个世纪以前，你的同宗信它，所以现在你也信它，你觉得这就叫虔诚？

海上一丝风都没有，死一般的平静而沉闷。就算是向东涌去的海浪都似乎已经抛下了他们。太阳像一个挂在阴霾后的灰色碟子。海面上间或飘过几丝打着旋的水蒸气。桨手们今天恐怕要辛苦了。

布汝泰迪乌斯搔了两下络腮胡子，巴利斯塔感觉到了他的不安。

这位经验丰富的船长已经下令，让三层桨手中的一层始终处于休息状态。此时"阿玛塔号"早已经驶到了一望无际的大海上。只消瞟一眼海岸线就知道他为什么不安了，崎岖不平的海岬连绵不绝，两座之间则是一座又一座乱石密布峡湾。

布汝泰迪乌斯又雇了一个当地的领航员。阿伯努忒乔司城和勒皮特角之间有六七十英里的距离，但其中只有一处安全的抛锚地。领航员指给他看，布汝泰迪乌斯这才稍稍松了口气。"阿玛塔号"驶过那里之后，他才接着专心鼓捣自己的络腮胡子去了。

铅灰色的海面上，越来越阴沉的天空下，这条三层桨座战船艰难地航行着，桨手们为了保持动作一致唱着无聊的歌。透过白茫茫的雾气，可以看到岸边悬崖之上是崎岖的丘陵，更远的地方是荒凉的山峦。只有无风的时候偶尔升起的一柱烟能证明沿岸村庄并非杳无人迹。

过了好一会儿，海岸线开始向北延伸。于是，"阿玛塔号"也沿着海岸线转了向。高耸的岩壁逐渐变得平缓，然后彻底不见了。透过迷蒙的雾气，人们可以看到与海相接的是柔软的草地，草地上还有一个个白色的小点儿，看起来似乎是正在吃草的绵羊，但好像并没有人看管它们。巴利斯塔觉得眼前的景色可能会让人想起田园诗或者希腊小说。不过他自己倒是从来都没有真正喜欢过这些东西。德米特里厄斯要是在的话，他一定觉得此景甚美，没准儿希波托俄斯也这么觉得。

"勒皮特角。"布汝泰迪乌斯指着远处。那海岬近海处是一片乱糟糟的灰色石滩。海浪慢吞吞地推着船往岸边靠去。布汝泰迪乌斯则让"阿玛塔号"与海岸保持一定距离。他认为彻底安全的时候才下令让船调头。

"发现船只。"桨手指挥员叫道。巴利斯塔、马克西姆斯和布汝泰迪乌斯一起走上前去。他们三人透过飘摇的雾气顺着桨手指挥员所指的地方望去。是一条小型双层战船。一定是从特拉佩左斯开过来的，是罗马黑海船队中的一条。

在雾里很难判断距离。东南边，大概在一英里远的地方有一团黑影。从高高的船头轮廓和大弧度的船尾骨来看，这是一条典型的地中海式战船，比"阿玛塔号"要小。船就在勒皮特角附近的航线上，似乎一动也不动。

"不只一条船。"马克西姆斯的眼总是那么尖，"后头还有一条。"巴利斯塔想努力看透朦胧的雾气。他看到了一个黑乎乎的影子，接着是第二个、第三个。"你能看见几条？"

"六条，可能还有第七条。"

巴利斯塔目前只能看出四条来。看得最清楚的那两条两端皆可做船首。"布汝泰迪乌斯，下令调转船头，我们离开这儿。"

"哥特长船？"船长揪了揪自己的胡子。

"是哥特长船。"

布汝泰迪乌斯耸耸肩。"怪不得海面上、灯塔上都空空荡荡的。"

"我们应该上前迎敌。"谁都没发觉费利克斯来到了前甲板上，"我们要帮助那条小型战船，掉头就走不合适。"

"他们发现我们了，"船首指挥员说，"他们开始行动了。"

巴利斯塔对费利克斯说："已经太迟了，那条小战船已经落入敌手了。"

"把桅杆放下来，主桅杆和船首斜桅都放下来。"布汝泰迪乌斯的命令响彻全船。听到船长下令，船员们立即忙活起来。

"不行，"巴利斯塔直接拒绝了，"我们的陆战部队和弩炮都留在拜占庭了。现在船上的桨手们都没有盔甲、兵器，而敌方一定有。"

"咱们可以以谋略取胜，用撞角对付他们。"毫无疑问，这位老领事绝对是个好战派。

"他们会堵住我们的。"巴利斯塔摇摇头，"他们有七八条战船，到时候会像一群野狗一样扑上来。"

两根桅杆都放了下来。船上人群骚动起来，以至于把桅杆好好捆在甲板上都困难，所以只能把它们和盘成圈的前后桅杆支索胡乱放在一起。"不是战士的都坐下，"布汝泰迪乌斯大吼，"往一边儿坐，别挡在过道上。"

船长带着他们这些行伍之人返回船尾。却不见马克西姆斯的踪影。

所有桨手都坐在长凳上严阵以待，时刻准备着向左急转。一声令下，右舷桨手们全力以赴向前划；左舷桨手们则使劲儿倒着滑；舵手满舵。

有人给费利克斯端来一把椅子。他挥挥手表示不需要。

"开始！"桨手指挥员和船首指挥员重复了一遍。

于是这条大船开始倾斜着向前行驶。右舷最低层的桨座几乎浸到了水里。船几乎原地转了一个圈。很快，在布汝泰迪乌斯的指挥下船又找回了平衡，急速向西驶去。

巴利斯塔朝船尾望过去。现在他已经可以相当清楚地看到那些哥特人了，那条小型战船后头是五条长船。就在他观察的时候，那边传来了号角声，随后又有七八声号角应和。

布汝泰迪乌斯朝船外吐了口唾沫。"我们先开船的，比他们速度快。虽说今天的航程挺长的，但桨手们一直轮番休息来着。总之，人要是觉得恐惧，动作反倒更麻利了。"

话音刚落，又传来一声号角，听着应该是来自左前方，紧接着又是一声。

"一直有船跟着我们。"巴利斯塔说。

"舵手，取道西北向突围，往海里走。"显然，布汝泰迪乌斯并没有因此陷入恐慌，"备战。各层闲着的桨手赶快往甲板上铺沙子。"除了他们几个官员，其余人都默不作声。

巴利斯塔知道还应该下达什么命令。不过，得有点儿经验的人才办得成。于是，他转向费利克斯。"大人，在下曾指挥过三层桨座战船作战。如果船长同意，您是否能允许我统领船上现有的战斗人员呢？"

年迈的领事大人严肃地点点头。"那再好不过了。我从未打过海战。我和我的四个侍卫均可听你调遣。"

这场追逐很快就进入了状态。"阿玛塔号"奋力冲向海洋深处，所过之处皆是桨手们掀起的巨大波浪。船的正后面隔着半英里多的海面上，透过雾气可以清晰地望见那条小型双层战船和八条长船。更远的地方，东南方向上，还有两艘北方人的战船，时隐时现。

通常情况下，布汝泰迪乌斯的判断不会有误。他们这条三层桨座战船将后面的追兵远远落下的可能性极大。但是，尽管他讲了许多宽慰人心的话，"阿玛塔号"上的桨手们从黎明直到现在一直都没停过，而且桨手中划船的比休息的还要多。那帮哥特人的船看起来更清晰了。他们追击的距离可能实际上并没有缩短，但至少他们还跟得上。

布汝泰迪乌斯开口道："领航员说，在这条航线上，我们与多瑙河出海口处的阿基里斯岛之间只有一望无际的大海，这段距离有三百多英里。我们可以慢慢往北靠。北边的博斯普鲁斯海峡离我们有不到一百六十英里。"有个明显的事实，谁也没说出来，那就是：还不等他们到阿基里斯岛或者博斯普鲁斯海峡，哥特人就能追上他们。

马克西姆斯捧着他自己和巴利斯塔的兵器，装备回来了。和他同来的还有卡尔加库斯和希波托俄斯，他们俩早已经穿好了盔甲。巴利斯塔穿好甲胄，开始清点船上战士的人数。他自己带了四名战士，费利克斯有四个侍卫。这老头坚持也要穿上盔甲，拿起武器。鲁提鲁斯和布卡斯特里西乌斯两个人也是作战人员。当然了，布汝泰迪乌斯这个经验老到的百夫长也要算在内。一共十二人能作战，还有一个老得不堪一击的"战士"。

巴利斯塔问周围的人有没有自愿站出来作战的。有二十个人响应了他的号召。巴利斯塔拒绝了其中六个，其中包括年纪尚轻的伍尔夫斯坦和博托。不过，他倒是给了二人一人一把匕首，还是从他自己的兵刃中挑选的。他们可不想再次被人抓走当奴隶。志愿者中得到巴利斯塔许可的有宦官马斯塔巴特斯。船上的兵器有矛和斧子。除了这些，人们还拿到了少量闲置的武器。作战人员统共二十六人，其中一小半都没有受过正规训练。绝望。

太阳从浓雾中冒了出来。突然间，一切都亮堂了。透过缥缈的雾气，他们看到船尾赫然跟着九条哥特人的船，左舷外稍远点儿的地方还有两条。就按每条船上至少有三十名战士算，过会儿就是一百三十多个全副武装的战士对阵还不到三十个人的队伍。他们胜算全无，生路渺茫。

太阳又藏起来了，丝丝缕缕的灰色雾气再次弥漫开来。这场绝望的追逐继续。

"我真搞不懂他们为什么要追一艘战船。"费利克斯说，"按理说好吃的软柿子多得是啊。他们又不知道咱们船上没有海军和弩炮。"

"他们对我们了如指掌。"布汝泰迪乌斯轻声说。

"怎么会这样？"

"阿伯努忒乔司城的人告诉他们的。"

"不可能。"费利克斯的声音里透着浓浓的怀疑。

"他们是哥特人，但是对有些人而言，他们只是海盗而已。所有强盗土匪，甭管是陆上的还是海里的，都会从当地人那儿搜集情报。"布汝泰迪乌斯一副听天由命的口气。

"怎么会有公民干这种事儿！"

巴利斯塔悠悠地插了句嘴。"您还记得您在阿玛斯特里斯审的那几个案子吗？您不是还因为两个人随野蛮人一起打家劫舍判了他们的罪吗？"

追逐还在继续。"阿玛塔号"两边的海面依旧波涛汹涌，但船速慢下来了。桨手们很快便疲惫不堪，他们张着嘴喘气的那张脸活像悲剧人物的面具。他们喘息时甚至发出了啜泣的声音，汗水一颗颗滴在下层船舱里的人身上。陆续有人开始合不上划桨的拍子了。桨叶逐渐变得不那么平整了，就好像被摧残过的翅膀。而哥特人的船毫不费力地赶了上来。从"阿玛塔号"的船尾柱到那艘小型双层战船的撞角只有不到三百码的距离了。

巴利斯塔开始了他作战前的习惯动作：将匕首、剑拔出来再按回去，然后又摸了摸健康石。他一言不发，分别拥抱了卡尔加库斯和马克西姆斯，然后和希波托俄斯、鲁提鲁斯和卡斯特里西乌斯握了握手。卡斯特里西乌斯回以紧紧的拥抱。此时的情形和天上越聚越浓的黑暗正相称。巴利斯塔最大的遗憾就是没能见到自己的儿子长大成人。也许等到了瓦尔哈拉殿堂他能有机会看到那一幕吧，如果真有那么个地方的话。

布汝泰迪乌斯也不揪扯自己的胡子了，这个老海员竟然哈哈大笑起来。

船尾所有人都愣住了，他们不再目不转睛地看哥特人的船，而是将目光投向了布汝泰迪乌斯。船长对他的桨手们大声说道："小伙子们，最后关头啦！再加把劲儿！要不了半小时我们就安全了。"布汝泰迪乌斯扭过身子指着前方。那里，雾气迷蒙的仁慈之海那头是一片伸手不见五指的浓雾。

第十八章

"阿玛塔号"轻巧地驶入了湿冷雾气的怀抱。气温骤降。船上人们肩胛骨上的汗水立即凉了下来,他们也终于喘匀了气儿。丝丝缕缕的雾气仿佛鬼魂一般飘上甲板,飘过船首的桅杆,蜿蜒着绕过条条长凳。桨手们身上腾起蒸汽,织成一道迷幕,更添了几分朦胧。从船头越来越难看清船尾了。

几个桨手正低声讲话,声音里透着疲惫。他们划船的节奏渐渐变得断断续续,不那么一致了。"安静!"布汝泰迪乌斯抬高嗓门,想让声音传得远一些,但并不成功。"现在还不安全,小伙子们,再划一会儿,慢点儿划。"

"阿玛塔号"幽灵一般行驶在一片混沌中。一时间,周围只有船桨的嘎吱声、水花飞溅声和水面被搅动的声音。大雾让一切都蒙上了朦胧的珠光:甲板、船桨、栏杆。雾气结成水,顺着船员的胡子滴下来。

巴利斯塔看见布汝泰迪乌斯凝望着隐在浓雾中的船尾方向。船上包括大小官员在内的所有人都盯着布汝泰迪乌斯。看,什么都看不见;听,追兵的动静分毫没有,但是这什么都说明不了。

布汝泰迪乌斯轻声呼唤乘务长。"可以分发食物和淡水了。"于是乘务长脚步极轻地退下去执行命令了,他身后是兜兜转转的雾气。"船匠呢?"

"到，大人。"船匠答道。

"把细纸莎草绳和全部油脂拿过来。"布汝泰迪乌斯看都没看那人一眼，他始终注视着船外。

"大人。"

在乘务长的监督下，甲板后侧的守卫人员正在拆后甲板上捆着的东西和土罐。

布汝泰迪乌斯转身开始指挥他的船。"下层桨手，停止划桨，收桨。"最底层的桨手们感激涕零地服从了这个命令。"乘务长，先给下层桨手发餐。"布汝泰迪乌斯再次转身，隐入船尾柱周围的雾幕。

不但被海水打湿了、还有点儿变味儿的面包，一坨奶酪，一颗生洋葱，还有一大罐掺了不少水的葡萄酒。下层桨手从早晨开始就没吃过东西，此时便狼吞虎咽起来。片刻，这些食物被一扫而光。

"中层桨手，停止划桨，收桨。"就这样，中层桨手重复了一遍前面桨手做的事，只留下上层精英桨手划船。

船匠汇报称东西拿来了。

"很好，船匠。"布汝泰迪乌斯说，"中层和下层桨手，脱掉你们的衣服。"

巴利斯塔和船上的其他人看了都被逗乐了，但那两层桨手二话没说就把身上的衣物都脱去了。一百多人坐在甲板上，他们或是全裸，或是只穿着内裤，大多都筋疲力尽，冻得哆哆嗦嗦的。布汝泰迪乌斯回头瞥了一眼，微笑道："很好，小伙子们。现在用你们的衣裳把船桨裹好，然后用绳子扎牢。再往桨架上涂抹油脂。"

于是，大家开始往防止海水侵蚀桨架的皮套筒上抹油脂，空气中顿时弥漫起一股臭烘烘的、令人反胃的羊脂味儿。舱底也溢出一股恶臭，那是馊水、汗液和排泄物的味道，和前者混在一起。桨手们几个小时都未曾离开他们的长凳，所以大小解都得在原座位上解决。这样一来，最底下那层桨手就遭了殃。他们浑身都是屎尿，腥臭难闻。巴利斯塔在这令人窒息的气味中阵阵作呕。

"下层桨手，出桨。用力轻点儿，开始划。上层桨手，收桨。吃饭，然后再做他们刚才做的事。"

"咱们这是要干吗啊？"巴利斯塔向着布汝泰迪乌斯的背影问道。

船长向一侧偏了偏头，没有马上回答。过了会儿才将目光从远方收了回来，回答道："我们可以继续沿着目前的航线前进：行驶三百英里后会抵达阿基里斯岛或多瑙河的入海口。我们的优势在于哥特人不会想到我们这个计划。但也有个劣势，那就是除非起了东风，否则估计我们永远也到不了目的地。我们已经没有食物了，淡水也只够撑到第二天早晨。"

布汝泰迪乌斯顿了顿，脑袋偏向另一侧。"我们可以往北走，整整划上一天，到克里米亚半岛去。但是那儿等着我们的将是什么呢？这就说不好了。"

"过虑了。"费利克斯插话道，"现在可不是英雄时代了。那儿的人不会再拿陌生人献祭了。克里米亚半岛博斯普鲁斯的国王是罗马忠诚的朋友。"

"也不知哥特人从哪里搞到的那条小型双层战船。"布汝泰迪乌斯心事重重地说。

费利克斯还没来得及回答，巴利斯塔就开了口。"博拉尼人第一次侵入黑海的时候，苏克西阿努斯保卫皮提乌斯镇的时候，他们都对西北部的城市施加了压力，因此国王……克里米亚半岛博斯普鲁斯的国王的某些臣民向他们提供了船只。"

"我们也可以向南走，"布汝泰迪乌斯继续说，"但是这样可能会遇上左舷那边的两条哥特船。但是到了那儿我们就能安全了吗？离我们最近的协防军团在赫拉克勒亚，而且那支部队的人数还不多。一切都取决于哥特人到底有多想拿下我们。"

布汝泰迪乌斯又停了下来。巴利斯塔挨着他靠在船尾栏杆上。船长的脸上没有一丝表情，但眼睛始终没闲着，努力想从这看不透的雾中发现点儿什么。"我们也可以就待在这儿不动，保持安静。"布汝泰迪乌斯继续道，"寄希望于雾中经过的哥特船发现不了我们或者放弃追击。大家伙儿都累坏了。他们应该休息一下。但是，要是哥特人发现了我们，那就没辙了，咱们只能坐以待毙了。"

这回布汝泰迪乌斯停顿的时间更长了。

"我们最后还有什么选择吗？"巴利斯塔问。

"我们最后的选择就是调头返回，在雾气和夜色的掩护下小心地从敌船中间溜走，去锡诺普找个安全的港湾，或者甚至可以一路驶到特拉佩左斯。那儿有驻扎军队。"

"这就是我们的计划？"巴利斯塔说。

"这就是我们的计划。"布汝泰迪乌斯说。

半个小时后，"阿玛塔号"再次朝着东方行驶。这期间上层桨手始终在休息，现在他们该回到自己的岗位上去了。最顶层的桨手都是选拔上来的，是船上最棒的桨手。他们都是晒得黝黑的硬汉，据说划桨可以划上一整天，中间只需要喝上一两口水。现在正好可以检验这则传言是真是假。他们一双双结了老茧的强壮的大手握住光滑的杉木长船桨，将其探入水中。仅安排一层桨手划船动静能小一些。上层桨手对动作的控制更佳，比中层或下层桨手划船的声音更轻。所以必须是他们来担此重任。而且他们引以为傲。桨手指挥员轻声下达命令，他们便开始划了起来。慢慢地，"阿玛塔号"开动了。

太阳快落山了。船尾的天空中，太阳正在逐渐下沉。起伏翻滚的云雾中，透过来的光亮十分微弱，从这一丝折射光线可以推断出，那边是西方。

这条大船平稳地向前驶去。一路上，既没有口哨声，也没有歌声，每个上层桨手都盯着坐在自己前面的人，自然而然地保持着一致的拍子。握桨、后拉、扭转、上提。船尾周围出现一处轻微的隆起，将船尾稍稍顶起，在龙骨底下涌动向前。上层桨手可没有受到影响。船桨如同翅膀一样起起伏伏，但溅起水花的声音几不可闻。在水中潜行的撞角发出压抑的嘶嘶声。

巴利斯塔和布汝泰迪乌斯伫立在船尾。这条三层桨座战船的船长双腿叉开，他的身体随着船的晃动摇摆着。他的目光游移不定，从上层桨手一直扫视到船头，船首指挥员正双手撑在栏杆上，向船外探出大半个身子，观察着、聆听着。

雾气十分厚重，像堵厚实的墙。但目光所及之处，常常会出现一片清晰的海面，仿佛是森林中的空地。随着船向前推进，大家又重新回到了混沌中。

博托给巴利斯塔端上来一小杯没有掺水的葡萄酒。这个弗里斯兰人原本是专属于卡尔加库斯的侍从，但他和伍尔夫斯坦既服侍巴利斯塔，也照顾那个喀里多尼亚老头儿。他们都是尽职尽责的好侍从。

巴利斯塔咂了一口杯中酒，俯瞰整条狭长的战船。上层桨手下面，其他桨手正在他们的长凳上睡觉，这一百来人歪七扭八地躺在一起。过度疲劳的他们四肢搭在一块儿，像腥臭兽穴中的一只只动物。

一只海鸥不知从哪儿突然俯冲下来，刺耳的尖叫声吓了人们一跳。博托被惊得蹦了起来。巴利斯塔伸出一只手，按住他的肩膀，微微一笑，想让他安下心来。那鸟儿又飞走了。

"阿玛塔号"如幽灵一般穿行在雾气缭绕的海面上。巴利斯塔疲倦得眼皮直打架。此刻，时间已经失去了意义。天色更暗了。上层桨手划桨的声音有着催眠的功效。他们会一直这样划下去，划上好几个钟头。

　　号角声肆无忌惮地响起，立即引起了人们的恐慌，因为那声音就在船首左舷外不远处。大家都僵住了，就连上层桨手的动作都迟疑起来。船腹的桨手指挥官马上压低声音喝令手下，桨手们才又恢复了节奏。

　　另外一个号角声作为回应也响了起来，接着又是一声，二者都在右舷那边。巴利斯塔身后，一个男人大声地吸了口气。他猛地转身，想给那人一巴掌，让他安静。可巴利斯塔发现那人是费利克斯，便什么都没做。

　　更多的号角声传来，似乎四面八方都是。天啊，他们被敌人包围了。巴利斯塔看看后甲板上的其他人。每个人都不自然地僵在原地。马克西姆斯闭着双眼，他在倾听。布汝泰迪乌斯往后扫了一眼，脸上挂着一丝僵硬的浅笑。他们的船继续滑行。

　　透过重重雾气，一个缥缈的人声传来。巴利斯塔屏住呼吸。船桨摇动的吱嘎声和打水声可恶地响成一片。那声音又响起来，但还是听不清，应该是从左边不远处传来的。

　　"停止划桨。"只有离他最近的桨手才能听见布汝泰迪乌斯的命令。远处的桨手则随着他们前头的人停止了动作，但船依然乘势向前移动着。

　　又一个人声传来，更近了，这回是右边，是日耳曼语，那人问了句话，但话里每个字都模模糊糊听不清。

　　巴利斯塔放轻呼吸。他将船尾柱越攥越紧，浑身冒冷汗。他身边的其他人的面孔散发着热腾腾的水汽，他们都在歪着脑袋左瞧右看，想看清他们根本看不见的声音来源。

　　右边的人声再次响起，又近了一些：是一声招呼，喊的是个人名。

　　就连舵手都在哆嗦。现在下面两层桨手没有一个在睡觉，所有人都盯着布汝泰迪乌斯。船长如磐石一般伫立原地，一动不动。如果说那声招呼是冲他们来的，那一切都完了。此时船虽然还在朝着右边前进，但正在减速。右舷外是一个比雾气颜色更深、更实在的黑影。不到一百英尺的地方，是一截向上翘的船尾，是哥特人的小型双层战船。几乎可以说"阿玛塔号"不久就会在这海中覆灭了。

一个哥特人的声音回复了那声招呼，声音从遥远的左边传来，跨过"阿玛塔号"，向右边飘去。

号角声再次交织在一起，回旋着穿过迷雾。

布汝泰迪乌斯轻悄悄地走到最近的桨手身边。他的声音非常低，巴利斯塔和舵手旁边的其他人都听不见。上层桨手纷纷回头看他们身后的人，他们所执木桨上的水滴入海里。布汝泰迪乌斯平静地点点头，对离他最近的、分别位于两侧的两个桨手打了个手势。他们对视了一下，便开始划船。其他人也跟着划了起来。

桨叶拍到海面上，水花飞溅，顿时响起木头的吱嘎声和"扑通扑通"的溅水声。哥特人肯定能听见。来回划一下，需要一秒钟。没有敌人的叫喊声。随着他们的船加速，成千上万的木头构件都吱吱嘎嘎地响个不停。还是没有发现他们的叫喊声。有人开始小声祈祷，另一人劝止了他。

更多号角声响起，它们极富穿透力的声音仿佛是诸神的祝福。那个黑影终于消失在船尾右边儿了。没过多一会儿，浓雾便掩盖了那些号角的声音。巴利斯塔深吸一口气，那动静简直像是抽泣。"阿玛塔号"在朦胧幽暗的夜幕下越驶越远。

第十九章

"后头有船跟着，三条！"

巴利斯塔从熟睡中被惊醒，费劲地想搞清楚来人在鬼叫些什么。

马克西姆斯正摇晃着他的肩膀。"哥特人，离我们不到半英里了。"

巴利斯塔几乎不能动弹。他是穿着一身铠甲在硬邦邦的木甲板上睡的。马克西姆斯递过一只手来拉他。他看到伍尔夫斯坦和博托正帮着卡尔加库斯站起来。希波托俄斯的光头闪闪发亮，他早已经起来了。

西边刮来一阵微风，将最后几丝雾气吹散了。太阳刚刚升起。借着斜射过来的阳光，他们可以清清楚楚地看见敌船。低矮狭长的战船，每一端都可以当船头——没错，就是北方人的长船。

他们是怎么到那儿的？昨天夜里，自从和敌方的双层战船擦肩而过之后，"阿玛塔号"又在海上航行了三个小时。头一个小时，划船的只有上层桨手，然后在他们休息的时候，下面两层桨手继续划船。他们应该清楚这是怎么回事儿。有可能是因为海中叵测的洋流。当然了，昨天在近岸海域上，很明显洋流是向东运动的。还有可能是哥特人兵分几路，在海上各处寻找他们的猎物。巴利斯塔环视了一周：没有其他船只的影子。

"嘿！吼！"的声音从哥特人的船上传来：他们的战士在呐喊。在刚刚升起的太阳的照耀下，"阿玛塔号"基本上不可能不被敌方发现。

哥特人的船上所有的桨都伸了出来，正在全速追赶他们。其中两条冲着"阿玛塔号"围了上来，其他船只则掉头向西，有意与其他敌船靠拢。

布汝泰迪乌斯和他的下级开始驱赶船员回到各自的岗位上。桨手们的动作僵硬呆板，一个个好像浑身乏力的老头子。谁也没想到要乘着这么一条狭窄、潮湿又不舒服的战船在海上过一夜。"出桨，准备划船。中速，开始。"桨手指挥员吹出尖利的笛声。桨板切入海面：在眼下情形里，他们划船的动作还不算太凌乱。

北边那几条船吹响了号角。没有重重浓雾阻隔，号角声掠过海面，传得老远，将其他敌船也集结到追赶他们的队伍里来了。昨天夜里的号角声盖过了"阿玛塔号"逃离的动静；而今天，这号角则似乎要给他们带来厄运了。这一天注定是漫长而糟糕的一天。

"阿玛塔号"的优势就在于行驶速度快。桨手都到位的时候，这条船几乎能将一切都远远抛在后头。但桨手们又渴又饿、精疲力竭的时候就不行了，更何况他们二十四个小时都不曾下船休整过，而且他们从昨晚之后就再没吃过饭了。

桨手们坐在被海水浸透的垫子上。他们身上穿的束腰外衣也都是湿透的，因为晚上他们用衣裳裹船桨来着，这么做是为了让划船的动静小点儿。他们的皮肤被盐粒磨得生疼，手上的老茧也破了，鲜血淋漓。他们座位下面是自己肮脏腥臭的粪便。尽管如此，他们手中的桨还是以差不多的节奏起落着，整齐得好似一个整体。

在布汝泰迪乌斯的命令下，桨手指挥员让桨手们保持中速甚至是慢速，这是为了让他们保持仅存的一点儿体力。然而，此举并没能把哥特人远远甩在后面。碧涛荡漾的海面上，敌人的一条条长船就跟在"阿玛塔号"后三百多码的地方。

布汝泰迪乌斯依旧站在船舵旁。海上的浪更大了。布汝泰迪乌斯和他的船一起上下起伏着。他眼珠一直转来转去，不停地计算着、衡量着。他络腮胡下面的那张脸显得有些憔悴。巴利斯塔疑心他昨夜就没睡过觉。

布汝泰迪乌斯把军需官召了过去，命令他将最后的淡水分发给大家。于是，船上每个人都得到了少得可怜的一点儿水。

然后，布汝泰迪乌斯把船匠唤到身边。"等大家喝了水，就把甲板上的乘客统统清到一边儿，让他们离得越远越好。然后，你把桅杆都竖起来。"和其他所有船员一样，船匠也是有军职的，必须服从上级命令，但是此刻他却似乎有点儿犹豫。布汝泰迪乌斯严肃地瞪着他。"西边马上会有暴风雨了，"他微微一笑，"这雨要么就是我们的救星，要么就是我们的克星。"

船匠行了个礼。"时刻准备，听命行事。"

在被"抓壮丁"的几个身强力壮的乘客的协助下，全体舱面人员将被捆在甲板上的主桅杆解开来，然后把这截又长又沉的松木抬到了可以立起来的位置上。他们让桅杆从那些难缠的绳子和锁链中解脱出来，然后拉啊，拉啊。慢慢地，慢慢地，一次又一次令人心悸的摇摆和挪动后，桅杆终于竖了起来，底部也成功地滑进了桅座里。

"系上双帆！"布汝泰迪乌斯大喊。他转身跟巴利斯塔说："这桅杆结实得很，是我亲自选的——来自一棵笔挺的好树，粗壮而茂盛。"接着，他又更大声地对其他人说："把帆桁扯起来。"

在一片滑轮的咯吱声和木槌敲打声中，费利克斯开口道："我为自己和随从们存了点儿吃的，就放在我的舱室里。把那些分给大家吃吧。"

大家伙兴高采烈地接受了老领事的提议。

这些存粮分到两百人头上，每人只能得到一两口，但就是这一两口起了帮助，鼓舞了士气。人们脸上顿时有了微笑，甚至还有人唱起歌来——用嘶哑的嗓子唱一首很早以前流行的民歌，讲的是一个技巧格外娴熟的科林斯姑娘如何让男人欲仙欲死。

"这回我真是搞不懂了。"费利克斯忧心忡忡地说，"野蛮人，尤其是北方的野蛮人，最不喜穷追不舍。可这些塞西亚人好像有跟着我们过冥河的意思啊。"

"因为他们知道我们船上有什么。"布汝泰迪乌斯说，然后吼道，"把那操帆索给我他妈的拉紧点儿。"

巴利斯塔和马克西姆斯交换了一个眼神，表示心领神会，最后二人脸上都浮现出了心照不宣的一丝浅笑。巴利斯塔不经意的一瞥，瞟到了希波托俄斯，发现他同样眼神闪烁。当然了，你们俩都知道世仇是怎么回事儿。如果那些哥特人里有博拉尼或特维吉部落，那么船上的金银珠宝——所有外交礼物都不过是干巴巴的面包而已，他们的开胃菜可不是这些。说到底你能怎么办呢？甭管你走到哪儿，老仇家都能找到你。

"海绵，有没有海绵啊，军需官？"

军需长赶紧回答他的船长船上海绵有的是。

"让下级水手趁着那些桨手们划船给他们擦洗身子。从上层桨手开始。把小伙子们身上盖的屎尿擦干净他们才能感觉好点儿。还有，把抽水的那玩意儿用上，看能不能把污水从舱底抽出去。"

太阳越升越高了，阳光穿过海上的水沫，而阳光下的追逐仍在继续。这就好像冥府中的某种惩罚，让人一直做苦工，却总也不能成功："阿玛塔号"的桨手们驾船一路推进，却总也逃不开后面的追兵。

布汝泰迪乌斯正和船匠、当地向导密切对谈。他们比画着、指点着，时而摇头，时而点头。谈完后，船匠退下，回来的时候带着一队人，他们抬来了第二组舵桨。人们费了好大的劲，埋怨咒骂多次后，终于将这组桨从船尾部两侧的桨座中拆了下来。这些是上层桨手用的。现在坐在第二排的桨手换到了第一排桨手的前面，而这些桨上的手柄就握在他们手里。做完了这些，船匠和他手下的几个伙计开始四处忙活着在船外边挂围帘，想给上层桨手些遮挡。尽管上层桨手头顶上还有一层甲板，但毕竟阳光还是能从侧面晒到他们身上。

视察了一番新安排之后，布汝泰迪乌斯往船尾柱上爬了几蹬，凝望远方。最后，他僵硬地爬了下来，然后在后甲板上开始对重要乘客们讲话。

"尊敬的各位，大家都看到了，我们右后方就是一片雨云。而且它很可能是在锡诺普那边高地的上空凝聚而成的。如果情况的确如此，那么我们夜里向东漂得比我们以为的还要远。可现在哥特人对我们紧追不放，照此情形我们绝无可能顺利抵达锡诺普。"

围拢过来的人们都默不作声地听着。

"此时刮的是西北风。西北风神的风力之大可是众所周知的。没准儿他就能把我们从那些哥特人手心儿里给吹出去呢。"布汝泰迪乌斯脸上挂着笑，却一点儿玩笑话的意思都没有。"西北风神会掀起暴风。我命人搬来的这第二组外舵桨就是在有大风浪的情况下使用的。等暴风雨来的时候，我们不等帆升起来就得赶紧划。而且我们得努力让风擦着我们的左舷刮。谁也不想被吹到锡诺普的东岸上去，那地方荒凉至极，只有五十英里长的浅滩和沙岸。当地向导和我研究过的那张地图都说诺斯塔斯莫斯才是第一良港，可那儿位于哈里斯河河口的沼泽地里。我们最好去阿米苏斯碰碰运气，那儿离这里只有十五英里左右的距离，而且这一路上够通畅。要是那儿也去不成，再往前就是戴安托斯平原海岬下的安空港了。"

"要是那儿也去不成呢？"巴利斯塔问。

"特拉佩佐斯。"

"有多远？"

"咱们最好谁也别想这个问题了。"说完布汝泰迪乌斯接着视察他的船、眺望他的大海了。

暴风并没有突然降临，而是一点点地积聚力量，刮得一浪高似一浪，风穿过绳索，发出越来越大的悲恸之声。从船头到船尾，整个船身的颠簸都愈发剧烈了。浪花泛着白色。桨手们很难保持动作一致。布汝泰迪乌斯有意对他的手下和其他人恳求的眼神视而不见，等待着一个机会。

巴利斯塔的一条胳膊揽住船尾柱，另一条胳膊紧紧搂着伍尔夫斯坦和博托，看着船尾跟着的哥特人船只。那些长船离他们只有二百来码了。他们像海鸥一样在浪中起起伏伏，有时候甚至隐在浪谷中彻底看不见了。这些大浪从玻里斯提尼斯口岸开始，一直拍打到他们船前，格外凶险。这四百多英里的海面足够海浪积聚力量，形成令人畏惧的大浪。

"我们是不是要死了？"伍尔夫斯坦只有大声喊才能被听见。

"咱们坐的是条船，又不是条毯子。再说了，老布汝泰迪乌斯知道自己在做什么。"巴利斯塔将两个小伙子搂得更紧了。"今天女神若恩的溺亡之网绝对无法抓住咱们。"他尽可能地给他们打气。

马克西姆斯跌跌撞撞地来到他身边说："哥特人越来越近了。"巴利斯塔晃晃脑袋，把挡在眼前的长发甩到一边，"穿着这玩意儿还怎么打。帮我把这铠甲脱掉。"他松开伍尔夫斯坦和博托，"你们俩抓着栏杆。"

很快，巨浪就咆哮着拍了下来。桨手们正拼了命地在这片凶险万分的海中挣扎前进。甲板上也是一股股的水。一个下层桨手被人们从船舱深处抬了上来。他脸上血糊糊的，整个人都在抽搐。原来是他划船的时候没跟上趟儿，桨上平衡用的金属部分直接砸到了他脸上。

"舱面人员，"布汝泰迪乌斯的吼声甚至盖过了风浪，"听我命令，展开主帆——稳着点儿用卷帆索放下来一些就行。桨手指挥员，等帆鼓起来，就听我第二个命令，所有下层和中层桨手，统统给我把桨收回来。上层桨手，只将桨叶留在围帘外。"

布汝泰迪乌斯没费什么劲儿就穿过倾斜得厉害的甲板上，走到后舵的位置。他将双手放到舵柄上，和正在掌舵的舵手一起撑在上面，一边感受着他这条战船的动向，一边回头凝望船头。

"舱面人员，行动！"

帆放了下来，"哗"的一下被风吹得鼓鼓的，瞬间紧绷得像张鼓皮。桅杆随之发出吱嘎声。

"停！"

甲板上的人们都往后倾斜着，脚下直打滑，努力地找平衡，使劲儿拽着卷帆索。船帆只展开了几英尺长。他们的船像一匹赛马在浪涛间跳跃。

"桨手指挥员，让大家收桨！"

于是，桨手们慌忙将那些长木杆收了回来。"阿玛塔号"船身扭动了几下，随后摆正了位置，以新的速度向前疾驶。

"舵手，注意把舵，让风吹着点儿左舷。"

波涛掀起三层桨座战船那曲线形的船尾，将船头压了下去，复又托起船头。这条精致狭长的战船就这么歪歪斜斜地站在滔天巨浪之上。"阿玛塔号"在浪头的飞沫间停留了片刻，撞角高高仰起，随后就扭着身子滑到了浪谷中。情况一次比一次危险，大自然的力量令人胆寒。

"桨手们，躺在你们的长凳上。上层桨手，注意听指挥。多派点儿人去抽水。船首指挥官，快找人排水。一个更大的浪拍过来，让布汝泰迪乌斯跪在了甲板上。他马上又站起来。他咆哮着海员们常喊的口号：亚历山大大帝赐我力量！"

　　巴利斯塔以前在帆船上遇到过天气恶劣的情况，那是在"克莱门蒂亚号"上，在考瑞克拉以北的亚得里亚海上。他清楚这有多冒险。太多因素能让船葬身于海浪中了，比如说舵不灵活；暴露在外的一排船桨被浪卷进海里，影响了船身的平衡；撞角被浪拍到水下太深，带着船往下栽，或是舵桨折了，船会就此外向的一边，翻倒在海中，就那么完蛋了。布汝泰迪乌斯正尽他所能地避免翻船。抽水的抽水，排水的排水。还用上了双舵。展开的船帆也刚好配合操舵。船桨都收到了船上，只有最上面的一排船桨露着头，似乎正绝望地想要缩回去。

　　布汝泰迪乌斯的部署虽然无可指摘，但单单这些措施还不够。一个恐怖的大浪就能把船拍成两截，葬身海底。要是真发生了这样的事，再怎么拼命努力都挽救不了这条船，它迟早要翻进海里。"阿玛塔号"或许真的禁不住大浪。到不了浪峰，它就得竖起来，头下尾上，变成倒栽葱。这种骇人巨浪扑过来的话，这船就会完全失去控制，撞角先没入海中，接着整条船都沉下去。其实这样反倒好，因为这样大家完蛋得最快。

　　暴风雨在他们的耳边怒吼，但依然没有盖过船上的吱嘎声和反常的崩裂声，就好像数以千计的木头件儿在同时被弯折和压迫，也没有盖过锁链的叮当乱响和海浪的咆哮声与拍击声。

　　"大人，舱里的水越来越高了。可能是起关键作用的绳索松了。"

　　"不可能，"布汝泰迪乌斯对船匠肯定地说，"不过是船晃得厉害、进水的缝隙总在晃动罢了。哪儿冒水冒得特别快就往哪儿钉上块板子。再多派些人去排水。而且别忘了让大家轮班看着抽水泵。"

　　船匠听命后步履蹒跚地消失在甲板下面。他一边紧紧抓着木梯，一边试探性地一步步往下挪动。

　　"你说啥东西松了？"马克西姆斯问道。

　　"不是啥要紧东西。"布汝泰迪乌斯答道。

空中到处是飞溅的水珠，大海在怒吼，不过他们的船还在奋力前行。虽说船在他们脚下歪歪扭扭地滑动，剧烈地起伏颠簸，但总归还是在前进。

"他妈的！"

"阿玛塔号"不知撞到了什么东西，往一边儿歪了过去。船上的人都站不住脚了，统统滑过甲板，往右舷栏杆出溜过去。

"全体船员，往左舷移动，"布汝泰迪乌斯大吼，"立即执行！"

巴利斯塔滑倒在船舱一角，然后他想都没想，马上挣扎着从后舵手背后爬起来。他面前的甲板倾斜得厉害，他也被掀得四脚朝天躺下了。大水将他冲向船尾。他的一只脚碰到了什么东西，往下滑的势头才止住了。他紧抓着甲板上的一处凸起。伍尔夫斯坦则从他身边滑了过去。巴利斯塔伸出手，一把拽住了那男孩儿的后脖领。

"快到左舷去！"布汝泰迪乌斯的嗓子都要喊破了，"不然再来一个大浪，船就会翻！"

巴利斯塔走了几步，前胸总算撞在了栏杆上。他用小臂牢牢勾住围栏，拼命勾住不放。他两边各有一人压向栏杆，接着身后又压过来一个人。

巴利斯塔抬头望，发现一个大浪正以排山倒海之势向他拍过来。那是三重浪中最后一重，比船不知高过多少。

面对即将到来的冲击，一时间巴利斯塔连喘气儿都顾不上了。苦咸的海水涌进他的嘴巴，漫进他的鼻子。浪涛让他快要抓不住栏杆。"阿玛塔号"就要翻船了。巴利斯塔努力想要呼出一口气，但他没法做到。船左舷翘得越来越高了。

巴利斯塔出于身体的本能而拼命呼吸，可周围除了水还是水，这使得他不断呛水。他将海水吸进肺里，几乎要溺死了。毫不夸张地说，他所在的这条船此时就在生死线上。

"诸神啊，我命该如此吧。"巴利斯塔心想，"我就要死了。"

接着，他吸到了那美好的、久违的空气。巴利斯塔贪婪地大口呼吸，大声咳嗽着，感觉到手中的栏杆正往下降。一开始，栏杆下降的速度很慢，后面越来越快。"阿玛塔号"逐渐回稳了。

"桨手们，回到你们的长凳上。"布汝泰迪乌斯冷静坚定的声音又响了起来，好似这是他生来就有的特质，"保持好船体平衡。"

于是，下方传来了右舷桨手跌跌撞撞归位的动静。他们就好似一群奇特的、正在迁徙的动物。

巴利斯塔四周一片欢呼，人人都在咧着嘴疯笑。不知谁在他身后使劲儿捶着他的背，高喊："得救了！得救了！感谢神明！"

船尾又被一个不大不小的浪抬了起来。

"有人落水了！"喊声从船尾传来。巴利斯塔踉跄着往那边跑去。

希波托俄斯指着海面。"阿玛塔号"被浪托起，船下除了水什么也没有。

船被托到了浪顶上，人们这才发现海中露出一个小脑袋。那人大伸着双臂，疯狂地扑腾着。

"博托！"伍尔夫斯坦尖叫。

这个弗里斯兰男孩儿刚刚被掀到浪尖上，身后还紧跟着一个浪头。

巴利斯塔把伍尔夫斯坦搂过去，就像拥抱自己孩子一样紧紧搂着他。

"阿玛塔号"挂在浪峰上，博托消失了，什么都没有了，只剩下冷酷无情的海水。

"哥特人！哥特人不见了。"

这消息对巴利斯塔来说已经没有任何意义了。他脑子里除了丧生在大海中的那男孩儿已经什么都塞不下了。

暴风雨渐渐过去了，正如它来时一样。接下来这漫长的白天，以及晚上的大多数时间里，"阿玛塔号"都在前进，沿着东南偏东的方向，能走多远便走了多远。

第二天拂晓，人们发现船已经驶过了防波堤，进入了阿米苏斯那个安全得不得了的良港。他们这条船一路上漏的跟筛子一样，好几处木板翘了起来，围绕着船体的那两条粗长的绳索已然松了，海水也没过了舱底。抽水泵和人工排水才将水位勉强维持在最底层长凳的位置。船没沉下去靠的不过是木船本身的浮力罢了。

人员伤亡情况原本会更惨。现在只有五个人肢体残缺，其中三个缺了胳膊，两个断了腿。还有几个被锐物割伤、被绳索擦伤。再就是两个人被撞得昏迷不醒。只有一个人死了，那是一个年轻人，他溺死在了这无边无际的仁慈之海中。

第三部

普罗米修斯之山

（高加索地区，公元262年夏—秋）

若安全返航一事我们必须寄希望于女人的话，那么我们的
希望微乎其微。

　　　　——罗德岛的阿波罗尼奥斯，《阿尔戈船英雄纪》,3,c.488-9

第二十章

海雾散去后，从右舷船首望出去，正是高加索的崇山峻岭。四五十英里外，甚至更远的地方，巨大的灰绿色山坡傲然耸立，山后更远处，云雾缭绕，石壁森然，雪峰皑皑。"这里，"巴利斯塔心想，"当真是囚禁叛神者的好地方。"

巴利斯塔曾翻越过阿尔卑斯山几次，年轻的时候就在阿特拉斯山服过役，可那些山和眼前的东方山脉比起来不值一提。他现在知道为什么有人坚称高加索山一直延伸到印度了。他此行的任务就是要深入这片满是乱石与积雪的荒蛮之地，求见这高山间的一位国王，说服向着波斯人的他回转心意，劝诱他与罗马重拾友谊。在那层峦中有一条险恶的小路需要他保卫，以防野蛮的北方游牧民族侵袭。此时的他身处世界边缘，虽身携兵刃、肩披铠甲，但无异于被流放。

"阿利安说得不错，"希波托俄斯说，"法希斯河水的颜色的确奇怪。"

巴利斯塔闻言看去，只见科尔基斯的这条大河裹挟着泥沙流入海中，入海口形成一个广阔的黄色扇形。法希斯的河水的确带着淡淡的黄褐色，正如一个多世纪前卡帕多西亚的那个书呆子官员在书中所写的那样。对于这些希腊人和罗马人来说，甭管看见什么东西，总要扯上书里的相关内容不行。

"阿玛塔号"调转方向，慢吞吞地向法希斯河驶去。这次遥远旅程的最后一段路，他们走得格外磨蹭，因为暴风雨过后，光在阿米苏斯维修"阿玛塔号"，他们就花了整整八天。那段时间他们过得别提有多累了：拉紧围绕船体的绳索，这活儿不仅复杂，还脏得很。他们要钉回去翘起来的木板、堵上漏水的缝隙；至于损坏的绳索，他们或是把它们重新接在一起，或是干脆换掉；此外，他们还得清理一片狼藉的底舱。因为那个野蛮人出身的奴隶男孩儿的悲惨命运，船上乘客和船员都沉浸在压抑的情绪中。有一个先前昏迷不醒的船员被抬上岸后死了，就连这事儿都没怎么引起大家伙儿的注意。

驶出阿米苏斯的天然良港两天后，他们又泊入了特拉佩佐斯高塔下的一个整洁的人造港，码头上还有一座被烟熏黑了的庙宇，供奉的是从前的罗马皇帝哈德良。庙中有尊破旧不堪的哈德良雕像，伸出一只手，指着大海的方向。他们上了岸。费利克斯将长袍的下摆掀过脑袋顶，为了占卜宰了一头牛。他仔细看过牛的内脏，并没发现什么不祥的预兆，这才将一杯酒倒在地上。特拉佩佐斯是罗马黑海船队的大本营，也是海洋东端有部队驻守的最重要的城市。第二天早上，这位领队，就好像他是卡帕多西亚王国的总督似的，视察了这儿的船只、部队、兵器、城墙、壕沟、粮食供应情况，探望了病号，还查看了官兵名册。结果发现各方面情况都很糟糕。早几年前，据称黑海船队的战船还不少于四十艘，本地部队作战人员有一万名左右，和当地驻扎的罗马正规军人数一样多。可后来北方人来犯，卫戍部队丢盔弃甲、溃不成军。于是，博拉尼人洗劫了这座城市。现在，这儿只有十艘小型战船，而且其中四艘都暂不能用。至于战士，也只剩下三支小分队：两支本地步兵队伍——特拉佩佐斯第一分队和特拉佩佐斯第二分队，每支队伍人数不到一百五十人，还有一支属于正规军的骑兵部队——高卢第二骑兵分队，连缺勤的、病着的都算上，也才大概二百人。

接下来的两天，领事视察到的情况大同小异。伊苏里门城堡前的海岸上，历史悠久、值得骄傲的罗马—阿普拉亚步兵军团总共仅剩下两百五十人。往东八十英里，阿斯帕卢斯城的情况更糟。在阿利安风光的日子里，阿斯帕卢斯城中驻守着五支军团。现在克劳迪娅那第二军团和乌尔皮亚—第三帕米拉弓兵军团虽号称有一千五百名战士，但实际出现在阅兵场上的只有三百人而已，所以对法希斯的情况不能抱太多指望。

他们缓缓驶入河口。法希斯河口地区不断涌现出新的滩涂，而且这些滩涂的位置变幻莫测。船头的一名船员将探测锤投下，然后回头大喊着报告水深。等他们驶过附近最大的沙洲，费利克斯便拿起一碗没掺水的葡萄酒倒进河中，向大地致敬，向加里恩努斯皇帝的英明神武致敬，向守护这片土地的神明和逝去英雄的灵魂致敬。

桨手们将三层桨座战船倒划进了军用码头。为了让船赶紧靠岸，码头伙计还帮着拉纤绳。登陆悬梯放了下来，打头的是尊敬的元老会议员费利克斯大人，伴着稀里哗啦的脚步声，此次高加索之行的代表团其他成员跟在他身后走下了船。布汝泰迪乌斯向他们道了别。六月初一前五天，他们从拜占庭起锚，到今天已经二十六天了，他们这些当今阿尔戈英雄的海上历险终于结束了。

当地驻守的帝国军队指挥官欢迎了他们。那是一个西班牙裔的中年人，一副忧心忡忡的样子，但脸上还是赔着笑。他解释说，他们以为元老院的"至贵"和代表团中其他可敬的大人们抵达的时间会更早些，而且欢迎队伍中的战士们还有工作要做，所以等到后来不得不让战士们先回到各自的岗位上。于是，他们这支欢迎队伍稀稀拉拉的，不成样子。他非常希望"至贵"能理解他们的难处，别见怪。

费利克斯温文尔雅并直截了当地打断了对方的道歉："要是你们能帮我们把行李运到住处去，然后给我们准备好午餐，那就很好了，有劳了。没有谁的胃口能好得过离船上岸的人。"

"的确如此，大人，您说得太对了。"

地方指挥官带着他们穿过堡垒外的小村落。巴利斯塔注意到通往老兵与商贩驻地的道路外侧建有坚固的砖墙，还挖有极深的壕沟，他对此很满意。更棒的是，城堡本身的城墙外环绕着一道双渠护城河，塔楼上的弩炮清晰可见。虽然目前还不知卫戍部队的状态如何，但有一点不能忘记，那就是法希斯是当地少数几个幸免于博拉尼人劫掠的城镇。

指挥部所在的建筑最为朴素，他们的午餐与周围环境一样，也格外朴素。他们正吃煮硬了的鸡蛋和咸鱼的时候，费利克斯的一个侍卫走上前来，在他旁边耳语了几句。于是，领事的脸顿时涨得通红，气呼呼的，似乎是尊严受到了侵犯。

"指挥官，"费利克斯发脾气道，"你的人或许有玩忽职守的，但我带的战士可没做错什么事，凭什么惩罚他们？"

巴利斯塔开始同情那位被质问的指挥官了，因为后者此时既困惑又焦虑。

"小米！"费利克斯说，"我的人吃的竟然是小米。"

那指挥官脸上这才有了恍然大悟的表情，同时他也松了口气。"哦，不是的，这可不是什么惩罚。"

费利克斯此时还是一副气鼓鼓的样子。

"我可一点儿惩罚的意思都没有。"指挥官说话都有点儿前言不搭后语了。"这是不得已而为之，因为这里已经很久没有小麦运过来了，自从……自从……"他似乎正绞尽脑汁，想找个合适的说法概括近些年来接连不断的篡位、内战和没完没了的野蛮人劫掠，"自从出了那些乱子便是如此。"他笨嘴拙舌地解释道。

现在该轮到年长的议员犯嘀咕了。"那为什么不从本地买小麦？"

"我们买了，我们买了，但是本地只在科尔基斯种了一点儿，价钱贵得不得了。当然了，尽管如此，我们也断然不敢拿别的粮食糊弄位居'至贵'的您和您的代表团。"

"不行就征用呗。"

指挥官看起来马上要提出什么反对意见，但最后还是忍住了。"是，大人。"

用过苹果和坚果之后，费利克斯说他想参观一下此地英雄时代的遗迹，比如说和伊阿宋与阿尔戈英雄、美狄亚公主与他残忍的父王埃厄忒斯有关的地方。他迫不及待想去参观，想吃完午饭马上就去。

"当然可以，大人。"

等参观回来，他要视察驻军情况，然后为他们使者团这次远征举行驱邪仪式。

西班牙指挥官看起来对此一点儿也不高兴。

费利克斯微微一笑。"别担心，长官，这年头，偏远之地部队的指挥官会面对怎样的困难，我一清二楚。"

听了这话，指挥官也没有半点儿放轻松。"大人，我担心的是驱邪仪式。"

"不用担心，大可不必，"费利克斯说，"当然了，仪式上用的牲口，钱我来出。按照传统，我们只需要公猪、公羊和公牛各一头。这事儿上不需要破费分毫。"

"大人。"显然，指挥官还是不太高兴。巴利斯塔也不知道这位指挥官到底因为什么不高兴，但他觉得不是因为钱的事儿。

"一定要确保参加仪式的侍者名字都吉利。乐师、战士的人数也得找够。所需的武器也务必备齐。"

等"至贵"饮尽杯中的葡萄酒，他们就出发了。本地向导首先带着他们来到了海岬上的法希斯女神庙。庙中放着两个船锚：一个是铁的，一个是石头的。据说二者都是传说中"阿尔戈号"的遗物。然后，他们跟随向导穿过郁郁葱葱的喀耳刻平原，走在一条阳光斑驳的小路上，两旁尽是榆树与柳树。不出向导所料，大家全都被吓得一激灵，因为顶头的树枝上零散挂着未经处理的牛皮，每张牛皮里面都裹着一具死尸。

向导像个成功表演完戏法的魔术师一样大笑起来。"对我们来说，男人死后火葬或土葬都是对他的不敬。不过，可别当我们是野蛮人，也别说我们对大地母亲不尊重，因为女人的尸体我们是土葬的。"

"'风俗至上'嘛。"费利克斯朗声说了句希罗多德的名言。在这犹如世界尽头的遥远边境，理应见识一下异国风俗。

巴利斯塔想起了萨珊王朝的波斯人，他们大多信奉拜火教，所以不论男女，死后尸身都不埋。

他们迈着轻快的步伐，走过潮湿的小路，来到了埃厄忒斯的宫殿。宫殿外围以林立的圆柱为墙，他们跨过柱子间极宽敞的大门，进入了阴凉的庭院。向导带他们参观了传说中赫菲斯托斯打造的几头精致铜牛和四眼神奇的泉。前者如今都是青铜材质的，不再会四处走动了，他们口中也不再会喷火了，而后者也不再涌出牛奶、红酒、药膏和清水了，但费利克斯依旧为之着迷。巴利斯塔瞧见马克西姆斯走过去闻了闻美狄亚的卧榻。除了出于好色对美狄亚的寝宫有些兴趣外，人们对其余的事物并不十分感兴趣。这儿的装潢陈设还不如那不勒斯湾那些议员的宅邸豪华。

他们沿着一条木板铺成的路来到河边。他们经过赫卡忒的神庙时，向导开始激发大家的思古幽情。"想想吧，美狄亚公主就曾经踩过这处石槛。"费利克斯注意到眼前一块磨损得极厉害的石头，点了点头。巴利斯塔可不相信人们会在特洛伊战争之前的英雄时代以科林斯柱装饰神庙或宫殿。

他们乘着一条冥府渡船般的小舟渡了河，上岸行走在阿瑞斯平原上，靴子踩在泥地里扑扑作响。然后，他们钻入神圣的橡树林，来到了葡萄藤掩映下的菲利塞思神庙。"现在没什么好怕的了，哈哈！"向导爽朗地笑道，"能让战士从土里长出来的可怕龙牙都随着先于你们来此的伊阿宋消灭了。当然啦，要不是美狄亚公主的爱，他恐怕会丧命于此。"

他们围着一棵古老的橡树细细欣赏了半晌，因为向导打包票说金羊毛当年就挂在这棵树上。费利克斯宣布可以往回走了，他果断拒绝了向导提出参观现代城邦之类的地方的建议。于是，他们又乘着那条简陋的小舟驶回了小村落和堡垒。

在法希斯驻扎的有两支队伍：其一为法西亚纳特遣队；其二为一支骑兵分队。按规矩，二者均应由卡帕多西亚行省的其他部队选送的战士组成。但实际上，这两支部队跟当地人组织的自卫队没什么区别。即便在小小的阅兵场上，还是能一眼看出兵员不足——也就三百人的样子。指挥官赶紧跟"至贵"及其带领的代表团解释说，还有一百名战士——每支分队各占五十名驻守在上游的萨拉帕尼丝堡。

费利克斯此时很是宽容，他相信那支小分队和眼前这些战士们一样精神抖擞、训练有素。在他这个容易吹毛求疵的年纪还能有如此胸怀，也是不易。这场阅兵让费利克斯对部队将官大加赞赏。指挥官和他的下级军官们总算松了口气。这时，费利克斯问起了驱邪仪式。

"都准备妥了，大人。"指挥官看着好像要被扔进斗兽场里一样。

"怎么了？是不是献祭的牲畜还没准备好？"

"不，大人，牲畜都齐了。"

"那是怎么回事？乐师或者名字吉利的帮手找不到吗？"

"是公羊的问题，大人。"

"反正我们只需要将羊的内脏献给战神，它长得是美是丑并没什么所谓。"

西班牙指挥官深吸了一口气。"大人，我不希望让您误会我们对罗马传统和宗教祭祀仪式弃之不顾。我们深知这是罗马帝国不断壮大的原因之一。尽管我们驻守在如此偏远的地方，但我们没有忘记自己是罗马的战士。我们每年都会重新宣誓，'时刻准备，听命行事'。"

"那到底是怎么了？"费利克斯问，但言语间并没有丝毫的刻薄凌厉。

"我们部队的大多数战士都是本地人，甚至可以说整个官兵花名册上就没几个外乡的。罗马祭祀仪式中献祭公羊内脏一项与科尔基斯习俗有冲突。伊比利亚和阿尔巴尼亚也一样，此项与整个高加索地区的信仰相悖。塔西佗就曾经提过此事。"

费利克斯慎重考虑了片刻。"我们此行遭遇了许多不测：又是哥特海盗，又是海上风暴，既耽误了行程，又损失了人手。想必是神明对我们有所不满。我们必须得有个新开始。在这种情况下，我们罗马人向来会举行驱邪仪式，向神明祈求平安顺利。要是改了这旧俗，恐怕会惹怒罗马的自然神灵。虽然我等不愿冒犯此地臣民，但有训令在上，应以罗马传统为先。即刻开始驱邪仪式吧。"

话音一落，公牛、公猪和刚刚成了问题焦点的公羊就被抬了上来，放在他们这支远征队成员的脚下。外面围了三圈观众。

巴利斯塔此时想的是老议员费利克斯。从他下的那些个命令来看，他确确实实是个墨守成规的人。面对刚才那个难题，他却做出了这么个巴利斯塔绝不会做出的决定。而且和费利克斯不同，巴利斯塔根本不信罗马的什么自然神灵，甚至可以说他什么神都不信。

第二十一章

　　第五天，罗马历六月初一，代表团开始分头行动了。费利克斯从黑海的东北岸启航，前去和阿巴斯吉的国王与其下属的"长须""食虱"部落酋长商谈，以完成他的外交使命。因为"阿玛塔号"早已直接返回拜占庭海域，然后向西行驶了。领事不得不租了一条商船。而法希斯那个被呼来喝去的指挥官能做的不过是找来了一条双层战船，当他们的护卫船。

　　希波托俄斯注意到，自从代表着古老的罗马价值观与美德的仪式举行完毕，大家的情绪立刻高涨起来。作为一个希腊人，希波托俄斯自然明白是怎么回事。这类典型的西方风俗习惯和传统礼仪对士气有着很大助益，但其中又总有一些与现实相悖的地方。这种冲突会令人隐隐觉得事情离完满还有些距离。

　　代表团其余成员则一起沿法希斯河逆流而上，向萨拉帕尼丝堡进发。该地坐落在科尔基斯与伊比利亚交界的山峦之中，就在河流源头附近。于是，他们带着行李分别登上了几条当地的小船。希波托俄斯对这种被称为"卡马拉"的双头小船着实没什么好感：狭长的船身，里面脏兮兮的，乘坐起来实在不舒适。船上连篷子都没有，更不用提什么船舱了。这种船压根儿就没有甲板。每条船上都设有长凳，可供三十名桨手划船。"卡马拉"太过狭窄，尽管代表团只余下十八人，还是不得不带着行李分别坐在五条这种肮脏的小船上。可这还没完，"卡马拉"还有更招人烦的地方：整条船为鱼鳞式结构，两端各为船头，各配舵桨。在希波托俄斯看来，这船活脱脱就是哥特人和博拉尼人乘的长船的缩小版，这事儿可谈不上吉利。

初时法希斯河面十分宽敞，水面也风平浪静，像片茶色玻璃，尤其是和仁慈之海的惊涛骇浪相比。河两岸是茂密的芦苇丛，再远一些是沼泽地和原始森林。原野平阔，绿意盎然。空气湿润，雾气袅袅。视野清晰些的时候，左岸可以看到若隐若现的高加索山。

河道蜿蜒曲折地穿过四野八荒，转弯处总有几座荒无人烟的小小孤岛，几乎要被水流冲透。四下一片寂静，只有桨声、船下河水的歌声和没完没了的蛙鸣。不过倒也并非一路顺利。当地人将筏到的木材捆成筏子推入河中，任其顺流漂下，只为卖到城中造船用。这些木筏子虽并没有对他们造成什么实质危险，但常常碍事。"卡马拉"不得不一次次赶紧避到岸边，以免和笨重的大摞木材碰撞。希波托俄斯心中暗想，也就只有这时候桨手们才看起来有那么一丁点儿机灵劲儿。

第二天接近尾声的时候，他们又碰上了一个问题。河水裹挟的泥沙在两岸形成了时常变化的滩涂和泥泞。打头的船上，位于船首的一个人负责用长杆试探河床，舵手则需要面对不断出现的分叉河道一次次地做出判断。不过，他的选择并非次次正确。尽管"卡马拉"并没有进多少水，但频繁搁浅。这下子双头船的优势便显现出来了。遇到情况，常常只需要桨手调转位置，舵手疾跑到船的另一头，操纵舵桨，便能将船驶离搁浅之地。如果这还不够，那事儿就更麻烦了。船员们就得跳下船去，站在齐腰深甚至齐颈深的浑浊河水中，以人力助船摆脱困局。这当然是他们最不愿意干的事。和大多数宽广的河道一样，法希斯河中也有能置人于死地的生物。来此地的人都听说过，河中有种长得像鲶鱼的鱼，但体型更大，鱼皮颜色更深，劲儿也更大，和其他食人生物一样，和多瑙河中与成队马匹和牛一起捞上来的骇人鱼类一样致命。

人们每次从河中回到船上，都满身泥浆，但心中总算放下块石头。于是，这些科尔基斯人就会大笑、拍手、放声歌唱。有个人跟希波托俄斯保证说，他们之所以一路上运气这么好，全都是因为当地人的行船智慧。出发前，就有人告诫希波托俄斯和其他人，务必要倒空装水的皮囊和类似的容器。在法希斯河上携带异域之水可是要招致厄运的。

不管他们的平安是归功于船上没有异域之水，还是受益于哪位慈悲的神，传说中的恐怖怪物一个都没出现。可是，他们不仅要面对顺流而下的树干，还会频频搁浅，同时又要在水中择路，再加上当地船员显而易见的懒散怠工，船前进的速度十分缓慢。

第四日黎明，河面收窄，两岸树木变得稀疏起来。他们可以看到越来越多有人居住的迹象：田地、果园、孑然独立的小木屋。还有些衣衫不整的小孩儿在放羊，他们把羊群赶到河边，向船上的人挥手致意。北方的高加索群山似乎离他们只近了一点点。但南边的山扑面而来，陡峭险峻，层峦叠翠。

始终如一的只有潮湿的空气、郁郁葱葱的树木和没完没了的聒噪蛙鸣——呱、呱、呱。这声音折磨着每个人的神经。要说清净，没人比马克西姆斯更想要清净了。希波托俄斯坐在一条臭烘烘的"卡马拉"的船尾，他给马克西姆斯讲了伊索寓言中他能想起来的所有关于青蛙的故事。他就好像是在哄一个孩子。这个野蛮人只要听到青蛙遭了一番罪然后不得善终的故事，就很开心。他最喜欢的一个故事里，青蛙厌倦了自由自在的生活，求宙斯赐它们一个国王。可宙斯给了它们一截木头。他们对不声不响的木头感到不满，因此再次请愿，希望能有新的君主。于是，宙斯派下来一条水蛇。水蛇把它们全都吃了。

"你说这故事是要劝诫人们什么啊？"希波托俄斯问。

"要害怕蛇。"

"不对。"有时候，希波托俄斯怀疑这个野蛮人是在嘲讽他，"宁可侍奉碌碌无为的庸君，也休要追随雷厉风行的暴君。"

"或者这样理解，"卡尔加库斯突然开口说，"显而易见，所有改变都只会让事情变得更他妈的糟糕。"希波托俄斯觉得他从未见过比巴利斯塔身边这个自由民身份的喀里多尼亚老头更阴郁的人了。

当天，他们在一个叫玫瑰城的地方过夜。这座城的名字不错，而且那里确实有玫瑰。该城邦坐落在一片肥沃的平原上。也许在罗马人尚未渡过亚得里亚海、尚未被贪婪驱使着去征服世界尽头的时候，在希腊地区依然独立自由的年代，玫瑰城曾是个好地方：寺庙、广场、议事厅，有着一个希腊城邦该有的一切。但现在这座城邦已经衰败不堪，城中到处是战火与侵略留下的痕迹，看得出已被人们冷落许久。希波托俄斯想，也许在这件事儿上怨不得罗马，玫瑰城建在这儿原本就是出于财富上的考虑，而不是为了御敌。

第五天，两岸的山靠拢过来，离河更近了。水道狭窄，水流湍急。船员做事慢吞吞的。这天过去了三分之二的时候，筋疲力尽的劳工们开始祈祷夜幕快快降临。"卡马拉"好不容易绕过了最后一个弯，总算抵达了萨拉帕尼丝。

萨拉帕尼丝是个整齐的小村庄，就蜷缩在一座陡峭的锥形小山的山脚下。村里的瓦房看起来摇摇欲坠、弱不禁风。山顶上是堡垒，驻防的只有六十名战士。不过堡垒的墙还是挺结实的，里面还设有两门大炮。法希斯河与另一条河汇流的河道几乎将堡垒和村庄整个包围了起来。堡垒缺少一眼山泉，为了保障水源，人们挖了一条地下道，直通山下的一条河。这是一处易守难攻的要塞，俯瞰科尔基斯和伊比利亚的接界。至于为什么要用罗马正规军把当地的戍防队伍换掉，答案也显而易见。只可惜没能派来更多正规军。摆脱了一副贵族做派的费利克斯，巴利斯塔很快便进入了罗马高级军官的角色：巡视、检查、问话、鼓励士气。此时此刻，希波托俄斯想，这个北方佬还真有司令官的那股威风劲儿。

在萨拉帕尼丝，代表团再次兵分两路。鲁提鲁斯和卡斯特里西乌斯一路，前往伊比利亚的首府——哈墨子喀，觐见哈玛扎斯普国王。他的儿子就是死在巴利斯塔手里的。希波托俄斯注意到，只要提起哈玛扎斯普，巴利斯塔的表情就变得十分严肃，阴沉沉的：很可能是觉得愧疚，也许还带着点儿惧怕。造访过哈玛扎斯普在哈墨子喀的王宫，卡斯特里西乌斯将继续前往阿尔巴尼亚王国，觐见国王柯西斯。据最新情报，柯西斯目前在里海沿岸的城市——祖尔。无疑，这位阿尔巴尼亚国王在那儿一来是为了掌握萨珊王子纳塞赫的动向，而来是为了向他逢迎献媚，因为纳塞赫刚刚平定了南边两个部落——马尔迪和卡度斯的叛乱。

分别在即，巴利斯塔以巧妙的方式告诉将士们，以后要唯他马首是瞻。他先是指派希波托俄斯从他们的盘缠中取出一部分交给鲁提鲁斯一行，随后吩咐战士们带上他们路上需要的好东西。巴利斯塔还要求他们带上他最爱吃的烤乳猪和血肠，还有几十罐当地的葡萄酒。

希波托俄斯不情愿地醒来。他的仆人那耳喀索斯正跟他说话。此时他只盼着仆人赶紧闭嘴，可那耳喀索斯却滔滔不绝。于是，希波托俄斯只好睁开眼。头疼欲裂。那耳喀索斯给他递过来一杯水。希波托俄斯坐起身，将水一饮而尽，又将空杯子交给仆人，让他再倒些水来。

葡萄酒并非盛在双耳陶罐里端上来的，而是用羊皮酒囊装的。于是，这酒尝起来便有股子羊皮味儿，导致希波托俄斯的嘴里到现在还是这么股味儿。不过，他的感觉并没有自己预想的那么差。也许是因为他还没有彻底醒酒。这也意味着稍后他将会体验到恶心难挨的宿醉滋味。

"基利耶，宦官马斯塔巴特斯一小时后将来和诸位议事。"

巴利斯塔、鲁提鲁斯和大多数人都在静静等候在这间小小的指挥室里。看起来他们都吃得太饱了。卡斯特里西乌斯还没有露面。

"你看起来身体不太舒服啊，勤杂差役。"马克西姆斯说。

希波托俄斯没理他。

"我感觉还不赖。"马克西姆斯将外衣领子往下拉了拉。"你应该戴块紫水晶在身上。这玩意儿在防醉解酒那方面可灵啦。到时候想喝多少就喝多少，怎么也醉不了，可好啦。"

希波托俄斯不仅注意到了他皮带上的宝石，还有他脖子上一条上乘的金项链，波斯人的工艺。他从哪儿偷的这好东西？他暗自琢磨。

"卷心菜，"鲁提鲁斯说，"炒着吃最管用，不过煮的也行，或者可以在开始喝酒前先吃点儿杏仁。"

"都是瞎扯淡，"巴利斯塔说，"老婆子说的，故事里讲的，没有一个靠谱的。什么护身符、宝石也起不了什么作用。要我说，喝酒前得先喝点儿奶，让胃里有东西。"

"应该喝橄榄油，野蛮人才喝牛奶。"鲁提鲁斯说。

其余的人哄堂大笑。这时，卡斯特里西乌斯进来了。这个小个子男人一副半死不活的样子。

"现在人都齐了，"马斯塔巴特斯说，"咱们分头上路之前，我奉命要告知各位关于高加索地区的三位国王的情报——咱们高贵的奥古斯都加里恩努斯获得的所有情报，愿他在位万年长。这三位国王治下的防御工事，正是需要各位加以修葺固防的，他们对罗马的忠诚，也是需要各位尽力确保的。"年轻的宦官略作停顿，一副骄傲矜持的姿态。"我觉得有必要提一下，此命令是禁卫军长官路奇乌斯·卡尔普尔尼乌斯·庇索·塞索里努斯亲自下达给我的。他向我保证这些情报有些是他们找到的，有些是从前任外交官、商贩那儿搜集的，还有的甚至来自于受过特殊训练的弗鲁曼塔里伊。

"首先我们来说说苏阿尼阿的波莱谟国王，这位爷既不关心罗马，也不在意波斯。他真正追逐的只有两个目标——其一，活下来，这对于他们那族的君主来说是件棘手的事儿；其二，攫取财富，变得像克罗伊斯一样富有。波莱谟，他的灵魂被贪婪所占据。凡从他统治的土地上经过的人，都要被科以重税，而且据说他领地的山里能出产很多金子和宝石。但这两样都无法让他满足。所以他从咱们罗马和波斯两国手中拿好处，却从不对任何一国效忠。他的人常常劫掠低地，也会骚扰位于黑海海岸的罗马附庸国。皮提乌斯、瑟巴斯多玻利斯、库克诺斯——无一幸免。当然了，他总是推脱责任，说他的战士们并非是受他指使这样做的，而是擅自行动——考虑到他治下的民众官兵并不服管，他这个理由也确实常常是真的。"

希波托俄斯伸手去拿桌上的水，手却有些抖，这让他有些恼火。他瞅见马克西姆斯正在微笑。你最好还是看你自己吧，浑蛋野蛮人，希波托俄斯恨恨地暗自咒骂道，我可能已经把你记在要收拾的人名单里了。

"波莱谟，"马斯塔巴特斯继续说，"在两方面上对罗马很重要。首先，拿下他可以给伊比利亚和阿尔巴尼亚的两位国王敲敲警钟，以防他们误入歧途，把治下的土地献给沙普尔；其次，波莱谟掌握着里海或者说高加索的大门，是穿越高加索中央地区的最佳通道。这条通道是拦在阿兰游牧部落与文明国度之间的一条线，道路上有一处要塞，但据说已经年久失修——不过，借此机会，上等骑士马库斯·克洛迪乌斯·巴利斯塔可以用他围城战的经验赢得国王的青睐。

"现在，我们来说一说波莱谟国王手下的军力……"

宦官开始着力分析波莱谟的军事实力（很强大）和他阴暗的灵魂

(如果不用'乖戾'这个词儿来形容的话，可以称之为"阴险狡诈")。希波托俄斯走神了，他开始出冷汗，感觉恶心想吐。前一天晚上的片段像朵阴云一样笼罩在他心头，然后又随着酒气浮散出来。卡斯特里西乌斯正在打趣巴利斯塔，说的是阿瑞忒城一个叫芭思希芭或者类似叙利亚名字的女孩儿，说他怎么竟然没上了她。马克西姆斯也加入了这场调侃——话中不乏"奶子""屁股"这样的词儿，这几乎让希波托俄斯惊掉了下巴，他没想到巴利斯塔竟会允许手下如此不成体统地胡言乱语。但随即他便想到，他们都是货真价实的野蛮人啊。鲁提鲁斯只不过是个色雷斯人，而卡斯特里西乌斯是来自尼姆苏斯的凯尔特人。罗马人世代承袭的规矩并未让他们变得文明。

　　用餐完毕后好一阵，大家喝到酣处，觥筹交错，席间的谈话变得伤感起来。大家忆起一名叫马穆拉的可怜人，他生前是一名罗马军官。在酒精的作用下，希波托俄斯一时忘了是因为什么，巴利斯塔将他落在了阿瑞忒城的攻城地道中等死。当时在场的其他人——卡斯特里西乌斯、马克西姆斯、卡尔加库斯反复强调，巴利斯塔不应该为此自责，毕竟那时候他也无能为力。对了，事情是这样的，如果当时巴利斯塔没有下令捣毁地道，波斯人就会涌入城中，杀死城里的所有人。可怜的方脑袋的马穆拉——对，他的确有个格外方正的脑袋——绝对是你见过最方的，就像一块儿大理石一样。马上，他们就摆脱了悲伤的气氛，像孩子般欢腾起来，晃荡着杯子里的葡萄酒，畅谈乐事。马穆拉的死是命不好，不像卡斯特里西乌斯，屡陷险境，却屡次逃生：被派进地下坑道中执行任务，活着出来了；自愿参加夜袭敌营的行动，生还的三人中就有他。萨珊人对阿瑞忒城中剩余的人格杀勿论，却漏了他。卡斯特里西乌斯从座位上站起来，摆出一副大英雄的架势：这些确实是真的，即便是亡灵也不敢触碰我。

　　希波托俄斯觉得自己胃里翻江倒海。他看了看席上的大人们，人脸一片，那宦官还在讲话。美惠三女神保佑啊，保佑我千万别吐出来，不然就太丢脸面了。集中精神给席上的人们相面，把注意力从身体状况上移开。给谁相面呢？不，不给巴利斯塔：希波托俄斯决定暂时不对他的面相下什么判断。也不给卡尔加库斯或马克西姆斯，他二人一个太丑，另一个简直是破了相，改日再说他俩吧。希波托俄斯觉得给小孩儿相面更容易，因为孩子的面容还没有岁月风霜和愁情琐事的痕迹。一个人经历过什么都会写在他的脸上，但意外出现的特征——塌鼻梁或者疤痕——会影响相面师的判断。宦官当然不在此列，因为希波托俄斯已经难受到无暇细看畸形而恶心的阉人了。卡斯特里西乌斯？就他了——这个幸运的家伙。

薄薄的双唇，小小的嘴巴，从这儿可以看出来为人胆小怯懦，喜暗中生事。下嘴唇凸出，这标志着性情温和、身强体健。可他偏偏又长了一个小小的尖下巴，这意味着邪恶、冒失和杀戮。狭长的鼻子代表熊熊的怒火。眼下希波托俄斯细细打量着卡斯特里西乌斯，发现他长了一双美丽的眼睛，有这个特征就可以下结论了——长着美丽眼睛的男人都是言不由衷的奸诈之辈，没有什么能推翻这一点。还有，他胆大妄为，心理强大，是个行动派。卡斯特里西乌斯的面相真是个难题，但有一点无疑，他绝非善类，是个危险分子。相面术的作用就在于此，可以让人在恶行实际发生之前有所防范。

真正的相面大师可以得出更为详细的结论，而不是单单判断一个人的好坏。真正的相面大师可以看出一个人做过的事，还能预测出他以后会做的事。如果希波托俄斯之前在相面术上研究得更深，全身心地投入其中，他觉得自己也许能达到炉火纯青的境界。

巴利斯塔问了一个问题，让希波托俄斯从他的相面术上回过神来。"马斯塔巴特斯，你在赫拉克勒亚提到过，我们在苏阿尼阿宫廷之中会遇到一个麻烦——被我杀掉的伊比利亚王子的寡妇。"

　　"是啊，派松妮萨。别被这动听的名字骗了，她侍奉的可不是太阳神阿波罗，而是冥界女神赫卡忒。她丈夫一死，她就无法在伊比利亚待下去了。她既无子嗣，对王位继承来说便成了多余之人。哈玛扎斯普有个弟弟，叫奥罗艾泽，此人有已成年的子嗣，且其子嗣也已结婚生子。于是，派松妮萨被打发回到其父王身边。她父王提议将她嫁给食虱部落的酋长。她是个任性的年轻女人，据说擅于用毒。她觉得那是下嫁，所以并不接受那门婚事。派松妮萨想的是嫁给她的公公——老哈玛扎斯普，然后顺理成章成为伊比利亚的王后，然后自己诞下王位的继承人。尽管苏阿尼阿人民风开放，但也被她这个想法恶心到了。所以，她就只能在波莱谟的宫中做怨妇了。"

　　巴利斯塔咕哝道："苏阿尼阿王室的其他人呢？""据我们所知，没有什么明显的难题。波莱谟膝下尚存两子——阿佐和绍尔玛格。他们受到过良好的希腊式教育。所以说并没有证据表明会出现其他麻烦。"马斯塔巴特斯微笑着，"波莱谟另外还有两个儿子，不过二人都死于非命，其中一个还是最近死的。这倒是没什么新鲜的。波莱谟的臣民中，你很难找到手上没有一两条人命的人。"

第二十二章

巴利斯塔估量着，从萨拉帕尼丝的堡垒到里海之门的直线距离不超过一百英里。他们已经走了十五天，目前队伍停下了脚步，在一座村子外面修整。他们歇脚的地方离建有防御工事的那条路还有一小段距离——也许只有五六英里。

当然了，没有哪个正常人会想在丘陵地带直线行进，更不用说在山麓间了。他们脚下的羊肠小道时不时就从低洼的山谷和河畔拐上高地、山腰甚至山脊。他们为了走上通往另一个方向的路，往往需要围着山涧或极陡的山坡兜上一大圈儿。但不管怎样，这样的地形都没有让他们像当地人一样留下来。

他们的队伍人数不多，总共才十人。巴利斯塔自己、希波托俄斯、马克西姆斯、卡尔加库斯和马斯塔巴特斯，另外还有五个仆从：叫伍尔夫斯坦的男孩儿，巴利斯塔在普南城买的奴隶，阿加顿和波利比奥斯，希波托俄斯的奴隶，那耳喀索斯，宦官的侍从，帕拉斯。这点儿人员只需要一辆小小的辎重车，他们准备的外交礼物虽然贵重，但方便携带。至于吃食、喂牲口的草料或住宿方面，他们的需求并不多；不过，要想在这些方面都如意，他们要克服的困难也不少。这片地区的管辖权模糊，并非由罗马直接掌控，很难讲他们是否还在帝国版图上。当然了，挥舞两下带有紫色印章的拉丁文通行证并不能给他们带来坐骑、人力或物料。要想得到什么，必须得拿钱说话，而且得付出相当多的钱。当地人喜欢收旧币。考虑到近期帝国发行的货币所用贵金属质量下降得厉害，这点不难料到，可他们似乎谨慎得过了头，只想要两个半世纪以前甚至更早的——第一任奥古斯都执政时期铸的钱币。耐人寻味的是，他们相当乐意接受东方的钱币，比如说近期萨珊王朝的钱币和上一个时代——帕提亚王朝的钱币。

要费力凑齐对方乐意接受的钱不过是个开始。之后他们发现当地人做事实在不靠谱。租给他们牲口的人仅允许牲口随着他们穿过两三个山谷——然后他们就得雇新牲口，但新牲口往往不会按时送到，甚至有时候根本等不到。就算新牲口终于露了面，他们要么发现送来的并非是原来说好的品种，要么发现价钱涨了。当地人坚称路面状况对牲口不好，只肯派人来给他们扛活儿，而上述情况也出现在这些人身上，提供给他们的物资倒是没什么不同。与当地人交涉的活儿落到了希波托俄斯的肩头。马斯塔巴特斯则担当翻译。希波托俄斯总是一脸凶相，看上去像要杀人似的。后来，从某种程度上来说，他易怒的情绪也传染给了大家。当然了，被这些破事儿耽搁的不是他一个人，而是大家。

他们在乡间行进，此时正是早春三月，阳光明媚，令人精神振奋。起伏的山峦与峡谷郁郁葱葱：不仅有白桦、山毛榉、月桂，树下还点缀着白色的杜鹃花。午后时有薄雾，时有阵雨。有时候雨下得很大，但是只要雨停了，就能晒到温暖和煦的阳光。斑驳的阳光洒在宽敞的山路上，路旁则是欢快流淌着的清澈湍流。

可他们路过的村寨却是另一番景象。每个村子外面都筑着墙，里面是三三两两建在一起的小房子，看起来似乎彼此戒备，满怀敌意。每座村子里都有一座或者多座石塔，塔身高耸，令人生畏。而且这里到处都是泥巴，还有多毛的猪、鹅和生了疥癣的狗在泥地里打滚。孩子也多，要么半裸，要么全裸，脏得难以形容，脸上表情好似小兽。有时候，他们对来人全然没有反应，而是自顾自地打闹嬉戏，从其他小伙伴身上偷抢些小玩意儿也是他们的游戏之一。其他时候，他们会和成人一样陷入沉寂，牡鹿般的黑眼睛警觉地观察着周围，满是不友好。

他们的临时居所是一栋塔楼的上层——存放谷子的仓库，和他们这些浑身污秽不堪的外来客倒是很搭。用苔藓和松木片生起的火冒出浓重的黑烟，却丝毫不能驱赶不断叮咬他们的蚊虫。不过，虽然食物粗糙单一，至少还够干净卫生。他们就着一股山羊皮味儿的红酒大口地吞着烤羊肉、烤猪肉、煮熟的鹅肉和面饼夹肉块。

山中越是腹地，树木越少：有时会碰到一座覆盖着冷杉的小坡，有时是山地上枫树和山毛榉环绕的一片池塘，还有偶尔碰到的孤零零的桦树。虽然树木如此，但花儿开得正盛：一丛丛茂密的杜鹃花中点缀着些许紫色的花朵，水边的黄色石楠花散发着幽甜的香气。脚下的草皮上生着羽扇豆、蓝铃花和樱草。

海拔更高的地区依然有人居住。但是，绝大多数时候，他们这个队伍都会选择绕过那些聚落边缘孤零零矗立着的封闭塔楼。当地人也同样会对他们视而不见。十个武装到牙齿的旅人——现在奴隶们也配给了武器——可能会是比较难对付的打劫对象。队伍会在看上去条件还不错的空旷地带扎营：地面平整，而且视野开阔，四周都能看到比较远的地方。在帐篷里过夜实在太冷，每晚都有人失眠，不过正好他们需要放哨的。

巴利斯塔命人用杜鹃花的花茎与花根生火，新鲜清洁的空气中便荡漾起无尽芬芳。巴利斯塔告诉大家这样做有利于健康。他们在死水中徒手捉了鳟鱼吃，还将小面包干插在匕首的锋刃上烤。巴利斯塔的奴隶阿加顿逐渐锻炼成了一名优秀的户外厨师。希波托俄斯却不服气。冰雪化成的水对人体有害，这是最基本的卫生常识。水被冻住之后，亮闪闪、甜滋滋的那种水就变了，而且再也不可能恢复原样了。喝这种冰冻山溪融化而成的水只能让人肾脏里面长结石、腰疼，最后发生疝气。似乎只有卡尔加库斯对他的阴郁预言深信不疑。

一天早晨，浓雾忽然消散，庞大的石堆后面现出一座大山。在几重翠绿山肩的衬托下，虽然遥远，但此山依旧巍峨壮观，白雪皑皑，遗世独立。"思卓毕罗思[①]，"向导说，"宙斯以铁索禁锢普罗米修斯的地方。"山峦在太阳下熠熠发光。不一会儿，浓雾再次降临，远山便不见了踪影。

在湿粘的、灰扑扑的水汽中，他们从一处十分低洼但郁郁葱葱的盆地沿着上坡路前行。这时，雾中一个模糊而高大的影子向他们逼近。巴利斯塔和其他人都停住脚步。据说此地常有熊出没。他们都拿出武器，马克西姆斯甚至发出咕哝声，这是他想大干一场的表现。雾气在他们之间打着旋儿飘，那头的"熊"突然唱起歌来。他们的向导这才意识到那是一个人，他说了句旁人听不懂的话，然后做了个恶魔之眼的手势。那人走上前来。即便以山野之民的标准来看，他的穿着也实在是邋遢，所谓衣服不过是一个脏兮兮的破麻布口袋。他瘦骨嶙峋，身上有几处割伤和擦伤，还在哩哩啦啦地流血。那人凑近了端详巴利斯塔的面容，目光迷离，没人明白他在想什么。他浑身臭气。向导给了这家伙一点儿吃的，轻柔地跟他说了几句话。"他是被月之女神塞勒涅带走的人，"向导解释说，"等女神的仆人找到他，他就可以过一年王公贵族似的豪华生活。"

"一年？"巴利斯塔问。

"一年。"

[①] 当地人对传说中普罗米修斯受刑的山峰的叫法，疑为卡兹别克山。

"然后呢？"

向导没回答。

他们把那人留在原地，继续爬山。他们呼出一簇簇白气。山路面上还积着不少白雪。他们沿着一道陡峭的页岩石坡往下走。靠近坡底时，雾又散开了。他们眼前出现了一片点缀着黄色小花的草地。巴利斯塔回头望望。当地人真是贪婪。哪怕是一匹高加索小矮马，只要腿脚利索点儿，就能走过这段路程。根本不需要雇两个向导和十几个扛活的。

他们面前就是阿隆塔斯河的上游了。此处的河流分成许多条狭窄的小溪，网一般分布在一片宽阔平坦的谷底。溪流蜿蜒而行，左转右突。淤泥和石子儿遍布的两岸植被稀疏，有着圆滑的轮廓线，好似是被技艺高超的陶艺家打造出来的。靠近溪流的两侧土地灰扑扑的，与周围的郁郁葱葱形成鲜明对比。整块的陆地间或会被深邃的沟壑切断。就在一条沟的一侧，不远的地方，伫立着一座灰扑扑的村庄。下面平坦的草场上有牧人正在放马放牛。这下他们又可以骑在马背上继续走了，还可以趁机把这些只想着捞钱的向导和挑工们甩掉。

过了村庄一英里左右的地方，山谷突然转了向。又是一条长长的山谷，沿着山谷再拐过一个弯，远处就出现了更多的山坡，一座更比一座高，从坡底到坡顶，由绿至青，最后与雾气的灰色融在了一起。在这宏大的背景中，马背上的十个人影立刻显得矮小很多。到了这儿就好说了，他们知道，现在只需要沿着河道走就能抵达"里海之门"。

苏阿尼阿的战士正在里海之门前最后一座村庄外面等候他们。一共有三十个战士，人人都骑在马上，队伍横在路上，将谷底的通道完全封锁上了。有些马甚至是站在淙淙的溪流中，水没过它们的飞节。它们自在地喝水、跺地、摇晃尾巴。马上的人们都全副武装，肩上披搭着高加索人的皮毛大衣，里面隐隐露出锁子甲。有的战士还戴着金属头盔。每个人的右手中都握着长矛或者长枪，左胳膊上则绑着圆盾。每匹马的马鞍子上都挂着弓箱和箭袋。他们稳稳地坐在马背上，看起来威武强壮，桀骜不驯。

巴利斯塔正在掂量他和他带的这队人马陷入了多大的危险中。

有个苏阿尼阿骑手的大衣和他马鞍子上挂的弓箱、箭袋上面的刺绣最精致，他策马上前。"你们中哪位是"巴塞勒斯"加里恩努斯的使者——马库斯·克洛迪乌斯·巴利斯塔？"这年轻人说的是希腊语，措辞还算礼貌，但语调显得有些傲慢，甚至带有一丝敌意。

巴利斯塔拍马从队伍中走出来，上前回应。

"下马。"苏阿尼阿人的命令很是专横。

"你是谁？"巴利斯塔的声音丝毫不带感情色彩。

"我是阿佐，苏阿尼阿王国波莱谟国王的儿子。我父亲就在村中，和议会班子在一起。他们正等着你们呢。要是你们带来了礼物，那就最好不过了。"

巴利斯塔没回答他，兀自翻身下马，并示意其他人也下马。他告诉他们先呈上来两包礼物。卡尔加库斯带着阿加顿和波利比奥斯留在队伍后面，照看马匹和其余的行李。其他人跟在巴利斯塔身边。

阿佐和几个苏阿尼阿战士下了马。他们和巴利斯塔一行人一起步行向山上的村庄走去。其余人都留在原地待命。

这个村庄叫作迪凯奥新，在希腊语中是"正义"的意思。巴利斯塔问为什么起这个名字，马斯塔巴特斯承认他不清楚。这地方还有另一个本地人叫的名字。宦官也不知道这名字是什么意思。巴利斯塔觉得现在还不是向苏阿尼阿王子阿佐问村名来历的时候。于是，他们一路上默默无语。

他们见到的第一批房子坐落在相当高的山上。这些房屋建在三十度的陡坡上。迪凯奥新背靠一面峻峭的岩壁，高达几千英尺，村落之上，几乎每面山坡上都盖着积雪。他们艰难地穿过村落外墙圈出的泥泞小巷。毛乎乎的猪呼噜呼噜地避到路两边去，群狗齐吠。

他们来到村子里的广场上。那里聚满了人，有两三百的样子，围成一个"U"形，开口的那边正好冲着他们这些新来的人。巴利斯塔极力克制自己流露出来的惊讶之情，努力判断着周遭情况。这块广场比大多数广场面积都大，周围是一圈普普通通的墙，一条条小巷道就从墙的各个开口处延伸出去。广场中间不是一棵老橡树，倒是一口硕大的圆形水井。井旁边是一个具有东方特色的祭坛，上面还点着火。

从众多的大臣和仆从中很容易就能看出谁是波莱谟国王。他就坐在人群正中央高高的宝座上。他是个中年男人，蓄着黑色络腮胡，脸庞轮廓分明，头戴头巾，身披斗篷，二者都是绣着金线的白色布料做成的，而且都稍微有点儿脏。他的佩剑腰带、刀鞘和红靴子上都点缀着像是珍珠的饰物。国王的一侧站着一位肤色稍浅的年轻人，跟他长得很像，但没他那么显眼。此人一定是苏阿尼阿的另一位王子——绍尔玛格；另一侧站着的是一个高挑且凹凸有致的金发年轻女子——国王那难对付的女儿派松妮萨，也是赫卡忒的女祭司。

苏阿尼阿王国议会的成员都站在前排。这些议员普遍高大挺拔，虽然一脸严肃，但显得格外有精神、有魅力。他们的装束与国王保持一致，都混搭着西方服饰的样子——上着束腰长袍、下穿长裤、脚蹬靴子，和没穿盔甲的罗马军官没什么分别；只不过，他们都戴着东方野蛮人的头巾，要么就是带垂饰的游牧民族的帽子。从眼前情形看来，后排战士的穿着貌似更廉价、更粗糙，但款式一样。只不过，他们这些人好像没有一个愿意洗澡的。

旁边的一群人引起了巴利斯塔的注意。这群人有六个。他们与其他人十分不同——头发和胡子的颜色更深，帽子更高，裤子更宽大，身上也更干净。他们不是苏阿尼阿人，是波斯人，是拜火教的祭司。

这样看来，水井旁边点着火的祭坛就好解释了。马斯塔巴特斯告诉过巴利斯塔，萨珊国王的拜火教大祭司正是"香草科德"，他正率领教众执行一项与高加索人沟通谈判的任务。在阿尔巴尼亚、伊比利亚整片地区，到处都是生着火的祭坛。巴利斯塔又仔细辨认了一下，其中没有科德。他在埃德萨曾经见过科德一面。其中也没有霍尔米兹德——那个当过一阵子巴利斯塔的奴隶的"波斯男孩儿"。除了这两人，巴利斯塔并不认识其他拜火教祭司。这个村庄广场上的几个波斯祭司看起来有些恼怒。巴利斯塔不由得开始想，也不知道面对这些高加索山民他的外交豁免权还能不能好使。

　　"上等骑士马库斯·克洛迪乌斯·巴利斯塔，欢迎你。"国王的拉丁文讲得非常好，"你的到来是件吉利事儿，迎宾典礼马上开始。"

　　一匹灰色的种马被牵了出来。波莱谟从他的王座上起身，走到那畜生跟前，和它贴得极近，鼻子挨着鼻子，还伸手摆弄它的耳朵。等赢得了马儿的信任，他立即拔出一把匕首，插进了它的脖子。然后他拔出匕首，一股浓稠的血喷了出来，大概喷出半臂的距离。马血溅了波莱谟一袖子。马儿突然埋下头，想暴跳起来踢人。波莱谟急忙后退两步，那畜生脚步踉跄，挣扎着不想就死。但它没得选，最后慢慢地倒在了自己的血泊中。

　　波莱谟掸了掸他那血迹斑斑的衣袖，重新坐回到他的王座上。看那几个拜火教祭司大胡子后面掩藏的表情，他们似乎比刚才更恼怒了。巴利斯塔知道为什么。他在埃德萨见过波斯人举行这种典礼，是由诸王之王亲自主持的。典礼是在黎明时分。而现在是下午三点多。此前苏阿尼阿国王一直在等待罗马来的使者。现在他用这个礼节来迎接使者。在埃德萨，献祭的畜生是纯白色的，而且是献给神明的。

　　"把渎神的罪人带上来。"波莱谟下令，这回他说的是希腊语。

　　一个男人和一个女人被十好几个卫兵推搡着押到了中间。他们双手都被绑着，样子端正，十分年轻，赤裸着身体。他们看起来被吓坏了。女人拼命想遮住自己的胸口和下体，但奈何双臂被绑着，没法遮住全身。围观的人们都用色眯眯的眼神打量着这两个人。

"你们看这对渎神的奸夫淫妇。"波莱谟说，"要是白色的芦苇黎明时分断掉，我们就为赫卡忒献祭，还要唱诵神圣赞歌。初春时节，你要知道，黑暗女神会保佑一切平安的。"

巴利斯塔听见马斯塔巴特斯咕哝了一句。"真有趣，我一直以为这一套都是无稽之谈呢。"

赤裸的女人跪倒在地，尽管手腕被绑着，她还是竭力抬起胳膊伸向波莱谟，做出哀求的样子。她哭泣着，但这并没有什么用。士兵把她拖起来，让她站着。国王对她视而不见，继续讲话。

"芦苇这种植物就有如此特性。若是把它放在女子的屋里，当奸夫进屋时，他就会丧失理智，不管是清醒还是醉酒状态，他都会坦白招认自己做了或者要做什么龌龊事儿。以我们祖先的神圣判决为凭，我们该将这二人投入'渎神者之口'。"

女人尖叫起来。男人大声咆哮，用当地话喊出一些显然是侮辱类的话。士兵将他一拳打倒在地。这时人们抬上来两个大麻袋。一看到这个，二人都失去了控制。女人再次瘫倒在地，歇斯底里地哭喊着；男人则失禁了。看见尿液顺着他的两腿留下来，人群中发出阵阵大笑。

麻袋显然是空的。巴利斯塔完全不明白这是怎么回事。在罗马，杀母弑父者要和蛇、狗、公鸡与驴一起被缝到袋子里，然后被扔进台伯河。可在这儿，他没看见任何动物，阿隆塔斯河也与广场隔着一段距离，而且眼下水位太浅，基本无法淹死人。

这对男女疯狂地挣扎着，但是麻袋还是不由分说地从他们脑袋上套了下去。士兵押着他们，直到麻袋开口处被缝上。于是，两个粗麻袋在地上翻滚扭动了好一会儿，里面还不断传出含混不清的呜呜声。

人们开始毫无差别地狠踢麻袋。

最后，每个麻袋要靠四个壮汉才控制得住，然后被抬了起来。他们扛着麻袋朝井口走去。想必这就是波莱谟说的"渎神者之口"吧。没有举行任何仪式，他们就十分干脆地将麻袋接连扔了下去。尖叫声戛然而止，取而代之的是重物落水的声音，然后是一片安静。

"对于这些渎神者——玷污家庭神圣的罪人、违背神明与人类好客秉性的犯规者，惩罚还没有结束。"从波莱谟的口气可以听出来，他对于接下来的这个主意十分得意，"从'渎神者之口'进去，河水将载着他们从地下流入迈俄提斯湖。三十天后，他们就会浮出湖面，身上爬满了蛆虫，然后和以往一样，秃鹰会从天而降，将尸体撕成碎片，吞下肚去。"

所有议会成员和其余围观群众纷纷将斗篷和大衣向后一抖，表示他们觉得这个惩罚不错。

"马库斯·克洛迪乌斯·巴利斯塔，上前来。"

巴利斯塔应声挪动脚步，穿过火祭坛和"渎神者之口"之间，踏过那头畜生的残躯周围血染的草皮。他走到苏阿尼阿国王正前方，鞠了一躬，以指尖抛出一个飞吻。要是波莱谟指望他匍匐在地行大礼，那恐怕要失望了。巴利斯塔压根没打算在他面前奴颜婢膝的，跪在这个脏兮兮的内地君主脚下他才不愿意。

"基里耶，我想您带来了罗马唯一统治者、深受敬畏的普布里乌斯·利奇尼乌斯·埃格纳提乌斯·加里恩努斯的致意。"巴利斯塔根本没费什么力气便把皇帝的头衔翻译成了希腊语，多个世纪以来，这门外交语言已经被东方各个国家的首领和国王熟练掌握了。"我这里还有一封给您的信，请您过目。"

巴利斯塔递给王子绍尔玛格由金函套装着的一卷紫色纸莎草纸，王子再将函套递给了他的父王。巴利斯塔脑海中突然有一闪念——这会不会是一封"悉罗多德的信"——里面不会是写着"杀死信使"之类的话吧？他这趟差事不会是相当于一次非正式的驱逐吧？还是会被拉到一个偏远的地方处决掉？国王并没有看信，而是将卷轴别到他的腰带里。巴利斯塔突然发觉国王的女儿正盯着他。他明白——这肯定是因为他杀了派松妮萨的丈夫，将她本来前程远大的幸福生活搅得七零八落。

"基里耶，深受敬畏的罗马皇帝为您备了几份薄礼。"说罢巴利斯塔吩咐希波托俄斯将执政官的服饰拿过来。马斯塔巴特斯剜了他一眼，因为巴利斯塔颠倒了赠礼的顺序。希波托俄斯呈上了闪闪发光的白色宽长袍，上面装饰着紫色宽条纹，还有一双镶着数层花边的精致靴子，只有罗马的元老院议员才可能穿得上这样的靴子；接着呈上的是十二束棒，束棒的棍子部分象征着抽打他人的权力，插在其中的斧子则象征着杀人的权力。

"罗马执政官的服饰一套，罗马皇帝赏识的象征一件。"

波莱谟低哼一声，连最起码的感谢都没有表示。巴利斯塔吩咐手下呈上其他礼物。这次，盖在礼物上的布刚被掀开，苏阿尼阿国王就探过身子来看。他已经瞧见了那些贵重金属闪出的光芒。接着是种类丰富的餐具——葡萄酒杯、凉酒杯、餐盘、菜碗，都是金器或银器——一一摆放在铺在地上的布上。波莱谟那轮廓深刻的脸上立刻绽放出一个贪得无厌的孩子似的简单的微笑。侍从选了几样呈递给他把玩。他接过来，欣赏着这些设计美妙的器具。

巴利斯塔有时候想，罗马人就像拉着战车的马儿一样视野狭窄，只看得见自己面前那条路。只是因为他们身居执政官之位，有权被其他人称一声"贵人"，就仿佛享受到了天大的幸福。殊不知，这称呼对有的人来说根本算不上什么，也许只是些金银器具，这头衔就立刻一文不值了。巴利斯塔猜对了，对于这个在高加索群山间穿着脏兮兮的长袍、贪得无厌的小国君主，贵重的金属（如果这样说没错的话）的确是他的心头好。

波莱谟继续凑近了观赏这些金属餐具，指尖在一个个浮雕人物上摩挲着。至于他从那些打扮像波斯祭司的东方野蛮人跪在恰当裸露的西方英雄人物面前的图案中看出了什么，只有神才知道。

"我们对罗马人的'巴塞勒斯'送来的礼物很满意。"波莱谟说。

巴利斯塔鞠了一躬，对国王的赞许并没有过多表示。

"今晚你就在王宫过夜吧。晚宴上，你得告诉我们你重修里海之门防御工事的计划。"

就在巴利斯塔用阿提克希腊语对国王说谢谢的时候，他敢确定，派松妮萨脸上浮现出了一丝微笑。

第二十三章

离里海之门还有最后的几英里，巴利斯塔骑在马背上，感觉他们这队人马被世界包围着。山谷迂回曲折。他们身后的灰色岩壁高得不可思议，那里尽是嶙峋的石块儿，上面毫无土壤覆盖，没有鸟，也没有野兽，甚至连一头野山羊或石山羊都没有。抬头望望，天空似乎不过是一条灰色的带子。幽灵般的一团团雾气常常你追我赶地从他们的头顶飘过，若是赶到了一起，两团雾气便并作一团，遮蔽了天空，顺着岩缝淌下来，似乎要将过路的人吞没。谷底的路，只比牛拉的二轮车稍宽一些，河水侵占了谷底其余的空间。阿隆塔斯河翻腾咆哮着流过浅河床上的一颗颗硕大的卵石。河面只有一只手掌那么宽，水位比路面低。雨下得大的时候，或者山上的积雪迅速融化的时候，显然阿隆塔斯河的水位会往上涨，然后就会漫过小路，卷走挡在河路中的一切。鉴于此，再加上时不时会有岩石掉下来，周边居民的脾气性格又坏，巴利斯塔走的这条路可真算得上是个尤其危险的地方。

"库马尼亚。"苏阿尼阿王子阿佐说。此处的峡谷向右拐去。他们的路就在这个拐弯的内侧，紧紧贴着东侧的岩壁。河水轰鸣着一路奔流，似乎在力争盖过对岸的岩石。河面上方，巴利斯塔的左边有几堵石墙，墙上面是页岩板子搭的屋顶——一座小城堡就这样突然出现在阿隆塔斯河上五十英尺高的地方。

"门。"阿佐说。

巴利斯塔朝着北边河道拐弯的地方望去：河流、小路、落下来的大石块儿、山涧石壁。他再往远处仔细看了看，终于在湍流之中发现了三根石柱——那就是著名的里海之门的所有残骸。

"看来有不少工作等着你忙啊。"

一天的时间一分一秒地过去，苏阿尼阿人的这句话也一点一滴得到了印证。王子坐在一块羊皮地毯上，一边喝酒一边和他的战士们谈笑风生。巴利斯塔和他的手下们则蹚在水中忙作一团。河水惊人的冷，岩石出奇的滑。巴利斯塔对工事视察了一番，发现房顶的木材都已经烂透了，一部分墙需要更换。除了未加工过的石头和水，这儿什么建筑材料也没有。

"我姐姐。"阿佐说。一支骑马的队伍走近他们。"她喜欢打猎。我们的弟弟在里海之门以外、北边的山里有一座狩猎小屋。"说着他脸上闪过一丝厌恶的神情。"绍尔玛格经常和野蛮的阿兰人混在一起。"巴利斯塔看得出来，阿佐既讨厌野蛮人，又不待见他弟弟。

派松妮萨带领着一支骑兵队伍从山上的村庄迪凯奥新的方向走了下来。她穿着一身戎装，像男人一样全副武装。她是跨坐着骑马的。也许是为了身为女子的体面，她的队伍里有两个宦官，其余的二十来个骑兵都是战士。

阿佐和巴利斯塔站在路中央一起鞠了个躬，献上一个飞吻。派松妮萨在距离他们几步远的地方拉了拉缰绳，把马停住。她把缰绳抛给一个宦官，跳下马来，然后鞠躬飞吻，以示还礼。她用希腊语和她弟弟聊了几句，都是关于隐蔽技巧、狩猎野猪和野鹿的内容，没什么重要的。

巴利斯塔望着她，她让他想起了阿瑞忒城的芭思希芭。只不过派松妮萨个子更高，肤色更白，长了一头金发。她的外形和芭思希芭一点儿也不像，但是那种像亚马孙女战士的狂野劲儿分毫不差。

女人转过身来，面对着巴利斯塔。她站的位置与他近得不可思议。糟糕的是，他十分清楚自己做过的事对她的人生造成了多大的影响，尽管并非他直接造成的。他总算想了句礼貌、中性的问题。"你是要打什么猎物？"

她继续看着他，不说话。她长着一双灰蓝色的眼睛。

"你和你的手下都武装很齐备啊，"他继续说，"一看就是要打大家伙的。"

女人开口了："提前决定打什么猎物是错的，打猎是一堂哲学课。你可能会看到你追寻了很久的猎物，随后便失去了它的踪迹。猎人要学会处理各种极端情绪：狂喜、绝望和厌倦。"她先是用一种半开玩笑的口气说了这些，然后又变得非常严肃，"我想和那个杀了我丈夫的男人说话。"

"我很抱歉，但我当时不得不那样做。"

"告诉你是怎么杀死他的。"

"我为诸王之王沙普尔设了一个陷阱。结果你丈夫当时骑马护在他的身边。所以陷阱杀错了人。"

"是被弩炮击中了？"

"是的。"

"他死得光荣吗？"

"他像个男人一样撑到早晨才去世，成千上万的战士都为他哀悼，想为他报仇。"

"他父亲老哈玛扎斯普会弄死你的。"

巴利斯塔微笑着说："我知道。"

她点点头，往回走。等她再次张口说话的时候，就是对她弟弟说了。"我先走了，我们回去的路上再见。"

"恐怕是见不到了。"阿佐说,"等这个罗马人告诉我他想要的东西,我就离开这个荒凉偏僻的地方。"

"行啊。"她无需帮忙,自己轻松一跃,就坐到了马鞍上。她指挥人马沿着围绕峡谷转弯的小道向坡下走去。她没有回头看。他们望着她消失在北方里海之门的另一边。

巴利斯塔觉得自己对阿佐的第一印象可能对这位年轻王子来说有些不公平。诚然,这个苏阿尼阿人满脑子想的都是自己的利益,而且他的警惕近乎敌意,但这可能不过是因为他在王家宫院内长大的而已,尤其是在苏阿尼阿人的这么一个杀机四伏的宫廷里。至少阿佐是个有能力的人,他做到了他曾经答应要做的事。派松妮萨离开后,巴利斯塔交给阿佐一张极长的清单,上面列的是他需要的物料和人手:木材、琢石、砖块、石板、沙子、石灰、绳索、铁链、钉子和锻铁炉;石匠若干、木匠若干和一个铁匠,他们都得自带工具,此外还有劳工,越多越好。阿佐将他的书记官传上来,让他将这些全都记下,然后就骑着马向南边走了。巴利斯塔据此判断,明天他就会送来第一批物料和人手。

库马尼亚堡垒是眼下的重中之重。这条通道的卫戍部队得有地方住才行,而且峡谷足够窄,从堡垒射箭足以控制住河另一侧的通道。虽然光靠这个还不能完全防止其他人借道于此,但这样足以让他们通过时多些险阻。

库马尼亚是个幽暗的小型据点,外观近似圆形,直径不超过十五步,有四层高,顶上有一条步道。幸运的是,需要修葺的范围并不大。楼顶只有一部分需要更换,墙壁也有几处需要修补。巴利斯塔还在碉堡上开了罗马式的垛口,并在三个垛口处做了精细的改良。这三处从碉堡围墙向外凸出,地面上各开了一个带防护设计的洞口,从洞口可直接看到下面。这几个洞口的中央位于堡垒入口的正上方。碉堡南侧装有滑轮、链条和水桶，可以从上游直接取水拉上来。北侧的设计则与南侧的功能正相反，是个茅坑，排泄物可从此处直接排至下游。

碉堡坐落在山涧西边的峭壁上，所以敌人无法从其上方的山崖降到碉堡顶上。碉堡唯一的入口是一扇面向河流的铁箍橡木门，十分坚固。巴利斯塔测试了一下它的牢固程度，然后给它换了门框和合页。现在戍守在碉堡上的战士可以往下投掷石块儿，同时又完全不用担心头顶上的安全问题。射箭的垛口都开在二层及以上的楼层，前面遮着结实的木制百叶窗，宽度不够让人爬入。不管是挖地道、搭斜坡，还是攻城塔、撞门锤，面对这座碉堡都将无计可施，而且山民或者北方草原上的人们是没有弩炮的。巴利斯塔认为，只需要一小撮人就能永远守住库马尼亚。碉堡被攻陷的唯一可能就是断炊或出了内奸。于是，他开始着手安排此地的供给事宜。

用来封路的实际的"大门"需要更多考虑。首先，最容易想到的就是要设计一道用来封锁通道的门。这道门原本是由料石垒成，石门边缘与天然石块儿砌为一体。门上还有供战斗使用的平台。看起来，这道门和罗马的任何一道门都没区别。不过，门的南侧，也就是大门主承重侧的前面，立着一座独立的桥墩。阿隆塔斯河洪水泛滥时（如果幸运，泛滥的会是下流地区），如果桥墩起到了预期作用，那么洪水通过打开的大门时，整座建筑就不会因为冲击而倒下或被冲走。

跨河扩建大门是个重要问题。巴利斯塔决定利用三根现存的残桩做防波堤。就好像路两边的桥墩一样，这些桩子可以在河流涨水的时候承受漂浮物的冲击。他下令在这三截残桩后面各立一根混凝土柱子。然后，他打算在柱子上铺设一座简易的木板桥，北侧设一道栅栏。于是，这座防御工事的两端都有天然岩石做支撑，还有新建的石门打头阵。水面和桥面之间有很宽的一段距离，给水位上涨预留了几英尺的空间。为了在河水水位较低的时候封锁这座桥，也为了禁止游牧民从桥下过，巴利斯塔设计了几道可升降的金属闸门。

"大门"的工程进展得十分缓慢。部分是因为物料问题。整个苏阿尼阿王国境内都没有适合制作混凝土的沙子或石灰。几天后，他们在一家皇家店铺中找到了一点儿，刚够建河中的新柱子的，其他一切都得靠当地的灰泥。另外，琢石到货慢，每次到的量也少。但其实建设前期的拖延更多的是来自于干活的人。阿佐派过来不少人，有的有经验，有的没有。可问题并不在于人数，而是他们的态度。他们都是骄傲的登山家、战士。这些苏阿尼阿人里，就算是脚上没鞋穿、身上只披了块破布，也都认为这种搭桥盖房子的工作是配不上他们身份的。在这点上，他们还不如希腊人和罗马人；最起码，比起重体力劳动来说，希腊人和罗马人对为了某人的突发奇想而有偿劳动的蔑视有所保留。

巴利斯塔试图通过以身作则的方法鼓励其他人好好干活，这种做法在罗马士兵身上就有效果，但他的尝试彻底失败了。巴利斯塔、马克西姆斯和其他人脱掉长袍，将装着泥沙的桶拉起来，放到危险的木制脚手架上，站在齐腰深的冰冷激流中，一块块地将木板搭建到位。但他们发现，这样做的结果不过是让苏阿尼阿人更看不起他们了。

巴利斯塔和老卡尔加库斯漫步在下坡路上，经过挥舞着锤子和锯子的工人们，往北边走去。想让苏阿尼阿人持续不断地干活儿比登天还难。木匠、石匠和铁匠还说得过去，他们都是有手艺的人，可普通劳力……巴利斯塔不得不在王子阿佐下次短暂巡视的时候问问他到底是怎么回事。而且，天还是不下雨，一次也没下过，连点儿薄雾都没有。太阳就挂在上面，天空是一种透明的蓝色，几朵白云高高地飘着。

"就算按目前的速度，过不了几个星期，我们也能完工。"巴利斯塔说。

卡尔加库斯摇摇头。"我们最好还是让这些懒骨头们慢慢来吧。没有帝国的命令，我们不能走。若非接到新的司法训令，我们只能困在这个鸟不拉屎的世界角落里。"

刚刚走出施工产生的嘈杂声音和飞扬的尘土，巴利斯塔才不想让这个喀里多尼亚人破坏了他的好心情。太阳落在峡谷顶上，山岩散发出粉色的光芒。空气的清新透明不可思议。"你看到上面那只鹰了吗？"话音刚落，他们都伸长了脖子。

一个可怕而响亮的破裂声传来，就好像攻城车投出石弹的动静。巴利斯塔和卡尔加库斯手握剑柄，巡视了一圈。这声音回荡在山谷间，让人搞不清它的方向。随后是木头低沉的呻吟声，接着是一连串的破裂声。他们身后的小路另一端传来一声声呼号和惨叫。人们向他们跑过来，其他人四散跑开，纷纷跳进河里。搭在大门口处高耸的脚手架微向外倾，它轻轻摇晃着在原地停留了一两秒。有人正在往脚手架顶上爬。这时又是一连串崩裂声，致命的木片飞散。这座高大的建筑物明显地倾塌下来，倒进了河里。随之掉进河水中的人徒劳地扑腾着。他们以可怕的速度消失在飞扬的水沫中，水沫之下便是乱石横生的坚硬河床。

木架子倒下的地方升起一朵尘埃聚成的蘑菇云。河水的流淌、伤者的惨叫，各种声音似乎都是从遥远的地方传来的。河水裹挟着一道木梁流过他们所站的位置，然后冲过来一个人。那人还活着，不住地挣扎。他抓住一块半冒出水面的岩石。巴利斯塔一缩身子，将他佩剑的腰带脱了下来。

"别那么干，你他妈的傻吗？"卡尔加库斯大喊。

河水不深，还不及巴利斯塔的腰，但冰冷刺骨，而且河床危险，脚下的石头时有滑动。他在水中跋涉，靴子里灌满了水。那男人离他只有三四步远了，他拼命地抓着岩石。他的胳膊上、头上都是血，很多很多血。

"小心。"

又一块木材旋转着向他们飘过来。巴利斯塔连忙后退，因为站在水中，他迈的步子很高，但动作缓慢，姿势古怪。但时间来不及了，他只能猛地向后一躺，潜到水下，水流喧嚣着堵住了他的双耳，眼前一片模糊。他钻出水面的时候，木梁参差不齐的那一头正巧撞到了他的左肩，顿时一阵钻心的疼痛。血染红了河水。他用右手紧紧捂住肩膀的伤口。

"快上岸吧。"卡尔加库斯就在他旁边的水中。

"我没事。帮我把他弄上岸。"

他们等待着合适的时机。这时，一堆建筑残骸从他们和受伤的苏阿尼阿人之间漂了过去。

"行动！"他们不约而同地喊道。跌跌撞撞地往河里走了五六步，他们就够到了他，一人伸出一只手，架在那人腋下。他们并没有尝试让那人的脑袋始终保持在水面上，因为眼下只有几步路就能上岸了，呛不呛水根本就不是眼下值得关注的问题。他们在河里扑腾着向岸上爬，在飞溅的浪花中不住地吐水。

第二十四章

　　破坏。毫无疑问，就是有人蓄意破坏。他们蹲在尘灰中寻找着证据——几条支撑梁被彻底锯断，断口十分整齐，与木材因扭折和断裂而参差不齐的一端形成了鲜明对比。

　　"技术并不高明。"巴利斯塔说，"他们本可以少锯几根就能引起这场坍塌。"

　　"是啊，真不错，"马克西姆斯说，"这样一来咱们就没必要怀疑那些个训练有素的木匠了。"

　　"死了两个人，还有两个估计也活不长，受伤的有十几个；这起事故对雇工们的士气会带来坏影响。"马斯塔巴特斯说。

　　卡尔加库斯哼了一声，掺杂着不屑与嘲弄。

　　"这是想干掉你吗？"马斯塔巴特斯问巴利斯塔。

　　希波托俄斯接过话头说："应该不是。巴利斯塔最近在脚手架上忙活好一阵了，咱们大家伙儿都是，但并非始终在上头。事故发生时他或者我们中的任何人在那儿附近的概率都很小。"

　　"那么，蓄意破坏我们的任务对谁有好处呢？"马斯塔巴特斯继续为他的问题寻找答案，"里海之门建造的目的是抵御阿兰人入侵。"

　　"我可没在附近见到这个游牧民族的人。"马克西姆斯说。

　　"就算见到了我们也认不出吧。"巴利斯塔耸耸肩，结果一阵疼痛袭来，他宁可自己刚才没这么做。"很多苏阿尼阿人的穿着打扮都和草原上的居民没什么分别——带垂饰的帽子、皮毛做的衣裳，还有那些个动物形象的搭扣和扣钩。我这个纯粹的北方人很难分得清这些个东方人之间有什么区别。在这方面，像希波托俄斯这样的希腊人可能比我好不到哪儿去。除了马斯塔巴特斯，咱们里头还有谁对苏阿尼阿语熟悉到能听出口音有异的？"

"咱们的工程是有悖萨珊人利益的。"马斯塔巴特斯又换了个角度分析，"那些个胡子浓密得跟灌木丛似的波斯祭司老是在波莱谟身边晃悠，他们要想策划像这样的阴谋应该不难。"

听了他的话大家纷纷点头表示同意。

"但也有可能是本地人干的，针对某个人干的，"宦官继续分析，"伊比利亚王国跟这儿只隔着几个山谷。咱们可都从派松妮萨口中听说了，老国王哈玛扎斯普还恨着你呢。"这回巴利斯塔长了记性，没有耸肩。"报应啊……"他喃喃地说。

"当然了，也可能是祸起萧墙。"马斯塔巴特斯继续推理，"苏阿尼阿的国王波莱谟的两个最大的儿子都死于非命。这个家族的成员没有一个是在床上舒舒服服过世的，而且高加索地区历朝历代掌权的家族都是如此。山里的每个人都搅和在世仇中。你要是长了眼睛，就该看得出，阿佐和绍尔玛格两位王子是相互憎恨的。而且，谁说得准赫卡忒的女祭司——派松妮萨那个丫头想要什么呢？据说她可是善于用毒，特别爱利用愤怒和挫败感等情绪操控他人，活脱脱一个现世美狄亚。"

这是巴利斯塔在阿隆塔斯河畔举行的一次非正式会议，参会的只有马克西姆斯、卡尔加库斯、希波托俄斯和马斯塔巴特斯。

四个奴隶——阿加顿、波利比奥斯、马斯塔巴特斯的帕拉斯和希波托俄斯的那耳喀索斯都留在河对岸的库马尼亚堡，给他们看管财物。他们带了年轻的伍尔夫斯坦在身边伺候，此外随侍会议的还有一个苏阿尼阿人，就是从河里救上来的那个人。他叫塔奇恩。尽管他出了不少血，但并没有伤到要害。现在他寸步不离这些救过他的人。通过马斯塔巴特斯的翻译，塔奇恩反复不断地对他们的救命之恩表示感谢。原来，按照苏阿尼阿人那不甚清楚但直接生猛的规矩，这场意外已经让他们结成了兄弟。现在，似乎只有为他们献出生命才算是荣耀的事。塔奇恩十分期待能有这样的机会。

会议结束了。除了继续开工之外没有别的选择：重新搭建脚手架，多安排几个站岗的人。然后他们就解散了。巴利斯塔一边看着工人们回到各自的岗位上工作，一边让卡尔加库斯和伍尔夫斯坦帮他更换肩膀上的绷带。木头的断碴儿撕开了他的皮肉，伤口情况很糟糕。把木头的碎片挑出来是个相当折磨人的过程。伤口依然很疼。因为在河水中跌跌撞撞，屡次摔跤，所以现在的巴利斯塔有个黑眼圈，身上还有好几处瘀青。

"派松妮萨……"塔奇恩开口说道，在他同族人听来，他说的话可能包含了很多内容，但对于其他人来说，只能猜到大概是肯定的意思。

他们一行人策马小跑着，沿峡谷北坡上山，快走到下一个转弯的时候，前方出现了一个女孩儿。她英姿飒爽地骑在一匹栗色马上，金发飞扬。要不是没戴头巾或头盔，他们还不能在这么远的距离发现她。她穿着一身宽松长袍，像男人一样跨坐在马上。

驮马中有一头背上用绳索固定着重物，另外两头共同担着一件沉甸甸的东西。巴利斯塔快速地清点了一下人头：二十三个人，正是他认为他们出发时的人数。

派松妮萨让马放缓脚步，走上前来。"夫人。"巴利斯塔用希腊语跟她打招呼，然后鞠了一躬，以指尖送上飞吻。几匹驮马背上的是猎物。他顿时松了一口气。

"大人。"她坐在马鞍上回了礼。要是别人这样行礼，那简直是粗鲁，可放在她身上，却有着别样的优雅。她环顾四周废墟，问道："是意外还是人为？"她似乎和他弟弟阿佐一样，说话都是这么言简意赅。

"蓄意破坏。"

她点点头，就好像早就料到了一样。"我们得到了月亮女神阿耳忒弥斯的祝福，打到了一头野猪、一只鹿和好些个鹧鸪与沙锥鸟。如果你们有面包和红酒，我们就可以设宴了。"

做饭的过程漫长而磨人。巴利斯塔的阿加顿和派松妮萨随行的各种所谓"烹饪专家"语言不通，这让他们不得不各做各的，结果煮菜炖肉花了整整一下午时间。他们常常要么差点儿酿成烹饪灾难，要么就发生肢体冲突。即便有着高超的语言技巧和外交才能，马斯塔巴特斯对此也无计可施，只能徒自恼怒。不过，太阳落山之后，一切都准备好了。

大多数人都在做饭的地方——他们在帐篷前或者道路两旁的隐蔽处吃，离动物经过的小径不远。只有选中的人才能在库马尼亚堡里用餐，也就是巴利斯塔和他的四个随行人员、派松妮萨和她的四个骁勇战士。

二楼的圆形大厅昏暗而闷热。狭窄的垛口处的百叶窗是拉开的，但火炬发出的黑烟只有很少的一部分能散出去。巴利斯塔记得有人曾经跟他这么说过，不用灯笼而改用蜡烛和火炬的地方就是文明没落之地。大家找出来坐垫和矮桌并对其稍加改进。巴利斯塔和派松妮萨共享一个坐垫，伍尔夫斯坦和她的一个宦官站在一旁服侍。

第一道菜是干豆子做的汤，里面加了莳萝，味道浓郁。这是当地人的最爱。自从到了科尔基斯，大使已经吃过好几次了。通常巴利斯塔还是挺爱吃这道菜的。

这天晚上，他的心思全不在菜肴上，而是变着法子找话题和眼前这个陌生女子聊天。可他脑子里想的尽是一些不合时宜的话题。你是不是被卷入了许多家族世仇中啊？你是不是下毒害过很多人？他把面包撕成一小块一小块的。派松妮萨本人十分安静，似乎心事重重的。要是只剩下他们两个人，谈话一定会很快就陷入尴尬的沉默。

幸好其他人都还聊得热络。四个苏阿尼阿人讲着希腊语，马克西姆斯同往常一样，聊得热火朝天。他挥舞着双手，无比细致地讲解着各种耸人听闻的故事。他滔滔不绝地讲着，每次都好不容易才抽空喝上一大口酒。马斯塔巴特斯也做得不错。没想到的是，他这么一个习惯了锦衣玉食的宫廷生活的人，在荒蛮的崇山峻岭中这么一座条件艰苦的堡垒中，看起来并没有不适应的样子。在这样的环境中，巴利斯塔并不指望卡尔加库斯能有什么良好表现，但有人问到他话的时候，他回答起来竟然分外礼貌。可是，希波托俄斯的表现令人失望。他几乎不怎么说话，而是坐在那里有意地盯着一个苏阿尼阿人看。天啊，巴利斯塔想，他最好是在给对方相面，不然，要是这个希腊人想打一架，宴席上就得见血了。

主菜到了。桌子上摆着一盘又一盘烤肉：鹿肉、野猪肉、鹧鸪和沙锥鸟。做饭时，苏阿尼阿人坚持反对阿加顿炖鸟肉却不烧开的做法。宴席上没什么素菜——不过是卷心菜和蒜而已，但是面饼挺多，掺着山羊皮味儿的红酒更多。

巴利斯塔稍稍收回注意力。派松妮萨刚刚问他关于索里战役的事情，他就是在那场战役中打败了萨珊国王。于是，巴利斯塔将整体战略和详细的用兵情况讲解给她听。她抓住每一个机会表现出自己对此很感兴趣。尽管喝得有些晕，他依然清楚她这是在迁就和引导自己。不过，他并不介意，反倒是很感激。

马克西姆斯刚讲完他常说的那个关于偏远要塞的年轻军团指挥官和骆驼的事，苏阿尼阿人就爆发出一阵笑声。晚宴气氛不错。大家都很尽兴。就连巴利斯塔都放松下来。然后她顽皮地问他俘虏了萨珊国王的整个后宫有何感受，是不是美女多得眼都看花了？是不是着实堕落了一把？她格外强调了最后这个问句，把他问得词穷了。

巴利斯塔并不想回忆他在那顶紫色的绸缎帐篷里做过些什么。他将红酒倒在祭台上，浇熄了圣火。然后，一时兴起，他还杀了两个阉人侍从。他也不想回忆自己对最受沙普尔宠爱的妃子——洛葛仙妮做了什么。事后，他半裸着颓然坐在萨珊宫中的王座上，大口地喝酒，那女子在一边哭泣。就连马克西姆斯进去看的时候，都一脸惶恐。当然了，巴利斯塔当时以为他的妻儿都罹难了，所以一时失去了理智。但是关于行为完全失控的回忆是痛苦的。那时的他抛掉了风度，在任何希腊人或罗马人看来，他的举动不过是印证了他野蛮人的禽兽本质。

看到情况不对，派松妮萨赶紧转移话题。她摆出十分信任他的样子，对他大诉苦水，说她亡夫的父王哈玛扎斯普有多糟糕，愚昧无知、餐桌礼仪也一塌糊涂，在挑女人方面口味奇葩，对男孩儿、甚至男人的审美也是如此。关于后者，巴利斯塔可不愿多想，但是他很感激她这样滔滔不绝地讲下去。

大家口中还残留着羊肉的余味，但吃下几颗红酒煮过的梨子之后，正餐终于算是结束了。这时，核桃、奶酪、蜂蜜、苹果干、烤蚕豆和更多的面包端了上来，吃这些食物是为了吸收刚才灌下肚去的那些酒。

巴利斯塔身边的人们你一言我一语地聊着，但他始终没插话。他知道自己为什么心烦意乱，是因为她的靠近。她说话、微笑和移动身体的样子，一切的一切都让他清楚地意识到她的身体在向他贴过来。

最后，晚宴终于要结束了，巴利斯塔这才松了口气。他站起来，身子有些摇晃，口中说着祝大家晚安的话。宾客们纷纷离开了。巴利斯塔走到堡垒的最顶层，这里就是他的临时居所。伍尔夫斯坦帮他脱下了他最好的那身长袍，端上来一碗水，然后退下了。卡尔加库斯从门后面冒出脑袋来的时候，巴利斯塔正在洗澡。

"那女人要给你送上一份礼物。"

两个宦官进来了。二人抬着一卷似乎很重的丝绸地毯。他们小心翼翼地将毯子放在地上。其中一个向前一步，鞠了个躬。"我们的女主人吩咐过，只有您一个人的时候我们才能为您打开礼物，基里耶。"

巴利斯塔给卡尔加库斯递了个眼神，表示虽然他没穿衣服，伤了一条胳膊，但几个宫里的宦官对他还构不成威胁。这个喀里多尼亚人扮了个鬼脸——也许那是个笑脸——然后退下了。

两个宦官轻轻地将绣着花边的柔软地毯展开。一团白花花的肉体和一蓬金发现了出来。他们扶她站起来。她全身赤裸，因为怕自己笑出声来，始终咬着大拇指。两个宦官依次向她和他各鞠了一躬，然后退出了房间。

她放下挡在身前的双臂，好让他看到她的全部胴体。她脸上挂着微笑。全身上下，她只戴着一条项链，链子上挂着一两个项坠，除此之外，别无他物。"我是克里奥佩特拉，你就是恺撒。"她说。

他走上前去。她抬起双臂搂住他的脖子，小心翼翼地避过他带伤的肩膀。他则环着她的腰。她仰起脸，他低下头。他们吻到了一起。他的双手抚摸着她玲珑的背，将她揽到怀中。她紧紧贴着他的胸膛。她身材高挑，身上散发着一股清香。他细细嗅着她的身体。她向后仰着身子，抬头看他。她一双蓝灰色的眼睛闪闪发亮，勾得他体内涌起一股熟悉而强烈的欲望。一切都在往好的方向发展，而且不是一般的好。

凌晨时分，巴利斯塔就醒了。他惊恐万状，大汗淋漓，心脏怦怦直跳。那女子就睡在他身旁。月光从狭窄的垛口照了进来。巴利斯塔强迫自己坐起来，望向屋子的另一端，去看他早就知道会看到的一个场景。门边上，正如他所料，站着一个戴兜帽的高大身影。那张硕大而惨白的脸上，一对灰色的眼睛充满了仇恨。

"有话就说。"巴利斯塔说。

"我会在阿奎莱亚再次碰见你。"马克西米努斯·色雷克斯说道，尽管他已经死了二十几年了。

像以前每次那样，巴利斯塔鼓起勇气，回应道："到时见。"

原本睡着的派松妮萨动了一下，伸出一条胳膊环住他。巴利斯塔低头看她，只见她睁开了双眼。他又抬头去看房门。那个恐怖的身影已经不见了，空气中只剩下他那打过蜡的帆布斗篷的臭味儿。

"怎么了？"她一下子清醒过来，迅速地扫了一眼房内，但什么危险都没发现，这才放松下来，"你就像看到赫卡忒真身了一样。"

巴利斯塔想努力挤出一个微笑，然后说两句调侃的话，但两样都难做。他只好重新躺下。

"告诉我，怎么回事？"她说。

他开始跟她讲——那个把他从他父亲的大殿中带走去做人质的百夫长，阿奎莱亚的攻城战，他们的阴谋，他用铁笔深深插进皇帝的脖子里，马克西米努斯的头被砍了下来，尸身也遭到亵渎，自此那恶魔常常入梦，重复着阿奎莱亚的诅咒——他将这一切都告诉了她。

派松妮萨听他讲完了，在他胸膛上吻了一下。

"你觉得这会不会只是一个梦？"他问。

"这可能只是一个梦而已，不过当然了，死人也可能会走来走去。"她又在他的胸膛上吻了一下，"总之别再去阿奎莱亚那座意大利城市，那就什么都不会发生了。"

现在，他脸上才有了点儿笑意。"除非也有另外一个地方叫这个名字，或者说'阿奎莱亚'指的是另外什么东西——一种心理状态。"她灰蓝色的双眼凝视着他。"那恶魔一晚上会来两次吗？"

"不会。"

她吻上了他的双唇，又吻了吻他的胸膛。他感觉到她的头发正沿着他的身体向下滑。她开始做一件能让大多数男人都抛却烦忧的事，至少在做的时候能起到这样的效果。

日出前一个小时，伺候她的宦官返回房中。她叫他们在一边等候，然后转身面向他。

"我可不再是个年轻小伙子了。"

她权当没有听见。

她走后，他洗漱、穿衣、吃早饭的时候，不得不面对伍尔夫斯坦、卡尔加库斯和其他人露出的狡黠的微笑。马克西姆斯不厌其烦地调侃他的样子有多疲惫。巴利斯塔不由得想，要是能生活在人人都有隐私的地方该多好。在日耳曼尼亚，宫廷里，他去过的任何地方都是一个样。穷人们很多人挤在一间屋子里住，而富人们的房子里到处都是仆人。正如有的讽刺作家写的那样，"安德洛玛刻跨坐在赫克托耳身上的时候，他们的奴仆纷纷将耳朵贴在门上，开始手淫"。要是能生活在一个你在做爱时能相当肯定没人会听到动静的地方，那该多好。尽管有这样的想法，巴利斯塔发现自己竟然面带着微笑，这种微笑和他在身边那些扬扬自得、讨人嫌的那些人脸上发现的一样。

有人来报，说派松妮萨夫人要走了。他们踩着石头过到河对岸，衣袍半湿。派松妮萨独自骑马走上前来，将随从们留在原地。巴利斯塔鞠了一躬，献上一个飞吻，祝愿她一路顺风。她也极正式地还了礼，说了几句祈求诸神庇佑他的话。他眼前突然闪过她裸体的样子，她用手撑着，跪在地上。他一定要再和她来一次。她微笑着，一脸调皮的样子，就好像已经看出他在想什么了一样。她从马鞍上探下身来，递给他一样东西。

这是一块串在金链子上的纯白宝石。"它来自普罗米修斯被囚的那座山峰。"她说，"对梦魇有奇效。"他对她表示感谢，然后将项坠戴到脖子上。她掉转马头，向南边去了。

他们返回施工现场，发现苏阿尼阿人起了变化。尽管他们永远也不会像得到自由的许诺的奴隶一样拼命干活儿，但是显然他们比以前的状态积极了许多。这也许和派松妮萨的到来有关系，或者是因为巴利斯塔救了塔奇恩。不管是什么原因，他们都勤快多了。

只几天的工夫，工程进度就很明显。脚手架重新搭起来之后，小路上的大门就开始成形了。阿隆塔斯河河中央的新桥墩也到位了，他们开始试验性地往上搭一段木材。最后，桥的一端会和库马尼亚堡的塔楼连在一起。

这次重新动工有了新气象，还采用了更合理的作息安排。第一道晨光照下来的时候，普罗米修斯和赫拉克勒斯的祭礼就开始了。为了尊重当地人的风俗传统，他们不会在典礼上向宙斯或雅典娜献祭。雇工们的早餐是芝士配热面包。这些食物会由当地厨子在路的另一侧架起炉灶烤制。为了避免堡垒里的人们被炊烟呛到，阿加顿会和其他厨子在同一场地中为他们做饭，然后踩着石头将做好的餐点端到这头来。他们的神祇得到了供奉，胃口也得到了满足，然后雇工们就回到各自的位置上开工了。午餐比较简单，无非是更多的面饼，但会和汤或者小米粥一起送到雇工工作的地点。工作一下午之后，又要举行一轮祭典。到了晚上，苏阿尼阿人可以在篝火旁自由自在地吃肉、喝酒，唱他们当地那些忧伤的歌谣。

第六天早上，阳光照到峡谷的山尖上的时候，巴利斯塔已经站在碉堡的城垛口了。他俯瞰着黑乎乎的河流和道路，看着熊熊燃烧的营火还有修建到一半的防御工事。但他脑子里想的多半还是派松妮萨。多年来，他的朋友们都为他感到吃惊，吃惊于他对妻子的忠诚。反正马克西姆斯是从来没理解过他的这份忠诚。甚至在很多场合下，他们喝多了总会不可避免地说到这个，巴利斯塔都得费劲地解释他保持忠诚的真正原因。除了洛克夏恩——他对这件事感到十分愧疚——他没有和其他任何一个女人上过床，因为他爱自己的妻子，不过也有另一个原因，那就是他的一个奇怪的小迷信。不知怎的，他自己觉得，要是他和别的女人乱搞，下一次打仗的时候他就会丧命。他认识的几乎每个战士都有一件据说能保佑平安的护身符，比如罗马战士那缀满了小玩意儿的腰带。巴利斯塔则把他对妻子的忠诚之心当作自己的护身符，就和其他人随身带的小块儿海豹皮、兔子脚或者其他类似的小装饰品一样。但在索里他要了洛克夏恩，随后的塞巴斯特战役中他也没死，除了加利利、埃美萨、以弗所和狄迪姆，哪怕去了其他盘旋着亡灵的战场他也没死。他和朱莉娅之间的关系有点儿不对劲儿，从他自加利利回去之后就不对劲儿了。他也不知道是为什么。是的，他想可能是因为自己觉得内疚吧，但毕竟男人天生不适合一夫一妻制。独身又对男女健康有害。现在朱莉娅远在天边，派松妮萨又……比他见过的任何一个女子都狂野，比他年轻时上过的任何欢场女子都狂野。他再次沉湎于对她的肉体和她的床上功夫的幻想中。

　　河的对岸出了岔子，尖叫声传来，一堆营火附近聚起了一群人。一个男人在地上痛苦地打滚，是阿加顿。巴利斯塔走向活板门，顺便抓起他的佩剑腰带，顺着梯子爬了下去。

　　卡尔加库斯在楼下与他碰了头。"阿加顿……"

　　"我知道。在这儿等着，设一个岗哨，然后把门关好。"

　　其他人还在二楼。"马克西姆斯，和我一起去。其他人就守在这里。"

　　于是巴利斯塔和马克西姆斯走下室外的台阶，塔奇恩也跟了上来。这个苏阿尼阿人毫无惧色。沉重的橡木门在他们身后发出一声闷响。巴利斯塔想，不知道时间还来不来得及让他们披上锁子甲。

　　当他们来到河对岸的时候，他们不得不用肩膀挤进密不透风的围观人群中。阿加顿倒在地上。他抓挠着自己的眼睛，身体不停地抽搐，身上都是吐出的秽物。苏阿尼阿人面无表情地看着他。巴利斯塔和马克西姆斯分别跪在他两侧，牢牢地按住他。阿加顿又吐了一口，然后死了。

　　一片死寂中，塔奇恩跪到地上，捧起死去的奴隶的头。他将脸凑近尸体，但并没有接触尸体。塔奇恩嗅了嗅，用母语说了句什么，然后又用希腊语说了一个词：毒。

第二十五章

因为阿加顿被害一事，情况起了变化。现在巴利斯塔和他的亲信平常也总是全副武装。白天安排了警戒哨，晚上，库马尼亚堡的门窗都关得严严实实。这里还设了一个值夜的看守。巴利斯塔和他的亲信们的所有饮食都储存在堡垒内，而且波利比奥斯和伍尔夫斯坦做饭也要在堡垒内。此时此地，他们被群山包围，孤立无援，而且尚不知潜伏在身旁的敌人有几个。至少库马尼亚堡看起来坚不可摧，格外安全。一道心理上的防线很快便建了起来。

工程进展倒是十分顺利。堡垒外干活的苏阿尼阿人似乎并没有受到投毒事件的影响。马克西姆斯认为，事情也就到此为止了，不会有再多意外。切割成形的石砖一层又一层地垒了起来，建成了大门。过河的木板桥也铺设完毕。要想往西在天然岩面上动工还有一些实际困难，但没有什么困难是巴利斯塔不能解决的。

距离八月一日还有七天时间，阿加顿被害已经是十五天前的事了。这些天里，一切如常。工事已经几近完工。巴利斯塔觉得八月一日应该就能竣工。一切尽在掌握之中。

下午刚过一半，就有信使到了。他从南面来，给巴利斯塔捎来一封信。信上写的是希腊文，显然是个女子的笔迹。写信人说希望这封信能顺利送到他手上，还问那块宝石是否起了作用，感谢他上次的盛情款待。无疑，这是派松妮萨写的。她写信是想邀请他骑马下山，晚上去她在迪凯奥新村的宅邸一会。谨慎起见，最好是巴利斯塔独自前往。

除了马克西姆斯，巴利斯塔的所有其他亲信一致认为他不该去。因为那简直是疯了。这封信可能根本不是她写的，就算是，也可能是个陷阱。不管是不是她写的，这件事都太危险了。在这险恶的崇山峻岭间，可是有人想置他们于死地啊。这些苏阿尼阿人又不可信。

但巴利斯塔心意已决，他要去。如果非要去，他们说，他也不该独自前去。在这一点上，就连马克西姆斯都站在他们那一边。那些个山里莽夫看到独行的陌生人，肯定会毫不犹豫地割断他的喉咙。于是，巴利斯塔妥协了，他表示愿意带上一个人。苏阿尼阿人塔奇恩用他知道的一点儿希腊语请求陪伴巴利斯塔左右，他说，血誓，他已经发了血誓，乐意为巴利斯塔去死。大家都不赞同，他只好捂着脑袋溜到一边儿去了。马克西姆斯坚决不同意。他陪伴巴利斯塔多年，决不允许这么个可能连剑头剑尾都分不清的臭小子把他挤到一边儿去。

巴利斯塔的御下手段很老练，他提醒塔奇恩，救他一命的还有卡尔加库斯。所以他发的血誓也理应包括这位老人家。塔奇恩必须留下来保护他的安全，如果做不到，塔奇恩也该乐意为他去死。尽管眼中闪烁着不少疑惑，塔奇恩还是同意了这个说法。马克西姆斯将与巴利斯塔一同上路。他们准备第二天晚上就回来。他们不在的时候，这里由卡尔加库斯负责。每个人都必须无条件执行他下达的命令。除了塔奇恩之外，其余苏阿尼阿人都不得进入堡垒。他们都明白吗？

黄昏降临后不久，西边的天空依旧是一片紫红，三个当地装束的男人就踩着石块儿横穿过阿隆塔斯河，来到了拴马的地方。他们装好马具，骑上马，一路往南去了。

起初，他们没有开口交谈。后来天彻底黑了下来，他们头顶上挂满了星辰。能走出堡垒，远离大路，其实真的很不错。晚上骑马也很不错。阿隆塔斯河在他们一侧哗哗地流淌着。几匹马步子轻快，时不时竖起耳朵来，盯着前方浓重的黑暗，似乎在看人们看不见的什么东西。

当路旁的岩壁逐渐退远，村野地带开阔起来的时候，他们才开始说话。马克西姆斯解开一直包裹着他下半张脸的头巾系扣。"你觉得我会不会因为戴这玩意儿被传上什么啊？"

"那简直是一定的，虱子呗。"

他们说的是马克西姆斯的家乡话。

"我们冒着生命危险只为了让你能睡她一回，你觉得这样明智吗？"

"看来你'漫漫长路上的穆尔塔夫'是永远也不会做出这种事儿来的，是吧？"

"我活六辈子也不会干一次这种蠢事儿，你说她身边有没有一两个女仆？"

"没有，只有宦官。但是我相信，你要是能倾心，他们会很感激的。"

他们跨过了一条汇入阿隆塔斯河的溪流。星光下，溅起来的溪水闪着光，河床上的石头在马蹄下发出咔嗒咔嗒的声响。

"你还记得我们穿得整整齐齐在阿瑞忒城城墙上的那次吗？"

"就是有个士兵说巴利斯塔的侍卫是他见过的最丑的蠢蛋之一那次？"

"没错。还有一次我们在考瑞克斯扮作渔夫。"

"塞巴斯特。"

"什么？"

"那是在塞巴斯特。"

"不管在哪儿吧。天啊，那次好多天我身上那股味道才散去。还有一回，在以弗所，你让我把脸涂黑扮成农神节之王，制造混乱。"

"都是些快活的日子啊。你还记得你在马西利亚穿的啥吗？"

"当然了，你老是爱提那次，尤其是我正聊得开心的时候。"

差不多半夜的时候，他们来到了两条小河，它们是从阿隆塔斯河两侧与其交汇的地方。过去就是迪凯奥新村了。一座没有护墙的苏阿尼阿人村庄。他们确实没必要建护墙，因为每家每户都相当于一座小型碉堡。信使领着他们穿过一条小巷，巷子尽头是一堵没有窗户、大门紧闭的墙。他吹了声口哨，大门应声而开。

巴利斯塔让马克西姆斯在门房处等候，把马也留在门口。他跟随信使走上几段台阶。这座房子很大，比周围其他宅院更有地中海风格。顶层，一个宦官正坐在雕花木门外一个有流苏装饰的垫子上打盹。等那宦官终于醒了站起身来，信使才一言不发地下楼去了。

"大人，请稍后。"宦官轻声叩门，然后悄悄走进屋里。

巴利斯塔等了很长时间。

宦官从屋中退出来，恭恭敬敬地向巴利斯塔鞠了一躬，挥手示意他进去。

里面点着几盏小灯笼，但这间天花板极高的宽敞屋子依然光线暗淡。屋里弥漫着香气，地毯和幔帐也随处可见。一张大床紧靠着最远的那堵墙，上面堆满了坐垫和靠枕。派松妮萨从阴影中走了出来，这一次她没有裸着身子，起码不是全裸的。她穿了一件贴身的丝绸长袍，隐隐约约可以看到她的胴体，好似一尊女神的雕像。这一身更加凸显出她曼妙的身姿，比全裸更能打动人心。

"大人。"她说。她鞠躬的时候袍子前襟敞开来，他都能看到她的胸部。她的皮肤上泛着一层光泽。

　　派松妮萨收拢袍襟，她坚定地推开他伸来的双手。她取下他的头巾和外衣，帮他解下剑带，卸下锁子甲，然后把这些都归置到房间一角。然后，她端来一碗水，还拿来一叠毛巾，让他坐下。她为他清洗并擦干了双手，帮他脱掉靴子，又帮他清洗并擦干了双脚。从始至终，她都回避着他伸过来的手。

　　她起身给他倒了一杯酒。这次，他终于逮到她了。他抓住她，让她坐在他腿上，酒洒了一地。他亲吻着她，双手肆无忌惮地在她身上游走。她扭头，转开嘴巴，大笑道："我就想看看自己能让你等多长时间。"他们一边接吻，他一边扒下她的衣衫，最后在地板上滚作一团。

　　完事后，二人连衣服都懒得穿上。她裸着身子轻巧地走到门口，打开门，吩咐宦官去端点儿吃的喝的。巴利斯塔下了床，伸了个懒腰。她走过去站在他面前。她个子很高，比他矮不了多少。她看着他肩膀上刚刚结痂的伤口，用指尖轻轻从上面划过。然后她低下头，轻启双唇，沿着那道伤口舔了一遍。

　　宦官悄无声息地走进屋里，将端来的餐点摆放在一张餐桌上。派松妮萨丝毫不在意那个宦官的存在，巴利斯塔在努力克制住自己的情绪。她不知羞耻为何物，从来都这么简单直接。宦官鞠了一躬，然后退出房间，她便立即跪在他身前……

　　第二天，巴利斯塔在她的大床上醒来。因为宿醉，他的头有点儿疼，但他心情很好。他能闻到自己身上有她的味道。

　　派松妮萨早已起来了。她换了件依然透明的长袍，正在吩咐她的仆从把早餐放在什么地方。空气中弥漫着热面包、培根和其他食物的味道。她狡黠地向巴利斯塔微微一笑。"他们准备了好些个吃的。你今晚就走的话实在是不明智，因为你也许该多补充些体力。"

　　这一天过得极其慵懒。几个宦官抬进来一浴盆热水。沐浴过后，巴利斯塔和派松妮萨为彼此涂抹浴油。二人开心地吃喝、交谈。直到中午，马克西姆斯进来了，他问巴利斯塔是否需要什么。巴利斯塔回答不需要，马克西姆斯只好退下。午后，就像安德洛玛刻骑在赫克托耳身上一样，派松妮萨又和巴利斯塔做了两次。这种被新欢唤起的活力他已经久违了。

天黑下来的时候，他说他得走了。她说："不要。"然后在床上摆好姿势……完事后，他们一起躺在床上，气喘吁吁，激情难消。

门被猛然撞开。一道强光射入屋内。几个男人冲了进来。巴利斯塔一个鲤鱼打挺，从床上跳起来。两个男人挡在他和他的武器之间，手执利刃，虎视眈眈。

"我这个姐姐就是个荡妇。"来的是绍尔玛格，跟他进来的六个手下不是苏阿尼阿人，而是北方的游牧民族，屋外还有更多。

"你要做什么？"派松妮萨下了床。她的脸被气得煞白，但并没有紧张地遮盖胸脯和下身。此时此刻，巴利斯塔竟然想起了无关的尼多斯的阿佛洛狄忒。

绍尔玛格没搭理她。他从大衣里掏出一把白色的芦苇，把它们随意撒在地上。"早春黎明割下的。这是你割的，你给赫卡忒献祭，为那个臭婊子大唱赞歌的时候割的。现在是这些芦苇回敬你的时候了。"

巴利斯塔站得笔直。他掂量着、计算着。他手边只有一个小桌，再无其他东西可以当作武器。离他最近的两个人死死盯着他的一举一动。

"你这个蠢货，绍尔玛格。"她咬牙切齿地说，"我真想替父王问问你——你到底对我们的兄弟同胞做了些什么？"

绍尔玛格微笑道："你忘了，杀死米特拉达梯和查希乌斯的可不是我一个人。"

"父王不会信你的，阿佐也不会。"

听罢绍尔玛格竟然大叫起来。"这对我来说真的无所谓。他们现在也正在被追捕。"然后他沉下脸来，"因为你背叛了我，所以我不得不提前行动。"

这位苏阿尼阿王子上前一步。他的手下死死盯着他们。巴利斯塔想，不知道马克西姆斯哪里去了。

绍尔玛格猛地扇了他姐姐一巴掌。她后退一步，找东西将自己的身体遮了起来。绍尔玛格指着巴利斯塔说："我派你接近这个野蛮人是想让你杀掉他，可你这个婊子竟然把他勾上了床。就因为你留了他一条命，里海之门都快完工了。"

他又扇了她一巴掌。"快完工，并不代表已经完工了。今天阿兰人已经通过那里了。"

"你是个蠢货。"她压低声音，口气中充满了威胁。"阿兰人才不会臣服于你，他们会为了他们自己占领苏阿尼阿。"

"你跟咱们的父王、兄弟和议会成员一样，你们所有人都太小看我了。"绍尔玛格耸耸肩。不管怎么样，你们都永远没机会知道了。你的不知羞耻和淫欲将你和你的野蛮人送入了我的手中。等到明天，你们俩都会被扔到"渎神者之口"中。三十天后，迈俄提斯湖上空的秃鹫就会把你们身上的烂肉一块块扯下来。

第二十六章

黑暗并不浓郁。他头顶上的活板门有几处小孔，透出微弱光线。巴利斯塔宁肯没有光，因为借着光他意识到自己所处的空间十分狭小。

这间囚室位于地下，而且显然是从天然岩石中凿出来的。巴利斯塔不得不小心翼翼地移动重心。他身后、屁股和脚踝下面的岩面凹凸不平、粗糙不堪。空间根本不够他站直或坐下的时候伸直双腿。他感觉到四周围着他的庞大石块儿似乎在不断迫近，限制他的行动，甚至企图碾压他。对密闭空间的恐惧一直是他的软肋。他坐下，双臂环绕着膝盖，在臭烘烘的黑暗中。他不知道自己要在这里待多久。

上面，派松妮萨的囚室里，绍尔玛格正不急不慌地享受着此时的乐趣。这位苏阿尼阿王子又甩了他姐姐两个耳光。她抬起胳膊试图保护自己的脸。他大笑起来，捉住她的手腕，又给了她两三个嘴巴。几个阿兰人乐呵呵地欣赏着她的胴体和痛楚。但是盯着巴利斯塔的两个看守一点儿没有松懈。北方人颓然坐下，故意装作无精打采的样子，希望这样能制造逃跑的机会。

绍尔玛格用他们的语言跟那些游牧民说了几句。其中一个人，可能是头领，回答了些什么。他正一边咧嘴笑着，一边盯着牢里的女人看。"我刚刚问他的人想不想要你。"绍尔玛格说。他攥着她的手腕往高处扯，将她的身体完全暴露在男人们的视线下。她朝他吐了一口，口水顺着他的面颊淌下去。于是，他扬起拳头，狠狠给了她一下子。她的嘴唇顿时迸出鲜血来。她弟弟从上到下，慢悠悠地打量着她，目光中一点儿姐弟之情都没有。"不，要是我……"他又打了她一巴掌，"让这个野蛮人和所有其他人都上了你，让你满身污秽地死去。"

"不用铁器，也不用毒药。"她的声音竟然稳定如常。

绍尔玛格脸上泛起微笑。"不用毒药，也不用铁器。我说到做到：就把你丢到渎神者之口中。"把他们带下去。

囚室中，黑暗渐渐弥漫，吞没巴利斯塔。他尽量保持平稳的呼吸，让自己不害怕。马克西姆斯在哪儿？他怎么样了？"你需要什么吗？""不，不需要。"如果这是他留在世间最后的字句，那说得也太少了。绍尔玛格并没有提到那个希伯尼安人。哪儿也看不到他的影子。派松妮萨已经被拖出去了。巴利斯塔不知道她被拖去哪儿了。她走后，四个阿兰人推搡着他向她原来的囚室里面走去。他东倒西歪地往里走，做出一副颓废的样子，其实是在暗暗等待时机。他们没有绑他的手，但机会迟迟没有出现。在凿出来的石头走廊尽头，有一扇被掀开的活板门。他被粗暴地推了下去，来到一个与外界隔离的小号里。然后，活板门被砰的一声关上了。神啊，他祈祷马克西姆斯逃脱了。

阿兰人已经穿过里海之门了。那么卡尔加库斯和其他人怎么样了呢？那座小小的库马尼亚堡和巴利斯塔见过的其他要塞一样坚不可摧。但是一次奇袭或叛变足以攻下任何地方。如果他们有时间进入堡垒避险，里面有足够数月的存粮。但是他们事前是否足够警惕呢？是否会允许别人与他们一同进去避险呢？其他人中会不会出叛徒？要是敌人不分昼夜地对他们发动攻击，那他们在筋疲力尽之前能坚持多久呢？

独自在暗处，他开始想他的儿子们和他的妻子。也许这么多年来他的直觉都没错——和别的女人上了床他就会丧命。上帝推磨的速度虽慢，但被碾过的无不化为齑粉。他从这句谚语又想到了欧里庇得斯的话：

> 正义的致命重击，不会迎面向你袭来，一定不会，
> 即便是恶贯满盈之徒，也不会有此遭遇；
> 它只会，而且一定会，轻声缓步地靠近，按照自己的意志，
> 尾随恶人，趁其不备，轻而易举将其俘获。

他不想自怨自艾。要是不出意外，在他们把他缝到麻袋里之前，他应该会抵死反抗。

这时，上方传来模模糊糊的声音。是脚步声。沉重的脚步声越来越近。不是一个人。不要，巴利斯塔想，可别和埃德萨的遭遇一样。他再次回忆起那间牢室发生的恐怖事情，一个叫瓦尔丹的波斯人和一个叫汉密匝斯普的伊比利亚人不断踢打他，踢得他翻来覆去，还拉扯他的衣服。后来，"波斯男孩儿"，也就是被叫作霍尔米兹德任拜火的教祭司来了，他才获救，那次真可以称得上是个奇迹。

脚步声就在他正上方。也许今天就能没有痛苦地死去吧，总好过拖到明天死。巴利斯塔想蹲起来，但他的双脚不听使唤，胳膊也在不停地发抖。

活板门突然打开，射进来的光让他一时什么都看不见了。"把他弄出来。"有人说。他努力往上爬，有一双手抓住他，把他拽了上去。他站在地面上之后，那双手依然没有松开。

"赫卡忒，你都臭了。"一个女人的声音。巴利斯塔强迫自己把眼睛开。眼前是派松妮萨，不只是她，她后面是马克西姆斯。

"怎么回事？"巴利斯塔身体摇晃着，咧嘴笑得像个傻子，他想亲

亲眼前这两位。他们都好好地活着，还解救了他。神啊，这太棒了。

"赶紧穿上衣服。"她并没有笑。在场的还有第三个人，一个苏阿尼阿战士。他递过来一摞衣服。巴利斯塔开始穿裤子、长袍、靴子和其他衣物——一整套当地人的行头。他肌肉有些痉挛，笨手笨脚地。马克西姆斯只好上前帮他。

"事情发生时我正在外面，在一个男人也许能找到乐子的地方。"马克西姆斯懊悔地摇摇头。"结果那儿啥也没有，是我去过的最无聊的地方了。没有酒馆、没有窑子，也没有浴场。那个破地方连杯酒都没得喝，更别提女人了。真是失策。总之，我在回去的路上郁闷极了。这时候，我突然发现绍尔玛格正沿着路往那边走，而且不是一个人。于是我赶紧跑回去，吹口哨，召唤我们这个忠诚的信使，老卡布里阿斯，就是他……"说着他冲身边的苏阿尼阿人点了下头，"和他的一个朋友。绍尔玛格和他的人从前门突破的时候，我们从后墙翻了出去。卡布里阿斯的兄弟跟那儿就隔着一两条小巷子。他给我们提供了藏身之地。天啊，你能不能集中精神听我讲，他妈的，你站稳点儿。我这不是在给小孩儿穿衣服吧。我们派了个男孩儿去打探情况。那孩子回来说，绍尔玛格给自己奔丧似的已经骑马走了，还带走了房子里剩下的所有十个人。所以我们想，过会儿我们就赶回去。好了，这下你看起来帅多了，像个当地的山野蛮子了。"

"他有杀人的天赋。"派松妮萨说。

"谢谢夸奖，夫人。"马克西姆斯冲她鞠了一躬，然后向巴利斯塔微笑道，"你的盔甲、兵器还有马都在院子里。"

"杀了几个？"巴利斯塔问。

"一共十个人，他杀了五个。"派松妮萨说，"现在我们必须走了。把帽子戴上，遮住脸。离开这座村庄之前，咱们谁都别说话。这里还有我弟弟的人。"

走廊尽头有两具尸体，到处是血。外面尸体更多。

宛若森森白骨的月光下，一个战士和一个宦官正牵着马。巴利斯塔现在终于恢复了理智。他歪歪扭扭地穿上锁子甲，扣上插着兵器的腰带。随着动作，他身上的作战工具铿锵作响，令人格外心安。马克西姆斯抛给他两把匕首，他将匕首分别插在脚上的两只靴子里。

"把头盔戴上。"派松妮萨低声吩咐。

巴利斯塔和马克西姆斯照做了。"你的头盔挂在马鞍下头的棍子上。"马克西姆斯悄声说，"上面还挂着食物和水。"

"别说话了。"她说。

巴利斯塔看到他的马鞍上还挂着一个弓袋，满意地点了点头。

他们上了马。不知从哪儿冒出来一个女人，将宅邸大门的门闩拉开。于是，六个人骑马经过她身边的时候，她行了一个大礼，整个人匍匐在尘埃中。他们走后，大门又轻轻地合上了。

在死寂的夜里，骑马穿过一座小镇或村庄总是带给人一种怪异的感觉。朦胧的夜色中，本该有人经过的地方会出现一两只流浪猫，时不时有狗吠声打破宁静。此时，他们走在敌人的地盘上，遇上任何人都极有可能意味着被发现，从而引发一场灾难，这种怪异的感觉变得愈发明显了。赫卡忒的女祭司带领着这一行面目模糊的人影走过一条又一条小巷，路过数个似乎潜伏着她侍奉的冥界神祇的奴仆的十字路口。马蹄的嗒嗒声、皮革的嘎吱声、杂物碰撞的叮当声回荡在小巷两侧空白的墙壁和紧闭的窗户间，简直是故意想让村里百姓醒过来，招惹麻烦。到时候他们一定会猜测，是谁这么晚了还在外面游荡。

似乎走了很长时间，他们才终于经过最后一栋沉睡的房子，将村子甩在了身后。他们几个人顿时松弛下来。就连马也似乎走得比先前欢快多了。派松妮萨加快速度，让马小跑起来。

他们一言不发地骑在马上。女祭司、她的情人、她情人的侍卫、两个战士和一个宦官——这是受到环境所迫才凑到一起的奇怪组合。他们跑马的声音飘荡起来，消散在空旷的山谷中。

过了一个半小时左右，派松妮萨才慢慢停下马来。他们溜下马鞍，和马并排走着，好让它们喘口气。周围的夜色依旧浓重。

"我们为什么要往南走呢？巴利斯塔问。

"绍尔玛格和阿兰人是去围攻库马尼亚堡了。我们的兄弟阿佐就在那儿。"说到这儿她发出不屑的笑声，"似乎有谣言传到我最长的哥哥耳朵里了，说是北方的野蛮人巴利斯塔非礼了他的一个家庭成员。他可是将家族荣誉和财产都十分看重啊。我觉得我对他来说就是这两者的至高代表。昨天，阿佐去探望我。不知怎么的，他就在路上撞上了阿兰人，最后不得不带着他的人逃跑。"

"他们有多少人？"

"只有六七个。"

巴利斯塔计算着：卡尔加库斯、希波托俄斯、马斯塔巴特斯、三个奴隶和年轻的伍尔夫斯坦、苏阿尼阿人塔奇恩，再加上刚才说的七个苏阿尼阿人——十四个人都到了可以一战的年纪，还有一个男孩儿。人数较多，这意味着他们因为疲惫而交出要塞的可能性极小。如果被围困的时间太长，补给肯定有些紧张。巴利斯塔还有更担心的事，他的人比较多，如果苏阿尼阿人中出了叛徒，那么事情就会变得复杂了。

在朦胧中，派松妮萨转向巴利斯塔，一脸严肃说："绍尔玛格一定想杀了阿佐。不考虑他的阿兰人帮凶，如果他到时候没那么做，只要阿佐还活着，他就当不上苏阿尼阿的国王。议会和苏阿尼阿的其他人都不会接受他的。"

"那你的父王呢？"

"他已经死了。"

等到该上山的时候，他们又沉默了。

"如果不向北赶往里海之门，那我们要去哪儿呢？"巴利斯塔问。

派松妮萨微微一笑，带着顽皮的语气说："去南部的低地啊，这样我们大名鼎鼎的马库斯·克洛迪乌斯·巴利斯塔将军才能从科尔基斯的罗马卫戍部队中集结人马啊。有索里战役的英雄当他们的首领，他们肯定能打个大胜仗，把那些游牧民通通赶回大门那边去，杀了弑父篡位的绍尔玛格，让名正言顺的继承者阿佐登上苏阿尼阿国王的宝座，这样做不但可以让他感激我这个妹妹的恩情，还能保证他之后与罗马为友。除了被你杀掉的人和与绍尔玛格脱不了干系的人，对所有人来说这都是个皆大欢喜的结局。"巴利斯塔稳稳坐在马鞍上，悲哀地哼了一声。"真是个好计划，跟希腊小说一样。仁慈之海上都没有足够的罗马军队，更别提在科尔基斯了。"

"那我们就去伊比利亚。"派松妮萨打趣说，"哈玛扎斯普会借给我们军队。他应该会趁机狠狠敲一笔，但谁让我曾经嫁给过他最爱的儿子呢？"

"可惜，哈玛扎斯普会杀了我的。他见我之时，便是我丧命之时。"她对此没有回应，巴利斯塔权当她是同意他的说法了。他弹着舌头发出命令，让马继续走。

"那就去阿尔巴尼亚。"派松妮萨的点子多得很，"你说过，你的朋友卡斯特里西乌斯在那里宫廷中办事。我母亲就是阿尔巴尼亚人。柯西斯国王肯定会欢迎这个对苏阿尼阿施加影响的好机会。"

"所以伊比利亚的哈玛扎斯普永远不会让阿尔巴尼亚的军队穿过他们的领土去苏阿尼阿。"

这次派松妮萨没主意了。马继续沿着小路前行。

巴利斯塔下定了决心。"如果你需要战士打败绍尔玛格和他的阿兰人，只有一个地方可以，那就是往里海的西南方向走，马尔迪和卡度斯这两个部落的所在地。"

　　派松妮萨一脸疑惑地望着他。"他们的叛乱刚刚被萨珊王子纳塞赫平复。那儿现在还驻扎着一支波斯部队啊。"

　　"没错。"

　　她明白他的意思了。"他们会杀了你的。"

　　"也许不会。"

第二十七章

黎明驱散了夜色，他们拐到了另一条路上，此地位于迪凯奥新村以南约十五英里处，肯定到不了二十英里。这条路的本地名字巴利斯塔和马克西姆斯不会读。要是用希腊语来说的话，这条路叫"达里安路"。虽然在雾气中，他们看不到炊烟，但他们已经能闻到远处的营火了。他们都停下马。昏暗中，六个骑在马背上的人聚在一块儿。

"我操！"马克西姆斯说。

"附近还有别的路吗？"巴利斯塔问。

派松妮萨做了个否定的手势。"没有，除非我们朝着村子的方向往回走一大截。"

"我操！"马克西姆斯说。

"前面是绍尔玛格的人？"巴利斯塔问。

"是的。"

"我操！"马克西姆斯又说。

巴利斯塔环顾四周。光秃秃的山丘在熹微中灰扑扑的。上面，白雪皑皑的峰顶在朝阳的照射下呈现出粉色，岩石则被照得红彤彤的。山峦之上是蓝色的天空，但那潦草笔迹般的乌云预示着糟糕的天气。苍穹之下，一条灰白的土路上是六个捂得严严实实的骑马人，他们穿着相似的披风式的笨重大衣。

巴利斯塔对派松妮萨说："你和你的两个战士走前面。你们得和岗哨好好说话，争取让对方放咱们过去。马克西姆斯和我垫后。咱们可能免不了杀开一条血路。如果中途有人倒下，其余人不得停下脚步。"他望了马克西姆斯一眼，知道自己的话其实做不得数。

派松妮萨用他们的语言跟两个苏阿尼阿战士交谈了几句。他们脸上有着和她一模一样的深色眸子。二人不动声色地打量着她。她说完以后，他们就驾马来到前面，她则骑着马回到宦官旁边。他们一齐继续前行。

阳光潮水般地从西坡上汹涌地洒下来，但这条路上的低洼处仍在阴影中。道路一边的小堆营火上冒出一股又一股炊烟，被风送上天空，形成朵朵烟云。不时飘过家中一样的饭菜香。左侧岩石上方稍远的地方还有一丛更大的篝火，火堆上面也是摇曳着飘散的浓烟。那堆火好几个小时都处在半灭不灭的状态。营地里不知有多少个战士，他们尚未忙碌起来。拴在一旁的马匹都恭恭敬敬地低头看着地面。

他们头顶上传来一声喝问，派松妮萨的一个手下答了一声。篝火旁的不是阿兰人，而是个苏阿尼阿人。他们几个旅人乘着马上坡来到警戒哨前，然后停下了脚步。对方戒备森严，路两边各设了一个岗哨，他们全都搭弓上弦，虎视眈眈，站在原地没有动。但是交流之后，大篝火堆旁边的人站起身来。

巴利斯塔从鞍头上取下一个装着红酒的羊皮酒囊，把塞子拿开，喝了一大口。他用膝盖暗示胯下的马儿以他理想的步速向道路右边的守卫走过去。随着他们之间距离的缩短，他弯下腰去，将酒囊递了过去。就在那个战士伸手要接酒囊的时候，巴利斯塔突然一刀插进了他的脖子。匕首整个没入脖子。那人手中的囊袋掉了下去，身子也向前倾过去。他并没有尖叫，但双手抓住了巴利斯塔的小臂。巴利斯塔用靴子将他踢到了一边。那人仰天倒下，嘴巴里冒着泡泡，发出窒息的声音。

尖叫声，持续的尖叫声。巴利斯塔掉转马头。他习惯性地在大腿上蹭了蹭匕首的利刃，然后插回刀鞘中，转而拔出长剑。他的手上尽是黏糊糊的血。又一个守卫倒下了，身子一动不动。第三个守卫东躲西闪地想要溜。派松妮萨的两个苏阿尼阿手下包围了他，然后举起他们手中的长剑向他的脑袋劈了下来。那人高举着双臂，血顺着胳膊流了下来，不住地尖叫。最后一个守卫正朝着坡上那堆大篝火旁的同伴们跑去。那些个人慌忙抓起兵器，将马鞍子扔到马背上，解下拴在桩子上的缰绳。

"快跑！"马克西姆斯已经沿着路跑了一小段距离。他的马因为闻到了血腥味正昂着头在地上跺来跺去。

派松妮萨的坐骑冲了过去。巴利斯塔调转马头绕到她的宦官身后，用刀背击打他的马臀。宦官的马猛地向前一跃，活像只被烫了的猫。巴利斯塔踢了两脚自己的马肚子，跟随其后。

两个苏阿尼阿战士还在砍杀剩下的那个守卫。"别管他了。"巴利斯塔经过时扯着嗓子喊了一声。但两个战士还是冲着那人的腰部削了下去。等他们转身时，一支箭射中了其中一个人的脸。这人从马鞍一侧摔了下来。他的马也惊得连连后退。苏阿尼阿人重重跌倒在地。更多箭射了过来。"别管他了！"巴利斯塔回头喊道。

摔下马的苏阿尼阿人还活着。那支箭从他的下巴穿了出去，弄得他满脸是血。他挣扎着站起来，向他的马走去。那匹马飞奔回来，在其他马后头横冲直撞。他的同伴犹豫不决地坐在马上。利箭纷纷在他身边擦过，有一支箭重重插进了他的马屁股后头系着的行李。于是他赶紧踢了踢马，加速跟上巴利斯塔。

剩下的五个骑马人一路狂奔。那匹没了主人的马也在跟着他们一起跑，这绝对是一个安全隐患。马克西姆斯慢下来，跑到一边，让派松妮萨和她的宦官超过去，然后和巴利斯塔并排在一起跑。幸存的那两个苏阿尼阿战士位于他们身后十几个马身的距离之外。

"几个人？"巴利斯塔抬高嗓门，声音压过了惊雷一般的马蹄声。

"二十个，也许更多。"

"苏阿尼阿人还是游牧民？"

"都有。"

"妈的！"巴利斯塔说。

最初的几英里就是简单的直线追逐。他们都在路上跑，没有别处可去，只能沿着路跑。他们尽全力跑着，马蹄下的石子嘎达嘎达直响，翻飞不停。幸运的是，那匹无主的马被落在了后头。他们一次次涉过冰冷刺骨的河水。跟刚才比，天色依然没有改变，乌云越积越厚，压得低低的。前面的路开始七拐八弯起来。在稍长一些的笔直路段上，他们能看到后面黑压压的追兵，距离他们有一英里左右，仿佛一群誓要复仇的野兽军团。

派松妮萨在一个路口放慢了脚步。他们都驾马凑到她身边，无论人马，身上都热气腾腾的。前方有通往一个绿色山谷的陡坡，还有一条河蜿蜒淌过。"阿哥斯河。"她说，"我们沿着河走。"

他们后仰着坐在马鞍上，小心翼翼地把握着角度。下了坡，她引领着他们向左侧下游前行。当追兵在坡顶上露头的时候，他们还没走出多远。尽管这些猎人朝着他们的猎物不住吆喝示威，但巴利斯塔还是嘱咐派松妮萨要放慢脚步。等到追兵从坡上下来，他们肯定已经领先一大截了。这将是一场漫长的追击。

阿哥斯河一带有些山丘上的树已被砍伐殆尽，没有足以隐蔽的林子。他们侧翼的岩缝同样派不上用场。当然了，这些岩缝不可能像迪凯奥新以北那两道一样，可以供他们藏多少人马都行，也不可能像能让他们在村寨和土路之间骑行的那道。

尽管大体上来说，阿哥斯河的河谷比较宽阔，但有时候他们的活动范围还是十分受限。到了这些路段，两侧的岩壁就变得笔直，没有植物，只有仿佛由不熟练的巨人石匠凿出来的沟壑。巴利斯塔开始考虑要不要停下来进行抵抗，但最后还是觉得此地实在不适合防守。

天上的云越压越低，天色也越来越暗。马都非常疲劳了。他们驾马小跑的时候不得不端端正正地坐在马鞍上。

等他们有段时间看不到也听不到追兵的时候，巴利斯塔才喊停。这时候，虽然看不到太阳，但他认为上午应该过去了一半。这些山麓间长大的马都强壮得很，但还是需要休息一下。他们下了马，让马喝了点儿水，然后牵着它们继续前进。

花岗岩组成的山丘之间回响起号角声，很难判断离他们有多远。他们只好又骑上马，继续往下游走。天色虽然阴沉，但雨始终没下来。穿过昏暗，在高高的平台上，人类的工事突然出现，在这山野中它们每一个都显得极其不协调。眼前不仅有一座残破的石塔，还有一间牧羊人的窝棚，但就是没有能给他们带来安全的建筑。

当马儿走路开始变得一瘸一拐，他们只好从马背上下来，牵着马走。

"我们已经跨过伊比利亚的边界了吗？"巴利斯塔问，"追兵是不是不会返回来了？"

"在高加索地区，领地界限时有变化。"派松妮萨说，"这个概念唯一的意义就是让统治者得到他想要的一切。"

"而弱肉强食是永远不变的规矩。"巴利斯塔说。

她奇怪地看了他一眼。"这就是修昔底德笔下的雅典人吧。差点儿忘了你已经变成希腊人了。"

"我为帝国效力已经太久了。"

"就算我弟弟的人认出了我们，他们肯定也不敢接着追。"

　　整个下午，他们都挣扎着试图逃得更远。骑马、步行，再骑马、再步行——能坐在马鞍上的时间越来越短。逼不得已的时候，一匹马或一个人的潜力是惊人的。他们在路上吃饭、喝水、上大号小号，甚至连派松妮萨也如此行事，只不过她会为了隐私走远一点儿再解决。身处绝境时，人性和兽性是如此接近。

　　最后，巴利斯塔终于在一个山坡上看见了一座几欲倒塌的巨大的石头建筑。他们已经走不动了，决定在这儿扎营。巴利斯塔派马克西姆斯返回到山谷中最后一个转弯的地方放哨，几个小时后他再去换岗。其余的人都拖着沉重的脚步走进了那座废墟。这里看上去好像是一个马厩。现在，这个荒凉的地方连天花板都没有，这个事实似乎可以看作是他们盲目乐观的纪念碑。

　　他们没有点火。在无比敷衍地照料马并给它们按摩放松之后，他们就歪倒在地上了。他们实在太累了，累到连吃东西都只有吃一两口的力气。他们努力让自己待得舒服些，尽可能多睡一会儿。苏阿尼阿战士坐在离众人稍远一些的地方，不停地低声抽泣。

　　"他怎么了？"巴利斯塔用那人听不见的音量问道。

　　"卡布里阿斯是在为他的兄弟奥罗艾泽伤心呢，就是之前咱们撇下没管的那个战士。"派松妮萨说。

　　巴利斯塔听了不知该说些什么，于是他去睡觉了。

　　大约两个小时后，他醒了，每个关节都冰凉僵硬。他首先想到的就是他的儿子们。他强打精神给马上了鞍子，然后牵马出去换岗。马克西姆斯也骑着马往马厩方向走。雨依然没有落下，但乌云始终悬在天上，遮住了月亮和所有星辰。巴利斯塔已经在外面走了一段时间，依然觉得看不分明前方景物。

　　天气很冷。巴利斯塔被冻得扭动着靴子里的脚趾头，没握缰绳的那只手缩在衣服下面。因为怕容易暴露，他不想动作太大。可是，有时候太冷了，他不得不站起身跺跺脚，牵着马走动走动。他其实觉得追兵不会在这样的夜晚追上来。正如马克西姆斯所说，他们其中可能有阿兰人，但是就算这样，游牧民又没有额外的马匹，他们的马也会和他们追赶的人的马一样疲惫不堪。

时间慢得不可思议。河水在黑暗中流淌着。远处传来豺狗的声音，还有一声狼啸。巴利斯塔安抚受惊的马，坐在颇为阴森的山腰间，四周一片漆黑。他开始思念妻儿。他们此时应该在陶洛米尼乌姆的宅邸中温暖舒适的床上酣睡。他真希望自己和他们一起在西西里岛上。西西里，在麻烦纷至的时节，在铁与锈的年代，他再也想不到比那里更安全的地方了。内战过后，旧共和国终结，罗马军队就再没登上过西西里岛。另外，那里也没有遭到过野蛮人的长期侵扰。除了几次大规模的奴隶起义，那儿就再没发生过动乱。几次呢？三次半，而且还是发生在四个世纪以前。他想和家人一起待在家里。正当他勾勒着与家人同聚的场景，派松妮萨的话突然在他脑海中响起，"差点儿忘了你已经变成希腊人了"。但他知道，这句话说的不对，起码不完全正确。他永远不会成为一个纯粹的希腊人，正如他现在也永远不可能再做回那个纯粹的日耳曼尼亚人一样。自从脱离了他出生地的文化氛围之后，巴利斯塔就知道，他永远不可能作为希腊人或罗马人被帝国完全接受。不管他以后去哪儿都是一次放逐。不管怎么说，他现在唯一想要的就是离开这个前不着村后不着店的鬼地方。

宦官过来换他的岗。巴利斯塔骑马返回马厩。马克西姆斯正在熟睡中。这个希伯尼安人扭了两下身子，嘴里嘟囔着什么，不知在做什么春梦。派松妮萨和另一个苏阿尼阿人都醒着，二人脑袋凑在一起，正在窃窃私语。巴利斯塔心中掠过一丝忌妒，但他马上驱散了这种情绪，因为毕竟她不是他的女人。好在那人不再哭泣了。巴利斯塔盘膝而坐，想着他的儿子们再次进入了梦乡。

天亮前一个小时他们就起来了。此时放哨的是卡布里阿斯。他们吃了点儿东西，喂了马。苏阿尼阿人疾驰回来的时候，他们正在给马装马具。追兵到了，尽管尚在山谷拐弯处之后一英里多的地方，但他们的速度很快。巴利斯塔和其他人爬上马鞍。危险顿时驱散了他们的疲惫。

派松妮萨将苏阿尼阿战士引到一旁。她急切地用他们的语言跟他说着什么。巴利斯塔说该上路了，她却举手示意他稍等。她又跟苏阿尼阿战士多说了几句。战士显然同意了她的决定。然后她递给他一个小药瓶。他接过去一饮而尽。她拥抱了他一下。"现在我们可以上路了。"她说。

当其他人调转马头朝着大路前进的时候，那个苏阿尼阿人还呆呆地停留在原地。

"他干吗呢？"巴利斯塔问。

"他会引追兵往马厩方向走。幸运的话，他们会以为他们成功设下了埋伏，把我们都堵在里面了呢。"

"为什么要这样？"

"昨天他没能救他兄弟的性命，今天卡布里阿斯想做点儿补偿。"

"可他这样会死的。"

"但也会救了我们。他会做出牺牲的，我给他的那瓶东西可以让他斗志昂扬。"

于是，他们涉水前行，消失在下一个转弯的地方。

第二十八章

　　夜幕降临时，他们四个人来到了阿哥斯河和源于北方的另一条河的交汇处。到了这儿，派松妮萨说他们应该出山谷，往正东方向走，进入树木茂密的群山。不过他们没走多远就开始扎营了。这次，他们依然没有生火，但是选了个远离山谷的地方，四周是广阔的荒野，所以追兵不可能发现他们。

　　第二天，他们骑马穿过生长着桦树、白蜡木和榛树的缓坡。林中空地上是一丛丛的羽扇豆和蜀葵。巨大的雨云已经消散，天气也更暖和了，短暂的阵雨和和煦的阳光交替着出现在这片地区。他们早早便开始扎营。下午刚过一半，他们就在一条两岸生着覆盆子丛的溪流边上安顿下来。派松妮萨教给他们当地人捕捉鳟鱼的小技巧，她挖开石头，从下面找到一种像小黑蝎子一样的昆虫，将其穿在钩子上当饵。他们还在一片高地的池塘中洗了澡。先是巴利斯塔和马克西姆斯去洗，他们洗完了便开始生火，然后是派松妮萨和服侍她的宦官去洗。

　　"你知道吗？"马克西姆斯说，"有的宦官那活儿还能使呢。这完全取决于他是何时以及怎样被阉掉的。"

　　"你知道吗？"巴利斯塔说，"我他妈一点儿都不在乎。"

　　他们煮熟了鳟鱼，就着烤面包一起吃。

　　吃完晚餐，派松妮萨凑到巴利斯塔身边，拉着他往池塘边走去。

他们做爱的时候几乎没脱掉任何一件衣服，全程一言不发。晚上凉飕飕的，事后他们并排躺在一块儿。

"跟我说说你的兄弟们吧。"巴利斯塔说。

"绍尔玛格和阿佐……"

"不，已经被害的那两个。"

她沉默了。

"他们是怎么被害的？"他进一步问。

"在苏阿尼阿，一个战士的儿子越多，就会被认为越有男子气概。所以，常常一旦生出来的是女孩儿，他们就会将一把热灰塞进女婴口中。"

巴利斯塔想了一下。"在神话故事里，美狄亚的父亲就待她不好，但没人认为她杀害自己兄弟这件事做得对。"

"这么说，你觉得我是美狄亚的翻版？"她微微一笑，"你杀了我丈夫之后，我就回到了我父王的宫里，就像一件他并不想买却被硬塞到手中的货物。我父王想把我许配给食虱部落的酋长。绍尔玛格对我承诺了更多。他说如果他掌权了，他就会为我寻一个更好的归宿。他常常提起博斯普鲁斯的国王。"

"所以你帮着他杀死了你的兄弟？"

派松妮萨没有回答。

"那你为什么又和他反目成仇了？"

"跟所有男人一样，绍尔玛格只对玩弄女人和通过另一种方式'使用'她们感兴趣。他后来意识到，有了苏阿尼阿之外的援手，他才能除掉我们的父王和阿佐。于是，他决定与野蛮的阿兰人联手。而我正是他们得到的报酬之一，他要把我嫁给阿兰人的首领，到时候我得作为那个游牧蛮子的第四任妻子和他共居一间大帐。"

"后来你去山背打猎的时候发现了他的阴谋？"

"不，我去那儿是为了证实自己的怀疑。"

"所以，你回来的时候就上了我的床？"

她微微一笑。"你后悔了？"

"现在你觉得我可以为你和苏阿尼阿除去绍尔玛格和阿兰人，让你的兄弟阿佐对你感恩戴德？"

"你说的没错。"她转过头去用那双蓝灰色的眸子望着他说，"如果你觉得我是美狄亚，那么可别忘了伊阿宋抛弃她之后是什么下场。"

　　第二天，他们从阿拉佐尼沃斯河的上游出发，沿河一路下行，走出了山林腹地，来到一处点缀着一座座阿尔巴尼亚农庄的平原上，视野开阔，碧草连天。此时正是打谷的季节。小男孩儿们停下手中的工作，隔着飞扬的谷壳向他们行注目礼。河流蜿蜒绕过光秃秃的小山，消失在右侧的山脚下。左手边几英里远的地方坐落着高加索地区绿意更浓的几座丘陵。他们在阿拉佐尼沃斯河一侧成排的树下骑行。入夜，他们才下到河滩上扎营。同时，巴利斯塔心里惦记着卡尔加库斯和年轻的伍尔夫斯坦以及其他人。

　　他们沿河朝一个方向走了四天，阿拉佐尼沃斯河终于拐向南边的群山之中。那里，河面更加宽阔，正好标示出了阿尔巴尼亚和伊比利亚之间的国界。为了避过哈玛扎斯普的势力范围，他们保持东南方向，沿着一条支流向上游继续推进。又过了三天，他们穿过了数片山区，时而艰难地在没至马腹的河水中跋涉。古罗马历八月五日的前一天晚上，他们到达了一个叫作查巴拉的阿尔巴尼亚人定居点。

　　查巴拉的头人对他们表示欢迎。他告诉了他们想知道的一切。阿尔巴尼亚的国王柯西斯此时正位于大半岛的南部里海沿岸，也就是卡度斯的地盘上。国王的叔叔措贝尔，也就是阿尔巴尼亚的大祭司，跟在他身边。他们此行是为了和沙普尔之子纳塞赫王子磋商，还有就是，他们猜得没错，纳塞赫身边有他的部队——大量人马——这是为了镇压卡度斯残余的造反势力。而且，头人认为，罗马人卡斯特里西乌斯就在柯西斯身边。

他们在头人的房子里休整了一天。起身上路时，他赠给他们许多礼物和食物，还为他们派了两个战士充当向导。经过一天的骑行，他们来到了一处辽阔的低地平原。这里的天气很热，热到他们不得不把盔甲脱掉。

他们辛苦跋涉了三天，但他们到来的消息已经先一步传了出去。前方出现了一队一百来人的阿尔巴尼亚骑兵，正在恭候他们。他们都是身材高大，相貌英俊的男子，穿着打扮更接近波斯人或亚美尼亚人，他们个个都武装到牙齿：身上佩戴着弓箭、长枪、利剑和各种匕首，穿着护胸甲，戴着野生动物毛皮做成的头盔。幸好队长会说希腊语。他尽可能礼貌地向派松妮萨表示欢迎，说他的"巴塞勒斯"柯西斯十分期待招待她。但对巴利斯塔，他的态度显然要收敛得多，他表示他的职责就是尽快带他去见萨珊皇室的荣光之子——纳塞赫。巴利斯塔想到了，他将受到的"欢迎"可能不会太愉快。

去往海滨的路上，他们经过了巴利斯塔这辈子都没见过的奇特地形。他们走的小路四下里是绵延数英里的龟裂泥地，别无他物，怪异而疯狂。某些地方，泥地隆起，形成类似于小丘或大蚁冢的形状。就在这些隆起之间，涌动着灼热的泥流，颜色比先前凝固的泥巴还要深。这里没有动物，也没有植物，而且散发着一种令人厌恶的气味，好似石脑油。这场旅程就好像在向着创世之初的混沌行进，回到了普罗米修斯用泥土塑人之前的久远时代。

后来，他们所过之处终于出现了不甚繁茂的一簇簇草团和一块块土地。泥浆逐渐退出视野，转而出现了海滩。海风吹散了那股恶臭。泥沙堆积的海岸线上坐落着一座大营。战马的队伍一眼望不到头。经验老到的巴利斯塔略一打量，便知道这儿驻扎着大约一万名骑兵和其他人员——步兵或者随军流动的平民，既有波斯人，又有阿尔巴尼亚人。

营地中有两个大帐，都是紫色的，一个比另一个略大些。在前面引路的战士按照规矩下了马。派松妮萨和她的宦官在他们的引领下直接走进了较小的那顶帐篷。巴利斯塔和马克西姆斯则被告知要原地等候。阿尔巴尼亚守卫离开了，换岗的是波斯守卫。营地另一头是海岸线，海岸线上竖着一排钉着人的木桩。也许只是因为海风的缘故，但其中确实有那么一两个看起来似乎还在动。

"你知道吗？里海其实是片湖。"马克西姆斯问。

"才不是呢。"

"真的是。里海的水是甘甜的，里面还有水蛇。我可是相当了解蛇。"

"你知不知道在阿尔巴尼亚的许多种毒蛇中，有一种会让被咬的人笑死？"

"滚一边儿去。"

"还有一种毒蛇能让你为祖先哭泣和追思而死。"

"那要是你不知道谁是你爸怎么办？"

"那你可能也会为了这个哭一场。"巴利斯塔偏了偏头，"我们吸引了一群人围观啊。"

"这也怪不得他们，毕竟死神不是每天都毕恭毕敬地来。"马克西姆斯看了看别处，"你觉得我们会不会下场也跟海岸线上被钉着的那些哥们儿一样？"

"不会的，要是我预见到是那种下场就不会来。"

"你的口气听起来不太肯定啊。"

"是的，我确实不太肯定。"

一位萨珊贵族走出大帐。他是个宽肩窄臀的高大男子。他的佩剑上套着一件浅蓝色的丝绸剑套，上面绣满了花纹。此人胡须染成了明亮的红色，眼皮上还涂着一层眼影。要是几年前，巴利斯塔看见这种打扮的人非大笑起来不可。但见识过这种人在战场上的英姿后，他就再也笑不出来了。

这个波斯人用希腊语温文尔雅地向他们打了个招呼。他邀请他们随他一同进帐觐见纳塞赫王子。巴利斯塔深知，只有来自东方的、社会地位极高的男人才有如此周全的礼数，但从这儿并不能看出他们接下来的命运如何。

他们从外帐的华盖下面走过，那里站着恭敬沉默、等待接见的人们。没人要求他们卸除兵器，这可能是个好预兆。

内帐比诸王之王沙普尔的那顶大帐稍小一些，但陈设与其极为相似：每样东西上都有着丰富的紫色与金色。巴利斯塔将沙普尔王帐的那段回忆丢开。他必须保持专注。可能成败就在此一举了。

沙普尔的儿子端坐在帐子另一端的王座上。巴利斯塔和马克西姆斯走上前去，但又没有靠得太近。他们行了大礼，脸低低地贴在一块波斯地毯上。巴利斯塔不得不承认，这一刻可不是讲什么罗马人的尊严或日耳曼尼亚人的自由的时候。隔空献上礼节性的一吻后，跪在地上的他们直起身来，然后站了起来。

纳塞赫王子是个相貌堂堂的年轻男子，他长着鹰钩鼻，蓄着卷曲的深蓝色络腮胡。他头上戴着一顶王冠，两侧耳朵上各垂着一颗巨大的珍珠。他的右侧是各位大臣，左侧则是大小祭司。巴利斯塔一个也不认识。祭司面前是一座拜火教的火坛，里面闪烁着火苗。穿着盔甲的士兵则靠墙侍立。

"我对你可是了解得不少，德海姆，伊桑格瑞姆之子。"纳塞赫操着一口流利的老式雅典希腊语，"一个来自坐落在地狱之口的苦寒北方的野蛮人。马库斯·克洛迪乌斯·巴利斯塔，曾经当过罗马人的皇帝的人，虽说只在叙利亚的一座小城里当了五天的皇帝。"

侍臣们大笑起来。

"他就是那个曾经想在阿瑞忒城杀了我父王的人，在索里强奸了诸王之王最心爱的妃子的人，一个违反了他曾在埃德萨发过的誓言的背信者。"

现在，帐子里没有一个人在笑了。

"他就是那个在色西昔姆用死尸玷污纯洁火焰的邪徒，熄灭了沙普尔帐中圣火的亵渎神灵的天谴之人。他就是胆敢追随死神的恶神阿里曼的仆人。而且他还带来了一个冷酷无情的杀手，以前做过角斗士的马克西姆斯。"

帐子里鸦雀无声，只能听得到圣火燃烧的噼啪声。"马兹达在上，不管邪祟之人法力通天还是渺小如蝼蚁，凭借蛮力还是依仗阴谋，都难逃他的法眼。我们是得到马兹达祝福的萨珊王室，要遵照祖先的规矩办事。船刑就是古老波斯刑罚的一种。罪人要仰面躺在一只船上，然后再将细心调整好位置的另一只船钉在这只船上，只露出罪人的头、双手和双脚。我们会给他提供美食、牛奶和蜂蜜。如果他拒绝，眼睛就要挨扎，直到他接受为止。甜丝丝的液体倾倒在他脸上，然后让他面向阳光，乘船离去。要不了多久，就会有成群的苍蝇落在他的脸上。至于船内，吃饱喝足的他迟早要做他该做的事。要不了多久，蛆虫就会从他腐败的粪便中冒出来。慢慢地，它们将吞噬他的躯体，一口一口地咬穿他的重要器官。整个死亡过程会极其缓慢。遭到船刑的人里，有的甚至活了十七天那么长。"

巴利斯塔发现自己到现在都无法说出一句话。他甚至连脑子都转不动了。投奔这儿真是太蠢了。现在他就要被处死了，不仅如此，他还会连累马克西姆斯一起惨死。

"希腊人和罗马人谈到波斯人的残忍时常常误会我们。"纳塞赫继续用刚才那种无甚起伏的语气说道，"在我们这儿，就连犯事儿的奴隶都会在判刑前得到公正的评估，我们会慎重评估他犯下罪行的轻重和他曾经的功劳大小。没错，巴利斯塔，当不幸的命运与邪恶的阿拉伯人将一个祭司送到你的宅子里当奴隶，那时候你是挺高尚的。而且，也不会有人否定，在西利西亚那个血色之城里，你救了'沙普尔欢乐之源'——我兄弟瓦拉什的性命。"

巴利斯塔心中燃起一丝微弱的希望，但很快便被纳塞赫接下来的话浇灭了。

"人们心中的阴暗角落里滋生出了各种罪恶。马兹达则启发我们的祖先为之创造出了各种对应的刑罚。把十字架抬上来。"

六个穿着脏兮兮的劳力衣服的人拖上来两个十字架。他们卷起地毯，将十字架立直。先前安静的营帐中响起一阵令人恐惧的敲打声，他们正在用锤子努力将那两个可怖的东西往沙地里钉。

几个劳力下去了，又上来四个行刑人，其中两个手里拿着多节鞭，另外两个握着长剑。

这一切发生得太快。巴利斯塔知道自己必须赶紧行动起来。"纳塞赫王子殿下……"

"肃静。"纳塞赫下令道，"你的话改变不了什么。把他们衣服扒了。"

说时迟那时快，行刑人用结实的臂膀将巴利斯塔和马克西姆斯擒住，缴了他们的兵器，扯下他们的帽子、斗篷和盔甲。最后，二人被脱得只剩下在旅途中变得脏兮兮的长袍。

"赏他们每人五百鞭，切下他们的耳朵，然后砍了他们的头。现在行刑。"

神啊，巴利斯塔开始祈祷。他怀疑自己根本挺不过鞭笞的痛楚，到切耳朵的时候可能就根本没有知觉了。神啊……

行刑人将巴利斯塔和马克西姆斯的斗篷挂到十字架上，将它们和架子捆好，然后将他们戴的当地人的帽子牢牢固定在架子顶上。执鞭的两个人稳稳站住，然后开始挥鞭，他们对这项工作无比认真和投入。

挥了几鞭子之后，鞭子上的绳结已经把斗篷抽出了好几个大口子。

刚才被判了极刑的两个人大笑起来。一个书记官告诉他们，像他们这个处境的人应该求开恩才是。于是，他们俩有点儿怯怯地嘟囔了几声"开恩啊"，声音极小。

五百鞭之后，两个执鞭人满头是汗，直喘粗气。行刑花去了相当长一段时间，而且他们丝毫没有节省力气。斗篷此时已成了碎布条。两个执剑人走到十字架前，上步熟练地削下了当地款式帽子的垂饰——先是一侧耳边的，之后是另一侧。最后，锋刃一闪，帽子被切成了两半。

"仁慈和虔诚是美德的好姐妹。"纳塞赫说，"瓦拉什和我一向很亲近。要是我杀了他的救命恩人，他一定会生我的气，我可不愿事情发展到那一步。另外，我相信我们还有很多事要讨论。"

第二十九章

结果他们发现这处人间天堂大致是个圆形。这片地方比巴利斯塔想象的小得多，从一侧墙到对侧墙之间的直径不过是几英里而已。但这里是阿尔巴尼亚人而不是波斯人的乐园。他们骑在马上，分散开来。马儿四蹄交错，黑影似的轻快地从树丛中掠过。骑手们则小心翼翼地不让长矛被树枝拦住。

巴利斯塔始终忧心忡忡。自从他和马克西姆斯受到象征性的惩罚之后，他们在里海岸边的营地中已经过了四天。骑马来到山中此处花了他们两天的时间。山下那处人间天堂又花了三天时间做准备。现在他开始盘算，从绍尔玛格引阿兰人进入里海之门到现在已经有小一个月了。如果他们依然坚守的话，那么卡尔加库斯等人已经在库马尼亚堡里坚持了二十五天了。那座小堡垒足够坚固，也非常坚固。他们的储备应该绰绰有余，而且有水源。但是什么都有可能发生：叛变就是个很常见的危险。巴利斯塔绝不敢掉以轻心。

助猎手颜色鲜明的衣服在树影后闪过，猎犬被皮带拴着，一个个跃跃欲试，狂吠着。骑手们驾马小跑上前，然后悠然下马，将缰绳交给一旁的侍从，举起宽刃宽柄的长矛。

"在那儿。"为首的猎人指着小河边一大片茂密的灌木。他们前方是一片空地，唯一的障碍物就是彼此间间隔极宽的高大山毛榉树。纳塞赫王子吩咐助猎手的指挥官带着他的人涉水过河，然后等他下令再从河的对侧一次性放开所有的猎犬。纳塞赫说的是波斯语。巴利斯塔不知道这位萨珊王子是否知道他和马克西姆斯听得懂。自从他们到了营地就一直谨慎地没有用过波斯语。对于有可能的优势他们要尽可能隐藏，这很重要。

"咱们要坚守这里。派人呈扇形散开包围树林，切断猎物逃跑的路径。"现在纳塞赫用希腊语对周围的人说道。然后他转身对派松妮萨说，"夫人，您最好还是带上几个侍卫。"

"打猎我可不是头一回。"她说。

"这我知道，夫人。不过，色诺芬不是说过吗？所有爱打猎的男人都是因为他们擅长此道，但爱打猎的女人是得到了神明的眷顾。可是想想如果你出了什么事，苏阿尼阿人该怎么办？"

派松妮萨优雅地表示同意，然后让一个随从牵着她的马，往回走了一段路，和二十来个全副武装的萨珊重骑兵站在一起。他们变换队形，像一堵墙一样将她围在了中央。

狩猎队伍里的每个人都一脸严肃，神经紧绷。巴利斯塔毫不怀疑自己也是这副样子。他们要打的可不是一般的猎物。巴利斯塔想起在卡吕东的著名狩猎，不是英雄墨勒阿革洛斯或者女猎手阿塔兰特的故事，而是倒在地上被阉割开膛的安开俄斯。

"依着我们马其顿人的传统，年轻人只有成功捕猎一头野猪之后才有权和成年男人坐在一张桌子上吃饭。"卡斯特里西乌斯说。大家伙儿对这个旧俗纷纷表示同意。巴利斯塔不知道马其顿人用不用网子和蒺藜。显然希腊的色诺芬想的肯定是用这两样东西捕猎。手执长矛，在空地上直面这头愤怒的野兽。正如他们现在要干的一样，这是一场残酷的考验，近乎蛮勇。奇怪的是，巴利斯塔总有种错觉，他以为卡斯特里西乌斯来自于高卢的尼姆苏斯。他确定自己多次听到过他提起这个地方。也许这个小个子男人在自己的故乡方面改口背后是有原因的——巴利斯塔想，等以后他们单独相处他一定得跟他问清楚这事儿。

纳塞赫部署好一干猎手。作为王子的他就站在中间，右边是两个阿尔巴尼亚人——国王柯西斯和他的叔叔大祭司措贝尔，还有两个罗马人——卡斯特里西乌斯和马克西姆斯；左边是巴利斯塔和另外三个波斯人——年轻的指挥官贡多法、拜火教祭司曼吉克和一位老将军蒂尔米尔。

纳塞赫那嘹亮悦耳的狩猎号角回荡在整个"人间天堂"中。灌木丛和河水那边，他们看不见的地方，猎犬们狂吠起来。巴利斯塔紧紧握住山茱萸茎儿做的长矛杆，左手在前，右手在后，侧身半蹲着，左脚就在左手后方，两脚间的距离几乎和摔跤时的姿势一样。他静静等待，从左边回头的时候脖子突然疼了起来。太阳正在山毛榉的枝杈间缓缓落下，他脚下的肥沃的腐殖土分外柔软。

树丛中传来疯狂的犬吠、冲撞的动静——听得出有畜生跑动得很迅速——突然一声因为疼痛而发出的哀号声传来。接着助猎手喊道：现在，放狗，现在。巴利斯塔感觉自己的汗滴在长矛上，有些手滑。树枝折断的声音，那畜生离他们更近了。犬吠声比刚才不知大了多少。

先是有个东西在最近的灌木丛中半隐半现，然后就在巴利斯塔的面前突然冒了出来。野猪站在阳光下，这是一头凶猛强壮的畜生。它甩甩头，危险的白色獠牙闪着光。"上！冲上去！"拉着狗的猎手们像酒后大声吆喝般大叫，让这些猎犬吠得更疯狂了。"上！冲上去！"猎犬蜂拥而上。它们龇着牙，瞪圆了眼睛，箭一样蹿了过去，直接冲着猎物的四条腿和两肋咬了下去。

野猪猛地一跃，一只猎犬被它用獠牙挑到了半空，然后四脚朝天地摔了下来，重重落在一堆草叶上。它被开了膛，鲜血明晃晃地流到了落叶上。其他几只狗炸了毛，一时退缩不前。

　　野猪用它那对邪恶的小眼睛瞪着巴利斯塔，背上的刚毛根根直立。它突然以不可思议的速度向巴利斯塔发动了攻击。巴利斯塔伏低身子，在原地站稳，准备迎接即将到来的撞击。蹄声如鼓、獠牙弯曲，全身是血的野猪全速冲来。

　　就在即将冲撞的最后一秒，野猪急转到巴利斯塔的左侧，他尽力调整长矛位置，刺到了野猪的肩胛，但可惜角度有误，矛刃没有完全刺进去。因为攥得太紧，矛杆折在了巴利斯塔手里。戳进野猪的那头长矛旋即歪倒，但这一下子的势头让野猪又往前冲了几步。巴利斯塔听见那畜生努力转过身来，重新向他发起了冲锋。他整个人扑出去，手指紧紧抠进泥土里，靴子紧紧抵着地，脸也紧紧贴着地，全身都趴在柔软的森林土地上。他鼻孔里都是潮湿的泥土，双眼紧闭，只等着痛苦到来。这时传来大喊大叫的声音，好像来自十分遥远的地方。他脚下的大地似乎开始移动，还闻到了那畜生喷在他脖颈的热乎乎、臭烘烘的鼻息，像是热血的气味儿。它后退几步，寻摸着想从另一个角度将獠牙插到他身子底下，将他从地上撬起来，然后用牙刺进他柔软的身躯。

　　一声大喊——尖厉、拖着长音、近在咫尺。巴利斯塔感到野猪晃到了一边。他冒险瞥了一眼，可眼睛里进了沙子。原来那畜生被贡多法的长矛扎穿了。矛刃深深插进了它的嘴里。这一击把年轻的波斯人顶得往后退了一步，又退一步。他赶紧站稳脚跟，稳住他那高大强壮的身躯。那畜生疯狂地顺着矛杆往前顶，结果宽阔的矛刃在它喉咙里插得越来越深，捅到了它的要害。也不知怎的，年轻的波斯人竟然能挺得住那畜生的蛮力，硬是没有撒手，和杀气腾腾、喷着血沫的野猪对顶。终于，长矛一直没到了木柄，野猪也死透了。

　　一双手伸过来，将巴利斯塔从地上拽了起来，帮他掸了掸土。"你怎么样？受伤了吗？"巴利斯塔有些脚步踉跄。他说他没事。其实他现在真正想的是撒泡尿，但他没说。贡多法站在他面前。巴利斯塔向他鞠了一躬，以指尖触唇，送出一个飞吻，以示感谢，并用波斯语称他为英雄。贡多法身上沾染了热腾腾、臭烘烘的野猪的气味儿。他拥抱了巴利斯塔，也用波斯语回应了他，称他为英雄。

于是，他们九个猎人聚在一起，互相拍打着后背。他们大笑着，明亮的双目中透着轻松，好哥们儿间的情谊几乎要溢了出来，这种情谊比酒肉朋友之间的要深得多。那头体形超大的畜生如今已经被贡多法的长矛刺到了底，一动不动地躺在他们脚下，这正可以作为他们可贵勇气和男子汉气概的证明。

祭司曼吉克从野猪背上割了一撮毛，将其中一些放在獠牙上，观察这些毛发是否会被鼻息吹动，然后将剩下的毛撒向空中，口中念念有词，那是在向马兹达祈祷。

纳塞赫王子吩咐担任狩猎指挥的猎手宰了这头畜生，然后生起火；吩咐其他人去取面包、红酒和其他美味。他们要在这处人间福地设宴。人们纷纷领了任务去忙活了，纳塞赫则牵过他们的马，让派松妮萨相陪，一起去给马饮水，顺便聊聊天。

他们很快便在河流下游找到了一处水泡子。他们围坐在地，放下缰绳，让马儿自由喝水。贡多法和马克西姆斯掏出酒瓶。他们几个一点儿也不客套，传来传去，一人一口。巴利斯塔贪婪地喝着酒，刚刚要撒尿的事儿都忘了。

"狩猎大有益处。"纳塞赫说，"强身健体、锻炼意志。只有傻瓜蛋和娘娘腔才不喜欢狩猎。"说到这儿他脸上闪过一丝狡黠，"而且还是个私下相聚的好机会。"

的确，现在目之所及的范围内只有他们十个人。

"咱们什么时候出发？"巴利斯塔问。

纳塞赫微微一笑，就好像在笑话一个不更事的少年竟然如此冲动，尽管巴利斯塔可能比他还年长几岁。"如果你和我一样，深信波斯和罗马是黑暗人性中的两盏明灯，那么你就应该知道，我们有义务采取行动。因为他们的活动不仅触犯了我父王——崇信神明马兹达的神圣沙普尔、诸王之王、雅利安人和非雅利安人之王、诸神后裔、阿尔达希尔之子的利益，也触犯了默默忍受里海之门以南游牧民的加里恩努斯皇帝的利益。如果他们在苏阿尼阿或者高加索地区以南的某地建起基地，阿兰人就会对更大范围造成破坏。罗马人声称效忠他们的科尔基斯人，还有在伊比利亚以及这里——阿尔巴尼亚的诸王之王的忠实属民们将会是第一批遭受摧残的。那些嗜血的游牧民一向欲壑难填，他们会骑着马横扫罗马的卡帕多西亚省，然后进入叙利亚，再向西直杀到爱琴海边上。野蛮无知的他们甚至还可能有心染指卡度斯和马尔迪部落的地盘，然后借道入侵我父王统治的雅利安心脏地带。"

　　萨珊王子停下来喝了口酒，但是显然他的话还没说完。其他人礼貌地等他继续说下去。"'英雄'巴利斯塔认为我们该抓紧时间。"他的希腊语里掺杂着波斯词，听起来有点儿奇怪，"此事我可以不用征询我父王的意见，自己就能做主。我会率领波斯军队前往里海之门。"纳塞赫转向柯西斯和措贝尔，"二位也会遵守誓言，带领阿尔巴尼亚战士与我共赴征程，对吧？"

　　国王和大祭司都表示他们会尽全力支持。"但是，"柯西斯国王清了清喉咙说，"哈玛扎斯普怎么办，伊比利亚国王总是靠不住。他会与我们一起去吗？我想就连他能不能允许我们借道他的地盘都是个问题。"

　　巴利斯塔几乎扬起了嘴角。伊比利亚国王当然靠不住了，世人中没有几个人比巴利斯塔有更多的理由恨他了。柯西斯和哈玛扎斯普之间可是有世仇，柯西斯想借此机会扳倒后者的意图再明显不过了。

　　"哈玛扎斯普会做他该做的事。"纳塞赫说，"伊比利亚国王，或者说任何一个诸侯王都不会蠢到惹怒诸王之王。卡度斯的国王瓦伦努斯就是个好例子。"瓦伦努斯因为叛变已经被押送到沙普尔那儿了。他的处境不太妙，等待他的会是真正的酷刑——肯定不是斗篷被鞭笞、帽子护耳被砍下那么简单的象征性惩罚。

"现在咱们来聊聊具体计划。"纳塞赫说，"大家怎么想就怎么说，别到时候后悔现在没说。"

"我们到现在还不知道山那头到底有多少阿兰人，也不知道站在绍尔玛格那边的有多少苏阿尼阿人。"蒂尔米尔说。

"绝大多数苏阿尼阿人还是忠于驾崩的莱谟国王和他御定的继承人阿佐的。"派松妮萨说，"议会成员从未信任过绍尔玛格。"

纳塞赫朝着派松妮萨低下头去，开口却跟蒂尔米尔说起了话。"对于我们即将展开的行动，人手这方面其实不如其他情况那么重要。没人能在山里作战。所有交战都必然发生在河谷中或者路上。在封闭的空间中，即便敌军人数众多，也敌不过咱们装备齐全、训练有素、士气昂扬，毕竟我们有神明马兹达庇佑。"

"那么我们带多少人进发内陆地区将由两方面决定，"蒂尔米尔说，"其一，我们能从驻卡度斯和马尔迪部落的军队中抽调出多少人马；其二，我们能从苏阿尼阿取得多少粮草。"

巴利斯塔喜欢这位波斯老将。蒂尔米尔在作战方面有着丰富的经验和良好的直觉。他发言向来直截了当，没有任何粉饰。

"我们会带上两千重骑兵，三千轻骑兵。"纳塞赫说，"但我还得给堂弟法拉克留下足以镇守从此处直至里海西南的各部落的兵力。现在正是翻晒牧草的时节。派松妮萨夫人向我保证了，苏阿尼阿的高山谷地绝对能为我们的马匹提供充足的粮草。"接着他又向阿尔巴尼亚人表示，如果他们能再出一千骑兵，其中半数为重骑兵的话，那就再好不过了。

柯西斯和措贝尔连忙表示这没问题。

"如果国王能御驾亲征，那我会感到无比荣幸。"纳塞赫说。

柯西斯称那该是他的荣幸。巴利斯塔意识到，这个阿尔巴尼亚人其实相当于一个随军人质，这样的身份处境他再清楚不过了。

"太好了。"柯西斯说，"我们还会从哈玛扎斯普那儿征募几千骑兵。"

俯首喝水的纳塞赫的马抬起头来，甩了甩。纳塞赫挥了挥手，将它眼前的蝇子赶开，安抚马。"有一件事我还有些担心。我承认我们确实需要尽快行动，'英雄'巴利斯塔和派松妮萨夫人都这样催促我，但是大家觉得我们只带骑兵进入高加索是否明智呢？"

巴利斯塔知道，是时候为了他将他们牵扯进来的这场赌博献言了。"王子，山地作战中步兵往往是非常关键的组成，因为他们可以控场、守卫部队侧翼高地。但是正如派松妮萨夫人所说，那些部落人不会联合起来对抗我们。阿兰人和波斯人一样，喜欢在马背上作战。他们和绍尔玛格以库马尼亚堡为据点。那个意图篡位的小人得把阿佐拿下，而阿兰人，他们是想要控制道路交通。我们和他们不可避免地会在抵达里海之门之前打一场遭遇战。"巴利斯塔想让自己的分析听起来像蒂尔米尔一样，显得既有远见，又有把握。他希望自己不会把大家伙带进一场灾难中。

纳塞赫大笑。在深蓝色的络腮胡子的映衬下，他的牙齿十分洁白。"希望你说的没错，'英雄'。我希望你的救友心切没有扰乱你的判断。"这位年轻英俊的王子可不是傻瓜。"我们波斯人可还记得阿契美尼德王朝的居鲁士大帝和马萨格泰人开战后发生了什么。最后他们的野蛮人皇后把诸王之王的头骨做成了酒杯。"

第三十章

日出之后再行军是波斯人的传统。按照希腊人的说法，这不是因为懒惰，而是出于宗教信仰的考虑。在必不可少的黎明祭祀后，天已经大亮了，纳塞赫王子的大帐响起了集结行军的号声。

狩猎四天后，他们终于踏上了征程。尽管巴利斯塔十分迫切地想赶去实施营救，但他对于推迟出征的决定并不反感。当然了，他到这儿第一天的经历可以说是老天赐福。他的问题是波斯人的另一个传统。为了敲定一件事，他们在酒桌上决定的还要在醒酒之后继续讨论，清醒时候决定的又要放在酒桌上重新讨论。狩猎结束后，他们从水泡子骑马回到营地，吃了烤野猪肉。然后仆人们退下，他们几个重骑兵围成一圈坐下，又开始一边喝酒一边聊起了行动方案。他们喝了很多。派松妮萨很早就离席了，只剩下九个醉醺醺的男人，这样很好。他们喝了一整夜，一直到树顶悬着的星辰光芒变得黯淡。第二天，巴利斯塔头晕得下不了床，整个人一塌糊涂。不过，还是有件好事发生了，派松妮萨来探望他了。探望期间，性爱让他这个宿醉的男人体验到了前所未有的快活。当然了，之后他感觉更糟糕了。就连之后的两天，巴利斯塔都提不起精神来。他原本以为比自己年轻的时候喝得少就没关系了。

巴利斯塔无精打采的时候，纳塞赫一直在忙碌。萨珊王子正在设法规避另一个波斯习俗。东方军队——萨珊皇室的参战人员也不例外——行军时喜欢带上他们的女人。一旦出征，军队后面就会跟着浩浩荡荡的车队、奴隶和姬妾等一大堆人。各种各样的随行人员会陆续尾随在后，导致队伍长度大增，从而导致军队的行进速度和凝聚力都被很大程度地削弱了。路上的平民不仅会妨碍战士行动，还容易散播恐慌情绪。带着这样的负担冒险进山简直就是唯恐天下不乱。

纳塞赫既是有正式任命的将军，又是神明马兹达的信徒、神圣的诸王之王之子，所以他的话很有分量。但是他的旨意并不受人欢迎。他下令每一名重骑兵只能带一个随从，每十个轻骑兵共用一个随从。这下子萨珊社会中等级森严的一面充分暴露出来了。每个指挥百人的将领可以有五个随从，每个指挥千人的将领可以有十个随从。至于王子自己，在他国人面前还是要充充门面的，他将带上随从一百人。所有随从并非步行，除了骑马，还有骑驴子、骡子或骆驼的，但没有乘车的。柯西斯也命他旗下的阿尔巴尼亚人遵守同样的制度。

巴利斯塔、马克西姆斯和卡斯特里西乌斯骑马来到山脚下的一个小坡上，望着大军一路下行、进入平原。早晨很温暖，由此可见白天会相当炎热。马一边跺蹄子，一边甩着尾巴驱赶蚊蝇。巴利斯塔正想着要不要问卡斯特里西乌斯，为什么他最近宣称自己是马其顿人。他曾经听一个诡辩家说过，人们的每个想法、每个举动都是在重塑自我，但是公然将自己从高卢人变成马其顿人也太夸张了。

一群轻骑兵从树林中跑过来。弓箭手骑马掠过草原，一个个兴高采烈，飞一般轻盈。他们身穿颜色明亮的束腰外衣，头戴颜色同样明亮的头巾，坐骑上的鞍子五彩缤纷，这样的装扮是在模仿一种异国猛禽。巴利斯塔估量了一下人数，大概有五百人。此时这样心平气和地看着他们真让人感觉奇怪。他记得自己率军下行前往色西昔姆时也见到过类似打扮的骑兵，当时还生怕自己招惹到他们。

更加与众不同的两队轻骑兵出现了，他们每队的人数都和前一支部队相仿。他们慢悠悠地跑到主要部队的左右两侧，以便起到保护侧翼的作用。虽然他们或许已经深入同盟国腹地，但巴利斯塔赞同纳塞赫采取所有必要防范措施。他对可靠的蒂尔米尔将军的指挥存有疑虑。

纳塞赫骑马走在主部队头里。他头顶上飘扬着一面淡紫色的大旗，大旗中央用银线绣着抽象的图案。祭司曼吉克则看护着王子的圣火，他将它稳妥地放在一个便携的小龛盒里。巴利斯塔对这些拜火教的象征不太了解。他以为每一束圣火都是引自于另一束，这种引火形式让圣火越来越壮大，形成一个圣火的大家庭。

纳塞赫身后是齐头并进的五列重骑兵：战士们个个威武彪悍，马儿匹匹强壮健硕；他们身着绸衣与钢甲，肩上背着弓匣，另外还配有长矛、狼牙棒与长剑。这样的重骑兵部队有四百人那么长，此情此景既壮观又可怖。

接着是辎重队。巴利斯塔看得出来，蒂尔米尔和贡多法对辎重车队的长度做了再三调整，力图让队伍变得规整有序。按照纳塞赫的指示，其中应该包括至多 3500 个骑马的人。虽然准确数出来不太可能，但是看起来该队人数要比这个数字多得多。进山之前，肯定会有很多人被落下，不过好在队伍里没有马车。

随军百姓后面是其余的五百骑萨珊轻骑兵，最后是国王柯西斯和他的阿尔巴尼亚战士压队。作为长途行军的第一个早上，此时情况还不错。巴利斯塔亲见过更差劲的情形。他还记得老瓦勒良的部队沿幼发拉底河向萨摩沙塔进发时一路上零零落落的惨状。

"不得不说，这些拜火教的教徒的来世比你们希腊人和罗马人的都要好得多。"马克西姆斯说，"他们有好些个童男童女呢。"

"你说的那是摩尼教吧。"卡斯特里西乌斯说。

"没准儿他们也是。不管是谁吧，看起来都比在黑暗中像蝙蝠一样扑闪着翅膀吱吱叫要好。怪不得你们希腊人打不过人家呢。"

"罗马人呢？"巴利斯塔说。

"现如今，他们喜欢用像咱们这样的人打仗。这么说也能证明我的观点。"马克西姆斯说。

"我敢说你指的一定是摩尼教。"卡斯特里西乌斯说。

"你怎么知道呢？"马克西姆斯说，"这得问希波托俄斯，他肯定知道。"

"不一定。"卡斯特里西乌斯说，"就像大多数希腊人一样，他只知道希腊那点事儿。"

"但他特别会相……"

"相面。"巴利斯塔说道。

"没错。"马克西姆斯说。"他只消看一眼卡斯特里西乌斯，从他那尖尖的小脸儿上就能看穿他的灵魂——这太可怕了。"

"然后他就能告诉我们，卡斯特里西乌斯为什么假称自己是马其顿人。"巴利斯塔说。

"这可就说来话长了。"卡斯特里西乌斯说。

"不妨说来听听？"巴利斯塔问。

"现在不行。"卡斯特里西乌斯说。

"我也不知道自己到底想不想要处女。"马克西姆斯说，"就我个人而言，我比较喜欢有点儿经验的女人。而且那些个处女都是一副心甘情愿的样子，就不能被动点儿？这样我才好撕开她的衣服，把她扔上床。"

"行了，别说了。"巴利斯塔说。

"我就是想想。我没带小情人上战场，所以那些个伺候我的仆从就等着屁股疼吧。你知道东方人都什么样儿——一个个都对性爱着了迷似的。"

"我们下去和他们会合吧。"

底下平原气温高，特别热，也特别潮。现在还是八月份，再有九天就到九月的朔日了。他们向西北方向骑行，右侧是绵延的山峦，左侧是看起来无边无际的沼泽。他们涉过无数条从高地流淌下来的溪流。虽然所经之地星星点点地坐落着一些茅草搭的农舍，但视野所及，大多数土地还是未经耕作的荒原。这是一片适合骑兵行军的土地。

第二天，他们来到了一处沼泽与山丘几乎相接的地方，二者之间只有四五英里的距离。第三天，挡住视野的山丘和阻碍前行的沼泽都退到了远方，前方变得开阔起来。巴利斯塔心中惦念着卡尔加库斯、伍尔夫斯坦和其他人。如果库马尼亚堡没被攻下，那么他们已经在里面困了三十一天了。那座堡垒本身可以说是间十分局促的监狱：从下至上，四个一模一样的圆形房间摞在一起，每间直径不超过十五步——阴暗潮湿、逼仄压抑。他们必须始终保持警惕，还要时刻担惊受怕，这两种状态都会严重影响他们的睡眠。从某种程度上来说，卡尔加库斯的处境更糟糕：他从楼顶的步道上可以看到"天高任鸟飞"的绝景——靴隼雕和黑秃鹫在悬崖峭壁间盘旋高飞，阿隆塔斯河在峡谷间奔流而下，恰恰流经堡垒墙外，然后奔向北方，全然不会受到围城的野蛮人的束缚。

马克西姆斯若是听说了卡尔加库斯眼前的诗意绝景，一定会一笑了之。但是希伯尼安人错了，他不如巴利斯塔那么了解卡尔加库斯。这位喀里多尼亚老人是看着巴利斯塔从小长到大的，在巴利斯塔连续的童年记忆里，不仅能简单地讲出来，而且至少能在事后有些创见地回忆起来的情形中，都少不了他的身影。在常常喘着粗气、满口脏话、从来不积口德的表象下，卡尔加库斯其实是个善良、甚至十分敏感的人。巴利斯塔下定决心，一定要把这个老伙计救出来。

尽管此刻阳光灿烂，巴利斯塔心中却闪过了一个黑暗的念头。就算他解除了围城窘境，卡尔加库斯还是得不到自由，因为加里恩努斯对他们的"判决"，他只能拿着武器背井离乡，继续这场奇怪的流放。

更糟的是，他们被判的是"无期徒刑"。他们也不知道接下来会怎样。尽快回家看来是绝不可能的了。仿佛有个任性妄为、反复无常的神明在格外"关注"他们。除了罗马皇帝，还有谁在这世上能与神明相提并论呢？是独眼巨人克洛诺斯的眼在盯着他们啊。

而且，不知怎么，巴利斯塔对加里恩努斯有一种近乎感恩的感情。皇帝并没有杀掉他们，也没有把他们囚禁在一座小岛上，让他们在伊罗亚斯岛或者潘达达里亚岛上漫无目的地游走，而是从实用的角度出发——帝国需要你们到天涯海角去执行任务——这当然是皇帝宽宏大量的表现。

他想起了法沃里努斯的《论流放》中的内容。书中反映了哲人在广袤大地上游历时对希腊人和野蛮人的思考，他亲眼见到了、亲耳听到了这片大地上发生的事情，然后将其铭记在心，使其化为了对自己美德教育的一部分。巴利斯塔记得，这些文字里丝毫没有提到哲人在流放期间领略到了什么外邦人的智慧，连这方面的暗示都没有。全书满篇讲的都是希腊人的智慧。

罗马人可能有些不同。他们总是夸张地表示自己愿意吸收外邦的先进文化。但是，就连希腊文化，罗马人采纳的归结起来也不过是其中的兵器和军事技能。除了希腊文化之外，他们吸收的只有一款西班牙剑，日耳曼人作战时的呐喊，还有一个意思是"帐篷"的古迦太基词。巴利斯塔也承袭了罗马人的这一特点。实际上，他对随萨珊重骑兵出征这个机会十分珍视，他想看看他们是怎么作战的。而且，他现在还有机会去和阿兰人那些游牧民作战，虽然危险，但他能借此了解他们的作战方式。

但是，巴利斯塔并不满足于此。他想知道与自己同行的其他人是如何说话做事的，想知道他们是如何看待这世界以及世界上的万事万物的。他才不会误以为什么民族的风俗习惯都一样好。苏阿尼阿人太残忍，波斯人又对他们的神太迷信。但是，通过观察他们的行事态度，他自己看重的东西就会变得越来越清晰。有寓言说，每个人背上都背着一个袋子，袋子里装的是各自的缺点。别人的缺点容易看见，自己的却很难看到。也许，流放就是提供了一个坐下来，卸下口袋，把它拿到眼前来，细心看看里面有什么的机会。

责任、朋友、家庭——巴利斯塔按照从大到小的顺序把自己真正关心的事物列了出来。一直以来，他都在尽力避免辜负这三样东西，也在努力避免做出会让自己羞愧的事情。结果，他又想到了派松妮萨。她怎么会觉得他会因为流放变成一个更加温和有涵养的人呢？天啊，要是朱莉娅发现了怎么办？

哈玛扎斯普的战士们正在阿拉佐尼沃斯河的对岸等待着他们。对岸的部队人数相当可观，应该有两万人，甚至更多，而且列队整齐。伊比利亚国王位于队伍中央，他骑在一匹黑色的尼西马上，旁边飘着一面大大的黑旗，上面绣着一头红牛。哈玛扎斯普的人马比纳塞赫的要多好几倍。

萨珊人的部队在指挥调度下整齐地排列就位：重骑兵跟随纳塞赫站在中央，两侧是轻骑兵队伍，阿尔巴尼亚人则在右翼最外缘的位置。

两军隔河相望。伊比利亚人从装束上看起来与波斯人很像，但其实他们的武装更加简陋些，军纪也更为松散。波斯人都静静坐在马上，在原地一动不动。他们中的贵族勒马一边转着圈子，一边用母语大声呼喝。

巴利斯塔瞄见高个子、红头发的鲁提鲁斯就站在哈玛扎斯普身边的一个贵族附近。

哈玛扎斯普和另一个骑士打头，带着六七个人走到河道中央。阿拉佐尼沃斯河标志着阿尔巴尼亚与伊比利亚两国之间的界线。所以这里算是个中立的地点，受河神管辖。

纳塞赫吩咐祭司曼吉克、年轻的贡多法、巴利斯塔和派松妮萨同他一起迎上去。显然，若是王子有个三长两短，这支队伍将由老将蒂尔米尔挂帅。就这样，五个骑士踏入了河中，溅起一朵朵水花。纳塞赫在距离哈玛扎斯普一个马身的距离处停下马。

首先该由哈玛扎斯普说话。河水从马腿间流过。伊比利亚国王扫视着萨珊王子这一行人。当他看到巴利斯塔时，冷笑了一声。

最后，哈玛扎斯普坐在马鞍子上鞠了一躬，抛出一个飞吻。"欢迎伟大的纳塞赫王子，诸神后裔的诸王之王、信仰神明马兹达的神圣沙普尔之子，诸神后裔的诸王之王、信仰神明马兹达的神圣阿尔达希尔的王孙，萨珊皇室帕佩克国王曾孙的到来。我，伊比利亚王国的国王哈玛扎斯普，承蒙神明马兹达恩惠，与舍弟奥罗艾泽一同来欢迎您的到来。我们和伊比利亚王国的战士都愿意为您效劳。"

纳塞赫稍稍晃了下脑袋，明白了对方的态度，随后表示："我们感谢您刚刚的动人言辞。我以我父亲沙普尔的名义，希望能顺利取道您的国土，将阿兰人赶出里海之门，驱逐至草海。"

"我等可以如您所愿。"

"还有，我们希望您为我们的人提供食物，为我们的马匹提供草料。"

"这也可以如您所愿。"

"还有，我们希望您或令弟奥罗艾泽带领一千骑兵加入我们的远征队伍，算是以实际行动立下共进退的誓言。"

"带领部下与您并肩作战是我的荣幸。"哈玛扎斯普脸上还是露出了一丝狡黠，"此事如您所愿，萨珊王室的高贵王子。不过，我有个请求，过世的苏阿尼阿国王波莱谟曾夺取了伊比利亚的一块土地。倘若与您同行的他的女儿可以立誓归还直至达里安路所有被侵占的土地，这样一来我们不仅出师有名，士气大增，我的战士们也定会为了伊比利亚与苏阿尼阿两国间的友谊全力以赴。"

纳塞赫回头望望派松妮萨。她仅仅低下了头，表示默许。哈玛扎斯普率先立誓。一切仪式按照波斯人的方式进行。祭司曼吉克拿来一捧盐，伊比利亚国王旋即将一只手放在盐上，然后郑重立下了誓言。

派松妮萨驾马上前，她的马与哈玛扎斯普的马头并头，尾并尾。奥罗艾泽走过来，将她与哈玛扎斯普的大拇指绑在一起。伊比利亚国王摸出一把匕首，在自己大拇指上划了个口子，然后在派松妮萨的大拇指上划了个口子。"歃血为盟，"他一边说，一边举起他们绑在一起的手，然后舔掉了自己拇指上流出来的血，接着又舔掉了那个曾经是他儿媳的女人的血，"从此干戈不出，兵戎不见。"

就在派松妮萨重复这句誓言的时候，巴利斯塔清楚得很，他们俩谁都不可能遵守这句誓言。

第三十一章

九月八日，萨珊王室的纳塞赫王子率领着他的手下将士以及他父王在高加索的诸侯王来到了伊比利亚王国哈莫兹克镇的北门外。是否对卡尔加库斯展开营救，巴利斯塔马上就得做出决定。但他担心自己做决定的时间已经太长了。他们在阿拉佐尼沃斯河下游与哈玛扎斯普见面后，按照礼节需要，他们在河岸边驻扎了两天。首先，伊比利亚国王设宴款待了萨珊国王之子，随后，纳塞赫也设宴回请了伊比利亚国王。这些觥筹交错的场合让巴利斯塔感到十分不适。正式行礼是免不了的，不过除此之外，他都尽量设法避免和哈玛扎斯普说话。可是，他们碰面的机会实在太多，他总是避不开这个伊比利亚人的目光。国王心中对于他的恨意从不掩饰。巴利斯塔知道，这人恨不得生吃了他的肝。

又过了六天，这支联合部队才向哈莫兹克镇进发。到了镇子上，又有两天宝贵的时间被比先前更大规模、更奢华的宴席耗费掉了。巴利斯塔坐在鲁提鲁斯、卡斯特里西乌斯和马克西姆斯之间，躲在派松妮萨后头，再次避过了和哈玛扎斯普交谈的可能。但是，尤其在喝了些酒之后，国王的言行变得愈加放肆起来。好几次，巴利斯塔抬头看，才意识到哈玛扎斯普正在谈论他，还和他的贵族属下们一起开怀大笑。巴利斯塔敢肯定他们在说他。虽然他听不清具体的话，但是他

335 里海之门　335

们会不时地向他瞟上一眼。哈玛扎斯普是不是告诉了他们他在埃德萨的牢房里对他差点儿做了什么？他会不会在说的时候夸张了许多呢？会不会说他为了报仇强奸了杀他儿子的凶手？想到这些巴利斯塔就怒火中烧。要是这个伊比利亚佬说的话落在巴利斯塔耳朵里，他一定会冲上去弄死他——即使这么干的成功率接近于零，而且他自己几乎一定会因此丧命。但除非这个假设条件成真，否则他什么都做不了。

　　派松妮萨说过，比被侮辱取笑值得担心的事儿多了去了。巴利斯塔说，他是罗马的使者，同时又是纳塞赫王子和利比亚国王的同伴，这两重身份应该足以保障他的安全。派松妮萨的回答很是不给面子，她言语中的残酷令巴利斯塔惊讶不已。难道他不明白他们都得借居在国王的宫殿里吗？哈玛扎斯普恨死了他——这个北方佬是杀害他儿子的凶手，而且现在还在他的屋檐下和他的儿媳妇有一腿。派松妮萨的父王对于她再嫁给老国王一事并未表示赞成，但是哈玛扎斯普自己倒是表示得很清楚，他想上她。这位赫卡忒的女祭司对此可是心知肚明，就在她与他儿子在这座宫殿中生活期间，他就总是试探着。当然，哈玛扎斯普不可能公然挑衅巴利斯塔，就像他不会让巴利斯塔听到他说的恶语一样——这个伊比利亚佬或许是个肮脏变态的老色鬼，成天想着怎么睡到自己的儿媳妇，但他绝不是个傻子。而且，巴利斯塔没注意到，在高加索地区，下毒简直可以称为一种生活方式。总之，她有多担心自己，就有多担心巴利斯塔。她和巴利斯塔的关系已经让她成为哈玛扎斯普的敌人，再加上她又不肯遂国王的心愿到他床上去。因此，她坚持，不管是什么吃的喝的，都要她那可怜的随侍宦官尝过之后，她和巴利斯塔才能入口。她甚至建议巴利斯塔不要触碰任何别人尚未触碰过的东西。像这样的防范措施，想悄悄进行很难。她也不打算有所掩饰，反正怎么做都不会让宴席上的气氛好起来。而且，就连深夜去巴利斯塔的寝宫这种事她都毫不遮掩。万幸给他们试毒的宦官还没死。

他们骑马走出哈莫兹克镇的这天早晨天气不错。初秋已经将暑热驱走，巴利斯塔感觉舒爽很多。他全副武装，骑在一匹好马背上。这是年轻的贡多法借给他的一匹尼西马。巴利斯塔的三个罗马朋友围绕在他身边。他们都骑在队伍头里，前面只有纳塞赫，距离伊比利亚人远得很。

行军队形同以前一样，哈玛扎斯普的两千伊比利亚骑兵走在后方。多亏蒂尔米尔下了个命令，让队伍最末尾的萨珊轻骑兵分为两队，其中一队安插在阿尔巴尼亚人和伊比利亚人之间。因为这两个民族间有宿仇，一点就着。巴利斯塔对这位波斯老将愈发钦佩了。

他们骑马经过塞勒斯河和阿哥斯河的交汇处，沿着阿哥斯河的河谷向北进发。阿哥斯河流域宽广，分成几条浅流，之间有若干粗砾沙洲相隔。不远处几座线条和缓的绿色小丘连绵起伏。小丘间常常被岸边芦苇丛生的溪流切断，形成一道道郁郁葱葱的沟壑。

第二天快结束的时候，他们扎营的地点恰好距离巴利斯塔和派松妮萨当初离开塞勒斯河并向东边奔逃时的地方不远。从该地到达里安路，部队走了两天。现在，远方的山峦更近些了。

高高的山坡上，几个小小的人影正注视着他们。他们是不是阿兰人还不好说，或许是绍尔玛格的随从，还有可能是追随阿佐的苏阿尼阿人。事实证明这些人正是效忠阿佐的苏阿尼阿人。他们三三两两地出现在营地中，纷纷对派松妮萨行大礼。有些人干脆拿着武器跟随在她身后。

他们沿着河流向上游走，重新回到了巴利斯塔和派松妮萨曾经遭遇追击的地方。他们经过了苏阿尼阿战士卡布里阿斯为让他们成功逃脱而牺牲的马厩废墟。巴利斯塔本想为他向神明祈祷，但是遥远北方的神祇可保佑不了苏阿尼阿人。巴利斯塔甚至不知道沃登是否能保佑他自己的信众。

在达里安路上，哈玛扎斯普以派松妮萨发过的誓言为由，在这片荒无人烟的地方抽调了一千名伊比利亚战士组成了一支卫戍部队，交给他的弟弟奥罗艾泽指挥。在一块光秃秃的巨岩上，他们开始忙活着支帐篷、拴马和生火。他们用来生火的粪便的气味沿着按照行军顺序搭起的营地弥漫开来。

巴利斯塔找到了蒂尔米尔。他用波斯语悄声跟他说话。既然在猎野猪的时候不自觉地使用了这种语言，他就再也没有必要伪装下去了。"这是从里海之门下山通往高加索的主路。现在奥罗艾泽守在这儿，我们岂不是被哈玛扎斯普握在手心里了？"

蒂尔米尔歪了下脑袋，表示明白对方说的什么意思，但并不认同。"如果我们败了，几乎没人能逃出此地的深山。阿兰人会对我们穷追不舍，高加索的诸多部落也会背叛我们，包括伊比利亚人、阿尔巴尼亚人和苏阿尼阿人，他们所有人都会与我们为敌。到时候就好像居鲁士落在马萨格泰手里那样，后果将是灾难性的。但若是我们胜了，哈玛扎斯普绝不敢与我们为敌，他不仅没那个胆量，也不会有那个实力。不过我猜伊比利亚国王想的和你一样，这样一来他就能抢占先机，逼我们就范。神明马兹达在上，他不会得逞的。"

部队向右一转，走出了达里安路，开始沿着阿隆塔斯河向东北方向走。巴利斯塔已经在这条路上走过两次了，一次是前往苏阿尼阿的时候，一次是逃命的时候。这条路虽然看起来熟悉，但并不亲切。群峦之上，盘旋着几只山鹰，它们展开宽大的翅膀，乘风滑翔。好多高加索人对着它们比画恶魔之眼的手势，或者公开咒骂。

他们行军速度不紧不慢地，这天晚上，正当他们要安营扎寨的时候，一个苏阿尼阿人从北边驾马疾驰而来。阿兰人正要撤离库马尼亚堡前的营地，向南进发。他们的侦察兵已经到达迪凯奥新村附近了。

纳塞赫命令蒂尔米尔带领一千萨珊骑兵趁夜进村。大部队会在黎明前动身，待到第二天再赶到支援。

"正要撤离库马尼亚堡前的营地……"这句话在巴利斯塔脑袋里回响着。他们的营地设在库马尼亚堡前面，这就是说堡垒还没沦陷。他怕自己话说得太早，结果事与愿违，但很有可能，卡尔加库斯还活着，而且很有可能，伍尔夫斯坦和其他人也还活着。诸神啊，千万要保佑他们平安啊，保佑那个可怜的喀里多尼亚老浑蛋还活着啊。

他们骑马往迪凯奥新村去的路上正下着雨。这地方看起来大不如以前那般讨人喜欢——尽是些高大阴郁的石造塔楼、促狭而泥泞的小径。生着乱毛的猪和狂吠的狗随处可见，它们就在马蹄边上，惹得一匹匹马儿焦躁不安。正当他们穿过村庄的广场时，巴利斯塔瞭见了渎神者之口。不管是从日耳曼尼亚还是罗马来看，这里都遥远得算得上是世界的尽头。这里的一切都是如此不同：人们咒骂山鹰、保护公羊、拿疯子献祭，还把通奸的人扔进地下河里，竟然还吃小米——说起这些古怪的地方，那可真是没完没了。

纳塞赫命部队就地驻扎，然后开了个简单的军事会议。

他们站在一座塔楼的露天平台上，望向北方。阿隆塔斯河在此分成了几道浅流。其宽阔的河谷中大雨滂沱，两侧被冲刷得光秃秃的，只有半英里远的两道交叉的沟壑还能隐隐看到树木，山溪沿沟壑两侧奔腾而下。一个简单的作战计划已经成形，重骑兵在前，由纳塞赫本人、蒂尔米尔与柯西斯和哈玛扎斯普两位国王担任指挥；轻骑兵在后方集结，由贡多法指挥。这两条阵线中，波斯部队均位于中央，阿尔巴尼亚人在右，伊比利亚人在左。根据地形，他们将和敌人发生正面冲突。至于他们的辎重将留在迪凯奥新村。因为无须担心敌人侧翼包抄，所以为了预防当地土匪趁乱打劫，他们在侧翼安排一百名萨珊战士就够了。至于祭司曼吉克、罗马人、派松妮萨夫人和跟随她的苏阿尼阿人，他们最好留在村子里等待战报。明天战斗将会正式打响，今晚人人都该尽可能睡个好觉。

派松妮萨领着巴利斯塔和其他三个罗马人进了自己的房子。等他们吃完饭，她就和巴利斯塔进了卧室。其他人自可在别处就寝。他们独处时，派松妮萨往往会展露自己饥渴纵欲的一面。她拉了拉巴利斯塔的衣服，然后将他推倒在床上……

睡到半夜，巴利斯塔醒了。一股古怪的气味飘来，仿佛是油与焦杏仁的味儿。他躺在床上没有动，只是睁开眼睛，看到派松妮萨不在他身边。他感觉到房间的一角站着个人。于是，他悄悄抬起脑袋。

屋角点着一盏孤灯。派松妮萨一丝不挂。她捧着他的长剑，将一个小药瓶里的液体倒在上面，然后细细擦拭。巴利斯塔看了她一会儿，然后问道："那是什么？毒药？"

"不是。"

"是毒药吗？"

"不是，这能带给你力量。就像美狄亚带给伊阿宋力量一样。"

巴利斯塔哼了一声，表示并不相信。

"你还戴着我送给你的那块纯白宝石吧。自那以后你晚上睡觉做过噩梦吗？"

"纯属巧合。"

她大笑着向他走去。"这药膏涂在皮肤上也管用。"

"你没去做名妓真是浪费啊。"

"你不是第一个叫我娼妓的男人了。"

早晨起了大雾。村子广场上的众多火把上罩着一圈圈光环。纳塞赫王子走到渎神者之口旁的一个驮篮前，从后屁股的弓箭袋里抽出一支箭。他将这支箭扔了进去。随后，贵族和军官们也纷纷效仿。重骑兵和轻骑兵这样做的时候并不拘礼，动作简单得多。巴利斯塔从希罗多德的书里知道。很久以前，波斯人在作战前会划出一块地，然后请战士们列队进入；战役结束后，他们会重复此举，通过空出来的场地，他们便可估算出伤亡人数。新的萨珊规矩让统计人数变得更加精确。等这天结束之时，大家再每人取回一支箭，那么篮子里剩余的箭就相当于伤亡人数。

一位伊比利亚贵族走近纳塞赫，行了个不太正规的大礼；这倒是可以理解，毕竟地上那么多泥。"一个坏消息，王子。尊贵的哈玛扎斯普国王让我代他向您致歉。他身体欠安，无法与您并肩出战、同享勇士荣光。在下名叫泽塔苏斯，是高巴兹之子，有幸担任伊比利亚战士统领一职。哈玛扎斯普国王身边将仅留一百名侍卫。"

泽塔苏斯的一番话说完，没有得到丝毫回应。年轻的贡多法毫不遮掩地露出怀疑的样子。蒂尔米尔的大胡子后面是一张阴沉的脸。但他们对此没什么办法。"那也只有这样了。"最后纳塞赫说，"马兹达会看着你和你的国王的。"

和派松妮萨与其他罗马人一道，巴利斯塔爬上了开作战会议的塔楼楼顶。现在一定已经到了黎明，雾后透着隐隐的天光。但雾气依然浓重，他们的视野受到了限制，可视距离也就男孩儿扔出一根树枝那么远。

号角声响起，在重重雾气中逐渐弱了下去。一支萨珊弓骑兵分队从塔下跑了出去。他们消失在北方的朦胧中，呈扇形散开，掩护整个大部队的部署。接着鼓声响起。塔下，纳塞赫率领骑兵出发了。他们骑在马上，迈着稳重庄严的步子，排成一条纵队。紧接着是伊比利亚的重骑兵，他们走到了队伍左侧，然后是全副武装的阿尔巴尼亚人，他们来到了队伍右侧。三千骑兵，一排八人，整个山谷都被这个仿佛由一个个钢铁雕塑组成的队伍占满了。他们站在阿隆塔斯河的激流中，河水打着旋从战马腿边流过。

又是一声号角响起，散开的弓骑兵从各部队之间狭窄的空隙中小跑着退了回来。其余的轻骑兵也出了迪凯奥新村，加入他们。只有军队不断前进，四千名没有穿戴盔甲的人才能跟上去。但就算如此，也还是有很多人在村子的小路上挤着。

雾气越来越薄了。巴利斯塔可以看到前方一百码甚至更远的地方。他能看清，在纳塞赫的紫色大旗下的是祭司曼吉克。祭司步行着，他举起双臂，在向他的神明祈祷。一头白山羊被架了起来。在毫无征兆的情况下，一波箭雨从雾气中落了下来。大多数箭没飞多远就落到了地上，还有的当啷一声敲在重骑兵的盔甲上，而后滑落。还是有不少擦着祭品飞了过去。祭司毫不在意。他抬起公羊的头，割开了它的喉咙。

那畜生顿时瘫软了。祭司再次举起双臂，呼唤神明。箭雨愈发密集了。游牧民的号角声冲破雾气传来。曼吉克俯身跪在纳塞赫脚下，并不急着起身，然后就好像在祥和的花园中漫步一样，慢吞吞地站起来，穿过队伍，往回走去。

一阵萨珊战鼓响起。重骑兵拉开他们的复合弓。三千支利箭盲目地射入朦胧的虚空中。就好像雨点落进大海，箭杆密密麻麻，乌压压一片。为了躲避可能会插进锁子甲缝隙和硬皮革的箭头，重骑兵纷纷勒马，让马儿前腿腾空，此起彼伏。波斯轻骑兵也加入了战斗，射箭时比重骑兵瞄得更高。箭雨愈发密集了。伴随着天空中交织的数不清的箭痕，大地上到处是人的哀号声和马的嘶鸣声。波斯队伍中的战士正一个接一个地死去。视野之外，阿兰人想必也是如此惨烈。虽然作战双方都看不到彼此，但这场战役依旧残酷而可怕。

"这样可不是事儿。"鲁提鲁斯说，"要不了多久箭袋就该空了。"

"现在还很难讲，不过波斯人应该会占上风。"卡斯特里西乌斯说，"他们的盔甲比那些游牧民的更厚重。阿兰人得采取点儿别的措施。"

就好像对他们说的做出回应一样，再次射来的箭劲头没有之前足了。正前方，浓雾中出现了无数黑影。一阵疯狂的号角声和鼓声响起，伴随着敌军疯狂的呐喊声。

"他们来了。"马克西姆斯说。

三组楔形骑兵队伍冲出浓雾。他们头上飘着几面奇怪的旗帜：野兽头骨、动物毛皮、马尾、猛禽张开的双翅。雾气被他们撕开，碎成打着旋儿的片片白色。

纳塞赫的旗帜向前竖起，号角声嘹亮，战鼓的鼓点更加急了。骑着尼西马的威猛战士开始冲锋了。

波斯部队好似一条大浪，发出强大而可怕的力量，向着敌人扑了过去。

游牧民很快就漫过大地。两方开始交战的时刻萨珊人却还在慢慢走着。兵戈之声回荡在山谷中，更传到了在塔楼顶上关注战事的罗马人耳朵里。阿兰人虽然在数量上不占优势，但楔子阵形的势头了得，前端直接插进了波斯人的部队。惨绝人寰的声音不绝于耳，令人不忍卒闻。

纳塞赫的紫色旗帜一顿一顿地直往下栽，似乎就要倒下了，但马上又立了起来。萨珊王子附近的战斗很激烈。因为波斯大军人数众多，阿兰人的先头部队冲到这里已经放缓了速度。另外两支楔形队伍已经彻底停了下来。战场上突然出现一处特别严重的骚乱。纳塞赫和他的护卫们最终阻住了游牧民中坚力量的前进。

山谷中的战士们一个贴着一个。他们之间往往连挥戈举剑的空间都没有，所以直接在马背上扭打起来。他们张牙舞爪地用手去掐对方的脖子，挖对方的眼睛，伺机把对方推下马，任其被乱蹄践踏。

"这感觉更像是步兵作战啊。"卡斯特里西乌斯说。

　　"除非他们能把纳塞赫砍下来，否则那些游牧民输定了。"鲁提鲁斯说。

　　游牧民打起仗来十分凶狠，但就是耐力不佳。大溃败是在空间相对宽松的战场后方发生的。开始只是一两个战士逃走，接着便是三五成群的，最后变成了一批一批的。这些游牧民调转马头飞快地逃回山上，消失在蒙蒙的雾气中。

　　"卑路斯！卑路斯！"胜利的欢呼响起，萨珊人和他们的同盟——重骑兵和轻骑兵先后喊起了口号。

　　就好像被神之手抹去了一样，战场立时空了。战后不可避免地会留下痕迹——被折断和丢弃的兵器、伤亡的将士与战马……至于胜利者，他们贪婪无耻，毫无荣耀可言，早已下马扫荡了整个战场。但是，刚才打仗的战士确实都不见了。

　　塔楼上的几个观战者一言不发。看起来他们是无话可讲。雾气又散去了一些，但山顶地区依然云雾缭绕，仿佛为山谷加了一个顶。尽管现在巴利斯塔差不多能看到山谷之上一英里的地方，但是仍然无法清晰地看到路。一切都陷入了一种诡异的安静。他们能听到河水流淌的声音。河流还和以前一样，奔流不息。从河边或是什么别的地方传来了蛙鸣：呱呱呱——呱。

　　第一批秃鹫落到了这片战场上。有的苏阿尼阿人从迪凯奥新村中溜出来，加入到掠夺死人财物的队伍中来，不仅如此，若是遇上奄奄一息的，他们就上前帮一把，干脆弄死，这样好多抢一个。据说，波斯人喜欢把所有财产都带在身上。于是他们的同盟苏阿尼阿人总是先挑他们抢。

　　"结束了？"派松妮萨问。

　　"是的，"卡斯特里西乌斯说，"几千人就在那儿被宰了，真是难以置信。"

巴利斯塔注意到不远处有动静。

"妈的。"马克西姆斯说。

半英里远的地方，在一道汇入阿隆塔斯河的沟渠右侧，树林和灌木在动。而此时此刻并没有风。

"妈的。"马克西姆斯说。

深色皮毛、身形佝偻的草原小矮马和它们的骑手出现在山谷中。他们先在原地磨蹭了一会儿。五百，一千，很难说清楚。随着一声大喝，大多数人驾马飞奔向北，消失在雾色中。他们就跟在继续前进的波斯人队伍后头。他们赶上去绝对出乎敌军意料，这足以扭转整个战争局势。这是一次完美的埋伏。阿兰人先冲锋，然后再撤退，这都是从一开始就策划好的。从始至终，设伏的战士就躲在那条沟渠后头静静地等待时机。

他们能看到的大概有两百个阿兰人。他们没有组成特定的阵形，而是向南朝着迪凯奥新村小跑过来。在距离村子还有一百码远的地方，他们停下来，大致站成一条线的样子。

巴利斯塔扭头望着派松妮萨说："在这儿你有多少个带兵器的苏阿尼阿人可以用？"

"大概有三百人。"她保持着可贵的冷静。

"其中多少人有马？"

"十分之一。"

"让他们骑着马到村子广场上集合。让没骑马的人务必封锁各巷道朝北的入口。"

她吩咐侍从去传达她的命令，然后问巴利斯塔："你要做什么？"

"去和哈玛扎斯普谈谈，然后和祭司曼吉克谈谈。"

"哈玛扎斯普会杀了你的。"

"我和其他人一起去。"他指了指马克西姆斯、卡斯特里西乌斯和鲁提鲁斯。

"他们三个人根本不够。下面有十个骑马的苏阿尼阿人，都是我的人，把他们也带了去。"

伊比利亚国王住在另一座面北的塔楼里，塔楼外戒备森严。刚刚发生的事情似乎并没有对他们造成什么特别的影响。他们带着一些敌意看着刚刚骑马上来的一行人。

巴利斯塔对一个身穿考究的盔甲，明显是管事儿的男人问了声好，然后说："我要见哈玛扎斯普。"

"他病了。"这人的希腊语口音很重，而且口气很不屑。

"我有重要的事跟他商量。"

"不行。"

"如果你不去禀报他，纳塞赫会把你钉上十字架。"

"纳塞赫可能都回不来了，而你没有权力在这儿发号施令。"

塔楼顶上出现了一个人影正在往下看，那就是伊比利亚国王，他没有说话。

"哈玛扎斯普，"巴利斯塔仰头喊道，"你得带领你的战士们去作战。我们可以把村前的那帮子游牧民给解决掉。要是我们动作够快，就能扭转结局。"

哈玛扎斯普恨恨地瞪着下面的巴利斯塔，还是没有说话。然后，他转身离开了。

"他现在不想玩弄你了，死基佬。"伊比利亚人大笑。

巴利斯塔忍了忍，没有回嘴——那个浑蛋哈玛扎斯普竟敢在背后这样污蔑人，他会付出代价的。巴利斯塔回去骑上马。其他人也上了马。等走出弓箭的射程，他们就转了个方向疾驰而去。

他们到的正是时候，祭司曼吉克正在祈祷。巴利斯塔冲进他住的宅院并向他直言所需的时候，他刚好结束祷告。

"恐怕我无法率领萨珊战士作战。"曼吉克说,"我们祭司可以用我们的双手杀死任何生命——蚂蚁、蛇,任何地上走的、水里游的和天上飞的——我们为此感到骄傲,但是我们不可以杀死狗或者人。"

"那就让你的人听我命令。"巴利斯塔知道,时间不等人。

"那辎重怎么办?纳塞赫告诉我们要好好看守的。"

"要是我们战败了,辎重还有什么用啊。"

"好吧,你说得对。把你要的人都带走吧,我留下来保护王子和战士们的财物。"

巴利斯塔从这里只带走了一百三十个骑兵:波斯人、一部分苏阿尼阿人,还有四个罗马人。他们骑的马很健壮,带的兵器也很精良,足以执行第一个任务了。至于第二个任务,到时候再说。他将这支骑兵分成两队,每一队都躲在一条小巷中,很难被外面的人看到。巴利斯塔指挥其中一队,鲁提鲁斯指挥另一队。卡斯特里西乌斯去组织苏阿尼阿人行动。巴利斯塔曾告诉过派松妮萨,让她守在自己宅子里。谁也不知道她是否听话。

村前山谷里的阿兰人可没想到会有麻烦等着他们。他们原本的直线队形已经不复存在了。除了有四十来人聚在一块儿破旗周围,其他大多数人都下了马,正在从死人身上搜刮财物。就算那些还在马背上的人,也早已把缰绳撂下了,放松得很;他们一边喝酒,一边吃东西,同时聊着天。

"上!"巴利斯塔下令,然后用脚后跟踢了踢胯下马的肚子。他后面,萨珊人的号角响起,向其他人传达了这个命令。刚才堵住了巷子口的苏阿尼阿步兵在最后一刻跳到了一边。巴利斯塔的坐骑兵加速冲出巷口。后面是宛若春雷般的隆隆蹄声,令他心安。他看到左边有个高大的身影,那是带领另外一支队伍冲锋的鲁提鲁斯。

那些游牧民赶紧丢下手中的战利品,朝着他们的小矮马跑过去,然后翻身上马。但已经晚了。巴利斯塔看到离他最近的那个掠夺者被鲁提鲁斯一刀砍倒。护旗的那些个阿兰人还是有所准备的。几个人连忙射了几箭，箭矢呼啸着在空中划过，但是没有一支射到巴利斯塔近前。游牧民们将剑从剑鞘中抽出来，决定迎战冲来的敌人。

巴利斯塔驾马跑过阿隆塔斯河的一片河滩，放任他那匹高大壮硕的尼西马直直地向阿兰人队伍首领的那头小矮马撞过去。撞击使得那头皮毛糟乱的小个子畜生摔了个屁股蹲儿。首领挣扎着想在马鞍子上坐直了，但巴利斯塔冲过去的时候抬手挥了一剑。那首领下意识地抬起一条胳膊保护脑袋，结果巴利斯塔将他胳膊肘以下的那一截一剑斩断。

同时，巴利斯塔左边的一个阿兰人向他砍了下来。北方人举起盾牌挡住了这一剑，看也没看，本能地贴着盾牌的边缘将自己手中的剑刺了出去，然后感觉刺到了东西，这才又抽了回来。面前的一个游牧民调转马头要逃跑。巴利斯塔反手用剑柄末端朝那人的左肩砸了上去。游牧民骑的小矮马跑掉了，而他却摔在了乱石遍地的河滩上。于是，石头被染成了红色。

巴利斯塔放慢速度，留心着周围还有没有别的威胁。结果并没有。也许有一半的阿兰人都倒下了——到处都是乱跑的无主小矮马——其余的敌人分散在各处，低低地俯在他们的坐骑上，瑟缩着，生怕送命。

"大家集合到我这儿来。"巴利斯塔大喊，先用波斯话，再用希腊话。他已经有多年的战场喊话的经验，声音可以传得很远。"组成楔子队形。"

萨珊重骑兵都是优秀的战士。没人会傻到无谓地去追击敌兵。不多时，他们就在一片铿锵声中组好了队形。那三十几个苏阿尼阿人就相对慢些，有几个追出去一段距离，听到命令又不得不往回跑。但是很快，他们就加到了队伍后面。

巴利斯塔回头往村子里看，一队穿着简陋的苏阿尼阿战士从村里小跑出来，是卡斯特里西乌斯带他们来的。

"跑步前进。"

他们几乎是立刻就跑进了墙一样的浓雾中。这个世界变成了几码远的飘忽的灰色。那些声音——马喷鼻息的动静、兵戈相交之声——都没了。空气中弥漫着雾与水、潮湿的石头和冒着汗的马的气味。此时，他们仿佛是驾马行走在一个荒凉阴森的地下世界。

巴利斯塔分别回头向身后两侧看了看，他一边是鲁提鲁斯，另一边是马克西姆斯，再后面是萨珊人排成的密密麻麻的队伍。雾气让他们的络腮胡子和斗篷都散发着隐隐的珠光。那些可恶的聒噪的青蛙又开始叫了，呱呱呱——呱。走了一会儿，突然远处传来嘈杂的声音，好像浪花拍打在岩岸上一样。

巴利斯塔缩了下脖子。伴随着振翅声，一群白鸽从雾中飞起。它们刚好飞过战士们的头顶，然后消失不见了。后面传来喊叫和咒骂声，巴利斯塔转身对后面的波斯将领说："让他们安静点儿。"

"那些鸟都是不洁之物，就像麻风病人一样，它们一定是被驱赶出来的。"波斯人解释道。

"出其不意才是我们唯一的希望。一定不能让敌人发觉我们的到来。"

保持安静的命令被战士们一个接一个地低声传至队尾。

嘈杂声越来越响了，其中刺耳的声音变得十分清晰。

"现在不远了。"巴利斯塔喃喃道。

鲁提鲁斯向前倾身，在巴利斯塔耳边小声说了一句"哈玛扎斯普完全可以从后面把我们灭了"。

巴利斯塔听罢大笑。神啊，可别，他止住笑声。"那就看他到底要背叛到什么程度了，看他到底有多大胆。我觉得他应该会静观其变，等着看最后哪方获胜。"

前方雾气中出现了一团正在移动的庞大黑影，离他们也就五十几码远。兵刃碰撞声、呼喝声、男人们的尖叫声和马的嘶鸣声传来。巴利斯塔抬起一只手，部队停住了脚步，自觉整队。巴利斯塔坐在马背上扭身对后面说："我们到了。"他的声音很轻。"他们还在打，我们来得正是时候。现在，听我命令，驾马稳稳地冲过去，但是一定要保持密集队形，千万别停。咱们的步兵马上就能到。"

"冲啊！"

他们先是走了几步，然后马上就变成了慢跑。打斗的声音一下子大了起来。

就算是最边缘的阿兰人都没有看到或听到他们的到来。游牧民的注意力全在设法拖住萨珊部队上，他们奋力从各个方向、不同角度朝着紫旗下紧凑的楔形队伍射箭。

第一个被巴利斯塔杀掉的阿兰人都不知道是什么袭击了他。他刚刚放了一发箭，正伸手去拿另一根，结果巴利斯塔的箭就从他脑壳后面削了过来。巴利斯塔熟练地再次抽回自己的兵器。另一个阿兰人环顾四周，他刚刚把箭搭在弦上。巴利斯塔举剑重重一击，弓、箭和那人的双手一并被切断了。他的尼西公马将一匹小矮马撞到一边。巴利斯塔继续前进。他身后响起一片"卑路斯，卑路斯"的欢呼声，面前却是一声声惊恐的尖叫。

一个戴着粗山羊皮帽子的战士向巴利斯塔削过来。长期的训练让北方人有能力盯住敌人的剑锋，然后用自己的剑格挡，再翻腕将其拨到一边，最后敏捷地回刺。就是这么行云流水的一系列动作，逼得那游牧民连连后退，但可惜他后退得还不够远，巴利斯塔的剑终究还是划过了他的脸。血溅到了巴利斯塔眼睛里，温热，还有些刺眼。视野模糊的巴利斯塔补了两剑，快速结果了那人。

巴利斯塔踢马继续前进。他擦了擦眼睛，他的尼西马却要倒下了。于是，他借着马鞍的一角跳离马背，从就要倒地的战马背上成功脱身。地上一片狼藉，他落地没站稳，头盔撞上了一块石头，身躯庞大的战马也倒在了他身边。

巴利斯塔想站起来，但在地面上作战他会死的，身边到处是起落的马蹄。他突然感到一阵恶心，双腿一软，躺倒在地。他蜷缩起身子，双臂护头，眼前一黑。

巴利斯塔不知道自己昏迷了多久，醒来时他还保持着刚倒下的姿势，所以也许只是一会儿吧。他叉着腿坐起身来，伸手去摸他的剑。剑没了，腕环肯定是崩断了。他抬头望望，眼睛被血糊住了，也不知道是不是自己的血。马克西姆斯和鲁提鲁斯背对背地站在他面前。苏阿尼阿战士从他们身边跑过去。他们正在欢呼、大笑，这样的底气想必是因为他们此时可以撵在敌人背后，不断地用长矛去刺他们。

"这次是真的结束了。"鲁提鲁斯说，"他们完蛋了。"

巴利斯塔在马克西姆斯的搀扶下站起来。他仿佛听到很远的地方传来了"卑路斯，卑路斯"的呼声。他深吸一口气，下令让大家集合，以免哈玛扎斯普生什么事端。他又感到极度的恶心，一股液体反涌到喉头，再涌到口中——那是一种甜得发腻的焦杏仁的味道。他双手撑在膝盖上，开始痛苦地呕吐起来。

"卑路斯！卑路斯！"

第三十二章

纳塞赫王子和阿佐——苏阿尼阿未来的国王注视着里海之门。这是一片荒凉的景色。阿兰人来袭之时巴利斯塔的重建工程尚未完成。在围攻库马尼亚堡期间,这些游牧民或是拆除或是烧毁了大门的所有木结构。他们甚至已经开始拆除东边那条路上的石门了。

尽管只剩下残垣断壁,里海之门依旧是击溃游牧民的关键地点。巴利斯塔骑马走在这条路上,向皇家卫队的方向走去。路上的尸体已经被抬走了,但路两边依然到处是死人。萨珊人的战后工作队十分忙碌,他们正在收敛自己人的尸首,稍后会以拜火教的方式,为他们举行天葬,给他们以死后应有的尊严。至于阿兰人和倒戈追随绍尔玛格的苏阿尼阿人,对待他们的尸首就不一样了。首先要把他们扒光,有的还要砍断手脚,然后随意地在山谷外把他们堆成一堆。这就是大自然的秩序,巴利斯塔想,不管什么东西,都要堆在一起放,比如说成捆的麦子、酒罐和酒桶。尸体本来和这些事物不是一回事。那些尸体毫无血色、皮肤下隐隐透着乌青,四肢纠结在一起,看起来怪异极了。他们正说明了人类不人道的一面。

巴利斯塔下了马,把缰绳交给马克西姆斯。纳塞赫和阿佐向他走来。巴利斯塔向二人各鞠了一躬,献上飞吻。要是行大礼,他不知道自己是否能在无人搀扶的情况下再次站起来。他依然感到头晕,胆汁和焦杏仁那强烈的味道还在口中。

"英雄巴利斯塔，"纳塞赫上前一步，他脸上挂着微笑，深色的眸子中却尽是悲伤，"那苏，我们波斯人的死神。"他拥抱了北方人一下，并亲吻了他的两颊、双眼和嘴唇。他的深蓝色胡子蹭过巴利斯塔的脸。"我欠你的。是你的加入扭转了局势。这次袭击击溃了阿兰人。也许，在雾里他们看不清楚，所以以为你带的人马比他们多。不过，到底是怎么回事，恐怕咱们永远也无法知道了。"王子退后一步，端详着巴利斯塔，"我听说你重重摔了一跤，你没受伤吧？"

"我活得好好的呢。"巴利斯塔微微一笑，"但是恐怕我无法将指挥官贡多法交还给您了。"

"贡多法死了。"

"真是抱歉。"

"蒂尔米尔受了重伤，我们损失惨重。"

"他伤得有多重？"

"已经叫人将他抬回村去了。是生是死就看马兹达的意思了，祭司会向神祈祷的。"

"哈玛扎斯普背叛了我们。"

纳塞赫揉揉眼睛，显出倦容。"他的伊比利亚兵作战时都表现得不错。不过他的手下泽塔苏斯死了。"

"他这是牺牲了他们。他没生病，而是等着看咱们谁能赢。"

"可你没证据。"

"阿兰人从灌木丛里冒出来的时候，村里的伊比利亚人并不吃惊。哈玛扎斯普肯定之前就听到消息了。"

"他刚才派人来表示祝贺。咱们最好把过去的事放一放。"纳塞赫陷入了沉默。

阿佐拥抱并亲吻了巴利斯塔。这位苏阿尼阿王子大笑起来。他和纳塞赫不一样，他部下的牺牲似乎并没有给他带来多大的心理负担。"我欠你更多。一次是今天，一次是我那蛇蝎心肠的哥哥和与他狼狈为奸的野蛮人部队沿这条路上行的时候。如果你的人没有把我迎进库马尼亚堡的话，绍尔玛格肯定会抓住我的。虽然'迎'这个词儿用的有点儿不太对。我和你的手下卡尔加库斯在堡垒里待了五十一天，这时间可够长的。他平时是不是总喜欢抱怨啊？还有那个叫希波托俄斯的希腊人——他有个习惯，老喜欢盯着人看，看得人心里直发毛。"

"他们是神赐予我的两个好伙伴。"

"如果我是你，我就换个新神崇拜。"

"绍尔玛格怎么样了？"

一丝愠怒在阿佐脸上闪过。"他往北逃到了大草原上，我眼看着他逃走的。在碉堡的城垛上，我射死了他身边坐在马上的一个叛徒。"这苏阿尼阿人讲到这里眼睛亮了一下，短暂地从气恼中解脱出来。明年春天我就封锁这条路。这样一来，与他结盟的那些人夏天就没法到南方的草原上去，也没办法做盐和铁的生意，到时候，阿兰人的首领只能乖乖地交出绍尔玛格。

"到时候有他受的。"

"说的没错，到了我手上，我一定让他吃尽苦头。"阿佐眼中闪着仇恨的光。"本来我还想惩罚一个人，不过，既然他对国王登基有所帮助，或许我应该允许他和王室成员有密切往来。"

巴利斯塔没有回应。你们整个家族都烂到根了，巴利斯塔想。

"你那一大家子人还在堡垒里等着你呢。"纳塞赫说。

"你这一去时间可够长的啊。"卡尔加库斯说。

"你们过得怎么样？"巴利斯塔问，库马尼亚堡的台阶上只站着他们俩。

"倒是也有不错的时候。一开始，阿佐基本上不说话。不过自从几天前一个苏阿尼阿人偷偷进入堡垒，告诉我们你和纳塞赫即将到来之后，那小子就没闲着。关于怎么用刑，他可是一肚子点子。他貌似已经接受了你和他姐姐有一腿的事实，不错啊。"

"其他人怎么样？"

"都在里面等着呢。年轻的伍尔夫斯坦很强壮，希波托俄斯好像脑子有点儿问题，成天什么都不干，就知道盯着人看，嘴里还叽咕着相面术可以让他预测人的未来之类的鬼话。妈的，要是跟他再过这么几天，我非得宰了他不可。"

宦官马斯塔巴特斯从台阶上走下来，他手中捧着一份镶着金边的象牙遗嘱。"欢迎归来，上等骑士马库斯·克洛迪乌斯·巴利斯塔。"他用拉丁语颇为正式地说道。

"那是什么？"

马斯塔巴特斯将它递给巴利斯塔。"皇帝给你下的新旨意。"

"什么？"

"给你下达的新命令，是虔诚神勇的普布里乌斯·利奇尼乌斯·埃格纳提乌斯·加里恩努斯皇帝亲自给你的旨意。"

"你怎么拿到这个的？"

宦官没有说话

"你一直把它带在身上？"

马斯塔巴特斯微微点了下头，承认了。"我得到的命令是，等你在苏阿尼阿的任务完成之后再给你这个。"

"这到底是什么命令？"

"毫无疑问。你的第一个任务就是要把游牧民都挡在里海之门的门外。今天你已经完成了。但还有一个任务是让高加索地区重归罗马帝国。目前里海之门有一支波斯大军。阿尔巴尼亚、伊比利亚和苏阿尼阿的国王对萨珊人的依赖程度前所未有。很难说你、鲁提鲁斯和卡斯特里西乌斯在这方面成功了。再说，你又不像派往阿巴斯吉的那位高贵的参议员一样失败得那么彻底。"

"费利克斯怎么了？"

"他是一次谋杀未遂的共犯，因此被阿巴斯吉驱逐出境了，还有命在已经算他幸运了。我的同僚尤西比厄斯想要刺杀斯巴达戈斯国王，结果被当场捉住。"

"他为什么要刺杀国王？"

马斯塔巴特斯露出浅浅的微笑。"如果有谁为了钱把你阉掉了，你会怎么样？"

"他没成功吗？"

"没有，不过他死得很痛快。"

"费利克斯帮助他了？"

"对此我表示很怀疑。"

巴利斯塔打开旨意看了一遍。"赫卢利人？"

"没错。"

"派我去黑海东北部，迈俄提斯那边？"

"直到塔奈斯河。"

"还要到大草海上去啊。"

"确实不是什么令人心旷神怡的好地方，"马斯塔巴特斯表示同意，"但是你有卡斯特里西乌斯和鲁提鲁斯做伴啊。而且，恐怕，我也得陪着您去呢。"

"为什么？"

"皇帝陛下没有告诉我他这么安排我的原因，但是我猜，和我这样的阿巴斯吉宦官一样，你在他眼里也是可以牺牲的一枚棋子。"

派松妮萨走进巴利斯塔准备过夜的那个房间，就在库马尼亚堡的

顶楼。这次屋里没有地毯、她也没有施展魅惑人的小伎俩。她让屋外
等待她的随从都退下，进来后也让伍尔夫斯坦退下。她来之前，男孩
儿正为巴利斯塔包扎那次昏倒造成的多处擦伤的地方，但她来了并没
有要接着给他包扎的意思。

"你打算什么时候才告诉我？"

"明天。"巴利斯塔说。

"带上我。"

从接到皇帝的旨意开始巴利斯塔就一直担心会发生这一幕。老实
说，他从一开始就担心着这一刻。

"不行，我有妻子。"

"再娶一个。"

"我们那边是不允许这样做的。"这句话脱口而出。马上就要和盘
托出了，他早已预演过。

"我读过塔西佗写的东西，日耳曼部落的领袖可以娶好几个妻子。"

"我已经不是日耳曼人了。我是马库斯·克洛迪乌斯·巴利斯塔，
一个罗马骑士，我和妻子住在西西里，罗马人只允许有一个妻子。"

"加里恩努斯就娶了两个。"

巴利斯塔笑了——有些可怜，或许还有想安抚对方的意思，他也
不知道自己这一笑到底为什么。"但是皇帝可不想让他的下属都效仿
他。再说了，皮帕也不是正妻，而是妾。"

"那就纳我为妾。"

"这可行不通。你是不会甘心做妾的。总之，我要领命去荒蛮之地
了。"

派松妮萨走近几步。"带我一起去。"

"你最好还是留在这儿。没有你的帮助，你弟弟就登不上王位。他
会感激你的，会给你找到与你匹配的人。"

派松妮萨愤怒地让他打消这个念头。"我们家族可从来不玩感恩那一套,带我走。"

"不行。"这话终于说出来了。

"可我救了你的命。"她用那双蓝灰色眸子定定地望着他,"我爱你。"

"可我对此无能为力。"

她退后一步,昂首挺胸,愠怒地说:"他们告诉我你在战场上犯恶心来着。你是不是疑心我给你下了毒?"

"我确实那么想过。我以为我对你没用了,所以……"

"我真希望我给你下了毒。"她转身离开了房间。

在越压越低的天空下,巴利斯塔带着一支小队伍沿着通往迪凯奥新村的小路向南进发。这是一支成员很是奇怪的队伍:六个身披罗马盔甲的战士、三个宦官和八个奴隶,还有一个叫塔奇恩的苏阿尼阿人,他说什么都不肯离开他们——十八个骑着马的人和五匹驮着行李的马。

天下起雨来,几群萨珊人原本在做清理尸体的可怕工作,现在纷纷停下来,默默地注视着他们经过。

这条路穿过整个村庄。马小心翼翼地在巷子里的泥泞中走着。雨中塔楼那没有门窗的高墙黑魆魆的,令人望而生畏。他们走出巷子,来到村子的广场。她就在那儿,穿着一身黑衣,站在雨中,披头散发,站在渎神者之口的旁边。

巴利斯塔放慢脚步。

派松妮萨并不看巴利斯塔。她双手插入泥土中。"三头三身的赫卡忒,您行走在黑夜中,聆听我的诅咒。您是复仇女神,您是有罪之人的惩罚者,您沾满血的双手握着黑色火炬,聆听我的诅咒。"

然后,她那双蓝灰色的眸子这才向他望了过来。"请夺去他妻子的性命，夺去他儿子的性命，夺去他所有家人、所有他所爱之人的性命。只留他一人活着——让他此后雄风不振，穷困无助，生活在孤独和恐惧中。请让他在大地上流浪，让他永在异乡、永别故人、永无归处、永遭忌恨。"

附　录

历史后记

　　塞巴斯蒂安·福克斯在他的精彩著作《人类迷踪》（2005）的结尾处表示，尽管所有的艺术作品免不了想做得像学生的论文一样，但他认为小说不应该有参考文献。不过，他为那本书破了个例，关于他所参考的文献来源就占了七页之多。无疑，他说的有道理。但我是个典型的老学究，对于列清单这种事近乎痴迷，不管是在我自己的书里还是在别人的书里，而且我总喜欢特立独行。

历史与小说

　　在创作《罗马战士》系列小说期间，我为了能让故事历史背景尽可能确切，这其中包括地缘政治、民俗文化（服装、武器、食物等）和心态史方面的细节。（我在一句话中用了两个外来词汇表示两个概念，还有什么比这更富有学术气息的吗？）但是，和诸多这类小说一样，本故事中的具体情节均为虚构。在"埃德萨及周边地区"战役（很可能发生在公元260年）中，萨珊王朝的大军战胜瓦勒良之后，萨珊王朝似乎扩大了其在高加索地区诸王国中的影响。后来，沙普尔和拜火教大祭司基尔德均在该地竖起丰碑，刻上了他们的功绩。该地区该年代的考古发现有萨珊王朝的银器，通过合理推断，我们可以确定此类银器是他们赠送给罗马的礼物（参见下文第 242 页—243 页"高加索"章节中的"布朗德"）。没有证据表示罗马人曾有所回馈。因为普遍缺少证据，所以得到这一结论并不出乎意料。不过，我们了解到在其他年代罗马曾派出过使者团。同样，也没有证据显示历史上该时期内阿兰人曾试图攻占里海隘口，尽管其他时期他们有过这样的城市（可参见阿利安的著作《远征阿兰》）。

人物

加里恩努斯

皇帝加里恩努斯是一位备受争议的古代人物。一方面，拉丁语文献中对他极尽毁谤中伤，要么将他描写成懦弱无能、娘娘腔的专制统治者（欧德曼皮乌斯），要么被说成登基之初有上述表现（奥勒留斯·维克多；《奥古斯都史》）。另一方面，希腊语文献（佐纳拉斯；佐西默斯）中将其刻画成了一位十分正面的君主——面对各种艰险苦难，为了让帝国版图保持完整而勇敢斗争。对此现象我们有一个合理的解释：加里恩努斯与元老院的关系很差，因为他不仅任用出身卑贱的人，还禁止元老院成员掌管军事指挥权力，而元老院的主张在拉丁语史书的编纂方面有着莫大影响。

据我所知，唯一一部大部头现代学术研究著作是 L. 德·布卢瓦的《罗马皇帝加里恩努斯的政策》（莱顿，1976）。

我们不知道加里恩努斯的确切出生年份，但估计他应该生于公元 215 年至公元 218 年之间。我通过下列步骤推算的年份比上述时期更晚些。加里恩努斯的父亲——瓦勒良登基时（公元 253 年）年纪已经很大了，假设为 60 岁，那么瓦勒良大约出生于公元 193 年。罗马精英阶层通常在快三十岁的时候才结婚。因此，瓦勒良很可能是在公元 223

年之前娶妻的。加里恩努斯似乎是他的长子，那么他可能生于公元 222 年。推断出这个年份之后，我才发现，这样一来，加里恩努斯和我小说中的主人公巴利斯塔正巧处于同一个时代。当然了，我的每一个假设和每个阶段的论证都可能是完全错误的。

希波托俄斯

　　在《烈日雄狮》与《里海之门》中，我们了解了希波托俄斯的生平，而在以弗所人色诺芬所写的希腊传奇小说《以弗所传奇》中也有同名人物，该小说讲述了他在陶洛米尼乌姆娶的老妇人辞世之前的事情。在这部古老的小说中，上述人物之后去了意大利、罗德岛和以弗所。在我的故事中，他后来回到了西利西亚，在那里，他干起了强盗的营生，自立为王，成了多莫提奥坡里斯城的领袖。最后，萨珊王朝的大军入侵该城，他只得将命运托付给了巴利斯塔，成了他的勤杂差役。希波托俄斯是个不可靠的讲述者，但他很幸运，巴利斯塔手下之前的勤杂差役德米特里厄斯当时身在西部地区，缺少能读希腊小说的人手。（在《烈日雄狮》中，巴利斯塔曾尝试让赫利奥多卢斯的安西亚皮卡担当过此职，但无法胜任。）

　　在 B.P. 雷顿出版的《希腊小说全集》（伯克利、洛杉矶和伦敦，1989，pp.125—169）中，有一篇小说名为《以弗所人色诺芬》，由格拉哈姆·安德森翻译，他的译文非常好。

民族

哥特人

过去的大概二十五年里，哥特人方面的学术研究发展十分繁荣。其中最为突出的著作有 H. 沃尔弗拉姆所著的《哥特族史》（英译本，伯克利、洛杉矶、伦敦，1988）和 P. 希瑟所著的《哥特人》（牛津、卡尔顿，1996）。很多最为重要的文献都收录在 P. 希瑟和 J. 马修斯编选并翻译的《公元 4 世纪的哥特人》（利物浦，2004）中。最近，M. 库利柯夫斯基在他创作的《罗马的哥特战争》（剑桥，2007）中提出了一条修正主义观点，他认为哥特人这个族群是受到罗马帝国的影响才于公元 3 世纪在多瑙河流域诞生的。如果他说的是真的，那么塔西佗所著的《日耳曼尼亚志》中第 44 页中所说的就不是哥特人，约达尼斯的《哥特史》中第 3 页—4 页所讲的关于哥特人起源的部分也全是谬误。约达尼斯应该是哥特人，他的证据表示，至少在公元 6 世纪的时候哥特人认为他们的祖先是公元 3 世纪从波罗的海移民过去的。公元 3 世纪 50 年代—60 年代期间哥特人在黑海与爱琴海海域进行抢劫活动的时间是完全混乱的。当时的哥特人是一个十分松散的联盟，我只能推测他们抢劫的形式和维京人相仿：有地区局限性，极少做出海盗行径，间或会对某地发动大规模的攻击。

萨珊人

在《东方战火》和《烈日雄狮》中对萨珊人的描写均与 A. 卡梅隆、B. 沃德 - 珀金斯和 M. 惠特比编纂的《剑桥古代史·第十四卷》（剑桥，2000，pp. 638—661）中 Z. 鲁宾所著的《萨珊王朝》里内容广泛而有有争议的概述部分相符。

地点

以弗所

关于该地的文献可参见《诸王之王》。

普南城

该城市坐落于米卡尔山脉海拔较低的山坡上。从该地可以俯瞰门德雷斯平原与大海。普南城是个富有魔幻色彩的城市，少有外人来此参观游览。无疑，要了解此地的最佳读物就是 F. 雷姆沙伊德所著的《普南城：小亚细亚的庞培古城指南》（伊斯坦布尔，1998），不过这本书很难买到（至少英文版很难买到，已出版的有德语和土耳其语版本）。在 G.E. 比恩的《爱琴海的土耳其：考古指南》（伦敦，1966，pp. 197—216）和 E. 阿库尔加尔的《古代文明和土耳其古迹》（伦敦、纽约、巴林，2002，pp. 185—206）中也可以找到有用的相关简介。

米利都

在配合柏林 2009—2010 年度展览出版的一批书中，有一本介绍罗马米利都的重要著作，即 O. 达利编写的《时间方向：恺撒时期和古典时代晚期》（柏林，2009）。从该书中可以找到很多相关地图、城市规划图和照片。和普南城一样，上文提到的比恩和阿库尔加尔的著作（219—280；206—222）中也有此城市的相关简介。关于该城市早期的历史，艾伦·格里夫斯创作了很多翔实的研究著作，尤其是 G.J. 奥利弗等人编纂的《米利都与海：古代海上多变关系》（牛津，2000，pp. 39—61），《米利都：一段历史》（伦敦 & 纽约，2002，pp. 1—38；137—142）。

狄迪姆

关于此地有一本权威著作，即 J. 方廷罗斯的《狄迪姆：阿波罗的神谕、祭仪及其他》（洛杉矶、伦敦，1988），不过，作者在该地仅逗留了不到一天的时间。另外，上文提到的比恩和阿库尔加尔的著作（231—248；222—231）中也有相关简介。

黑海

我对黑海的兴趣源于两段文字，一段是古代的，一段是现代的。前者即是狄奥·克里索斯托姆的《演讲集》第 36 节《玻里斯提尼斯演讲》，这位哲学家在此节详细讲述了他沿黑海西北海岸前往奥木比亚城（又名玻里斯提尼斯）的旅途。后者便是内尔·阿舍森的《黑河》（伦敦，1995），这本书完美结合了大众历史和作者本人的旅行见闻。此外查尔斯·金的《黑海：一段历史》（牛津，2004）也是一部精彩的综合性历史著作。

如果有谁想在脑海中开展一次黑海之旅，我要推荐三本重要的经典著作。由西至东游历，可选阿利安的《黑海航记》（A. 里德尔译本，伦敦，2003，内含导语、翻译和评论）和罗德岛的阿波罗尼奥斯所著的《阿尔戈船英雄纪》（市面上有多个译本）；由东向西游历，则可以选看色诺芬的《远征记》（有多个译本可供选择）。

在航海方面，如《东方战火》中的描写，我借鉴了下列著作：蒂姆·塞韦林的《伊阿宋之旅：寻找金羊毛》（伦敦，1985），J.S. 莫里森、J.E. 科茨和 N.B. 兰科夫的《雅典三层桨座战船：古希腊战船的历史与重建》（第二版，剑桥，2000）。若是一部古代世界设定的小说中写到了奴隶桨手，或许还连带着描写了年代错误的鞭子、锁链和鼓，那么就可以一眼断定，该作家对历史细节的研究不够充分。只要看一眼莱昂内尔·卡森写的权威作品《古代世界的舰船与航海技术》（第二版，巴尔的摩，1995，pp. 322—327)，就可以避免出现上述错误。

高加索地区

我要推荐的杰出的现代学术著作是 D. 布朗德的《古代的格鲁吉亚：科尔基斯和外高加索的古伊比利亚的历史，公元前 550 年—562 年》(牛津，1994)。唯一也是最为重要的古代文字记录是斯特拉博《地理志》的 11.2.1—5.8.。

我从旅行者的见闻中汲取了许多信息。说起维多利亚时代的旅者作品，我尤其受益于 D.W. 弗雷什菲尔德的以下两部作品：《高加索中部与巴珊地区游记》(伦敦，1869；摹本版，2005)；《高加索地区探秘》(第二卷，伦敦，1902；摹本版，2005)。另外，我还要推荐 A.T. 克宁汉姆的《1871 年夏东高加索、里海、黑海、达吉斯坦、波斯与土耳其、边疆游记》。此外，还有两部有趣的现代作品值得一提：T. 安德森的《面包与灰烬：漫步格鲁吉亚的群山》(伦敦，2003)；O. 布洛的《让我们名扬四海：游访高加索的化外之民》(伦敦，2010)。

古代高加索地区民族的特点之一就是政治与文化上的边界复杂多变。虽然"不虔诚者之口"(普鲁塔克，《论河流》第 5 章) 可能根本就不存在，但它原属于科尔基斯，后来成了苏阿尼阿的。阿尔巴尼亚的替罪羊文化 (斯特拉博，11.4.7) 也传到了苏阿尼阿，而且随之传过去的还有人们为之编造的解释。(在本小说中) 达里安路的控制权交给了苏阿尼阿国王。通常，伊比利亚的国王才有权掌控该道路。普罗科匹厄斯 (1.10.9—12) 曾写过"该道路由多人轮流掌管"，而他写包含此句话的作品时 (对此我们毫无证据，这种情况十分罕见)，该道路并不在伊比利亚国王手中。因为无法找到这条十字路的古名，我将其命名为"达里安路"，这是根据作品《卫兵米南德》(10.5) 中未在现实世界中找到对应道路的一条穿过高加索地区的路。

可惜小说中的三条高加索河流都有着类似的名字。阿隆塔斯河是今天的捷列克河，阿拉佐尼沃斯河是今天的阿拉扎尼河，阿哥斯河则是今天的阿拉格维河。

名词解释

地震

关于大约公元 262 年地震对以弗所城造成的面貌影响，我从爱德华·佩斯那部扣人心弦的作品《神之怒：1755 年里斯本大地震》（伦敦，2008）中借鉴了许多。我主要参考的有地震描写的古代作品是亚里士多德的《天象论》II.7—8 和阿米阿努斯·马塞林 XVII.7.9—14。

流放

对于古代世界中的精英阶层来说，流放始终是他们恐惧的一种刑罚。罗马皇帝常常对文化人采取此类惩罚，这便催生出了大量该主题的文学作品。本部小说中使用的相关主要内容源于穆索尼乌斯·卢弗斯的《流放不是罪》（原文和译本，C.E. 卢茨《耶鲁古典研究 10》，1947，pp.68—77），狄奥·克里索斯托姆的《演讲集 13》、《在雅典》、《论流放》（洛布系列的原文和译本，J.W 柯，1939），法沃里努斯的《论流放》（蒂姆·怀特马什译，作为附录收录于蒂姆的作品《希腊文学和罗马帝国：模仿的政治》，牛津，2001，pp. 302—324）。

相面术

这是一门古老的"科学"，即通过观察人的外貌揭示其性格，进而预测其未来的行为。这门学问受到了古典世界主流学者的关注，突出作品为 S. 斯温的《观面相、看灵魂：从古典时期到中世纪的伊斯兰教的波勒蒙相面术》（牛津，2007），该书是一部包罗万象、体现着共同智慧的典范之作。

哲学家

在第六章中，加里恩努斯对罗马帝国的哲学家的看法与笔者十分相似。E. 鲍伊和 J. 埃尔斯纳合作编写的《腓勒司多斯》（剑桥，2009，pp.69—99）中对"腓勒司多斯和诡辩家和哲学家中的代表人物"的描写或许并不令人感到意外。

宦官

研究这一课题的学者可能要比大家想象的少得多。说到关于该课题的现代研究著作，开先河的就是 K. 霍普金斯的《主人与奴隶间的宦官政治力量：罗马历史中的社会学研究·第一卷》（剑桥，1978，pp.172—96）。而 S. 塔弗编纂的《古代宦官及其他》（伦敦、斯温西，2002）与 S. 塔弗所著的《拜占庭历史和社会中的宦官》（伦敦，2008）中收录的几篇文章有对于该主题更深入的研究。

关于第十六章中马斯塔巴特斯提出的他人对宦官的种种偏见，我参考了卢西安的两本著作：《宦官》与《伪批评家》。

波斯人的刑罚

第二十八章中描写的恐怖的波斯人刑罚源于普鲁塔克的《波斯王阿尔塔薛西斯》（16）。至于该刑罚其他衍生刑罚，还可以参考普鲁塔克的另一本著作《掌故清谈录》，法沃里努斯的《科林斯人演讲集》（收录于狄奥·克里索斯托姆的作品之一，《演讲集》37.47），还有阿米阿努斯·马塞林 30.8.4。这些作品中讲述的是否为事实尚不能确定。这些文献皆非波斯语文献，且相关内容讲述的都是阿契美尼德王朝之事。不过，很可能萨珊王朝将自己视为古老的阿契美尼德王朝的后裔（尽管有些学者否认这一点），而且似乎萨珊王朝的宫廷似乎有些希腊化。鉴于上述两点，我们可以判定这些刑罚可能是"被凭空创造出来的所谓传统"：萨珊人在罗马帝国的文献资料中读到此类刑罚，然后将其当作"原初的古波斯习俗""引进"到本国。总之，这些刑罚太突出、太特别，所以笔者一定要在本小说中写到。

其他历史小说

经过深思熟虑，我在本系列所有小说中都加入了向一些历史小说家致敬的情节，他们的作品给予了我许多灵感与享受。

书中哥特人发出的"嘿！吼！"的呼声是在向罗伯特·洛的《誓约者》系列——《鲸之路》(2007)《狼之海》(2008)《勇兽》(2010) ——致敬，该系列作品是维京小说中的翘楚。

巴利斯塔将他的远祖沃登称为神的习惯则是在向约翰·詹姆斯的小说——《沃坦》(1966)《并非为了爱尔兰所有的金子》(1968) ——致敬。我原本已经忘记了相关内容，但去年重读的时候我又记了起来。这两部都是具有迷人魅力的作品，不该绝版。

引语

本部小说开头引用的塞内加的《美狄亚》中的句子摘自艾米丽·高尔斯翻译的塞内加的作品《六个悲剧》（牛津，2010），这部作品也是本书结尾处派松妮萨的诅咒的来源。

人物列表

为了避免泄露情节，此处的人物描述与其在《里海之门》中第一次出现时的身份相符。

阿吉列斯：全名尤利乌斯·阿吉列斯，加里恩努斯的侍从护卫。

埃厄忒斯：传说中的科尔基斯国王，美狄亚之父。

埃利乌斯·埃利亚努斯：第二阿迪乌特里克斯军团长官。

埃利乌斯·瑞斯图图斯：诺里库姆行省总督。

埃米利安努斯（1）：全名马库斯·埃米利乌斯·埃米利安努斯，公元253年曾短暂登上过罗马皇帝的宝座。

埃米利安努斯（2）：元老院议员，伊伯利亚塔拉哥纳行省总督；后代表该行省向波斯杜穆斯投诚；公元262年成为"高卢行政官"。

埃米利安努斯（3）：全名穆斯乌斯·埃米利安努斯，埃及的行政长官。公元260年他投靠马克利阿努斯，公元261年自立为王。

阿加顿：巴利斯塔在普南城买下的奴隶。

亚历山大大帝：公元前356年—公元323年，腓力二世之子，马其顿国王，征服了阿契美尼德王朝。

亚历山大·塞维鲁：全名马库斯·奥里利乌斯·塞维鲁·亚历山大，公元222年—235年在位的罗马皇帝。

阿伯努忒乔司的亚历山大：公元 2 世纪的神职人员（或者说宗教骗子），曾遭到讽刺诗人卢奇安的嘲讽。

亚历山德拉：狄迪姆侍奉月亮女神阿耳忒弥斯的处女祭司，瑟兰德洛斯的女儿。

阿曼提乌斯：服侍罗马皇帝的宦官，阿巴斯吉人。

安卓克劳斯：神话中以弗所城的创建者。

安提柯：巴利斯塔的骑兵卫队队员之一，死在阿瑞忒城。

安提雅：朱莉娅的侍女。

罗德岛的阿波罗尼奥斯：公元前 3 世纪的作家，著有《阿尔戈船英雄纪》。

提亚纳的阿波罗尼奥斯：公元 1 世纪才华横溢的哲学家。

阿尔达希尔一世：萨珊王朝的国王，沙普尔之父。

阿里阿拉特五世：公元前 2 世纪卡帕多西亚王国的国王。

亚里斯泰迪斯：一部已失传的著作《米利都民间故事》的作者。

阿里司托狄科斯：塞姆城的智者，关于他的故事可参见希罗多德的作品。

阿里斯托马科斯：拜占庭的修辞学者，希波托俄斯声称已经将他杀了。

阿利安：卢修斯·弗拉维乌斯·阿利安努斯，生于公元 86 年，卒于公元 160 年。希腊作家，罗马议员，他流传下来的著作有《亚历山大出征记》《远征阿兰》。

阿尔西诺伊：埃及艳后克里奥佩特拉的妹妹，公元前 41 年在以弗所被害，她的坟墓就在以弗所的主干道安布罗斯路上。

阿特纳奥斯：拜占庭议会的成员。

阿塔鲁斯：马科曼尼国王，皮帕之父。

阿塔鲁斯二世：公元前 2 世纪珀加蒙王国的国王。

奥古斯都：首任罗马皇帝，统治时间为公元前 31 年—公元 14 年。

奥卢斯·瓦勒里乌斯·费斯图斯：基督徒，以弗所大祭司盖乌斯·瓦勒里乌斯·费斯图斯的兄弟。

奥卢斯：全名曼尼乌斯·阿奇利乌斯·奥卢斯，曾是多瑙河流域的一个戈坦部落的牧羊人，在本书中为加里恩努斯的骑兵卫队队长，也是他的禁卫。

阿佐：苏阿尼阿的波莱谟国王的第三子。

巴戈阿斯："波斯男孩儿"，曾是巴利斯塔的奴隶，现在的名字是霍尔米兹德，任拜火教祭司。

巴利斯塔：全名马库斯·克洛迪乌斯·巴利斯塔，原名德海姆，盎格鲁战争领袖伊桑格瑞姆之子；是罗马帝国的外交人质，被授予罗马公民身份和骑士地位，在非洲罗马军队、欧洲西部和多瑙河流域以及幼发拉底河区域服过役；在色西昔姆、索里和塞巴斯特三地的战役中打败了萨珊王朝的波斯大军，斩杀了僭主奎伊图斯，曾在本部小说的故事开始前一年于埃美萨短暂称帝。

芭思希芭：故去的阿瑞忒护商使者伊阿海的女儿，现已嫁给了哈杜达。

博托：巴利斯塔在以弗所买下的年轻弗里斯兰奴隶。

博尼图斯：罗马围城战专家，禁卫。

布汝泰迪乌斯·尼格尔："阿玛塔号"三层桨座战船的船长。

卡尔加库斯：全名马库斯·克洛迪乌斯·卡尔加库斯，原属于伊桑格瑞姆拥有的喀里多尼亚奴隶，后被转赠给他的儿子巴利斯塔，作为后者的贴身侍从追随他来到罗马帝国；巴利斯塔赋予了他自由民的身份并让他成了罗马公民。

卡利古拉：全名盖乌斯·尤利乌斯·卡利古拉，公元 37 年—41 年间罗马的皇帝。未成年时绰号为"小靴子卡利古拉"，因为他的父亲日耳曼尼库斯用缩小版的战士服装打扮他。

康西索勒乌斯：加里恩努斯手下的一名埃及军官，狄奥多图斯的兄弟，护国者之一。

卡斯特里西乌斯：全名盖乌斯·奥里利乌斯·卡斯特里西乌斯。曾在奎伊图斯和巴利斯塔手下担任骑兵长官，后升任更高级别的罗马军官，据说原本来自高卢的尼姆苏斯。

塞勒：罗马围城战专家；护国者之一。

塞尔苏斯：来自非洲的僭主，公元 260 年被杀。

塞索里努斯：路奇乌斯·卡尔普尔尼乌斯·庇索·塞索里努斯。瓦勒良和马克利亚努斯与奎伊图斯手下的密探组织头目，现在加里恩努斯手下任副禁卫军长官。

柯里索格努斯：投靠了哥特人的希腊人。

克洛迪乌斯（1）：全名提比略·克洛迪乌斯·尼禄·日耳曼尼克斯。罗马皇帝，公元 37 年—54 年在位。

克劳迪乌斯（2）：全名马库斯·奥里利乌斯·克劳迪乌斯。生于多瑙河流域，加里恩努斯手下的军官，也是护国者之一。

劳迪乌斯·纳塔利安努斯：下梅西亚行省的总督。

克里斯提尼：西西里岛陶洛米尼乌姆省的一名年轻人，受过良好的教育。据希波托俄斯说他曾经爱过此人。

克里门提乌斯·西尔维乌斯：全名提图斯·克里门提乌斯·西尔维乌斯，上潘诺尼亚行省和下潘诺尼亚行省的总督。

克里欧达姆斯：拜占庭议会的成员。

康斯坦斯：巴利斯塔的贴身侍从。

科尼利厄斯·屋大维：全名马库斯·科尼利厄斯·屋大维，毛里塔尼亚行省总督，古利比亚边境指挥官。

科尔乌斯：全名马库斯·奥里利乌斯·科尔乌斯，以弗所的治安队头目。

柯西斯：阿尔巴尼亚王国的国王。

克罗伊斯：吕底亚国最后一位国王。公元前560年—前546年在位，以富有闻名于世。

居鲁士：居鲁士大帝，波斯国王，公元前557年—530年在位，开创了阿契美尼德王朝。

德奇安努斯：非洲努米底亚行省的总督。

德米特里厄斯：全名马库斯·克洛迪乌斯·德米特里厄斯，希腊男孩儿，朱莉娅买来给丈夫巴利斯塔做贴身侍从奴隶，后被释放。在本书中，他是拥有罗马公民身份的自由人，住在皇帝加里恩努斯的宫中。

狄摩西尼：公元前384年—前322年，雅典雄辩家。

德海姆（1）：巴利斯塔的原名。

德海姆（2）：全名卢修斯·克洛迪乌斯·德海姆，巴利斯塔和朱莉娅的二儿子。

普鲁萨的狄奥：即狄奥·克里索斯托姆，绰号"金口"。公元2世纪时首屈一指的希腊哲学家。

锡拉库扎城的狄奥：公元前408年—前353年，士兵、政治家，柏拉图主义者，流亡一段时间后为了从暴君手中解放家乡而返回故里。

狄奥吉尼斯：犬儒派哲学家，生于公元前412年—前403年，卒于公元前324年—前321年。

图密善：全名泰特勒·弗拉维乌斯·图密善，公元81年—96年在位的罗马皇帝。

多米提亚纳斯：加里恩努斯手下的意大利裔军官，护国者之一。自称是罗马皇帝图密善的后裔。

伊壁鸠鲁：公元前341年—前270年古希腊哲学家，伊壁鸠鲁学派的创始人。

欧里庇得斯：公元前 5 世纪时期的雅典悲剧作家。

尤西比乌斯：服侍罗马皇帝的宦官，阿巴斯吉人。

法拉森：罗马帝国在非洲本土的背叛者，据传仍活在世上。

法沃里努斯：生活在公元 1 世纪—2 世纪高卢的阿莱拉特，希腊哲学家，天阉。

费利克斯：全名斯普利乌斯·艾米利乌斯·费利克斯，年长元老院议员。公元 257 年抵御哥特人对拜占庭的进攻。

弗拉维乌斯·达米亚诺斯：以弗所议会成员，是一个与之同名的著名的后裔。

阿勒曼尼人弗雷奇：加里恩努斯的日耳曼裔贴身侍卫。

盖乌斯·瓦勒里乌斯·费斯图斯：以弗所议会成员。城中帝国教会的大祭司。

伽林：公元 129 年—?199/216，罗马皇帝马可·奥勒留的御医，

加里恩娜：加里恩努斯的堂姐妹。

加里恩努斯：全名普布里乌斯·利奇尼乌斯·埃格纳提乌斯·加里恩努斯，罗马皇帝，公元 253 年与他的父亲瓦勒良共同执政，公元 260 年其父被波斯人俘虏后独自执政。

加卢斯：全名盖乌斯·维庇乌斯·特雷波尼亚努斯·加卢斯，功劳显赫的将军，多瑙河流域的成功将领。公元 250 年抵御了哥特人诺瓦的进攻，公元 251 年—253 年在位的罗马皇帝。

吉尼阿里斯：全名辛普利希尼努斯·吉尼阿里斯，雷迪亚行省总督。公元 260 年叛逃，投奔波斯杜穆斯。

贡多法：萨珊大军指挥官。

哈杜达：芭思希芭之父伊阿海的雇佣兵队长，在本书中为帕米拉的奥登那图斯手下的军官。

哈德良：全名普布里乌斯·埃利乌斯·哈德良。罗马皇帝，公元117—138年在位。

哈玛扎斯普：高加索伊比利亚的国王。

赫尔米亚努斯：全名凯基利乌斯·赫尔米亚努斯，加里恩努斯的引见官。

希罗多德：历史之父，公元前5世纪希腊人，是波斯战争的历史学专家，主要成果为波斯战争相关著作。

希波托俄斯：自称是佩林苏斯背景，在"山地西利西亚"时成了巴利斯塔的勤杂差役。

霍尔米兹德：拜火教祭司，曾是巴利斯塔的奴隶，当时的名字是"巴戈阿斯"。

叙佩兰铁司：佩林苏斯的一名男青年，希波托俄斯深爱的人，在莱斯博斯岛附近海域失踪。

伊阿海：护商使者，在阿瑞忒城战争中被杀，是芭思希芭的父亲。

英格努乌斯：曾任上潘诺尼亚行省总督，加里恩努斯的禁卫，公元260年造反，随后被杀。

伊桑格瑞姆（1）：盎格鲁军事长官德海姆，即巴利斯塔的之父。

伊桑格瑞姆（2）：全名马库斯·克洛迪乌斯·伊桑格瑞姆，巴利斯塔和朱莉娅的大儿子。

伊阿宋：阿尔戈英雄的领袖。

朱巴：全名提图斯·戴斯崔希乌斯·朱巴，上不列颠尼亚行省长官，后变节投奔波斯杜穆斯，公元262年成为高卢执政官。

朱莉娅：元老院议员盖乌斯·尤利乌斯·沃卡提乌斯·加里加尼乌斯的女儿，巴利斯塔的妻子。

大祭司科德：拜火教最高祭司，受沙普尔领导。

卡布里阿斯：苏阿尼阿战士。

利奇尼乌斯：加里恩努斯的兄弟。

朗吉努斯：全名卡西乌斯·朗吉努斯，公元 213 年—273 年，哲学家；在本小说中的年代里，他正在雅典为师。

路奇乌斯·维鲁斯：罗马皇帝，公元 161 年—169 年在位。

马卡里乌斯：全名马库斯·奥里利乌斯·马卡里乌斯，米利都的首席治安官和大祭司。

马克利亚努斯（1）：全名富尔维乌斯·马克利亚努斯（老马克利亚努斯）；瓦勒良皇帝的财政大臣兼粮食供应官；公元 260 年支持他的儿子们称帝；公元 261 年和他的大儿子一起被杀。

马克利亚努斯（2）：全名塔西佗·富尔维乌斯·尤尼乌斯·马克利亚努斯；老马克利亚努斯的儿子；公元 260 年他和他的兄弟奎伊图斯一起称帝，公元 261 年被杀。

马穆拉：巴利斯塔的工程官和朋友，被埋在阿瑞忒城的战壕中。

曼吉克：拜火教祭司。

马可·奥勒留：公元 161 年—180 年在位的罗马皇帝，哲学著作《沉思录》的作者。

马利尼安乌斯：加里恩努斯的第三个儿子。

马里乌斯：全名盖乌斯·马里乌斯，公元前 157 年—186 年，罗马将军，结束流放生涯后曾短暂地统治过该城市。

马斯塔巴特斯：服侍罗马皇帝的宦官，阿巴斯吉人。

马克西姆斯利亚那斯：亚细亚行省的总督。

马克西米努斯·色雷克斯：全名盖乌斯·尤利乌斯·维鲁斯·马克西米努斯，公元 235 年—238 年在位的罗马皇帝，被叫作"色雷克斯"是由于他出身卑贱。

马克西姆斯：全名马库斯·克洛迪乌斯·马克西姆斯，是巴利斯塔的贴身护卫，原为希伯尼安战士，人称"漫漫长路上的穆尔塔夫"，后被卖给了奴隶贩子，训练成拳击手、角斗士，之后被巴利斯塔买走，在本部小说中是自由人。

美狄亚：埃厄忒斯之女，科尔基斯公主，同时也是女巫；伊阿宋的恋人，她帮助他赢得了金羊毛。

梅里苏斯：阿玛斯特里斯地区一座小村庄里的渔夫。

迈摩尔：加里恩努斯手下的非洲官员，护国者之一。

米特里达特：苏阿尼阿的波莱谟国王的长子。

穆索尼乌斯：全名盖乌斯·穆索尼乌斯·鲁弗斯，公元 1 世纪的斯多葛派哲学家，有"罗马的苏格拉底"之称。同苏格拉底一样，穆索尼乌斯并未留下任何作品。据说以他的名义流传下来的著作均为他的一个学生记录下来的他的讲义。

那耳喀索斯：希波托俄斯在以弗所买的奴隶。

纳塞赫：纳塞赫王子，沙普尔之子，波斯国王。在里海西南岸统帅一支萨珊军队。

尼禄：全名尼禄·克洛迪乌斯·恺撒。罗马皇帝，公元 54 年—68年在位。

尼科马库斯：斯多葛学派哲学家。

尼凯索：科尔乌斯的妻子。

努米乌斯·赛奥尼乌斯·阿尔比努斯：元老院议员，罗马城长官。

努米乌斯·弗斯提尼阿努斯：元老院议员；公元 262 年担任加里恩努斯钦定的正规执政官。

奥登纳图斯：全名塞普蒂米乌斯·奥登纳图斯，帕米拉之主，别号"烈日雄狮"；加里恩努斯将其任命为指导官，负责监察罗马帝国东部各行省。

奥罗艾泽（1）：高加索伊比利亚王国的继承人，哈玛扎斯普国王的弟弟。

奥罗艾泽（2）：苏阿尼阿战士，卡布里阿斯的兄弟。

派科泰兹：吕底亚人，阿契美尼德王朝波斯人的叛徒。

帕奥弗瑞厄斯·苏拉：加里恩努斯的侍从文书。

帕拉斯：马斯塔巴特斯的仆人。

巴达维努斯：罗马协防兵，巴利斯塔在米利都和狄迪姆的旗手。

佩特罗尼乌斯：公元1世纪拉丁文小说《萨蒂利孔》的作者，通常被人们称为"仲裁者佩特罗尼乌斯"，曾是罗马皇帝尼禄的朋友。

马其顿的腓力：马其顿国王腓力二世，公元前382年—前336年在位，亚历山大大帝之父。

腓力五世：公元前238年—前179年，安提柯王朝的马其顿国王。

皮帕：马科曼尼之王阿塔鲁斯之女，加里恩努斯之妻，他唤她为皮帕拉。

庇索：全名盖乌斯·卡普尔尼乌斯·庇索·弗卢基，罗马议员，贵族，曾为马克利亚努斯的支持者。公元260年死于王位之争。

柏拉图：公元前429年—前347年，雅典哲学家。

普罗提诺：公元205年—269/270年，新柏拉图派哲学家。

波莱谟：苏阿尼阿的波莱谟国王。

波勒蒙：马库斯·安东尼厄斯·波勒蒙，公元88—144年，著名诡辩家和相士。

波利比奥斯：巴利斯塔在普南城买的奴隶。

庞培大帝：全名格涅乌斯·庞培·马格努斯，公元前106—前48年，罗马军事家。

波斯杜穆斯：全名马库斯·卡斯亚努斯·拉提尼乌斯·波斯杜穆斯，曾任下日耳曼尼亚行省总督；公元262年起登基成为分裂出来的高卢帝国的罗马皇帝，是杀死加里恩努斯儿子萨洛尼乌斯的凶手。

毕达哥拉斯：公元前6世纪哲学家。

派松妮萨：苏阿尼阿的波莱谟国王唯一的女儿，冥界女神赫卡忒的女祭司。

奎伊图斯：全名提图斯·富尔维乌斯·尤尼乌斯·奎伊图斯，马克利亚努斯的儿子，于公元260年与马克利亚努斯二世称帝，公元261年，即本部小说的故事开始前一年，被巴利斯塔所杀。

奎瑞尼厄斯：全名奥里利乌斯·奎瑞尼厄斯，加里恩努斯的财务大臣。

丽贝卡：巴利斯塔买的犹太女奴。

瑞加里亚纳斯：曾是下潘诺尼亚行省的长官，公元260年反叛并被杀。

瑞斯帕：甘特里克之子，萨如阿罗的兄弟；瑟文吉人的哥特战士。

瑞斯玛古斯：西阿巴斯吉的国王。

罗慕路斯：巴利斯塔的旗手，在阿瑞忒城外战死。

洛葛仙妮：沙普尔的妃子，在索里被巴利斯塔俘虏。

鲁费那斯：加里恩努斯的雇佣军指挥官，情报机关的首脑，弗鲁曼塔里伊的头领。

汝提利安努斯：全名普布里乌斯·穆米乌斯·希瑟安纳·汝提利安努斯，前执政官。讽刺诗人卢奇安曾嘲讽他，因为后来阿伯努忒乔司的亚历山大取代了他的位置。

鲁提鲁斯：罗马军官，奎伊图斯和巴利斯塔手下的禁卫军长官。

萨罗尼娜：皇后埃格纳蒂亚·萨罗尼娜，加里恩努斯的妻子。

萨洛尼乌斯：全名普布里乌斯·科尼利厄斯·利奇尼乌斯·萨洛尼乌斯·瓦勒良努斯，加里恩努斯的次子，其兄瓦勒良二世死后，他于公元258年登基，后于公元260年被波斯杜穆斯处决。

萨珊：波斯萨珊王朝的创立者。

绍尔玛格：苏阿尼阿的波莱谟国王的第四子。

瑟兰德洛斯：狄迪姆阿波罗神庙中的先知，古代米利都城中守护神谕的氏族中的一员.

塞普蒂米乌斯·塞维鲁：全名卢修斯·塞普蒂米乌斯·塞维鲁，公元 193 年—211 年在位的罗马皇帝。

沙普尔一世：萨珊王朝的第二任诸王之王，阿尔达希尔一世的儿子。

西蒙：一个巴利斯塔救下的犹太男孩儿，并将他带到了自己家里。

斯巴达戈斯：东阿巴斯吉的国王。

斯特拉博：公元前 64 年—公元 23 年，希腊人，写过世界史和地理方面的著作，后者流传至今。奥古斯都统治下的拉丁文学全盛时期之后最重要的希腊作家。

苏克西阿姆斯：在皮提乌斯镇抗击哥特人的罗马军官，后来任瓦勒良的禁卫军长官，但公元 260 年他和瓦勒良均被萨珊人俘虏。

苏伦：帕提亚贵族，苏伦家族领袖，沙普尔的诸侯。

塔西佗（1）：全名科尼利厄斯·塔西佗，伟大的拉丁历史学家。

塔西佗（2）：全名马库斯·克洛迪乌斯·塔西佗，公元 3 世纪有多瑙河背景的罗马议员后裔。他可能与上面提到的历史学家有渊源，但可能不是史实，护国者之一。

塔奇恩：苏阿尼阿人，幸得巴利斯塔和卡尔加库斯相救才没有溺死。

塔提阿努斯：**全名**马库斯·奥里利乌斯·塔提阿努斯，普南城的首席治安官。

米利都的泰勒斯：古希腊的七贤人之一。

萨如阿罗：甘特里克之子，瑞斯帕的兄弟，哥特航海队伍中瑟文吉人战船的船长。

狄奥多图斯：加里恩努斯手下的一名埃及军官；康西索勒乌斯的

兄弟；护国者之一。

修昔底德：公元前 460 年—前 400 年，雅典人，历史学家。

蒂尔米尔：一位萨珊将军。

图拉真：马库斯·乌尔庇乌斯·特拉依安努斯。公元 98—117 年在位的罗马皇帝。

查希乌斯：苏阿尼阿的波莱谟国王的次子。

瓦拉什：波斯王子，"沙普尔欢乐之源"，沙普尔的儿子，在西利西亚被巴利斯塔救下，免遭横死。

瓦伦斯：僭主，公元 260 年被杀。

瓦伦提那斯：上默西亚行省总督。

瓦勒良（1）：全名普布里乌斯·利奇尼乌斯·瓦勒良努斯，一位年长的意大利议员，公元 253 年成为罗马皇帝，公元 260 年被沙普尔一世俘虏。

瓦勒良（2）：全名普布里乌斯·科尼利厄斯·利奇尼乌斯·瓦勒良努斯，加里恩努斯的长子，瓦勒良的孙子，公元 256 年成为罗马皇帝，公元 258 年去世。

瓦尔丹：苏伦手下的萨珊船长。

维迪乌斯·安东尼纳斯：普布里乌斯·维迪乌斯·安东尼纳斯，以弗所城的议会成员之一，同时也是民众簿记官。

瓦伦努斯：卡度斯的国王。

沃利乌斯·马克里努斯：参议员，比提尼亚及本都行省的总督。

沃勒雷亚纳斯：全名塞勒·沃勒雷亚纳斯，加里恩努斯手下的意大利裔官员，护国者之一。

瓦特然努斯：马库斯·奥里利乌斯·瓦特然努斯，达契亚行省的总督。

沃鲁斯亚纳斯：路奇乌斯·佩特罗尼乌斯·陶鲁斯·沃鲁斯亚纳

斯，加里恩努斯的禁卫军长官，一个从队伍中成长起来的意大利人，公元 261 年任执政官，护国者之一。

伍尔夫斯坦：巴利斯塔在以弗所买的年轻奴隶，盎格鲁人。

色诺芬：公元前 5 世纪—前 4 世纪的雅典战士，作家。

芝诺：奥卢斯·沃克尼厄斯·芝诺，罗马骑士团成员，曾任西利西亚的总督，目前为加里恩努斯文化事务方面的大臣。

措贝尔：高加索阿尔巴尼亚王国的大祭司，国王柯西斯的叔叔。

泽塔苏斯：高加索阿尔巴尼亚王国的战士和贵族。

《里海之门》罗马皇帝列表

公元 193 年—211 年	塞普蒂米乌斯·塞维鲁
公元 211 年—217 年	卡拉卡拉
公元 211 年	盖塔
公元 217 年—218 年	马克里努斯
公元 218 年—222 年	埃拉加巴卢斯
公元 222 年—235 年	亚历山大·塞维鲁
公元 235 年—238 年	马克西米努斯·色雷克斯
公元 238 年	戈尔迪安一世
公元 238 年	戈尔迪安二世
公元 238 年	普皮恩努斯
公元 238 年	巴尔比努斯
公元 238 年—244 年	戈尔迪安三世
公元 244 年—249 年	阿拉伯人菲利普
公元 249 年—251 年	德西乌斯
公元 251 年–253 年	加卢斯
公元 253 年	埃米利安努斯
公元 253 年—260 年	瓦勒良
公元 253 年—268 年	加里恩努斯
公元 260 年—261 年	马克利亚努斯
公元 260 年—261 年	奎伊图斯
公元 260 年—	波斯杜穆斯

致 谢

在每一部小说中，我要致谢的人都大致相同，但是我的感激和快乐并没有因此减少分毫。

首先，我要向以下专业人士致谢：企鹅出版社的亚历克斯·克拉克、简·道尔、汤姆·基肯、弗朗西斯卡·拉塞尔和卡特亚·斯普斯特；不辞辛劳的编辑萨拉·德恩和来自联合代理人公司的詹姆斯·基尔。

接下来我要感谢的是：林肯学院的玛利亚·斯塔玛特普鲁、路易斯·德宁和詹妮·安德森；圣本内特学堂的约翰·爱迪诺。感谢几位同事：莫德林学院的阿尔·莫雷诺、大学学院的丽萨·卡莱特。感谢几位研究生：瓦德汉学院的理查德·马歇尔、基督教堂学院的克里斯·努恩，他们为我的一些学生上课，给予我的帮助比他们想的还要多。在我的学生中，我要感谢马特·埃尔斯托普和威尔·吉布斯不仅没有逃我的课，还愿意倾听我没完没了地讲巴利斯塔。

再然后我要感谢我的朋友们：杰里米·廷顿在"马克西姆斯"这个人物的塑造上帮忙不少；阿迪·内尔在杀害动物（尤其是马）的描写上帮助了我；杰里米·哈伯利帮着我写好了"鲁提鲁斯"；凯特·哈伯利教会了我小说中该用什么脏话才地道；史蒂夫·米勒在土耳其语上对我提供的帮助，还有皮特·科斯格罗夫，他在我的出国旅游、拍照、手续等事务上助益颇多。

最后，我要感谢我家人的爱与支持。谢谢我住在萨福克的母亲弗朗西丝和伯母特里，谢谢我住在伍德斯托克的妻子丽萨和我的儿子汤姆与杰克。